Zu diesem Buch

Wegen Mordes an einem Nazi-Parteigenossen zunächst als Kriminelle, später als «Politische» eingestuft, hat Grinny acht Jahre im Lager verbracht und nur knapp überlebt. Ihre Kraft ist schon längst aufgebraucht, und sie sehnt sich nach ewiger Ruhe – innerlich ist sie schon tot und will nach all der erlittenen Gewalt nur noch ein friedliches Ende. Anders als ihre Gefährtin Murks, die als Widerstandskämpferin und Halbjüdin nach Ravensbrück verschleppt wurde. Murks, die sich und Grinny nur als neutrale Wesen ohne Vergangenheit und ohne Zukunft empfindet, möchte im wahrsten Sinne des Wortes wieder zu sich kommen, wieder leben lernen und vor allem: allein über dieses Leben bestimmen können.

Die Flucht der beiden ungleichen Frauen dauert zwei Wochen. Kurz bevor sie den Westen erreichen, von der sowjetischen in die englische Besatzungszone zu gelangen versuchen, gibt Grinny auf. Sie bleibt in der verwunschenen Villa, deren Besitzer, ein freundliches, altes deutsches Ehepaar, die kleine Flüchtlingstruppe für ein paar Tage aufgenommen hatte. Um sich den Wunsch nach Geborgenheit zu erfüllen, hat Grinny das Ehepaar umgebracht, mit einer kiloschweren Dose Corned Beef erschlagen. Ohne die Gefährtin zu verurteilen oder zu verraten, zieht Murks weiter. Mit zwei männlichen Begleitern gerät sie erneut in Gefangenschaft: in ein sowjetisches Arbeitslager. Doch Murks hat sich geschworen, ihre Freiheit nie wieder aufzugeben.

Anja Lundholm erzählt eine mitreißende, bewegende Geschichte, mit verblüffenden Wendungen und Einblicken, ihre Charaktere sind lebensecht, komplex und widersprüchlich wie Menschen nun mal sind.

Anja Lundholm, geboren am 28. April 1918 in Düsseldorf, lebte während des NS-Regimes jahrelang im Untergrund und kam 1944 ins KZ Ravensbrück. Nach dem Krieg arbeitete sie als Übersetzerin und Publizistin in Brüssel, Rom, Stockholm und London. Seit 1953 lebt sie mit schwedischer Staatsangehörigkeit als freie Schriftstellerin in Frankfurt am Main. 1997 erhielt sie den Hans-Sahl-Preis. In der Reihe der rororo-Taschenbücher liegen vor: die Romane «Die äußerste Grenze» (Nr. 12146), «Mit Ausblick zum See» (Nr. 12636) und «Ein ehrenhafter Bürger» (Nr. 13263) sowie die Berichte «Das Höllentor» (Nr. 12873) und «Im Netz» (Nr. 13501).

Anja Lundholm

Morgen
Grauen

Roman

Rowohlt

Veröffentlicht im Rowohlt Taschenbuch Verlag GmbH,
Reinbek bei Hamburg, Dezember 1997
Copyright © 1997 by
Rowohlt Taschenbuch Verlag GmbH,
Reinbek bei Hamburg
Die Erstausgabe erschien 1970
im Marion von Schröder Verlag, Düsseldorf
Umschlaggestaltung Ingrid Albrecht
Illustration Susanne Thurn
Satz Garamond (Linotronic 500)
Gesamtherstellung Clausen & Bosse, Leck
Printed in Germany
1690-ISBN 3 499 22220 5

Jetzt, da sie leben würden, kam ihnen die Sinnlosigkeit ihres Daseins zum Bewußtsein: sie waren verschont geblieben, aber sie hatten niemanden, für den sie leben, hatten keinen Platz, an den sie zurückgehen konnten, hatten nichts, für das es sich zu leben lohnte.

Simon Wiesenthal

28. April 1945

Noch gestern hatte die Straße gar kein Gesicht gehabt. Farblos, schnurgerade zog sie sich kilometerweit durch die mecklenburgische Landschaft, von Ost nach West, von West nach Ost, gesäumt von staubigen Chausseepappeln. Seitdem jedoch der Vormarsch der russischen Armeen spürbarer wurde, war etwas Neues über sie gekommen: Die Straße hielt den Atem an. Ganz still lag sie da. Kein Hund bellte, kein Huhn gackerte, nirgendwo eine menschliche Stimme. Nur die grausilbrigen Baumkronen raschelten leise nach jeder fernen Detonation.

Mit einem Schlag war das nun heute anders geworden. Ganz plötzlich war die Straße erfüllt von Lärm, von sich wehrendem Leben, von Panik, Chaos, Todesangst. Fliehende, verwirrte Bauern, Zurufe, Geschrei, umgestülpte Wagen, gestürzte Pferde. Deutsche Soldaten, schmutzig und verschwitzt, tauchten aus den verschiedensten Richtungen auf:

«Weg! Weg von hier – die Russen kommen!»

Der Himmel war Flammenschein und Rauch. Russische Tiefflieger beschossen das Durcheinander in pausenlosen Attacken.

Irgendwo am östlichen Teil der Straße, hinter dem malerischen Ort Fürstenberg, befand sich das berüchtigte Lager Ravensbrück, das größte Frauenlager, Endstation vor allem für politisch Andersgesinnte aus dem Deutschen Reich sowie Angehörige des weiblichen Widerstandes aus ganz Europa. Auch hier seit heute früh Chaos; Panik unter den Wachmannschaften, erwartungsvolle Unruhe unter den wenigen überlebenden Häftlingen. Die Befehle widersprachen sich, hoben sich gegenseitig auf:

«Alles zum Appell antreten lassen – abzählen!»

«Häftlinge niedermachen – Lager anzünden!»

«Quatsch. Nur die Papiere. Ist der Kinderspielplatz fertig, Wippe und Schaukeln? Alle Leichen weg? Gut, dann raus hier, los, vorwärts! Na wird's bald?»

Quietschend öffnete sich das schwere Eisentor, und der noch verbliebene Lagerinhalt vermischte sich mit dem ziellosen Durcheinander der Straße. Jeder sich selbst der Nächste.

Murks, das gestreifte bekittelte Wesen mit dem roten Dreieckswinkel und der Nummer zweiundsiebzig vier zwanzig auf zerschlissenem Ärmel, tapste unbeholfen ob der ungewohnten Bewegungsfreiheit am brennenden Waldrand entlang und stellte verwundert fest, daß es noch lebte. Anscheinend ging es also weiter, ob man wollte oder nicht. Auch wenn man mit sich selbst nichts mehr anzufangen wußte. Murks hatte einmal, in einem früheren, halb vergessenen Leben, einen viel hübscheren Namen gehabt und war ein Mädchen gewesen. Aber nach monatelanger ‹Beruhigungskost› in mehreren politischen Gefängnissen sowie einigen undefinierbaren Spritzen im Lager war dieser Umstand zur reinen Theorie geworden. Murks wußte nur noch, daß es ein Wesen war, das Hunger hatte und schlafen wollte. Selbst an seiner ursprünglich menschlichen Beschaffenheit waren ihm schon Zweifel gekommen. Auch hier fehlte es ihm an spontanem Zugehörigkeitsgefühl.

Seinen jetzigen Namen hatte es bei der nächtlichen Zwangsarbeit in den Fabrikhallen des Lagers erhalten, als eine Aufseherin plötzlich losgebrüllt hatte:

«Schlaf nicht ein, blödes Aas. Alles, was du machst, ist Murks!»

Der diese Feststellung begleitende schmetternde Knall einer gezielten Ohrfeige riß auch die Arbeitskameradinnen aus ihrem Halbdämmer. Von da an hatte Murks seinen Spitznamen weg.

Drüben auf der anderen Straßenseite hockte das Skelett und grinste erfreut, als es Murks in der gleichen Streifenkleidung erblickte, die ihm selbst um die Knochen hing. Vielleicht sah es auch nur wie Grinsen aus, weil die Zähne bis zu den Ohren durch die papierdünne Haut schimmerten, und weil die Augen, eingesunken in schwärzliche Höhlen, schwer zu erkennen waren. Murks ging zu ihm hinüber, schob mit der Pantinenkuppe einen zerschossenen Kinderwagen aus dem Weg und sagte:

«Heil. Kommste mit?»

Das Skelett erhob sich mit bewundernswerter Leichtigkeit, nickte von dünnem Hälschen und erklärte mir rauher Stimme:

«Klar doch!»

Freundlich, stumm und gleichmütig wanderten die beiden nebeneinander her, während um sie herum das Inferno tobte. Die Straße bedeckte sich mit Leichen – verbrannten, erschossen, überfahrenen, zu Tode getrampelten Menschen. Häuser und Scheunen am Wegrand standen in Flammen. Eingesperrtes Vieh brüllte seine Todesangst aus brennenden Ställen. Die Luft stank nach verkohltem Fleisch.

«Bist du Mann oder Frau?» wollte Murks wissen.

Das Skelett schwieg lange, verkündete schließlich unsicher:

«Früher hieß ich Ellen.»

«Dann warste weiblich», belehrte es sein neuer Weggenosse und betrachtete Ellens unbeabsichtigt fröhliche Mundpartie, «werd dich Grinny nennen. Ellen ist blöd!»

Skelett wollte etwas sagen, als es über einen am Weg liegenden Gegenstand stolperte und kopfüber hinflog. Seine Knochen machten ein häßliches Klappergeräusch. Fluchend rappelte es sich wieder hoch, während Murks sich nach dem Gegenstand bückte, der den Fall seines Kameraden verursacht hatte.

«Marmelade», sagte es staunend, «ganzer Pott Marmelade, Grinny!»

«Aufmachen!» befahl das praktischer veranlagte Skelett und sah sich nach einem dazu geeigneten Instrument um. Nach vergeblichem Durchwühlen mehrerer verstreut am Wegrand liegender Koffer fand es eine rostige Zange, die ihren Zweck erfüllte.

«Du, aber nicht hier!»

Vorsichtig, damit ihnen niemand folgte, zogen sich die zwei

Weggenossen in eine kleine Waldung zurück. In hemmungsloser Gier machten sie sich mit den Fingern über den Büchseninhalt her, vergaßen die Umwelt. Eines der Hauptziele ihrer Dämmerexistenzen – ‹Hunger stillen› – war erreicht. Höchste irdische Glücksseligkeit. Alles andere war für den Augenblick aus ihrem Bewußtsein gelöscht.

Murks hob als erste den Kopf. Es hatte etwas gehört:

«Du, da kommt wer auf uns zu!»

Grinny zuckte nur gleichgültig die Achseln, nahm sich nicht die Mühe, aufzuschauen. Sie war fast satt, und das machte faul. Es raschelte in den Büschen, Äste brachen, und dann stand da plötzlich vor ihnen ein ‹grüner› SS-Mann, starrte sie beide einen Augenblick leer und verwundert an, sank langsam, fast behutsam in die Knie und legte sich Skelett bewußtlos vor die Füße. Gleichmütig schaute es marmeladeverschmiert auf den Mann hinunter, während Murks lachte, daß ihm die Tränen aus den Augen schossen. Es konnte gar nicht wieder aufhören. «Was findste denn so komisch?»

«Daß dein Anblick sogar 'n SS-Heini aus den Pantinen kippen läßt. Dein Kahlkopp mit den Riesenohren hat ihn glatt umgeworfen.»

Grinny war beleidigt:

«Na, und du? Kommst ja wohl auch nicht grade von 'ner Vergnügungsreise auf 'n Luxusdampfer mit deiner Borstenfrisur, und Hände und Schnauze voller Marmelade. Weißte, was ich glaube? Der hat gedacht, das ist Blut, was wir an den Pfoten haben. Und da ist ihm schlecht geworden.»

Jetzt lachten sie beide, satt und vergnügt. Grinny gähnte:

«Bin müde. Weck mich, wenn's was Besonderes gibt. Nacht!»

Mit dem Kinn wies Murks auf den immer noch reglos daliegenden Soldaten:

«Und was machen wir mit dem da?»

«Erst mal Waffe abnehmen. Und dann guck mal seine Taschen durch.»

Murks kroch auf allen vieren zu dem Ohnmächtigen hinüber und versuchte, das Koppel mit der Revolvertasche abzuschnallen. Es war gar nicht so einfach und gelang erst nach mehrfachem Wenden des schweren Körpers. Grinny zog sich die Tasche heran, legte eine alte Decke darüber und machte aus ihr ein Kopfkissen, während Murks die Uniform absuchte:

«Alles Papiere mit Stempeln. Und hier 'ne Flasche. Was mag da drin sein?»

Skelett schnüffelte an dem Kognak, schüttelte sich, befahl:

«Gib's ihm. Einfach in den Mund schütten!»

Mit der klebrigen linken Hand packte Murks den Unterkiefer des Liegenden, zog ihn hinunter und kippte ihm mit der rechten den Flascheninhalt zwischen die Zähne. Es roch penetrant nach Alkohol, und Murks wurde ziemlich schwindelig. Mit blinkenden Augen beobachtete es, wie sich das blutleere Gesicht des Mannes vor ihm langsam belebte. Dann schlug der Soldat plötzlich die Augen auf, braune tastende verwunderte Augen. Sie blieben an Murks mißtrauischem Knabengesicht hängen. Erfaßten die magere Gestalt im blaugrauen Streifenkittel. Für einen Augenblick glitt der Anflug eines Lächelns über seine Züge. Vorsichtig richtete er sich auf, stützte sich auf den Ellenbogen.

«Danke», sagte er leise, «danke für die Hilfe. Ihr seid Häftlinge, nicht wahr?»

«Und Sie SS!» fauchte das Skelett, nun wieder munter.

Der Mann hatte Verstehen im Blick:

«Nein», sagte er ruhig, «das bin ich nicht. Trotz der Abzeichen!»

Auf Murks' zweifelnde Miene hin fuhr er fort:

«Schon mal was von Frontbewährung gehört?»

«So 'ne Art Bestrafung für fehlende Kampflust, soviel ich weiß. Hat man Sie …»

«Für den Heldentod kostümiert? Genau. Falls ihr's nicht glaubt …»

Mit einem Ruck setzte er sich aufrecht, griff in die linke innere

Brusttasche. Instinktiv wich Murks zurück, und Grinny ging automatisch in Deckung. Häftlingsreflexe. Der Soldat hielt ihnen seinen Ausweis entgegen. Mit ausgestrecktem Arm nahm ihn Murks ab, prüfte ihn umständlich. Im Lesen fehlte ihm seit einigen Jahren die Übung. Zweifellos hatte der Soldat hier die Wahrheit gesprochen. Jetzt war er ebenso auf der Flucht wie sie selbst. Verwundert war er nicht, nur müde, todmüde und erschöpft. Dennoch zeigte er Besorgnis für die Lage seiner neuen Wegkameraden:

«Wir warten die Dunkelheit ab. Dann suchen wir Kleidung für euch. Eure Streifen verraten euch meilenweit – noch ist Krieg!»

So hockten sie einträchtig im angesengten Gras des Waldrands beisammen, der SS-Mann und die Häftlinge, nur unvollständig von mageren Waldbäumen vor den Blicken ihrer Feinde verborgen.

Es dämmerte. Abendstille wuchs aus der kühlenden Erde, begann sich auszubreiten. Die Vogelrufe kamen näher. Plötzlich, übergangslos, trommelfellsprengendes Getöse, Pfeifen, aufheulende Luft, scharfes Knattern.

«Russen! Tiefflieger!» schrie der Soldat, «flach auf die Erde, Gesicht nach unten!»

Alle drei warfen sich bäuchlings nebeneinander hin, preßten die Nasen fest in den moosigen Boden. Um sie herum spritzte die Erde auf, dröhnte, raste, maschinenfeuerte es. Minuten später war der Spuk verschwunden, ebenso plötzlich, wie er aufgetaucht war.

«Schluß!» sagte das Skelett erleichtert in die Erde hinein. Vorsichtig hob Murks den Kopf. Doch die Aussicht war versperrt von einer fetten schwarzen Lederwand unmittelbar vor seinem Gesicht. Langsam, ahnungsvoll, ließ Murks die Augen nach oben weiterwandern. Sie erfaßten in mittlerer Höhe über dem Leder, das sich als Schaftstiefel erwies, eine breite Hand an geöffneter Pistolentasche. Hoch oben bellte eine wohlbekannte Stimme aus lippenlosem Mund:

«Ausreißen wolltet ihr Schweine, was? Könnt euch so passen,

zu den Russen überzulaufen! Aufstehn! Na, wird's bald? Hände zusammen!»

Darf doch nicht wahr sein – ausgerechnet der Lagerkommandant – dachte Murks noch. Dann klappten zwei Paar Handschellen zu. Höhnisch wandte sich der Hauptsturmführer an den völlig überrascht am Boden hockenden Soldaten:

«Sieh mal an, die Herren von der Front treiben schon wieder Rassenschande. Sind wir schon wieder soweit, wie? Wohl lange keinen Weiberarsch mehr gehabt, was?»

Mit verengten Augen starrten sich die Männer an. Der Soldat war aufgesprungen. Bevor er jedoch etwas sagen konnte, hatte der Lagerkommandant, einen Schritt zurückspringend, seinen Revolver gezogen:

«Schweine, verdammte! Landesverräter! Deserteure! Ich werd euch lehren …», kreischte er mit sich überschlagender Stimme. Ein paar schnelle Schüsse – wie matt sie klingen nach dem vorangegangenen Lärm! wunderte sich Murks noch – und ihr neuer Wegkamerad sank tödlich getroffen in sich zusammen. Mit der noch rauchenden Revolvermündung fühlten sich die beiden gefesselten Häftlinge in Richtung Straße gestoßen, wo ein aus sechs hochbepackten Lastwagen bestehender Treck auf sie wartete. Es war die Lagernachhut von Ravensbrück, das Aufräumkommando und seine SS-Bewacherinnen. Die meterhohen Ladungen bestanden aus Habseligkeiten der im Lager Umgekommenen, ihren Kleidern, ihrem Schmuck. Dazu kamen eine große Anzahl – für die Inhaftierten bestimmten, von ihren Bewachern unterschlagenen – Rote-Kreuz-Pakete aus Kanada und Schweden. Hoch oben, wie Geier auf ihrer Beute, hockten SS-Aufseherinnen. Viele Hände packten roh zu, um die zwei Gefangenen in ihren Fesseln hinaufzuzerren. Und während sich der Zug schwerfällig wieder in Bewegung setzte, hagelte es Schläge und Beschimpfungen auf die beiden nieder, die alles mit dem Gleichmut jahrelanger Gewohnheit über sich ergehen ließen. Nur eines empfanden sie als ausgesprochen unbehaglich: die Blickrichtung Himmel. Man hatte sie, die Hände auf den Rücken gefesselt und das Gesicht nach oben, auf die Beutesäcke geworfen. Sie würden mit ihrer Streifenkleidung den Tieffliegern eine ausgezeichnete Zielscheibe abgeben, überlegte Murks. Aber vielleicht wußten die Russen bereits um die Bedeutung dieser speziellen Art Kleidung. Fast schien es so, denn es geschah ihnen trotz eines neuerlichen heftigen Angriffs nichts, obwohl zwei der vorderen Wagen brannten.

Nun wurden auch die weiblichen SS-Wachen unruhig.

«Meinste Elsa, dat die noch mal zurückkommen tun?» fragte eine ziemlich unsichere Stimme aus schneidiggrauer Uniform in singendem Rheinisch.

«I wo, Gerda. Nu mach man nich gleich schlapp. Denen ihre Muniton wird ja auch mal alle werden», versuchte ihre ältere Kollegin sich selbst zu trösten.

Murks grinste. Mit Betonung sagte es in den Dämmerhimmel hinein:

«Die kommen zurück. Noch oft!»

Beide Aufseherinnen zuckten zusammen:

«Was sagste da? Wie so verstehst du unsere Sprache so gut? Bist du denn Deutsche?»

«War mal eine. Ist schon lange her.»

Gerda begann, die Nerven zu verlieren. Heftig fuhr sie Grinny an: «Und jrins jefälligst nich so blöd! Ist gar nich so komisch, wie du dir denkst!»

Nun grinste das Skelett wirklich. Murks erklärte:

«Nehmen Sie es nicht krumm. Was aus ihr grinst, ist nur der Hunger. Sie ist durchsichtig, wissen Sie …»

Aus der Ferne drang das Brummen neuer Anflüge. Plötzlich kam Leben in die SS. Sie drehten die Häftlinge auf den Bauch, lösten ihnen die Handschellen, erkundigten sich mit hastigen Stimmen, ob sie vielleicht etwas zu essen wünschten.

«Frage!» sagte Murks. Grinny grinste nur.

Die Pakete des Roten Kreuzes enthielten Traumdinge. Selbstvergessen mampften sie kanadische Crackers, spülten sie mit

Orangensaft aus der Büchse hinunter. Das Brummen kam näher, verstärkte sich. Die Wächterinnen zeigten sich plötzlich geradezu hektisch besorgt um das weitere Wohlergehen ihrer Schützlinge. Viel zu leicht bekleidet seien die armen Mädchen, meinten sie, besonders jetzt, wo es auf die Nacht zugehe. Das konnte man als verantwortungsbewußte Aufseherin nicht zulassen:

«Diese dünnen Papierkittel, damit könnt ihr euch 'ne janz fiese Erkältung holen. Wo ihr schon nichts auf den Rippen habt! Paßt auf, ich mach euch 'nen Vorschlag: Zieht die Dinger aus, und wir jeben euch dafür unsere warmen Jacken. Ist noch prima Tuch von vor dem Krieg. Und die Stiefel könnt ihr auch haben. Nu macht mal schon 'n bißchen dalli, bevor die Knallerei wieder losgeht!»

«Wir ziehn so lange eure Kittel an. Macht uns nix aus, wir frieren nicht so leicht!» assistierte ihr die Kollegin drängend.

«Nee. Vielen Dank!» sagte das Skelett. Auch Murks schüttelte entschieden den Kopf.

«Ja, seid ihr denn blöd? Wenn ihr wüßtet, wie schön warm es in den Jacken ist!»

«Eben. Viel zu warm», sagte Murks.

«Ich will 'nen Pelzmantel!» verkündete Grinny, «in dem Sack unter mir sind welche drin, ich hab geguckt.»

Aus dem Fliegergebrumm wurde Dröhnen. Die Aufseherinnen zogen die Köpfe ein und drückten sich flach gegen die Säcke.

«Wart bis nach dem Angriff – schnell – hinlegen!» befahl Murks der Gefährtin, und mutig boten sie ihre gestreifte Brust dem Angreifer aus der Luft dar. Wieder geschah ihnen nichts. Aber die Salven pfiffen ihnen nah um die Ohren. Treffsicher hatte der Pilot Gerda sowie mehrere ihrer Kolleginnen von den anderen Wagen abgeschossen. Dann war er weg. Nun brannte auch der erste Wagen. Die bei den Häftlingen verbliebene Aufseherin wimmerte wie ein Säugling vor sich hin. Mit Hilfe des zum Teil männlichen Aufräumkommandos ließ der Kommandant die Toten von den Wagen herunterholen und Säcke abladen, die man fortwerfen mußte, wollte man weiterkommen.

«Fünf Tote, schon drei Wagen – Schweinerei!» zog seine kläffende Stimme inmitten allgemeiner Verwirrung Bilanz.

Murks und Grinny hatten sich unterdessen an die Pelzmäntel herangemacht. Während das Skelett in schwarzem Persianer versank, erwischte Murks seidenweichen hellbraunen Biber, der einen etwas morbiden Gegensatz zu dem geschorenen Häftlingsschädel mit den abstehenden großen Ohren bildete. Zumal beider Füße noch in ungleichen Häftlings-Latschen steckten. Das jedoch tat dem Luxusgefühl keinen Abbruch. Nun fehlte nur noch Schlaf, und das Glück war vollkommen.

Die Nacht war angebrochen, und immer noch hantierten SS und Häftlinge vom Aufräumkommando mit dem Ballast. Die Flieger waren nicht wiedergekommen, die Leichen oberflächlich bestattet und der Straßenlärm verstummt. Knisternd und knackend brannten die Wagen aus. Einer der Männer vom Räumkommando, ein Pole, entdeckte die Pelzgestalten zwischen den Kleidersäcken, pirschte sich nah an sie heran:

«Bring euch hier weg – morgen früh – bleibt ruhig!»

Dann nahm die Nacht ihn wieder auf. Murks gähnte und bettete sich tiefer in den Biber. Unter dem Persianer schnarchte das Skelett. Langsam setzte sich der jetzt wesentlich leichter beladene Treck wieder in Bewegung.

29. April 1945

Sieben Stunden später neuerlicher Halt in einer kleinen Ortschaft mit ein paar Wohnhäusern und weiten Feldern. Die aufgehende Sonne tauchte die Scheunen am Wegrand in fades Rot.

Wieder wurden Säcke abgeladen, denn immer noch kam man nicht schnell genug voran; die Angst eilte voraus. Hart an Murks' Ohr wisperte eine drängende Stimme:

«Fertig. Seid ihr soweit?»

Murks nickte und warf einen schnellen Blick auf den schlafenden Persianer. Der Pole entfernte rasch und geschickt ein paar Schuhsäcke vom Wagen, packte die Bibergestalt unter den linken, den Persianer unter den rechten Arm:

«Knie anziehn!» und war mit wenigen Schritten in der leeren Scheune auf der gegenüberliegenden Straßenseite. Dort ließ er sie auf den Boden nieder, murmelte etwas, das wie ‹Gott mit euch› klang, und entfernte sich eilig.

Grinny war während des Transportes nicht einmal aufgewacht. Mit angehaltenem Atem wartete Murks auf das Geräusch der abfahrenden Wagen. Aber da draußen ließ man sich Zeit. Es schien dem erregten Häftling eine Ewigkeit, bis endlich das schwerfällige Anlassen der Motoren den Aufbruch ankündete. Und es vergingen noch etliche Minuten, bevor auch das letzte Brummen in der Ferne erstarb.

Erst jetzt wagte es Murks, die verkrampften Glieder zu strecken. Ein völlig neues Gefühl von Weite breitete sich in ihm aus, machte es benommen und glücklich. Verwirrt lachte es vor sich hin. So schwebend leicht war ihm noch nie zumute gewesen, wenigstens nicht mehr seit vielen Jahren. Es schälte sich aus dem Pelz, erhob sich und öffnete vorsichtig den Hinterausgang der Scheune. Land, frischgepflügte Äcker in der Morgensonne, soweit das Auge reichte. Und strenge Stille. Nirgendwo ein Lebenszeichen, was Murks in Anbetracht jahrelang erzwungener ununterbrochener Tuchfühlung als besonders wohltuend empfand. Das Weitegefühl zwischen den Rippen schwoll mächtig an. Es gab noch eine Reihe anderer Scheunen weiter hinein ins Feld. Die ihre war der Straße am nächsten. Von dort kam kein Laut. Nach dem Abzug des Lagertrecks schien die Straße ausgestorben zu sein. Das war kein gutes Zeichen. Denn wieder hielt die Chaussee den Atem an, wieder war es die Ruhe vor dem Sturm, die selbst die Tiere bewog, sich still zu verkriechen.

Murks, übersättigt vom ersten Freiheitsrausch, überkam ein starkes Verlangen nach Schlaf, nach tiefem ungestörtem Schlaf. Aber nicht hier, so nah der Straße. Suchend blinzelte es gegen die Sonne. Da war, tief in friedliches Feld gebettet, eine größere, einladend aussehende Scheune. Grinny öffnete nur widerwillig die glanzlosen Augen, als es sich heftig an den Schultern gerüttelt fühlte:

«Los, komm, wach auf! Wir gehen in den Schober dort drüben, der ist sicherer. Da kannste weiterpennen.»

So jagten in aller Morgenfrühe zwei seltsame Gestalten in kostbaren Pelzen über die Felder und verschwanden in der Scheune eines verlassenen Gehöfts. Dort fanden sie Kornsäcke bis an die Decke gestapelt, die jedoch auf der rechten Seite zwischen oberster Lage und Dach gerade genügend Platz für ein behagliches Nest boten. So schnell die beiden hinaufgeklettert waren, so schnell waren sie auch schon eingeschlafen, fest und traumlos, zum erstenmal in Sicherheit vor ihren Verfolgern. Jedenfalls den bisherigen …

Murks wachte von einem merkwürdigen leisen Zischen auf, das in regelmäßigen Abständen kam und wieder verklang. Mal näher, dann wieder aus der Ferne. Gähnend dehnte es die Schultern. Wie lange mochten sie geschlafen haben? Es blinzelte durch die Latten der Holzverschalung. Der größte Teil der Felder lag im Schatten, also mußte es schon Nachmittag sein. Auf den ersten Blick schien alles unverändert. Dann sah es die Leuchtpünktchen. Kamen, verschwanden in verblüffender Schnelle. Sie waren es, die zischten. Da, wo sie erloschen, ließen sie kleine Erdlöcher zurück. Murks weckte die schnarchende Kameradin:

«Nix wie raus hier! Sie beschießen uns!»

«Wer schießt?» Skelett gähnte uninteressiert.

«Weiß nicht. Los, komm schon, wir müssen zu den Wohnhäusern auf der anderen Straßenseite!»

Eilig kletterten sie die Kornsäcke hinunter, öffneten vorsichtig das Tor und spähten hinaus. Außer dem leisen Pfeifen der Einschläge war kein Laut zu vernehmen. Aber direkt vor dem Scheuneneingang lag ein Toter. Er hatte eine zartrosa gerippte Wange in dem sonst rauchgeschwärzten Gesicht, das einen friedlich erstaunten Ausdruck zeigte, so als sei sein bisheriger Besitzer ganz aus Versehen in diesen Krieg geraten. Vermutlich hatte er hier schon einige Zeit gelegen, denn die Leichenstarre hatte bereits eingesetzt, die angewinkelten Unterarme streckten sich den Häftlingen puppenhaft steif entgegen. Nachdenklich blickte Murks auf ihn hinunter. Noch nie hatte es solch eine Uniform gesehen. Sie war grün und ziemlich salopp, sah eigentlich mehr nach einer Jägertracht aus. Bis auf den flachen Helm, der ihm halb vom Kopf gerutscht war. Dazu trug der auffallend kleine Kerl Wickelgamaschen. In der rechten steckte eine Gabel.

Ein plötzlicher Windstoß trug Brandgeruch zu ihnen herüber; auf der anderen Seite des Feldes rauschte die Luft auf; aus einer der Scheunen barsten Flammen. Die beiden sahen sich an:

«Nun aber los!»

Wie Hasen jagten sie durch den Hagel der jetzt dichter werdenden Einschläge quer über die Äcker auf den Straßengraben zu, ließen sich atemlos hineinfallen. Zum Glück war er ziemlich tief. Vorsichtig hob Murks den Kopf und spähte über den Rand:

«Müssen es riskieren. Bis zum Graben drüben sind's nur ein paar Meter.»

«Mensch, die Straße liegt doch unter Beschuß!»

«Na, wenn schon. Flach rüberrobben, wie wir's im Lager gelernt haben, dann rollen und fallen lassen. Ich zähl bis drei – Achtung ...» Noch einmal atmeten sie tief durch, dann krochen sie, platt an das Steinpflaster gedrückt, zur anderen Straßenseite und purzelten kopfüber in den Graben, während die Feuerstöße über sie hinwegfegten. Ein paar Augenblicke lang blieben sie reglos liegen:

«Biste jetzt noch da?» – «Klar. Nischt abbekommen. Und du?» «Bis jetzt noch nichts!» Skelett hob den Kopf:

«Wir ham's doch geschafft?»

«Noch nicht ganz. Da drüben das Haus. Sieht ganz solide aus. Da rein, egal, wer drin ist!»

«Schaff ich!» nickte Skelett abschätzend. Seine Dürre und Schwerelosigkeit machten es ihm leicht, sich durch den Kugelregen zu lavieren, leichter als Murks, das immerhin noch etwas Verpackung um die Knochen hatte.

Neuerliches Luftholen. Dann sprangen sie auf, rannten geduckt auf das Haus zu. Grinny, zuerst angekommen, schlug gegen die Tür. Sie war unverschlossen. Sekunden später lagen beide japsend im schützenden Hausflur. Murks rappelte sich hoch:

«Bleib ganz ruhig. Erst mal feststellen, ob hier jemand ist!»

Mit einer rauh gewordenen Knabenstimme rief es laut:

«He – ist hier jemand?» Aber alles blieb still.

Skelett war unterdessen zur Küchentür links der Diele gekrochen. Kurz darauf ertönte ein krächzender Schrei aus seiner verdorrten Kehle. Erschrocken folgte ihm Murks in die sauber eingerichtete Küche. Da stand Grinny mit herabhängendem Unterkiefer vor der offenen Kühlschranktür und starrte verzückt ins Innere.

«Kartoffelsalat!» flüsterte es andächtig, «Kartoffelsalat und rosa Fleisch!» – «Roastbeef!» sagte Murks, während ihm das Wasser im Mund zusammenlief.

«Roßbiff!»

«Nicht Roßbiff, Grinny, R-o-u-s-t-b-i-e-f mit Betonung auf *bief*. Das ist englisch.»

«Mensch, bist du gebildet. Warst mal was Feines, was?»

Skelett war beeindruckt. Murks erinnerte sich nicht mehr. Sein ganzes Leben bestand vorläufig immer noch aus Gebrüll, Schlägen, Gitter und Stacheldraht. Mit zärtlichen Fingern nahm es eine Roastbeefscheibe, steckte sie in den Mund, schloß andächtig die Augen. Grinny tat es ihm nach, kaute mahlend, schluckte.

«Schmeckt wie Kaninchenstreicheln», flüsterte sie hingegeben.

Murks ermannte sich, klappte die verführerische Schranktür zu:

«Jetzt schauen wir uns erst mal das Haus an. Komm!»

Der Küche gegenüber lag das Eßzimmer, ein quadratischer Raum mit Mitteltisch und Stilleben über der polierten Anrichte. Die ebenerdigen Fenster gingen auf die Landstraße hinaus, über die noch immer, wenn auch schon in ungleichmäßigeren Zeitintervallen, waagerechte Blitze zuckten. Skelett hockte sich auf einen der hohen Eßzimmerstühle und sah plötzlich ganz klein und schrumpfig aus inmitten der behäbigen Bürgeratmosphäre. Den Persianer hatte es, in plötzlich erwachendem Ordnungssinn, draußen an die Garderobe gehängt. Auch Murks hatte den Biber abgelegt. Nun saßen sie sich beide, wieder in ihren Streifenkitteln, am Tisch gegenüber.

«Wie lange warst du eigentlich drin, Grinny?»

«Wart mal, muß erst nachrechnen. Also – acht Jahre. Wegen politisch oder so. Hab's vergessen. Du, komischer Saal hier, nicht?»

«Ist kein Saal. Ist 'n Eßzimmer.»

Grinny kicherte:

«Wieso Eßzimmer? Seit wann brauchste dazu 'n Extrazimmer? Essen kannste überall, nich wahr? Wo wir eben waren, da war auch Eßzimmer. Mit Roßbiff.»

«Klar. Aber weißte, die SS, die hier wohnte, die machte noch auf fein. (Alles, was nicht Häftlinge war, war SS.) Wenn er Hunger hatte, ging der Kerl hier rein, setzte sich an den Tisch und brüllte: ‹Hunger!› Und dann kam ...»

«Die Pawelka vom Küchenkommando?»

«... seine Frau und brachte ...»

«Erzähl, was sie brachte. Aber nichts auslassen!» verlangte Grinny mit gierigen Augen.

«... und brachte ihm Suppe ...» – «Süße Suppe mit Rosinen ...» «Nee, ganz dicke mit Gemüse und Roastbeef drin, und drei ganze Scheiben Brot für ihn allein, und Heringe und Kartoffeln und ganze Karotten ohne Schale und dicke Braten mit viel Soße und harte Eier und Salate und Obst und Marmelade und Käse und Salzbutter – und – und ...» Murks, Augen halb geschlossen, geriet ins Träumen. Grinny hörte hingerissen zu und ergänzte:

«Und Griesbrei und Kartoffelpuffer und» – sie holte tief Luft –, «Gänsebraten!»

Eine Weile saßen beide in Gedanken versunken da, aßen sich satt an den Bildern ihrer Vorstellung. Schließlich hob Murks den Blick, sah sich im Raum um, starrte das Stilleben auf der gegenüberliegenden Wand an. Da lag ein dicker toter Vogel mit dem Kopf nach unten neben ein paar unnatürlich roten Äpfeln und prallen Weintrauben, und ein bläulicher Fisch mit böse totem Blick war um einen halbvollen Weinpokal drapiert. Garnierte Leichen! dachte Murks, bestimmt waren die Hausbesitzer stolz auf das Bild. Regte vermutlich ihren Appetit an ...

Skelett hatte einen Einfall: «Weißte was? Wir spielen jetzt SS. Du bist der Mann und ich die Frau. Du bleibst hier sitzen, und ich geh in die Küche. Dann brüllst du ganz laut: Hunger! und dann komm ich rein mit dem Kartoffelsalat und dem Roßbiff, ja?»

Von seiner Idee entzückt, verschwand es in der Küche. Murks stützte das Kinn in die Hände und studierte die von der Lampe zur Tischmitte herabbaumelnde Klingel. Versuchsweise drückte es den Knopf in die Holzbirne, aber nichts geschah. Kein Strom.

«Nu sag schon Hunger!» erschien Grinnys Kahlkopf in der Tür.

«Hunger!»

«Na also. Wie'n richtiger SS klang das aber nich.»

«Die haben auch nicht so'nen Hunger wie wir.»

Mit gewichtiger Miene und mühevoll kleinen Schritten kam Skelett mit dem Kartoffelsalat herein, baute ihn in der Mitte des Zimmers auf und fragte mit gezierter Stimme:

«Wünschest du auch Roßbiff, Gustav?»

Aber ‹Gustav› gab keine Antwort, sondern schaute gierig in die Schüssel. Grinny maulte beleidigt:

«Macht keinen Spaß, wenn du nicht mitspielst.»

«Keine Lust. Hol das Fleisch und laß uns endlich essen!»

Minuten später griffen vier magere Hände verlangend in die Schüsseln, packten mehrere Bratenscheiben auf einmal, schaufelten Kartoffelsalat in die hungrigen Münder. Murks erinnerte sich undeutlich:

«Eigentlich ißt man so was mit Bestecken.»

«Quatsch», schluckte Grinny, «schmeckt deswegen nich besser. Können uns ja hinterher die Hände waschen.»

Sättigung ließ weiteren Wortwechsel überflüssig erscheinen. Faul hingen sie über den Stuhllehnen, behaglichem Stumpfsinn ergeben, vor sich hindösend, als Murks plötzlich den Kopf hob. Sein immer waches Ohr hatte einen neuen gleitenden Laut vernommen, der von der Straße her zu kommen schien. Die Doppelfenster klirrten leise. Langsam erhob es sich und ging zu ihnen hinüber. Draußen geschah Merkwürdiges.

Die Sonne war schon im Sinken, und über das Pflaster glitten kaum hörbar mächtige braungraue Schatten in endloser Folge, von den Bäumen am Chausseerand nur unvollkommen verdeckt. Grinny war hinter die Kameradin getreten.

«Elefanten!» sagte sie verblüfft, «'ne ganze Herde. Muß 'n Zirkus sein.»

Murks ahnte Unheil:

«Das sind keine Elefanten. Das sind Panzerwagen. Tanks!»

«Aber die Deutschen sind doch abgehauen?»

«Sind auch keine Deutschen.» – «Was denn?» – «Russen!»

Das Wort hallte nach, fremd und bedrohlich. Eine Zeitlang schwiegen beide. Sahen der Einfahrt der Panzerkolonne zu.

«Kannste Russisch?» Skeletts Stimme klang benommen.

«Ne. Und du?»

«Schön wär's!»

«Das ist schlecht.»

Da war nun ganz plötzlich in der Welt der beiden, die bisher schlicht aus den zwei Faktoren ‹SS› und ‹Häftling› bestanden hatten, ein dritter, unkoordinierter aufgetaucht: ‹Russen›. ‹SS›, das war der Feind, der Angreifer, Inbegriff von Macht und Willkür, der Gewaltherrscher. ‹Häftling›, das war man selbst, der Feind des Feindes, der Machtlose, erzwungen Passive, der Ausgelieferte. Alle Rechte gehörten dem Starken. Aber man sprach noch die gleiche Sprache, auch wenn sie nur eingleisig von oben nach unten verwandt werden durfte. Doch jetzt dieser neue Faktor ‹Russe›, wie sollte man den eingruppieren?

Murks überlegte. Russen waren gegen alle Deutschen, gegen alles, was sie in Deutschland fanden. Also waren sie Feinde. Andererseits kamen sie, um die Gegner des Naziregimes zu befreien. Also kamen sie als Freunde. Sie verteidigten alle Unterdrückten gegen ihre Unterdrücker. Also waren sie Verbündete. Aber sie bekämpften alles, was nicht zum Proletariat zählte. Also waren sie doch …

«Blöd, daß wir sie nicht verstehen werden», seufzte es bedrückt, um hinzuzufügen:

«Und noch schlimmer, wenn es uns nicht gelingt, denen klarzumachen, daß wir nicht zu den anderen hier gehören…»

Grinnys blasser Kahlkopf war nur noch als heller Fleck im Dämmer der Stube erkennbar. Ein heller, schattenhaft grinsender Fleck: «Du, ich hab mal was gehört, was die mit Frauen machen, mit allen so zwischen fünf und neunzig» – ihre Stimme war zum Flüstern herabgesunken –, «vergewaltigen, bis sie tot sind. Und ganz unwissenschaftlich, nich wie bei der SS. Aus Lust!»

«Aus Lust?» Murks war entsetzt. Schon wieder ein neuer, dazu noch besonders beunruhigender Faktor, weil er aus unbekannter Sinneswelt stammte. Gefühl ohne Prinzip und Disziplin.

«Die halten uns schon nicht für Weiber, so wie wir aussehen!» Es klang nicht überzeugt.

Skelett packte die Enden seines Rocksaums, faltete den Stoff auseinander:

«Haste schon mal 'nen Mann so rumlaufen sehn?»

«Also komm, schaun wir mal nach, ob wir hier was zum Anziehn finden.»

Im Halbdunkel tappten die beiden durch den langgestreckten Flur zur hintersten Tür und traten in das geräumige Doppelschlafzimmer. Abendsonne fiel in breiten Streifen durch das Fenster und die halbgeöffnete Glastür zur geraniengesäumten Veranda hinaus. Fasziniert starrte Grinny auf das ausladende Doppelbett mit den bunten Steppdecken, während Murks die Kleiderschränke durchwühlte. Offenbar hatte hier ein Ehepaar gewohnt, das über Nacht in wilder Hast geflohen war und alles bis auf das Lebensnotwendigste stehen und liegen gelassen hatte.

«Na bitte!» sagte Murks und zog einen SS-Waffenrock aus dem linken Schrank hervor.

«Wenn du den anziehn willst, bloß weil er männlich is, dann bleibste besser in deine Streifen. Such weiter!»

«Und was machen wir mit dem Waffenrock! Wenn die Russkis das Ding sehen – soviel Deutsch verstehn die auch!»

«Laß ihn vorläufig hängen ...»

«Und uns hängen die mit dazu ...»

«Den schmeißen wir vorher schon weg!» knurrte Grinny ungeduldig und begann sich seines dreckstarrenden Streifenkittels zu entledigen. Was dabei zum Vorschein kam, setzte selbst ihre KZ-Genossin in Erstaunen. Kein noch so feines Knöchelchen blieb unter einer Haut verborgen, die wie blindes Cellophanpapier lose um das Gerippe hing. Ein wenig schrumpfiger Bauch war alles, was von einer einstmals menschlichen Gestalt übriggeblieben war.

Murks starrte: «Mensch, Grinny, Würmer aus den Nasenlöchern, und man könnt glauben, sie hätten dich wieder ausgebuddelt. Noch 'ne Sense über die Schulter, und dann laß nur die Russkis kommen!»

Grinny meckerte geschmeichelt: «Und dann mach ich ‹Huuuh›, und denn sind se ganz schnell wieder weg!»

Beide lachten aus vollem Hals; ihr Humor war aus dem Krieg und den absonderlichen Verhältnissen geboren, die er für sie geschaffen hatte. Sie standen mit dem Tod so selbstverständlich auf du und du, daß sie Entsetzen nicht mehr kannten.

Im Schrankfach des Mannes hingen mehrere Anzüge. Murks schlüpfte in eine weite graue Flanellhose, ergänzte sie mit einem frischgestärkten weißen Hemd aus der Wäscheschublade und dunkelblauem, ärmellosem Pullover. Nur die Schuhe paßten nicht. Also behalf es sich zunächst mit ledernen Schlupfpantoffeln. Das ging ganz gut.

«Klasse! Jetzt siehste ganz wie'n Junge aus!» bewunderte die Genossin, «und nun such mir was Schönes von der Frau raus, so was richtig Weibliches. Mir tun die Russen sowieso nischt.»

Murks zögerte:

«Na du, ich weiß nicht. Nach dem, was du vorhin erzählt hast … Sehr wählerisch scheinen die nicht gerade zu sein …»

«Können mir gar nischt tun!» Skelett kicherte vergnügt, «ham se mir im Lager alles wegoperiert. Da ist nischt mehr.»

Murks war beruhigt. Grinny bekam ein wunderschönes Chiffonkleid, flattrig rosé und mit lauter schreiend blauen Vergißmeinnichtsträußchen darauf. Es sah in seiner Kombination mit dem kahlen Schädel und den grünlichen Knochengliedern teuflisch aus, aber Skelett war begeistert. Dazu fand man ein paar Sandaletten mit himmelblauen Schleifchen über freien Zehenknochen.

«Schlafen!» verlangte Grinny, überwältigt von so viel Schönheit, und streckte sich, sorgfältig ihr Blumengewand unter sich glättend, auf dem Bett aus. Mit einem Satz lag die Kameradin neben ihr. Schlafen war immer und unter allen Umständen eine gute

Idee. Stille herrschte im Raum. Die Sonnenstreifen wurden matter, wanderten ab. Plötzlich richteten sich beide zu gleicher Zeit hoch, sahen sich an.

«Scheußlich!» sagte Skelett.

«Unmöglich!» bestätigte Murks.

«Und in so was haben die schlafen können? Alles gibt nach, nirgendwo 'n Halt. Mir is schon ganz schlecht!»

«Auf unseren vierzig Zentimetern im Lager hab ich besser gepennt. Nicht so weich und so – uferlos. Was machen wir jetzt?»

«Da gibt's nur eins!» Ächzend erhob sich Grinny. «Nich mal aufstehn kannste aus dem Schlamassel …», und streckte sich neben dem Bett auf dem wollenen Vorlegeteppich aus. Gleich darauf klang von unten her ein befriedigtes:

«Ah! Viel besser!»

«Prima Idee!» machte es sich Murks auf dem Bettvorleger auf seiner Seite bequem.

Langsam wuchsen die Abendschatten, breiteten sich im Zimmer aus und erfaßten zwei merkwürdige Gestalten, die zusammengerollt friedlichen Gesichts zu beiden Seiten des bequemen Doppelbetts auf dem Fußboden schliefen.

Mitternacht. Lautes Gepolter, Schlagen und Geschrei an der Haustür:

«Aufmachen! Los! Dawai!»

Mit einem Satz war Murks auf den Beinen, tastete sich durch den dunklen Flur zur Türe und drückte die Klinke herunter. Die blendende Helle einer auf sein Gesicht gerichteten Taschenlampe fuhr ihm entgegen.

«Daitsch?» herrschte ein russischer Soldat den Häftling an, senkte die Taschenlampe und setzte ihm dafür die fest unter seinen rechten Arm geklemmte Maschinenpistole auf die Brust. Er sah ausgesprochen mordlüstern aus. Hinter ihm erkannte Murks undeutlich eine Horde ganz gleicher Mongolengesichter mit breiten Nasen und Fellmützen. Die kleinen Schlitzaugen über vorstehenden Backenknochen funkelten vor Mißtrauen.

«Nix Daitsch», sagte es eher neugierig als erschreckt und deutete auf sein geschorenes Haupt, auf dem erster Nachwuchs wie Gras senkrecht in die Höhe zu sprießen begann. Im irritierend grellen Licht schien es ihm fast, als habe es nicht mindestens zehn, sondern nur einen einzigen Asiaten vor sich, einen Verrückten mit neun undeutlichen Spiegelbildern. Einen Augenblick lang starrten sich Murks und der Anführer stumm in die Augen. Offenbar verwirrten den Russen die fehlenden Anzeichen von Angst und Entsetzen beim Anblick seiner Bande und des schußbereiten Gewehrs bei diesem mageren Igelkopf da vor ihm. Ungeduldig machte er eine kurze ruckartige Bewegung mit der noch immer fest umklammerten Maschinenpistole von Murks' Brust weg nach rechts, anscheinend das Startzeichen für seine Begleiter, das Haus zu stürmen. Murks erhielt einen heftigen Schlag gegen die Schulter, der es an die Dielenwand schleuderte. Aber weh tat es nicht; zweieinhalb Jahre Vernichtungslager hatten weitgehende Schmerzimmunität erzeugt.

Das nun Folgende war ein wüstes Durcheinander von Gepolter, rohem Lachen, fremdartigem Geschrei, Krachen, Bersten, Splittern beim gespenstig huschenden Schein der Taschenlampen. Gegenstände tauchten kurz aus dem Dunkel auf, nahmen Gestalt an, um gleich darauf wieder zu versinken. Dann fiel der erste Schuß.

«Kultura kaputt!» jubelte eine besoffene Kastratenstimme. Gleichzeitig klirrten Scherben zu Boden. Die Soldaten schienen auf ein hübsches Spielchen gestoßen zu sein. «Kultura kaputt!» echote es begeistert aus allen Winkeln des braven Bürgerhauses, gefolgt von Schußsalven und splitterndem Bersten. Immer noch stand der Anführer der Horde mit wachen glitzernden Äuglein, Maschinenpistole im Anschlag, vor Murks und beobachtete scharf jede Regung auf dem Gesicht des Häftlings. Dem fuhr mittlerweile alles Mögliche durch den Kopf: Schade um das Haus – ob die

Grinny schon gefunden haben? – Ein paar von ihnen sind die Treppe hinaufgestürmt. Wie mag es da oben aussehen? Hätten doch besser erst mal nachsehen sollen – und die verdammte SS-Kluft hängt auch noch im Spind – na, gute Nacht, wenn sie die finden! – Wie abgrundtief häßlich der Kerl da vor mir ist! Also das sind die, auf die wir Häftlinge uns so gefreut hatten? «Haltet durch!» hatten uns die, die man ins Gas führte, noch zugeschrien, «bald sind unsere Befreier da!» – Befreier von was? Von ‹Kultura›? Murks mußte lachen, es fand den Gedanken komisch. Sofort hielt ihm der Soldat die Waffenmündung aufs Herz. Er schien mehr Angst zu haben als sein Gefangener.

Aus der Richtung des Schlafzimmers drang Stimmengewirr, das sich verstärkte. Zwei oder drei Schlitzaugen riefen triumphierend:

«Frau!»

Sofort stürzte alles zum wichtigsten Fund. Die von oben kamen eilig die Treppe hinuntergepoltert. Murks lauschte beunruhigt. Einige Minuten herrschte Stille. Wahrscheinlich sollten erst alle versammelt sein, bevor man im Geist des Kollektivs die Bettdecke der auf dem Boden schlafenden Gestalt wegzog, von der jetzt vermutlich nur die Schleifchensandalen sichtbar waren. Plötzlich ein einziger Aufschrei der Wut und Enttäuschung, in den sich so etwas wie Grauen mischte, und gemeinsam kamen sie alle wieder herausgestürmt, gefolgt von der verärgert krächzenden Grinny mit Flatterkleid und verschlafen blinkenden Augenhöhlen. Mit einem Satz war die Bande zur Tür draußen. Ihr Anführer, Murks' Bewacher, warf einen Blick auf das armefuchtelnde Skelett im Schein seiner Taschenlampe und folgte schleunigst seinem Rudel, ehe die beiden Hausbewohner wußten, wie ihnen geschah.

«Nich mal schlafen lassen können se einen!» fauchte Grinny zornig. Murks lachte erleichtert, seine Kameradin unversehrt zu wissen:

«Haste prima gemacht. Jetzt sind wir sie los.» Aber Skelett war wütend; seit seinem Einzug in das Haus hatte es hausfrauliche Triebe entwickelt.

«So 'ne Schweinerei!» schimpfte es, «schau dich um: Lampen zerschossen, Stühle zerbrochen, Gardinen runtergerissen, Fensterscheiben zertöppert – und der Kartoffelsalat is auch weg!»

«War ja bloß noch ein Rest!» versuchte Murks zu trösten. Doch Grinny ließ sich nicht beruhigen:

«Drohen, Brüllen, Hauen, meinetwegen Erschießen – gut, laß ich mir alles noch gefallen. Is ja noch normal. Aber das hier ...», sie hielt ihrer Kameradin die Scherben einer zarten Kristallvase in der offenen Hand entgegen, «nee, das geht zu weit. Da is doch kein Sinn mehr drin!» Die Hausfrau Grinny litt. Murks hatte, selbst in nebelhafter Vorzeit, da es mal ein Mädchen gewesen war, nie ausgeprägt weibliche Talente besessen, aber das verstörte Skelett tat ihm aufrichtig leid. Eifrig suchte es nach einer Möglichkeit, das ausgezehrte Wesen mit seinen femininen Gemütsregungen abzulenken.

«Komm, wir gehen mal die Treppe rauf und sehen nach, wie's oben aussieht. Gehört uns doch auch, nicht?»

Zum Glück hatte einer der ‹Chinesen›, wie Grinny die Mongolen bezeichnete, bei der eiligen Flucht seine Taschenlampe vergessen. Vorsichtig kletterten die beiden die schmale unter abgetretenem Läufer knarrende Stiege empor und standen auf einem kleinen rechteckigen Flur, in den vier Türen mündeten. Skelett öffnete eine, machte sie wieder zu und sagte:

«Klo.» Die zweite führte in eine Art Salon, in dem die Marodeure nur die Deckenbeleuchtung und ein paar Nippesfiguren zum Ziel ihrer Schießkünste gemacht hatten. Die übrige Einrichtung war intakt geblieben. Der gegenüberliegende Raum, ein Jungmädchenzimmer mit zwei Couchbetten, HJ-Wimpeln und Filmpostkarten an rosentapezierten Wänden, grenzte an ein geräumiges Kinderzimmer mit Gitterbettchen, weißlackierten zerkratzten Möbeln, Stofftieren in einer Ecke und über den ganzen Raum verstreuten Bleisoldaten. Grinny hockte sich nieder, hob einen flachen Panzerfaust schwingenden Infanteristen hoch, betrachtete ihn verträumt:

«Muß 'n Junge sein. Noch 'n ziemlich kleiner. Kann noch gar nich richtig mit Soldaten umgehen!» Murks war jedoch schon in den Salon zurückgegangen und leuchtete nun Stück für Stück die Einrichtung ab, das protzige Sofa mit den sorgfältig gebuchteten Seidenkissen und den zwei schweren Seitensesseln, den massiven Rundtisch mit eingelassener Glasplatte über Häkeldeckchen, die gelbe Stehlampe, den Bücherschrank, die frisch eingeschlagene Glasvitrine, das ...

«Grinny!» Aufgeregt packte es die hinter ihm stehende Kameradin am Handgelenk, «ein Klavier!»

«Na und? Kannste denn spielen?» Skelett war nicht beeindruckt.

«Früher konnt ich mal ...»

Weltenferne Erinnerungen tauchten auf. Murks als kleine Göre im rosa Taftkleid, weißen Socken und drückenden schwarzen Lackschuhen vor einem riesigen Bechsteinflügel. Und viele erwartungsvolle Menschen drumherum. Gesichter voll von aufdringlichem Wohlwollen. ‹Wächterlied› und ‹Anitras Tanz› von Grieg mit viel zuviel Pedal und im Höllentempo, um es hinter sich zu bringen. Das Publikum hat ein Gesicht, ein riesig großes, begehrlich entzücktes, horchend forderndes Gesicht, das näher und näher kommt: ‹Spiel, oder ich freß dich! Ein falscher Ton, und ich schnapp zu!› Fünf ganze Jahre alt sind diese Hände, die schweißnaß von den Tasten gleiten, während Beifall aufrauscht. Der Flügel roch nach Staub. Alle Flügel rochen nach Staub. Die Tanten auch. Da war der Empfangssalon der ganz weißhaarigen obersten aller Tanten, der man die Hand küssen mußte und in deren Gegenwart man nie reden durfte, ohne ausdrücklich gefragt zu sein ...

Murks geriet ins Träumen.

«Das Haus lag in einer Kastanienallee», murmelte es vor sich hin, «ich kann mich genau erinnern. Und wenn die Sonne durch die Bäume schien, war das Pflaster voll fünffingriger Schatten.»

«Du hast Sorgen!» Skelett versank in einen der klobigen Polstersessel. Es gähnte mehrmals weit mit lippenlosem Mund bis fast an den unteren Rand der dunklen Augenhöhlen:

«Wir sollten schlafen gehn!»

Murks fühlte sich von dem braunen Klavier an der Wand mächtig angezogen. Traumwandlerisch ging es darauf zu, hob den Deckel, schlug ein paar unsichere Akkorde an.

Heftig fuhr Skelett hoch. «Biste verrückt?» fauchte es aufgebracht, «laß ja die Finger davon. Oder willste uns jetzt mitten in der Nacht noch mehr ‹Chinesen› auf 'n Hals hetzen? Komm runter, schlafen!» Widerstrebend folgte Murks der Kameradin im Schein der Taschenlampe die Treppe hinunter ins Ehegemach, wo sie es sich wieder auf den Bettvorlegern gemütlich machten. Morgen werde ich spielen! dachte Murks noch. Das ‹morgen› fing an, einen Sinn zu bekommen. Dann war es eingeschlafen.

Eine halbe Stunde später ging es von neuem los. Ein paar krachende Schläge gegen die Haustür, die solcher Behandlung nicht gewachsen war und nachgab. Mit der Tür zusammen fielen zwei völlig betrunkene Schlitzaugen ins Haus. Beide hielten entsicherte Revolver in der Hand, lallten Unverständliches, verstummten unsicher, als Murks und Grinny ihnen gemeinsam verärgert entgegentraten.

«Wir nix daitsch!» brüllte Murks die Knaben – denn viel mehr waren sie nicht – zur Begrüßung an. In Alkohol schwimmende Äuglein musterten sie neugierig. Ein gemurmeltes «karascho», und die Mongolenjünglinge marschierten an ihnen vorbei ins Haus, der eine in die Küche, der andere ins Eßzimmer. Und wieder knallten Schüsse, klirrte zerbrochenes Geschirr. Grimmig, aber machtlos stand Skelett in der Küchentür und sah zu, wie der Soldat leise schwankend auf den Gewürzbehälter aus Porzellan anlegte. Murks war dahintergetreten.

«Ich nix besoffen!» erklärte der Russe und drückte ab. Die Pfefferdose zersprang. Scherben klirrten auf den Fliesenboden, und feiner Pfefferstaub breitete sich beizend in der Küche aus. Skelett nieste.

«Kultura kaputt!» sagte Murks lakonisch.

Der Mann lachte glücklich. «Kultura kaputt!» wiederholte er erfreut, taumelte auf Murks zu und umarmte es heftig, ihm zum Pfeffer noch eine Wolke billigen Fusels ins Gesicht blasend:

«Briederchen! Towarischtsch!»

Da er nicht mehr fest auf den kurzen Beinen stand, drehte er sich mit Murks um die eigene Achse, das den Schwung ausnutzte und ihn in Richtung Ausgang zu walzen begann. Das Skelett hatte währenddessen den anderen auf den Flur getrieben, der sich im Eßzimmer gelangweilt hatte, jedoch vor jedem Annäherungsversuch Grinnys, die ihn nur hinausschieben wollte, ängstlich zurückwich.

Unter wiederholten Beteuerungen gegenseitiger Freundschaft und Sympathie trennte man sich, indem die Häftlinge die gleichgewichtsgestörten Russen durch die eingeschlagene Tür hinaus ins Freie schoben, wo ihnen die frische Luft den Rest gab. Zum letztenmal in dieser Nacht legten sich Murks und Grinny auf ihre Fußbodenplätze, zogen die Bettdecken über sich und schliefen erschöpft und traumlos bis tief in den Morgen hinein.

30. April 1945

Als Murks erwachte, war Grinny schon auf und räumte, umweht von rosa Chiffon, die Trümmer der Nacht zusammen. Nachdenklich blieb sie vor ihrer Kameradin stehen:

«Du, so geht's nicht. Ich meine, daß wir mit denen nich sprechen können.»

«Na, ich weiß nicht. Wenn die heute nacht verstanden hätten, was du denen an den Hals gewünscht hast in deiner Wut, wären wir vermutlich heute morgen nicht mehr aufgewacht!»

«Das mein ich nich» – Grinny hockte sich mit einer zerschossenen Porzellantänzerin auf den Bettrand – «aber, sieh mal, die scheinen doch auf die SS ganz schön geladen zu sein ...»

«Auf die Deutschen, meinst du», verbesserte Murks.

«Oder auf die Deutschen, is ja egal. Aber nu is es doch wichtig, daß die uns nich auch dafür halten. Daß wir den Gelbköppen klarmachen können, daß wir keine ...»

«Deutsche sind? Wir sind aber trotzdem welche. Hier geboren und aufgewachsen.»

«Gehören aber doch nich dazu. Zu der SS, mein ich. Und das müssen wir denen doch irgendwie beibringen können, verstehste?»

«Wär schon wichtig, klar. Aber wie willst du das anstellen? Du sprichst nun mal nicht russisch. Ich auch nicht. Außerdem sind das doch irre Typen. Die legen dich schon aufs Kreuz, bevor du dazu kommst, ‹nix Heil Hitler› zu sagen.»

«Weiß nich. Wir müssen uns irgendwas einfallen lassen. Alles Essen haben sie uns auch weggeholt, die verdammten Chinesen!»

Erbost erhob sich das Skelett:

«Als wenn die nich schon fett genug wären! Mal sehn, wo sich was auftreiben läßt. Kommste mit organisieren?»

Vor den Trümmern ihrer Haustür bot sich den Häftlingen ein seltsames Bild. Auf den umliegenden Feldern entlang der Landstraße hockten, soweit das Auge reichte, russische Soldaten in der scharfen Morgensonne, blinzelten verschlafen gegen das Licht, Zigarette im Mundwinkel, harmlos wie eine grasende Schafherde. Sie rührten sich auch nicht, als die beiden zwischen ihnen hindurchkletterten, um auf die andere Seite zu gelangen. Auf der Chaussee standen ihre Panzerwagen, Grinnys ‹Elefanten› von gestern. Aus den Türmen ragten sonnenbadend flachgesichtige Gestalten mit nackten Oberkörpern. Jacke und Wäsche hingen über den Geschützrohren. Zwei Scheunen waren ausgebrannt, die anderen schienen unversehrt.

Die zwei Häftlinge wanderten an den Tanks entlang, bis sie in die eigentliche Ortschaft gelangten. Sie näherten sich einem einladend hellgestrichenen Bauernhaus mit tiefgezogenem Dach und einem Brunnen neben Gemüsebeeten.

«Her müßte es was zu essen geben!» meinte Skelett hoffnungsvoll. «Wenn die Rußkis nicht schon drin sind. Schau du mal zuerst rein. Wenn sie dich so plötzlich sehen, werden sie erschrecken. Ich komm dann nach!»

Aber Grinny war bereits in Richtung Hühnerstall abmarschiert und Murks auf sich selbst angewiesen. Vorsichtig tippte es an die Eingangstür. Sie war offen. Auf Zehenspitzen schlich es sich durch die Holzdiele. Die Tür zur Wohnstube stand ebenfalls offen. Murks blieb lauschend stehen. Nichts, kein Laut. Behutsam wand es sich durch die Öffnung ins Stubeninnere. Auch hier alles freundlich, Klöppelgardinen, eine Nähmaschine, Geranienkästen vor den Fenstern, als sei gar kein Krieg. Andächtig betrachtete Murks das Ölbild mit der Berglandschaft. Berge, die hatte es zum letztenmal vor seiner Verhaftung gesehen, hinter Gittern, vom Lukenfenster des Innsbrucker Polizeigefängnisses aus. Aber diese hier waren viel hübscher mit Blumenwiesen davor und weidenden

Kühen und einer sehr blonden Frau mit Melkeimer. Wär das jetzt herrlich, ein großes Glas frische Milch! Aber, gesetzt den Fall, man fände eine Kuh, ob Grinny melken könnte?

Dann sah es die umgekippte Kaffeetasse. Sie lag zwischen ordentlich aufgebautem Zubehör, ihr Inhalt hatte sich über die bunte Leinendecke ergossen und einen häßlichen braunen, nun schon ausgetrockneten Fleck gemacht. An und für sich war an einer umgekippten Kaffeetasse nichts Besonderes, aber hier, wo alles so ordentlich und mit hausfraulicher Sorgfalt geordnet war, paßte es irgendwie nicht in das Gesamtbild. Des Häftlings immer wacher Alarminstinkt witterte Gefahr. Gleichzeitig spürte er ein merkwürdiges Gefühl im Rücken. Von dort kam das Unbehagen. Sehr langsam und sprungbereit wandte er sich um, und seine Augen trafen mitten in die entsetzt geweiteten der Bäuerin, die mit ausgebreiteten Armen in der Tür stand.

«Na und?» fragte Murks trotzig mit dem schlechten Gewissen des Einbrechers, auf frischer Tat ertappt. Und noch einmal, herausfordernd:

«Na und?»

Die Bäuerin fuhr fort, Murks anzustarren, und schwieg. Sie konnte auch gar nichts sagen, denn sie war tot. Ihr Schädel war zertrümmert, ihre Hände seitwärts an das Holz der Türfüllung genagelt. Lebensgroßes Abbild des schlichten Kruzifixes zu ihren Häupten. Es fiel Murks sehr schwer, auf sie zuzugehen und unter ihrem linken Arm hindurch die blutklebende Klinke anzuziehen, um ins Freie zu gelangen. Draußen hopste ein vergnügtes Skelett herum.

«Einen Sack!» kreischte es ausgelassen, «wir brauchen einen Sack. Komm, Murks, such mit! Hab 'nen ganzen Stall voll Eier gefunden und 'n Huhn dazu. Guck mal, hab ihm schon 's Genick umgedreht!» Triumphierend schwankte es ein schlaffes Federbündel, aus dem überlang der tote Hals baumelte. Murks mußte sich setzen. Sofort wurde Grinny besorgt:

«Mensch, was haste denn? Bist ja käsegrün im Gesicht?»

«Geht gleich vorüber», murmelte die Kameradin und lehnte den Rücken gegen die Häuserwand. Zwei gewaltsame Morde auf einmal, ganz unvorbereitet und auf nüchternen Magen, waren etwas viel. Selbst wenn der eine nur ein Huhn betraf. «Weißt du – so plötzlich …», ergänzte es schwach. Grinny hielt es für überwältigende Freude über das Huhn:

«Kriegst ja bald 'n Stück davon. Magste die Leber? Kochen kann ich prima. Aber erst muß ich noch 'nen Sack finden, von wegen der Eier. Bleib nur hier. Ich guck mal im Haus nach!»

«Nein!» schrie Murks, «nicht ins Haus, Grinny, nein, bitte nicht, da hab ich schon nachgesehen, da ist nichts, bestimmt nicht. Aber in den Scheunen, da gibt's bestimmt noch leere Kartons, komm, wir schauen dort mal nach!»

Murks hatte es eilig, von der Gekreuzigten wegzukommen. Willig ließ sich das Skelett ablenken. Es war jetzt ganz praktische Hausfrau beim Einkauf für das Mittagessen. Fehlte nur das Netz.

Am Wegrand lag ein Koffer. Es war ein alter verkratzter Behälter aus gepreßtem Papiermaché, aber die Schlösser funktionierten noch. Erfreut zog ihn sich Grinny heran, warf seinen Inhalt, alte Wäsche und Zeitungen, beiseite, zerriß einen der Bögen in kleine Stücke und wickelte jedes Ei gesondert in Papier ein, bevor sie sie zusammen mit dem Huhn in den Koffer packte. Zum Schluß stopfte sie die Lumpen dazwischen.

«So!» sagte sie befriedigt und rieb sich mit dem Handrücken das vom Bücken schmerzende Kreuz, «jetzt ham wer alles. Nu kann's losgehn. Haste Hunger?»

Murks bejahte, um ihr nicht die Freude zu verderben. Aber sein Magen meuterte immer noch.

Sie machten sich auf den Heimweg. Ab und zu durchsuchten sie ein Haus am Wegrand und nahmen daraus mit, was ihnen nützlich erschien. Ihr Begriff von Mein und Dein hatte sich im Verlauf der Jahre hinter Stacheldraht weitgehend verwischt. War jemand dumm genug, etwas liegen zu lassen, so gehörte es selbstverständlich dem, der es fand, ob Ei, Huhn oder Haus. Es schien einfach und folgerichtig, zumal sie noch auf weitere ermordete Hausbesitzer stießen, die sowieso mit ihrer Habe nichts mehr anfangen konnten. Aber keiner der toten Bauern wirkte so erschreckend auf Murks wie die angenagelte Frau aus dem Bauernhaus. Die meisten lagen ganz friedlich da, schlicht erschossen ohne besondere Verletzungen. Im Winkel eines Dachbodens entdeckte Murks schließlich noch ein paar fast neue Knabenstiefel. Sie paßten. Erleichtert stopfte es die weiten Flanellhosen hinein und warf die Schlappen weg. Schon waren sie wieder ganz in der Nähe ihrer ‹Villa›, als sie auf dem freien Feld gegenüber zwei einsame schmale Gestalten erblickten, die den Boden absuchten. Beim Näherkommen erkannten sie verblüfft zwei Häftlinge wie sie in Ravensbrücker Streifenkluft. Murks und Grinny pflanzten sich neugierig ihnen gegenüber auf. Stumm starrten sich die vier an, die beiden Neuen mißtrauisch und wachsam. Murks sprach zuerst:

«Auch Ravensbrücker?»

Ihre Gegenüber atmeten sichtlich auf, kamen zögernd näher.

«Ja, Cháftlinge von KZ!» sagte die Größere mit östlichem Akzent, «wir suchen Kartoffeln. Heute nacht chaben hier viele Kartoffeln gelegen!» Sie wandte sich ihrer Begleiterin zu, sagte etwas Langes auf russisch. Diese ging zögernd zu Murks hinüber, lächelte schüchtern, nur mit den Augen, übergroßen sanften Tieraugen voll schmerzlicher Geduld, während das abgezehrte Gesicht bewegungslos blieb. Ihre Gestalt war die eines Kindes. Murks schätzte sie auf höchstens Neunzehn.

«Ich bin Hanna», sagte sie leise, «und das ist Tanja. Sie ist eine Politische.»

«Und du?» – «Ich bin Jüdin. War vorher in Auschwitz. Polin. Tanja ist aus der Ukraine.»

«Ha!» schrie Skelett, «da kommt ihr ja wie gerufen! Sprichste etwa russisch?»

«Nicht wie Tanja. Aber ich kann mich verständigen.»

«Murks, wir sind gerettet! Nu haben wir Übersetzer. Die können in der Nacht mit den Rußkis palavern, und wir werden nich mehr gestört!» Eifrig wandte sich Grinny den neuen Kameradinnen zu:

«Jetzt braucht ihr keine Kartoffeln mehr suchen gehen. Wir haben alles. Eigene Villa mit Küche und 'nem Zimmer nur für essen, und Eier und 'n Huhn und ...»

«Ein Klavier!» sagte Murks.

«Klavier, jawoll!» Ihre Stimme drängte:

«Und jetzt könnt ihr mit uns wohnen und auf 'nem richtigen Bett schlafen, und Kleider haben wir auch für euch, 'nen ganzen Schrank voll. Nur sprechen müßt ihr mit den Rußkis, wenn die in der Nacht kommen, und denen erklären, daß wir keine SS sind. Die verstehn uns nämlich nich.»

Tanja machte ein bedenkliches Gesicht:

«Weiß nicht. Ist nicht immer eine Frage von gleicher Sprache, das Verstehen. Was bedeutet gleiches Land? Bist du auch gebürtig von Deutschland, und hat man dich in KZ gebracht wie uns. Verstehst du, was ich meine?»

Aber Grinny ließ sich nicht beirren:

«Mensch, alles, was uns hier noch zu unserem Glück fehlt, is das russische Gequassel, und das könnt ihr. Also worauf warten wir noch? Ich mach Spiegeleier zu Mittag!»

Während sie sich durch die noch immer stumpfsinnig am Wegrand hockenden Soldaten einen Weg zum Haus bahnten, wunderte sich Murks:

«Das versteh einer! Harmlos, als könnten sie keiner Fliege was zuleide tun. Dabei haben die hier heute nacht doch überall wüst gehaust!»

Hanna nickte: «Das sind russische Avantgardisten, die Vorhut der kämpfenden Truppe. Meist Asiaten. Kirgisen, Tataren, Kalmücken und so weiter. Die sind wie Tiere. Am Tage sind sie ungefährlich. Da sind sie müde und passiv. Aber die Nacht macht sie zu Wölfen. Sie brauchen die Dunkelheit, um anzugreifen. Tanja hat mir von ihnen erzählt. Ich glaube, sie hat viel Angst. Aber du darfst es ihr nicht sagen.»

39

«Versteht sich. Nur heute nacht, da müßt ihr uns helfen. Tanja als Russin werden sie ja nichts tun.»

Schweigend traten sie ins Haus. Skelett verschwand mit dem Koffer in der Küche. Tanja hatte ihm die gesammelten Kartoffeln übergeben. Bald durchzogen appetitanregende Düfte alle Zimmer der Villa. Geschickt hatte Grinny Hühnerfett ausgelassen, briet darin die kleingeschnittenen Erdäpfel und schlug Eier in die mächtige rußgeschwärzte Pfanne. Die anderen drei setzten sich um den Eßtisch, starrten in hungrigem Schweigen durch das Fenster auf die Straße hinaus.

«Schön habt ihr's hier.» Hanna maß mit liebevoll abschätzendem Blick die bürgerlichen Einrichtungsgegenstände, Zubehör einer behaglich gesicherten Existenz.

«Aber zu nah der Straße. Das ist schlecht!» stellte Tanja skeptisch fest. Murks lachte und zuckte gleichmütig die Schultern:

«Zum Verstecken ist es längst zu spät. Die finden uns doch überall.»

«Hauptsache, man kann mit ihnen reden.» Mit stolzer Geste setzte Grinny eine dampfende Schüssel zwischen sie auf den Tisch. Dann ging sie Teller holen. Die Augen der Gäste weiteten sich ob des Anblicks der Riesenportionen Bratkartoffeln mit Spiegelei. Murks erhob sich, trottete zur Anrichte hinüber:

«Ich schau mal nach Bestecken!»

Diese befanden sich in der untersten Schublade des Büfetts, altmodisches Silber, in lichtblaue Filzrollen verpackt, bändelverschnürt. Es wurde ein festliches Mahl. Stumm und gierig griff man zu, bis auch das letzte Eigelb mit dem letzten Kartoffelkrümel aufgewischt war. Grinny, die Hausfrau, war ganz selbstbewußte Gastgeberin. Als Dessert servierte sie auf einem Küchentablett frisches Leitungswasser in geschliffenen Kristallkelchen. Hunger und Durst gestillt, erhob man sich vom Tisch, nicht ohne die Köchin überschwenglich gelobt zu haben. Murks und Grinny waren müde. Ihre Gäste wollten noch ein wenig ‹organisieren› gehen, versprachen fest, am Abend zurück zu sein, und Grinny kündete ihnen dafür – quasi als Vorschuß auf kommende Leistungen – ein spezielles Dolmetscheressen an. Es würde Huhn geben. Falls die zwei Kolleginnen noch ein paar Beilagen mitbrächten, Gemüse zum Beispiel oder Obst, sei alles bestens, und dann könnten ruhig die Russen kommen. Laut gähnend machte sich Skelett auf den Weg zu seinem Bettvorleger. Murks wanderte hinterher.

«Du bist auch chronisch müde!» konstatierte es beim Anblick von Grinnys geöffnetem Rachen. Nachdenklich betrachtete Skelett seine brüchigen Fingernägel:

«Stimmt genau. Bin scheißmüde. Aber nich, wie du denkst. Nich die Knochen hier. Die können gar nich müde werden, dafür sind se viel zu leicht.»

«Was ist es dann?»

Grinny ließ sich auf den Teppich fallen:

«Hab's satt!» erklärte sie schlicht, «satt bis obenhin. Ich will nich mehr. Das mit dem jetzt-wieder-leben, das is alles Krampf. Weißte, im Lager, bei der SS, da war's noch irgendwie einfach, da brauchte man nich selbst entscheiden, höchstens, ob du an Gott glaubtest oder nich, weil das wichtig war. Alles andere machten die, und du konntest dir einbilden, das muß so ein, und du durftest dir richtig leid tun. War auch 'n schönes Gefühl!»

«Ja, aber …», unterbrach Murks verblüfft, «ich dachte, das hier machte dir 'nen Heidenspaß, organisieren und kochen und so. Hast es doch jetzt viel besser. Kannst dich satt essen, schlafen, soviel du willst und bist frei.»

«Das is es ja gerade. Jetzt sind wir wieder frei. Und was haste davon? Andauernd mußte nachdenken, wie es weitergehen soll, und keiner kommt und brüllt dich an, was du nun tun mußt. Verstehste?»

«Freiheit, das ist Verantwortung, klar!»

«Siehste, das mein ich, diese Verantwortung, die will ich nich, die is mir zu anstrengend. Weißte», sie richtete sich auf den Ellenbogen hoch, sah Murks verständnisheischend an, «im Lager, da war es bloß 'ne Frage von so oder so. Von Leben oder Tod, ganz einfach. Hab die nie verstehen können, die unbedingt weitermachen wollten in dem ganzen Dreck mit all dem Hunger und den Läusen und dem Quatsch von Politik, wegen dem man Frauen und Kinder umbringt. Ich war schon immer mit einem Bein drüben, seit die mich damals mit dem Typhus ins Revier eingeliefert ham. Und da drüben, da is es schön und ruhig und friedlich, und keiner schlägt dem andern wegen 'ner Scheibe Brot den Schädel ein. Und weiter geht's auch. Das spürste, wenn du nah genug rankommst!»

Erschöpft von ihrem langen Vortrag ließ sich Grinny nach rückwärts fallen und schlief augenblicklich ein, als wolle sie demonstrieren, wie man sich gegen ein viel zu gewaltsam wieder einströmendes Leben am besten verschließt. Ganz leise und behutsam verließ ihr Kamerad das Zimmer und schlich auf Fußspitzen die Treppe hinauf. Zum Klavier …

Oben auf dem Flur stand eine schwere staubige Eichentruhe. Neugierig klappte Murks den Deckel hoch und schaute hinein. Es roch beizend nach Mottenpulver, und unter Schichten von Seidenpapier kamen die Hochzeitskleider der Hausbesitzer zum Vorschein, das bauschige Brautgewand aus weißem Satin, ein brüchig gewordener Tüllschleier mit künstlichem Myrtenkranz und ein altmodischer Frack mit langen Schößen. Unter ihnen, extra verpackt, ein Chapeau claque, Herrenlackschuhe und weißseidene Damenpumps von beachtlicher Größe. Ganz unten, auf dem Boden der Truhe, ein gerahmtes Hochzeitsfoto.

Murks hockte sich auf die Erde und betrachtete nachdenklich das Bild. Es war eine dieser Bitte-recht-freundlich-Vorstadtfotografien. Verkrampft gegeneinandergeneigte Köpfe, verlegenes Lächeln, verschämte Augen. Das derbe Gesicht des glücklichen Bräutigams mit den fleischigen Wangen und dem beginnenden Doppelkinn paßte nicht so recht zu der sorgfältig gekämmten Mittelscheitelfrisur und der Nelke im Knopfloch. Während seine junge, dümmlich dreinschauende Braut mit der überhängenden Oberlippe über vorstehenden Schneidezähnen dem Ausdruck nach eine gute Frau und Mutter abzugeben versprach. Wenn sie damals schon geahnt hätten, was noch über sie hereinbrechen würde … Merkwürdig, dachte Murks, ihr seid SS, und wir sind, das heißt: wir waren eure Gefangenen. Die größten Gegensätze, ihr und wir. Nichts auf der Welt könnte uns je zu Freunden machen. Und trotzdem ziehen wir jetzt am gleichen Strang wegen der Rußkis. Wer weiß, vielleicht taucht bald wieder eine neue Sorte auf, und dann sind plötzlich die Russen auch noch mit im Bunde gegen die nächsten und immer so weiter?

Vorsichtig legte es das Bild wieder zurück. Dabei fiel ihm ein: Das beste wäre, die SS-Montur aus dem Schrank im Schlafzimmer auch hier hineinzuverstauen. Zu gefährlich, sie dort unten hängen zu lassen. Leise ging Murks die Treppe hinunter. Es verspürte Grinny gegenüber nach deren letztem Ausbruch eine Art Scheu, die es sich selbst nicht zu erklären vermochte.

Im Wandschrank hing der grüne Waffenrock, und im Hutfach lag die Mütze mit dem verräterischen Abzeichen. Eilig klemmte sich der Häftling das Zeug unter den Arm, machte sich wieder auf den Weg nach oben. Vom Flur aus sah er durch die zertrümmerte Türfüllung einen einzelnen betrunkenen Soldaten auf das Haus zuwanken. Schnell weg mit der verdammten Uniform! Murks hetzte die Treppe hinauf, warf das Zeug hastig in die Truhe, schlug den Deckel zu und jagte die Stiege wieder hinunter, um neue Zwischenfälle zu verhindern. Da stand der Kerl schon taumelnd und rülpsend im Eingang. In jeder Faust hielt er einen getrockneten Hering.

«Sdrastwitje, ja niä daitsch, ja Chonzlager!» Murks hatte sich von Tanja in der Begrüßung unterrichten lassen. Der Soldat nickte verständnislos, hielt ihm die Heringe unter die Nase.

«Fisch!» erklärte er stolz und lachte breit, «Fisch!»

«Hab nicht den geringsten Zweifel», nickte Murks bestätigend und lächelte freundlich.

Der Eindringling lachte noch breiter, öffnete aufs Geratewohl eine Tür in seiner Nähe und schaute hinein. Es war die Toilette. Ein Ausdruck ungläubigen Staunens glitt über sein Gesicht, bevor er in ihr verschwand. Aber er kam nicht wieder heraus. Murks wartete einige Zeit. Dann wurde es unruhig.

«He, Sie da drin!» rief es mit seiner rauhen Knabenstimme.

Ein Jubellaut antwortete ihm:

«Komm, Towarischtsch – ich dir zeigen!»

Murks blieb keine Wahl. Voller Unbehagen öffnete es die Tür. Da kniete der Russe mit verklärtem Gesicht am Beckenrand und starrte verzückt in die Porzellanschale. «Fisch schwimm!» sagte er hingerissen.

Tatsächlich hatte er die vertrockneten Biester hineingeworfen, denn die eigentliche Bestimmung dieser Anlage schien dem Steppenbewohner fremd. Mit der Insistenz sehr Betrunkener zwang er den Häftling, sich neben ihn zu hocken und seine Freude an dem stumpfsinnigen Anblick zu teilen. Ein durch das Lüftungsfenster fallender Sonnenstreifen ließ die gedörrten Wasserleichen einen Augenblick aufblitzen. Mit offenem Mund blickte der Soldat nach oben. Dabei sah er die Kette, die zugbereit neben seinem Haupt hing. Verblüfft, fragend deutete er auf sie, fingerte am Griff. Im nächsten Moment hatte er gezogen. Es rauschte auf, und die Fische waren weg. Sprachlos starrte der Russe ins Becken. Dann fing er an zu schreien:

«Fisch weg! Wo ist Fisch? Du wiederbringen Fisch, dawai!»

Dabei griff er zur Pistolentasche. Wut und Schmerz über den Verlust seines Spielzeugs waren so echt, als habe man ihm seinen Bruder vor seiner Nase erschlagen. Murks befand sich in einer unangenehmen Lage. Denn erstens waren die Heringe unwiederbringlich weg, und zweitens tobte der Russe vor Wut. Um Zeit zu gewinnen, tat es als ob, und angelte bis zum Ellenbogen im Spülwasser des Beckens herum. In atemloser Ungeduld stand der Soldat, die Hand immer noch an der Waffe, neben ihm, beobachtete schwankend aus mißtrauisch verengten Augen jede Bewegung. Er fühlte sich betrogen.

Ewig kann ich hier nicht weitermachen! dachte Murks gerade, als in seinem Rücken eine weitere kehlige Stimme laut wurde. Sie gehörte einem russischen Unteroffizier. Kurzer harter Wortwechsel, und der Betrunkene verließ sichtlich bedrückt hinter seinem Vorgesetzten das gastliche Haus, ohne sich noch einmal nach seinen Fischen umzuschauen. Murks, noch auf den Knien, war so erleichtert, daß es fast vornüber in das Becken kippte. Der ganze Spuk hatte nicht mehr als zwanzig Minuten gedauert, aber es war ihm wie eine Ewigkeit erschienen.

Zum drittenmal heute kletterte Murks die Treppen zum lockenden Klavier empor; diesmal lenkte es nichts mehr vom lang erstrebten Ziel ab. Fest zog es die Tür hinter sich ins Schloß.

Das Instrument war verstimmt, aber nicht allzu abgenutzt und hatte kein Echo im Anschlag. Scheu ließ Murks die unsicheren Hände über die Tasten gleiten, ganz passiv, ohne Willenssteuerung. Akkorde, kleine schüchterne Passagen ungleichmäßiger Anschlagstärke. Doch schon bei der ersten Berührung mit dem glatten Elfenbein schienen die Finger sich selbständig zu machen, fügten sich Anschläge zu Klanggebilden, die mehr und mehr Ähnlichkeit mit halbvergessenen Melodien aus alter Zeit gewannen. Mit jeder wiedererinnerten vertrauten Tonfolge kamen Bilder, erlebte Träume aus dem Unterbewußtsein. Auch wenn es keine Verbindung mehr zwischen einst und heute gab, auch wenn das ‹früher› endgültig abgelebt, vorbei war, war es dem inneren Empfinden doch gegenwärtiger als die brutale Realität des ‹jetzt›. Man sollte immer nur träumen und nie erwachen dürfen! dachte Häftling zweiundsiebzig vier zwanzig von seinem anderen Stern und blickte zurück in die Welt der Vergangenheit, während die selbsttätigen Hände sich erinnerten. Irgendwo, ganz tief im Innern, zwischen Kehle und Brustkorb, tat etwas elend weh, schüttelte und würgte und tat doch gleichzeitig gut. Anscheinend eine der ganz wenigen Stellen, die noch nicht gänzlich schmerzunempfindlich geworden waren. Oder war es gar nichts Körperliches? Murks mußte plötzlich an Hanna denken. ‹Ich bin Jüdin!› hatte sie gesagt und dabei wissend ausgesehen. Sehr wissend und sehr alt. Uralte vertraute Augen in jungem, fremdem Gesicht … Die Hände spielten Mendelssohn. Und sie spielten noch immer, als es schon zu dunkeln anfing. Murks hatte alles um sich herum vergessen, Zeit und Raum und Krieg und Politik. Es war weit fort in einer anderen Welt, zu der ihm niemand folgen konnte.

«Mensch, du bist immer noch hier oben?» Skelett blickte zur Tür herein, schüttelte vorwurfsvoll den blassen Kopf. Mit ihm kam eine Duftwolke von gekochtem Huhn. «Klingt ja prima, beinah wie 'n Pianola. Nu komm aber runter, die Kameraden sind da, wir warten schon auf dich.»

Im Hausflur standen, mit Koffern beladen, die hagere Tanja und Hanna.

«Wir kommen als Weihnachtsmann!» rief Tanja fröhlich Murks entgegen, «rate, was wir chier haben! Ihr werdet Augen machen!»

Im Eßzimmer breiteten die Slawinnen ihre Beute auf dem Tischtuch aus: zwei unversehrte Carepakete aus Kanada mit Salzbutter, Käse, Corned beef, Trockenkeksen, Fischkonserven, Pulvermilch und anderen Schätzen. Dazu ein Paket Kerzen und – ein besonders kostbarer Fund – Zündhölzer. Grinny war überglücklich:

«He, Murks», mit dem spitzen Ellenbogen stieß sie die Kameradin in die Rippen, «steh doch nich so dösig rum, als wenn's dich nischt anginge. Freuste dich denn nich?»

«Klar doch. 'türlich!» sagte Murks, dem im Augenblick die Vorräte restlos gleichgültig waren.

«Tanja, Hanna, helft mir den Kram in die Küche zu tragen. Muß doch noch den Tisch decken und das Tuch auswechseln. Auf'm Gestickten stehn die Teller wacklig.»

Während die anderen sich um den Tisch versammelten, schleppte Skelett eine bleich und lappig aussehende Decke herbei, breitete sie über die Tischfläche.

«Wo hast du denn das Leichentuch her?» spöttelte Murks.

«Altes Bettlaken!» sagte Tanja.

«Is 'ne schöne Decke, noch ganz ohne Löcher!» verteidigte Grinny ihren Irrtum und verschwand in der Küche. Auf so feine Unterschiede verstand sie sich noch nicht. Wo doch ‹Bettlaken› nach achtjähriger Haftzeit auf Strohmatratzen so was wie ein Fremdwort war.

«Ihr solltet euch lieber umziehn!» meinte Murks mit einem Blick auf die zerschlissene Lagerkleidung der Kameraden, «seht noch viel zu sehr nach Frau aus. Bei uns in den Schränken hängt genügend Zivilzeug zur Auswahl.»

Hanna schüttelte nachdenklich den Kopf:

«Lieber nicht. Ich meine, wegen des Zeichens hier auf dem Är-mel.» Sie deutete auf ihre KZ-Nummer mit dem gelben Stern dar-über und auf Tanjas schwarzen Winkel über der Zahl. «Das könnte doch vielleicht später noch mal nützlich sein, nicht wahr? Jetzt, wo der Krieg fast aus ist?»

«Noch ist er nicht aus!» sagte Tanja hart. Ihre weiten grauen Augen blickten zornig. Murks wandte sich ihr zu:

«Warum hast du den schwarzen Winkel? Das heißt doch ‹aso-zial›?»

«Stimmt. Nach den Gestapoakten bin ich ein ‹asoziales Ele-ment›. Und weißt du warum? Von der Ukraine haben sie uns hier-her verschleppt in Viehwagen. Zwangsarbeit in Fabriken. Rü-stungsindustrie. Die, die sich geweigert chaben, sind alle gleich in Lager gekommen. Und einmal bin ich nicht zur Arbeit gegangen, weil mir schlecht war, und Fieber, und kein Telefon zum Benach-richtigen von Fabrik. Da sind sie zu mir gekommen, schon zwei Stunden später und chaben mich abgeholt für Gestapo. ‹Sabotage›, chaben sie gesagt und ‹Russenhure› und mich geschlagen und in den Bauch getreten. Unerlaubtes Wegbleiben von Arbeitsplatz ist Rebellion. Gilt auch für deutsche Arbeiter. Aber für Russen ist schlimmer.»

Die Tür flog auf, und Skelett schritt stolz mit dampfendem Huhn und gedünsteten Kartoffeln zum Tisch, stellte aufatmend, unter allgemeinem ‹Ah!› das Tablett mit dem schweren Vogel ab.

«Na, ist das was? Wünsche guten Appetit!»

Die Aufforderung war überflüssig. Zusammen mit dem hitzeroten Kahlkopf im Frühlingsgewand griffen zwei gestreifte Häftlinge und ein knabenhaftes Wesen mit Stoppelfrisur gierig zu. Worte wurden nicht gewechselt; das Essen verlangte äußerste Konzentration auf die wiedererwachenden Geschmacksnerven.

Draußen war es mittlerweile dunkler geworden. Nach dem Mahl zündeten sie die Kerzen an. Murks klebte sie auf Unterteller und stellte sie so auf, daß sie auch die Ecken ausleuchteten. Das gab dem phantasielosen Raum eine behagliche Atmosphäre. Während Skelett das Vogelgerippe in die Küche trug, rückten die anderen drei, gesättigt wie schon lange nicht mehr, ihre Stühle um den kleinen Ecktisch neben dem Fenster. Vorsichtshalber zog Murks die Übergardinen zu. Grinny brachte würfelig geschnittenen Chesterkäse auf blumenreichem Untersatz:

«Unten drunter is 'n Hakenkreuz und was von 'nem Werk. Ham die bestimmt aus 'ner Kantine geklaut», und setzte sich zu ihnen. Natürlich sprach man vom Lager.

«Hat man euch auch sterilisiert?» erkundigte sich Murks. Tanja nickte grimmig:

«Unsere ganze Baracke haben sie in die Strahlen geschickt, die Schweine. Monatelang chab ich nicht gewußt was tun vor Schmerzen. Alles ausgebrannt und verdorrt. Und ganze Bauchhaut voller Löcher. Sieht scheußlich aus!»

«Du auch, Hanna?»

«Ich? Ja wißt ihr, damals, als sie mich einlieferten, da erwartete ich ein Baby. Vielleicht haben sie mich deshalb von Auschwitz nach Ravensbrück überstellt. Trotzdem wär ich lieber geblieben.»

«Wo? In Auschwitz?»

«Dort war ich mit David zusammen, meinem Mann. Er ist zurückgeblieben, allein ...»

«Du warst verheiratet? Komisch. Hätt' ich dich für höchstens siebzehn gehalten.»

«Das täuscht, ich bin schon dreiundzwanzig. Ja und dann, in Ravensbrück, da haben sie mir gesagt, man würde mir das Kind wegoperieren, und ich sollte ihnen dafür dankbar sein, daß – mein Kind …» Den Rest flüsterte sie noch.

Skelett nickte. Erbarmungslos fragte es:

«Und haben sie?»

Hanna blickte starr zur gegenüberliegenden Wand hinüber:

«Ja. Wegoperiert. Und nicht nur das Kind …»

«Was denn sonst noch?»

Eine Pause entstand. In die Stille hinein sagte Hannas unsichere Stimme:

«Da war auch eine tschechische Ärztin in meiner Baracke – Fränzi hieß sie. War ein guter Mensch, versuchte zu helfen, wo sie konnte. Noch ganz zum Schluß ist sie gestorben. An Bauchtyphus. Und weil ich doch immer solche Schmerzen hatte, da hat sie mich mal untersucht. Und es mir gesagt.»

«Was hat sie gesagt?» Murks ahnte die Antwort. So was war öfter vorgekommen. Neue Pause. «Nun ja», sagte Hanna schließlich leise, «daß sie eben – daß sie alles herausgenommen haben, Eierstöcke und so.»

«Totaloperation», nickte Grinny fröhlich, «kenn ich!»

«Was weißt du davon? Red nicht so daher!» fuhr Tanja auf.

Skelett grinste jetzt bis zu den großen Ohren, aber es war kein frohes Grinsen. In den schwarzen Tiefen der Augenhöhlen glomm etwas gespenstig Böses:

«Ich kenn mich auf dem Gebiet besonders prima aus», sagte es langsam mit merkwürdigem Unterton, «bloß bei mir, da ham se nichts 'rausgeholt, da ham se erst was 'reingetan.»

«Vergewaltigt?»

«Quatsch. Von wem denn? Von den Aufseherinnen vielleicht? Nee, die sind schön wissenschaftlich mit mir vorgegangen.»

«Was wollten die denn an dir ausprobieren?»

Grinny lehnte sich im Stuhl zurück, sah sie alle der Reihe nach an, sagte sehr ruhig:

«Ob ein Mensch junge Hunde kriegen kann, das wollten se rauskriegen.»

Die Mädchen schwiegen. Dann fragte Tanja, viel sanfter als vorher:

«Was meinst du mit ‹hineingetan›? Medikamente?»

Skelett, Kopf im Schatten, kratzte sich am Ellenbogen. Es machte ein Geräusch wie Schmirgelpapiere auf rostiger Bratpfanne:

«Hundesamen!» – Pause.

«Aber soviel ich mich erinnere, haben sie solche Experimente doch nur mit Juden und Zigeunern gemacht. Warst du nicht ‹politisch›?»

Grinny zuckte nur die Achseln.

«Na, wenn das nicht zum Junge-Hunde-Kriegen ist?» kalauerte Murks im Bemühen, sein Unbehagen zu verbergen. Peinliche Tatsachen, empfand es bedrückt, wurden noch viel peinlicher, wenn sie ausgesprochen wurden.

«Und was ist dabei herausgekommen?» wollte Tanja wissen.

«Nisch is dabei rausgekommen», sagte Skelett kalt, «da habense mir 'ne Totaloperation verpaßt, damit se bei Licht begucken konnten, ob sich was verändert hatte. Und als sie feststellten, daß nich 'ne Spur von junger Hund drin war, da kriegtense die Eingeweide anschließend nich wieder rein. War'n wohl keine ausgebildeten Operateure. Na ja, und da ham se se eben draußen gelassen!»

«Und du, Murks!» fragte Hanna schließlich. Ihre sanften Augen hatten einen verlorenen Blick. Resignierend! dachte Murks, sie hat schon aufgegeben …

«Ich hab von euch allen am meisten Glück gehabt. Als ich hörte, daß wir zur Bestrahlung antreten sollten, zwecks Sterilisation, versuchte ich herauszufinden, welcher Häftling dem Lagerarzt assistieren würde. Es war die anständige französische Ärztin von Baracke achtundzwanzig. Duvieux oder Duvier oder so ähnlich. Da bin ich heimlich am Abend vorher zu ihr gegangen und hab mit ihr gesprochen. Sie gebeten, mir zu helfen. Auf französisch. Ist ja immer so: Wenn du ihre Sprache sprichst, haste schon einen Vorsprung. Hat sich mit mir über Frankreich unterhalten und mir versprochen, mich so aufzustellen, daß ich von den Strahlen nicht zuviel abbekommen würde. Baute sowieso immer die in den Vordergrund, bei denen es nicht mehr drauf ankam, ob sie Eierstöcke hatten oder nicht, Alte und Kranke und Blöde. Nun ja, und wie es dann soweit war, da ist mir kaum was passiert, weil sie mich ganz auf die Seite geschoben und den Apparat gedreht hat, ohne daß die SS-Aufsicht es merkte!»

«Haste schon mal wieder Schwein gehabt», grinste Skelett anerkennend.

«Aber später die Spritzen, die hast du doch auch bekommen?»

«Natürlich. Jede Menge, mindestens zwanzig. Und keiner wußte, wofür die eigentlich waren. Was das für Zeug war, das die uns routinemäßig in den Arm jagten ...»

«Wird sich wohl erst noch herausstellen!»

Stille lastete gedankenschwer im Raum. Niederbrennende Kerzen warfen das gigantische Schattenzerrbild der Tischrunde an die helle Wand.

«Die dreihundert Polinnen wußte ja auch nicht, was sie da unterschrieben, als sie sich für das Experiment zur Verfügung stellten», sagte Hanna leise und traurig. Die dreihundert Polinnen! Gemeinsam dachten man zurück an den Tag, an dem der Transport im Lager angekommen war. Er war nebelig und kalt gewesen. Grau verhangener Himmel. Mit den üblichen Worten wurden die Frauen vom Kommandanten am Lagertor empfangen:

«Mal herhören! Macht euch von vornherein klar, daß niemand das Lager lebend verlassen wird, es sei denn, er beweise durch den Einsatz aller seiner Kräfte im Arbeitskommando, er habe den ernsthaften Willen, dem Deutschen Reiche und seinem Aufbaubemühen nützlich zu sein. Hier gibt's nur Arbeit und Fleiß. Sonst ...», er hatte mit der Handkante eine bezeichnende Bewegung unterhalb seines Kinns gemacht, die niemand mißverstand.

«Alle, die arbeiten wollen, nach rechts, die übrigen links!»
Überflüssig zu sagen, die linke Seite blieb leer. Der Hauptsturmführer, einer der wenigen Männer der sonst weiblichen Lagerbe-
wachung, hatte die gesunden Polinnen scharf gemustert. Mit dem
Stiel der Lederpeitsche, die er ständig bei sich trug, hatte er über
seine Schulter auf ein paar vollkommen entkräftete Häftlinge, die
zwischen sich schwere Eisenkübel trugen, gedeutet:

«Da, so wird hier gearbeitet. Drücken gibt's bei uns nicht, verstanden?» Plötzlich hatte er gelächelt, ein schiefes schreckliches
Lächeln:

«Es gibt allerdings noch eine andere Möglichkeit. Seht ihr die
Baracken dort drüben? Das ist das Revier für die Kranken. Denen geht's besser, eigene Betten und Decken, saubere Stube, erst-
klassige ärztliche Betreuung, doppelte Verpflegungssätze. Da
möchte wohl jeder rein. Ihr auch, was? Ganzen Tag 'rumliegen,
nichts tun, verwöhnt werden. Na, wer von euch meldet sich für
das Revier?»

Die Mädchen hatten verständnislos geschaut. Sie waren völlig
gesund. Der Kommandant hatte sie der Reihe nach scharf ange-
blickt:

«Wir machen hier Schutzimpfversuche. Dazu brauchen wir
Freiwillige. Harmlose Sache – kleine Oberschenkelinjektion –
vier Wochen Revier zur Beobachtung. Wer meldet sich?»

«Und nach den vier Wochen?» hatte eine verängstigte Stimme
aus der Gruppe gefragt.

«Wenn ihr Glück habt», hatte er zynisch erwidert, «könnt ihr
im Revier bleiben!» Sich grinsend zu der hinter ihm stehenden
Oberaufseherin umwendend, hatte er ergänzt:

«Für die ganze Dauer eures Aufenthaltes hier.» Im Hinblick
darauf, was er kurz vorher über die allgemeine ‹Aufenthalts-
dauer› im Lager verkündet hatte, war diese Äußerung eindeutig
gewesen und hätte die Mädchen warnen müssen. Diese jedoch,
im Umgang mit dem besonderen Zynismus der SS-Sprache noch
zu unerfahren, hatten sich anschließend zur Schreibstube ge-

drängt, um ihr Einverständnis zur ‹Schutzimpfung› zu Papier zu bringen. Der Lagerkommandant war zufrieden.

Nicht alle, Gott sei Dank, waren dem Trick zum Opfer gefallen. Aus dem Transport suchte Herta Oberheuser, die SS-Lagerärztin, vierundsiebzig kräftige junge Polinnen heraus, setzte sie auf die Liste derer, die operiert werden sollten. Ein Teil dieser Mädchen wurde im Revier narkotisiert. Ihren Beinen wurden tiefe Schnittwunden beigebracht, in die Gasbrand-Starrkrampfbazillen injiziert wurden. Ihre Leiden in den darauffolgenden Tagen waren unbeschreiblich. Das Fleisch brandete und legte den bloßen Knochen frei. Über Beruhigungsmedikamente verfügte das Lager nicht. Zeigte eine der Wunden Anzeichen zu verheilen, wurde sie sofort wieder neu infiziert. Und das Teufelszeug vieler Spritzen fraß sich erbarmungslos weiter. Die Mädchen verwesten bei lebendigem Leib. Ihre Schreie, die nichts Menschliches mehr hatten, durchdrangen das ganze Lager. Die Operationsart an den übrigen Frauen bestand darin, daß die Unterschenkel mit Hammer und Meißel gebrochen und einzelne Knochenstücke des rechten Beins in das linke und umgekehrt transplantiert wurden. Die Lagerärzte verfolgten aufmerksam den Heilungsprozeß, unterbrachen ihn, wenn er ihnen zu weit fortgeschritten schien. Wozu diese Versuche wirklich gut waren, wußte niemand. Murks erinnerte sich, wie es bei nächtlicher Fabrikarbeit heimlich mit den Kameradinnen Messer und andere scharfe Instrumente entwendet hatte, die der assistierenden Häftlingsärztin übergeben worden waren, um mit primitiven Schnitten und ohne Betäubung – denn über solche Mittel verfügten nur die SS-Lagerärzte – zu retten, was noch zu retten war. Den Experimentierern war es einerlei. Material war genug vorhanden. Sehr langsam und unter entsetzlichen Qualen waren auf diese Weise die ‹Versuchskaninchen› zu Grunde gegangen.

«Ich hab auch einmal die Ankunft eines Transportes beobachtet!» berichtete Hanna im dunkler werdenden Raum. «Es waren Ungarinnen, viel Mütter mit Kindern. Wurden ebenso empfangen wie die Polinnen. Gleicher Schmäh mit arbeiten und so, nur ohne den Zusatz von der Operation. Bei: ‹Arbeitswillige rechts, die andern links!› waren sie natürlich alle nach rechts getreten. Das war auch eine junge Mutter mit ihrem kleinen Sohn gewesen. Goldiges Ding mit ganz blonden Löckchen, höchstens zwei Jahre alt. ‹Kleinkinder links!› hatte der Lagerkommandant gebrüllt. Eine SS-Aufseherin hatte sich auf die Frau gestürzt, ihr den Jungen entrissen. Sie stellte das erschrockene Kind abseits und marschierte mit dem übrigen Transport zur Entlausung. Weinend nach seiner Mammi rufend, blieb das Baby allein auf dem großen Platz zurück. Was ich dann sah, kann ich bis heute nicht begreifen.›

«Erzähl!»

«Ich sah, wie der Lagerkommandant gemächlich auf das Kind zuschlenderte, daß ihm schutzsuchend erwartungsvoll entgegenschaute. Und dann hockte er sich in den Kohlenstaub zu ihm nieder, so als ob er der Vater sei, legte den Arm und die kleinen Schultern und redete auf es ein.»

«Vermutlich, weil es blond war», meinte Skelett.

Hanna fuhr fort:

«Anscheinend erzählte er ihm etwas Hübsches, denn das Kind schien bald getröstet und hörte auf zu weinen, lächelte schüchtern dem Onkel zu, der so freundlich auf es einredete. Dann muß der wohl so etwas wie: ‹Komm mal mit, ich bring dich zur Mammi!› gesagt haben, denn er erhob sich und ging mit dem vertrauensvollen Baby – viel mehr war es ja noch nicht – direkt auf die von ihm selbst entworfene Gaskammer neben dem Zellenbau zu, die zu der Zeit mit Hochbetrieb arbeitete. Schob den Kleinen in den Eingang, schloß die Tür, ging davon.»

«Zyklon B. Hab die Fässer selbst schleppen müssen», sagte Skelett mit dem Stolz des Fachmanns.

«Nichts Besonderes. Kam jeden Tag vor. Kindervergasung», zuckte Tanja die Schultern.

«Bis dahin nicht», bestätigte Hanna mit sanfter Stimme, «aber was dann kam, daß versteh ich nicht mehr. Ich war noch immer beim Rübenschippen auf dem Vorplatz, als ich den – hieß er nicht

Juhren? – zurückkommen sah, anscheinend bester Laune. In seiner Rechten, achtlos an den Füßen gepackt, hielt er die Leiche des Kindes, trat an einen der offenen Transportwagen zum Leichenkeller, warf den toten Kleinen mit gezieltem Schwung über die anderen Toten. Ging davon. Seht ihr», Hanna machte eine kleine Pause, «das ist mir unbegreiflich. Töten, das ist eine Seite. Man kann aus Haß töten. Oder aus Zorn, oder Notwehr. Oder vielleicht auch nur, weil man keinen anderen Ausweg sieht. Aber wenn eine Tötungsabsicht besteht, dann wird doch das Opfer in den Augen seines Mörders zum Feind! Wie konnte sich der Mann zu dem Kind niederhocken, mit ihm sprechen, mit ihm spielen, auf seine Psyche eingehen, wenn er es doch töten wollte? Er muß doch auch ein menschliches Herz haben, selbst wenn er sein Gewissen nicht mehr spürt?»

«Sie sind alle pervers», sagte Tanja.

«Mildtätig», sagte Murks lakonisch.

«Was?»

«Na ja, ich bin überzeugt, der Kerl hielt sich für ein Muster an Barmherzigkeit, als er sich mit dem Kind beschäftigte. Schämte sich vermutlich hinterher seiner ‹menschlichen› Regungen. Die Art, wie er mit der Leiche umging, läßt darauf schließen. In so einem Schädel steht doch nur: Alles Artfremde ist auszurotten, zu vernichten. Befehl erhalten. Befehl ausgeführt. Je schneller, desto besser. Seht ihr, und nun entdeckt so ein wandelnder Befehlsautomat zufällig, daß irgend so ein Stück Judenbrut verdammte Ähnlichkeit mit einem Kind hat. Womöglich noch seinem eigenen, denn blond ist es obendrein auch noch. Das rührt an seine Weihnachtsbaumgefühle: klingelnde Glöcklein und blanke Kinderaugen. Geht fast immer zusammen, Brutalität und Sentimentalität. Na ja, und damit muß er erst mal fertig werden. Ist die Anwandlung überwunden, dann nichts wie rin in die Flitkammer und anschließend durch den Kamin gejagt. So stell ich's mir jedenfalls vor.»

«Das könnte es erklären», sagte Hanna traurig.

«Alle Deutschen sind Verbrecher!» stieß Tanja haßerfüllt hervor. Murks sah nachdenklich zu ihrem Platz hinüber. Das Gesicht der Russin war nur noch ein undeutlicher Fleck im wachsenden Schatten der schmelzenden Kerzen.

«Ich glaub nicht, daß es so einfach ist. Nationalität, das ist doch nicht der Mensch. Nicht seine Eigenschaften, sein ganz persönlicher Charakter. Da ist etwas anderes im Spiel, etwas Tiefergreifendes. Zum Guten oder zum Schlechten, wir alle sind heute verändert, ob deutsch, russisch, französisch oder polnisch. Es ist dieser verfluchte Krieg; er appelliert an die Instinkte. Bringt all das an die Oberfläche, was in normaleren Zeiten unterdrückt bleibt.»

«Willst du die Deutschen vielleicht noch in Schutz nehmen?» fauchte Tanja wild, «was heißt ‹wir alle›? Kein Mensch von anderer Nation könnte so kaltblütig Grausamkeiten begangen haben!»

«Ich hol Kekse. Wir ham noch ’n Paket Kracker draußen. Na ja schön, Kräckers. Hab nun mal nich Englisch gelernt!» sagte Skelett und entfernte sich. Murks sah ihm nach.

«Sie ist auch eine Deutsche», sagte es ruhig.

Tanja schwieg. Murks erhob sich, wechselte die niedergebrannten Kerzen aus. Es wurde heller im Raum. Das Gesicht der Russin war verkrampft, ihr Mund nur noch ein verkniffener Strich.

Grinny kam mit einem Tablett aus der Küche zurück:

«Kekse und prima Leitungswasser, damit euch bei dem vielen Gequassel nich die Spucke wegbleibt.» Geräuschvoll zog es seinen Stuhl an den Tisch.

«Möcht nur wissen, weshalb du die verdammten Deutschen noch verteidigst? Warst doch selber im Widerstand gegen sie», knurrte Tanja und nahm einen großen Schluck Wasser.

Murks wedelte das Zündholz aus. «Verteidige sie ja gar nicht. Will nur sagen, es gibt Unterschiede. Schließlich bin ich zwischen ihnen aufgewachsen. Und damals, früher, meine ich, schienen sie mir gar nicht so verschieden von Menschen anderer Nationen. Oder vielleicht fehlten mir nur die Vergleichsmöglichkeiten. Ob sie wohl schon immer so gewesen sind? Oder sind sie erst durch die Politik so geworden?»

«Das kriegste nie raus», krachend zerbiß Grinny den ranzigen Keks, «das wissen die selbst nich.»

«Interessiert auch niemanden!» knurrte Tanja und griff zum letzten Cracker auf dem Teller.

«Gib den Keks her – sofort –, der gehört Murks!» befahl Skelett mit drohendem Unterton. Sein Solidaritätsgefühl mit Murks – streng nach Lagerordnung – ließ keine noch so winzige Ungerechtigkeit durchgehen. Murks und es selbst, sie waren in diesem Haus die Alteingesessenen, die Bevorrechteten. Quasi Baracke eins im Gegensatz zu Hanna und Tanja, den ‹Neuzugängen›. Für Grinny so was wie Durchgangsbaracke dreißig oder Zelt. Vor Überraschung ließ Tanja den Cracker fallen.

Skelett stopfte ihn liebevoll seinem Kameraden in den Mund:

«Kommst vor lauter Quasseln ja gar nich zum Essen, wenn ich mich nicht um dich kümmere!» Es drehte sich zu den beiden anderen um:

«Is gar nich so dumm, was Murks gesagt hat. Hab mir auch schon manchmal meine Gedanken darüber gemacht, was in der ihren Köppen vorgeht, damit sie so was machen können. Will euch auch mal was erzählen. Also das war im Winter. Weiß ich noch, weil mir beim Schneeschippen zwei Finger abgefroren waren und ich deshalb zur Kleiderkammer eingeteilt war. Da ging ich über die Lagerstraße zur Latrine. Und da sah ich schon von weitem eine von den grauen Aufseherinnenuniformen mit den knallweißen Hemdkragen und dicken Winterstiefeln. Stand da mitten auf der Straße, das Weib, und prügelte auf irgendwas los. Konnt von der Ferne nicht erkennen, was es war. Also kam ich näher 'ran. War 'ne ganz junge Aufseherin, höchstens siebzehn oder achtzehn und grad damit beschäftigt, aus 'nem kleinen Zigeunermädchen Frikassee zu machen, Hände verrenken, Arme auskugeln – na, die

Scherze kennt ihr ja. Blieb ich also stehn und sah zu. War übrigens keine von den freiwilligen SS-Weibern, sondern eine von den Dienstverpflichteten. Wie sie mich bemerkte, herrschte sie mich an: ‹He, Schmuckstück, wieso biste noch nich durch 'n Schornstein, so wie du aussiehst? Was stehste hier rum und glotzt?› – ‹Warum das?› fragte ich. – ‹Warum was?› – ‹Das Kind abmurksen. So 'n kleines Wesen tut doch niemandem was.› Starrte sie mich ganz verblüfft an: ‹Bei dir piept's wohl, du Mistbiene. Das ist doch kein Kind! Als Deutsche solltest du das aber wissen!› Das Mädchen nutzte die Gelegenheit, schlüpfte, während die Aufseherin sich mir zuwandte, unter ihrem Arm durch und lief weg. Hätte schwören mögen, es war ein Kind wie jedes andere mit Kopp und Armen und Beinen. Aber die SS sagte ganz belehrend: ‹Ist kein Kind, sieht nur so aus. Das ist Teufelsbrut, sagt Julius Streicher, das Gezücht will unserem deutschen Volk das Blut aussaugen, unsere Kinder verderben, und alle vernichten. Deshalb müssen wir uns wehren, helfen, das Untermenschentum mit seinen Wurzeln von der Erde zu tilgen. Wie lange biste schon in Haft?› – ‹Acht Jahre mit Gefängnis!› sagte ich. Wurde sie ganz gnädig: ‹Na ja, denn kannste es ja eigentlich auch nich wissen. Wenn du den *Stürmer* nich gelesen hast …!› Ich glaub, die war noch überzeugt davon, daß sie was Gutes tat, während sie dem kleinen Mädchen die Gelenke auskugelte. So bekloppt waren manche von ihnen!»

«Ein weiteres Beispiel!» konstatierte Murks. «Kannste du dich noch an ihre Augen erinnern, Grinny, als sie das Kind folterte? Ich meine, sah sie zornig aus oder voll Haß oder rachsüchtig? Denk mal nach!»

Skelett überlegte. «Nee», meinte es schließlich, «böse nich. Nur blöd und gleichgültig.»

Ihre Kameradin nickte:

«Hab's mir gedacht. Gerade das ist das Scheußliche daran. Daß sie offenbar nicht wissen, was sie tun. Später einmal, wenn die Welt über die Lager erfahren wird, wird man glauben, alle Aufseherinnen seien sadistisch pervertierte Weiber gewesen. Dabei waren die vielfach, bis auf einige Ausnahmen, genauso normal wie du und ich. Es ist schwer zu begreifen. Eine junge Frau, fast noch ein Mädchen, das gegen seinen eingeborenen Urtrieb, den Beschützerinstinkt der Frau gegenüber dem hilflosen Kind, handelt ...»

«Nicht ganz», ließ sich Hanna aus der Ecke vernehmen, «nach dem, was Grinny eben erzählte, war es ja eben der Beschützerinstinkt den Kindern ihres Volkes gegenüber, der sie fast zur Mörderin machte. Wie jede Mutter verteidigte sie in erster Linie ihre eigenen Kinder, die deutschen, gegen eine vermeintliche Gefahr durch andersrassige unter dem Motto: Schützt die Heimat!»

«Und am Abend ruhigen Gewissens zu Bett zu gehen und am nächsten Tag frisch, fröhlich und frei eben unter diesem Motto weiter zu morden. Das ist es ja gerade. Bestimmt war sie dabei ihrer Mutter eine gute Tochter und würde eines Tags ihrem Ehemann eine brave, ganz durchschnittliche Hausfrau sein. Woran also erkennt man Mörder?»

«An ihre Leichen», sagte Grinny, «komische Frage. Deine Sorgen möcht ich haben. Hört auf mit dem Drumrumgerede, kommt doch nix bei raus.» Laut gähnend streckte sie die Knochenarme, daß die Gelenke knackten:

«Bin ich müde!»

«Und wie soll es nun mit uns weitergehen?» fragte Hanna resigniert. Tanja erhob sich, spähte vorsichtig seitlich durch die Gardine zur Straße hinaus.

«Wir müssen uns westwärts zu schlagen versuchen. In jedem Fall von hier weg. Sehr lange kann der Krieg nicht mehr dauern.»

«Aus unserm Haus geh ich nicht weg!» verkündete Grinny aggressiv, «is viel zu schön hier, und Murks hat 'n Klavier.» Sie beobachtete das verträumte Lächeln, daß über die Züge der Kameradin glitt, fuhr eifrig fort:

«Nicht wahr, Murks, hier möchtste auch nich mehr weg? Ohne mich biste ganz allein und hast niemand, der sich um dich kümmert und für dich kocht. Und dann machste nichts wie Dummheiten, wenn ich nich auf dich aufpaß!» In ihrem Ton schwang liebevolle Fürsorge. Sie sah in ihrem Gefährten ein zu bemutterndes Wesen, gescheit, aber hilflos. Murks gegenüber fühlte sich Grinny sehr weiblich und fand, der komische schlaksige Igelkopf brauche unbedingt eine richtige Frau neben sich. Denn in praktischen oder hausfraulichen Belangen war dieser ziemlich unbeholfen wie überhaupt in allem, was nicht mit Denken zusammenhing, obwohl er – einen ganzen Nachmittag hatte Murks benötigt, um nachzurechnen – bereits siebenundzwanzig meist verregnete Lenze zählte. Die Unbeholfenheit kam wohl davon, daß es seit seiner politischen Verfolgung sowohl in seiner körperlichen wie auch in seiner seelischen Entwicklung stehengeblieben war. Sie war mit der Pubertätszeit zusammengefallen.

«Was werdet ihr jetzt machen?» fragte Murks. Tanja kniff die Augen zusammen:

«Ich werde mich auf die Suche machen nach den Lageraufseherinnen, den Gestaposchweinen und dem Aas, das mich angezeigt chat in Fabrik. Ich werde sie finden. Und dann ...» Bezeichnende Geste. Gedämpfter fuhr sie fort:

«Chatten Geheimauftrag mit von Cheimat. Sabotage. Wir waren sechs, alle in gleicher Fabrik. Partisanen.»

Skelett gähnte schon wieder:

«Meine Baracke wimmelte von Parisanen. Ich möcht kein so was sein.»

«Partisanen meinst du!»

«Von mir aus. Is mir viel zu anstrengend. Lohnt sich nich.»

«Wie stellst du dir denn deine Zukunft vor?»

Blinzelnd sah sich Grinny im Kreis um:

«Wie ich mir die Zukunft vorstelle? Gar nich stell ich sie mir vor. Weil ich nämlich keine Lust mehr hab zum Weitermachen, versteht ihr? Jedenfalls nich mehr hier in dem ganzen Wirrwarr. Ich hau ab in den Himmel. Darunter kann ich mir mehr vorstellen. Wenn ich an all die schönen weißen Engelchen denk auf weichen Wolken und den ganzen Tag Ruhe und Frieden, dann spür ich was. Aber beim Denken an das Weitermachen hier unten, da spür ich nischt außer Schwindel im Kopp. Und jetzt geh ich schlafen. Nacht allerseits!»

Murks' Vorstellung vom Weiterleben war ebenfalls nur sehr schwach, rief keinerlei erfreuliche Empfindungen hervor. Die Zukunft war ein blasser Schatten und sehr unwirklich. Aber Sterben wie Grinny wollte es nicht. Es war nur alles gleichgültig, unendlich gleichgültig. Jetzt konnte nichts mehr kommen; alles war ja schon gewesen. Der Superlativ überwunden. Und um noch einmal von vorn anzufangen, ganz von neuem, dazu fehlte ihm die Kraft. Es stand auf einem anderen Ufer, die Brücken waren eingestürzt und kein Material zum Bau einer neuen vorhanden.

«Wir haben Hanna noch nicht gefragt», fiel ihm ein.

Bitter wandte sich Tanja der kleinen Polin zu:

«Dir ist wohl wieder alles gleichgültig? Wenn es nach dir ginge, würden wir in diesem alten Häuserkasten sitzenbleiben, bis wir verrotten!»

«Alter Kasten?» wiederholte die Jüdin nachdenklich, «wie kannst du nur so schnell vergessen?» Sie wandte sich an Murks, sprach leise, während das Kerzenlicht unruhige Schatten über ihr schmales Gesicht warf, das jetzt nur noch Augen war:

«Ich habe nichts vergessen. Erinnere mich noch genau an eine mondhelle Nacht im Lager. Konnte nicht schlafen, erhob mich, ging hinaus vor die Baracke. Lehnte mich draußen mit dem Rükken an die Bretterwand, schaute zum Himmel auf, so sehr viel mehr Platz als hier unten. Das tröstete mich irgendwie. Vor mir der elektrisch geladene Stacheldraht, davor die Wache auf und ab, auf und ab. Ganz monoton, immer das gleiche Lederknarren durch die Stille der Nacht, langsam schleppend. Auch die Wachen waren müde. Plötzlich hatte ich einen Gedanken. Da hatte es vor langer Zeit einmal etwas gegeben, das hieß Raum. Das war in einem Haus. Manche Häuser hatten viele Räume. Darin konnte man ganz ungestört die Arme waagerecht nach den Seiten ausstrecken und berührte trotzdem niemanden. Raum – Platz! Kaum vorstellbar. Und in dem Raum, da gab es einen Tisch mit einem

Teller, auf dem drei Brotscheiben, drei braune unzerbröckelte dicke Brotscheiben mit Kruste lagen, die man ganz allein essen durfte, ohne daß einem jemand wegen einer herabfallenden Brotkrume in die Zehen biß. Dies Paradies lag inmitten vier solider Steinwände, verbunden durch Fußboden und eine Decke, die vor der Witterung schützte. Schnee und Regen blieben draußen, die heiße Sommersonne erreichte nicht mehr ungehindert welke Haut, verbrannte sie zu schwärzlichen Fetzen – beglückender Gedanke. Und dann gab es in dem Raum auch eine Liege, auf der man sich ausstrecken und sogar umdrehen konnte, ohne daß fluchende Kameradinnen zu beiden Seiten herunterflogen. Aber das schönste kommt noch: Die Wände hatten eine ganze schlichte unverriegelte Tür, eine Tür, durch die man ein- und ausgehen konnte, ohne daran gehindert zu werden. Freiheit! Ich träumte mit weit offenen Augen. Aber es war eben nur ein Traum – damals. Und nun sitzen wir hier in dem Haus, und es hat alles, was ich im Lager ohne Hoffnung auf Verwirklichung ersehnte. Wir vergessen viel zu schnell. Und deshalb will ich», schloß sie, «daß mein Weiterleben vor allem im bewußten Genießen all der einfachen Dinge bestehen soll, die ich früher einmal für selbstverständlich hielt.»

«Versteh ich!» sagte Murks. «Ich will auch leben. Aber ob das Gefühl dafür bleiben wird, wenn man erst wieder alles hat? Wird dann vermutlich elend schwer sein, sich in die einstigen Empfindungen zurückzuversetzen ...»

«Vergessen?» schrie Tanja, «niemals! Glaubst du, ich werde jemals vergessen können, wie sie um uns cherum krepiert sind, die Frauen, die kleinen Kinder, verchungernd, erfrierend? Wie man sie geschlachtet chat wie Vieh, vergast wie Ungeziefer, in die Öfen geworfen wie dürres Cholz? Und ihr sprecht von Vergessen – was seid ihr für Menschen?»

«Reg dich nicht auf!» sagte Murks, dem Tanjas Temperament auf die Nerven ging, «wir haben das gleiche durchgemacht wie du. Von allgemeinem Vergessen war gar nicht die Rede. Was willst du eigentlich? Noch mehr Blutvergießen? Kleines Privat-KZ für SS mit dir als Kommandeuse? Ohne mich, vielen Dank!»

«Ach, Tanja!»

Hannas weiche Stimme klang resigniert, «dein Haß wird vergehen. Er wird sich selbst verbrennen, wenn du erst wieder im Leben stehen wirst. So ist das immer. Man glaubt, starke Empfindungen hielten auf ewig. Dabei wechseln gerade sie schneller als alles andere. Auch du wirst vergessen, zumindest dein eigenes Leid.»

Im Haus war alles ruhig. Plötzlich warf Murks den Kopf hoch: «Hört ihr? Da kommt jemand!»

Sie richteten sich in ihren Stühlen auf, saßen ganz gerade und still, wagten kaum zu atmen. Auf der Diele wurden harte Schritte laut. Etwas fiel polternd um. Die Kerzen begannen zu flackern.

«Russen – ganzer Trupp!» flüsterte Hanna, ohne die Lippen zu bewegen.

Dann flog die Tür auf, und sie standen im Raum, acht oder neun Soldaten mit ihrem Offizier. Diese hier waren europäische Russen, westliche Gesichter, keine Fellmützen. Neugierig musterten sie die beiden Häftlingsmädchen und den blassen Jungen bei ihnen.

«Wer sind Sie? Chausbesitzer?» fragte der Anführer in hartem Deutsch und richtete gnadenlose Augen auf Tanja. Diese war aufgesprungen, begann in ihrer Heimatsprache zu erklären, unterstrich ihre Worte mit heftigen Gesten. Das Gesicht des Offiziers erhellte sich nicht. Einer seiner Leute rief Hanna ein paar derbe Scherzworte zu. Ein paar andere lachten. Murks beeilte sich, neue Kerzen anzuzünden. Das sich verbreitende Licht fiel voll auf alle Anwesenden. Mit einer Handbewegung wies der Offizier Murks auf den Stuhl zurück, nahm am Eßtisch Platz, ließ sich von einem hinter ihm Stehenden eine Mappe reichen, der er Schreibmaterial entnahm. Tanja mußte ihm gegenüber Aufstellung nehmen. Der Offizier stellte Frage auf Frage auf russisch, kalt, unpersönlich. Tanjas Antworten protokollierte er sorgfältig.

Murks bemerkte, daß Tanjas Sprache immer hastiger, nervöser

wurde und daß Hannas Hände zu zittern begannen. Ein Verhör! dachte es erschrocken, gleiche Methode wie bei der Gestapo! Methodische Erfassungen bedeuten meist den Anfang vom Ende. Jetzt schwieg Tanja. Der Offizier wandte sich Murks zu:

«Diese Frau sagt, du nix russisch. Woher?»

«Italien!» sagte Murks auf gut Glück. War immer noch besser als deutsch.

«Du von Daitsche gefangen? Warum? Kommunista?»

Vorsichtshalber bejahte er eifrig.

«Diese Frau sagt, du nicht alle. Wo dein Kamerad?»

«Schläft schon!»

«Dann wecken. Du vorangehen!»

Zusammen mit mehreren Soldaten ging Murks zum Schlafzimmer hinüber. Da lag Skelett im Blümchenkleid auf dem Fußboden und grinste im Schlaf. Stumm starrten es die Russen an. Der Kerzenteller in der Hand des einen wackelte. Murks glaubte sogar zu bemerken, daß sich der Kleinste heimlich bekreuzigte. Ungeduldig sagte ihr Anführer:

«Karaschò. Du hierbleiben. Wir euch nix brauchen!»

Die Soldaten machten kehrt. Murks schloß die Tür hinter ihnen zu. Aber in ihm war Unruhe. Mit den Asiatenhorden, da konnte man noch irgendwie fertig werden. Das waren verwilderte Stromer, genau wie man selbst. Nur primitiver. Doch das da drin, das war die wohlbekannte Überlegenheit der Ordnung und Methodik. Verursachte das alte Magenkrampfen und Machtlosigkeit. Erst wenn er gebucht war, wurde der Tod wirklich. Würde Tanja ihnen erzählen, daß sie, Grinny und Murks, Deutsche waren? Wie weit konnte man sich auf sie verlassen? Voll schwerer Gedanken streckte es sich auf seinem Bettvorleger aus und schlief bis auf die Ohren oberflächlich ein. Die blieben in jahrelanger Gewohnheit gespitzt.

Von erregtem Stimmwechsel, der aus dem Schlafzimmer drang, wachte es kurze Zeit später wieder auf. Die Russen sprachen schnell und laut. Dazwischen rief Tanja mit sich erregt überschlagender Stimme wiederholt etwas, das Murks nicht verstehen konnte. Schade um die schöne Sprache! dachte es schläfrig. Jetzt schrie der Offizier. Seine Stimme schraubte sich hoch, ging in wütendes Gefistel über. Grinny merkte wieder mal nichts; ihr Schlaf wurde von Mal zu Mal totenähnlicher. Dann fiel der Schuß. Es war nur ein einziger kurzer scharfer Knall. Aber schon war Murks auf den Beinen und rüttelte Skelett an den Schultern.

Verschlafen fuhr es in die Höhe:

«Was is denn los?»

«Hast du denn nichts gehört?» flüsterte sein Kamerad mit angehaltenem Atem, «das war ein Schuß – aus dem Eßzimmer. Und die Mädchen sind noch drin!»

«Pech!» gähnte Grinny, «wenn die unsere Dolmetscher abknallen, verstehn wir wieder nischt. Na, vielleicht finden wir morgen 'n paar andere.» Damit drehte es sich um und schlief augenblicklich wieder ein. Murks überlegte, zögerte, gab sich einen Ruck und ging hinüber. Da saß der Offizier, ihm den Rücken kehrend, immer noch am Tisch und schrieb, seine Soldaten lungerten im Raum herum und Hanna lehnte mit blutleerem Gesicht an der Wand, machte Murks mit den Augen flehende Zeichen, das Zimmer so schnell wie möglich wieder zu verlassen. Zu Füßen des Protokollführers aber lag eine zusammengekrümmte Gestalt – Tanja. Erschossen. Aus ihrem offenen Mund sickerte ein dünner Blutfaden. Langsam kam Murks näher. Der Offizier wandte den Kopf, sah in fragende Augen.

«Tot!» erklärte er überflüssigerweise, auf den Körper neben seinem Stuhl deutend.

«Weshalb?» fragte Murks bewegungslos.

«War Agentin von uns. Kein russischer Agent darf in daitsche Gefangenschaft leben. Gesetz von Genosse Stalin. Muß sich töten, sonst wir ihn töten. Krieg noch nicht zu Ende!» sagte er gleichmütig. Seine Stimme hatte wieder ihre Ausgangstonlage erreicht. Er klappte das Schreibheft zu, schloß es in die Mappe, griff nach der Mütze.

«Und unsere Kameradin hier?» Murks wies auf Hanna.

«Nix wichtig. Jüdin. Frau von Pole. Kann bleiben!»

Damit erhob er sich, grüßte militärisch, erteilte seinen Leuten einen kurzen Befehl. Dann waren sie weg. Im Zimmer lastete die neue Stille, für eine von ihnen nunmehr endgültig. Stumm standen sich Hanna und Murks an Tanjas Leiche gegenüber. «Das war aber keine Vorhut mehr», sagte Murks, nur um etwas zu sagen. Weiteres fiel ihm nicht ein. Schweigend starrte es auf das, was eben noch die aggressive Tanja gewesen war. Wo war sie nun? In der offenen Tür erschien Grinnys Schädel, blickte fragend in die Runde, dann auf den Boden.

«Ham se doch eine abgeknallt», stellte sie sachlich fest, «Schweinerei, mitten auf'm schönen Teppich!»

Ganz plötzlich brach Hanna zusammen, begann zu schluchzen, steigerte sich in einen heftigen Weinkrampf. Skelett suchte in der Küche nach geeignetem Fleckmittel, um den Teppich zu reinigen:

«Mußte gleich tun, sonst trocknet's ein, und denn kriegst es nich mehr raus!»

Linkisch hockte sich Murks neben die in sich zusammengesunkene Jüdin. Es fühlte das starke Bedürfnis, etwas Erklärendes zu sagen, aber die richtigen Worte fielen ihm nicht ein.

«Ist besser so mit Tanja, weiß du!» sagte es über Hannas Haar hinweg im Bemühen, das verzweifelte Mädchen zu trösten, «sie hätte doch nur alles gehaßt.»

Aber Hanna schluckte nur hysterisch.

«Willste 'nen Keks?» erkundigte Grinny sich, bekam jedoch keine Antwort. Achselzuckend ging sie zur Küche zurück, holte einen großen Eimer voll Wasser, Putzlappen sowie eine undefinierbare Flasche mit Seifenlösung, schob die Leiche achtlos zur Seite und begann eifrig zu schrubben. Murks erhob sich von Hannas Seite, ging zu der durch Skeletts Fußtritt jetzt auf dem Rücken liegenden Tanja hinüber, drückte ihr sacht die Augen zu. Jetzt sah diese ganz friedlich aus. Grinny fluchte vor sich hin:

«Also in dem Laden kriegste einfach keine Nachtruhe!»

Ihr praktischer Häftlingssinn half Murks über die Situation. Es lachte:

«Morgen mal ich dir ein Schild: ‹Bitte nicht stören!› Das kannste dann vor die Haustür hängen.»

«Aber in Leuchtschrift und auf russisch», keuchte Grinny schrubbend, «einen Übersetzer ham wir ja noch.»

Langsam wurde Hanna ruhiger. Sie schien einzuschlafen. Behutsam hob Murks sie auf seine Arme, trug sie ins Schlafzimmer hinüber, legte sie auf das breite Bett und deckte sie zu. Das Mädchen merkte es nicht. Murks kehrte zu Grinny zurück, die mittlerweile den häßlichen Teppichflecken weitgehend entfernt hatte, und meinte:

«Wir müssen noch ein Grab für Tanja schaufeln, damit sie weg ist, wenn Hanna morgen früh aufwacht.»

«Hat ja wohl schon mehr Leichen gesehn, und dazu weniger frische!» brummte Skelett unwillig. Andererseits stören auf guten Teppichen herumliegende Tote verständlicherweise den hausfraulichen Sinn. Daher folgte es Murks in den Garten, wo sie nach einem Spaten suchten. Die Nacht war kühl.

«Ich glaub, da hinten im Geräteschuppen, da liegen Schaufeln!»

«Erst mal überlegen, wo wir sie einbuddeln können.» Grinny schaute sich aufmerksam im Mondschein um.

«Hier ist der Boden weich», probierte es mit dem Fuß eine Stelle. «Aber leise, damit uns die Rußkis nicht hören. Sonst kannste dich gleich mit dazulegen!»

Vorsichtig schlichen die beiden zum alten Geräteschuppen bei der blühenden Kastanie.

«Der is richtig!» Grinny zerrte an einem mächtigen Spaten, der unter allen möglichen Gartengeräten lag. Murks half ihr, das Zeug beiseite zu räumen. Auch eine leichtere Schippe entdeckten sie. So bewaffnet, gingen sie zu der von Grinny markierten Stelle zurück, stachen die Erde auf. Schweigend arbeiteten sie sich durch den sandigen Boden. Als ihnen die ausgehobene Grube tief genug erschien, richteten sie sich auf, wischten sich mit den Händen den Schweiß von der Stirn.

«Leg dich mal rein, damit wir sehen, ob die Länge paßt», sagte Murks. Das war eine alte Lagerpraxis. Im Fall seiner Erschießung hatte jeder Häftling sich sein Grab selbst zu schaufeln und die Länge mit seinem Körper auszumessen.

Skelett kletterte hinunter und streckte sich auf dem Rücken aus. Das Mondlicht umfloß seine Füße. Der Rest blieb im Schatten.

«Paßt prima. Sehr bequem!» kam es gähnend aus dem offenen Grab. Schon wollte es wieder einduseln.

«He, schlaf nicht ein da unten! Ist nicht für dich. Steh auf!» kommandierte Murks und zog es wieder an die Oberfläche. Dann gingen sie Tanja holen. Vorsichtig hoben sie sie in die Grube, ließen los. Es machte einen dumpfen Plumpser. Eilig begannen sie, Erde über sie zu schaufeln. Nach getaner Arbeit richtete sich der Igelkopf auf, fuhr sich verlegen mit allen fünf Fingern durch die Stoppeln:

«Du, Grinny, ich glaub, jetzt müßten wir irgendwas sprechen, ein Gebet oder einen Nachruf oder sowas!»

Skelett stützte sich nachdenklich auf seine Schaufel:

«Weiß nicht. Kennst du 'n Gebet?»

«Mir fällt momentan keins ein. Nur irgend was mit: ‹Segne, was du uns bescheret hast.›»

«Paßt nicht!» Grinny dachte an den Teppichfleck.

Beide suchten schweigend und vergeblich im geschwächten Gedächtnis nach geziemenden letzten Worten. Schließlich rappelte sich Skelett zu eigenfabrizierter Nachrede auf.

«Liebe Tanja!», sagte es mit kratzig rauher Häftlingsstimme in den nachtstillen Garten hinein. «Es war nett, dich kennengelernt zu haben, wenn es auch nur kurz war. Vielen Dank für die Kartoffeln und die Pakete. In einem Cornedbeef war 'n Wurm drin. Die hab' ich weggeschmissen, die Dose. Sonst war alles prima. Wiedersehen und mach's gut!»

«Das genügt!» erklärte es kategorisch gleich darauf, «nu komm endlich schlafen. Hab' ich's dir nich gesagt! Nischt wie Ärger macht dieses Leben!»

Damit marschierte es ins Haus zurück. Murks folgte ihm, nachdem es die Geräte wieder im Schuppen verstaut hatte. Einträchtig und erschöpft schliefen sie bis tief in den Morgen hinein, Hanna auf dem Bett zwischen ihnen. Und Murks – aus Rücksicht auf die kleine Jüdin – ohne Decke.

1. Mai 1945

Aromatischer Duft durchzog die Räume, als Murks am nächsten Tag erwachte. Skelett hatte Tee gefunden und brühte ihn auf. Murks streifte den Pullover über, blickte zu Hanna hinunter. Die schlug langsam die Augen auf, aber der Blick war ganz fern. Ohne sich zu rühren flüsterte sie: «Sind sie weg?»

«Wer?»

«Die Russen?»

«Natürlich, schon längst. Grinny macht Frühstück.» Wie jung sie aussieht, wenn sie so daliegt!, wunderte sich Murks, ist ja eigentlich fast so alt wie ich, und trotzdem beinah noch ein Kind. Bis auf die Augen …

«Mach dir keine Sorgen. Wir werden's schon schaffen!» versicherte es tröstend. Was, das wußte es selbst nicht. Mit einem Ruck setzte sich Hanna auf:

«Ich muß fort von hier», sagte sie mit tonloser Stimme verstört, «heute nacht hab ich von David geträumt – muß ihn suchen – vielleicht haben sie ihn schon umgebracht!»

Mit kurzen ersticken Lauten begann sie wieder zu weinen. Klirrend bängte die eintretende Grinny das Frühstückstablett auf die Kommode, hielt Hanna die dampfende Tasse an die zitternden Lippen:

«Wirste schon wieder hysterisch? Mensch Murks, hat uns gerade noch gefehlt, so 'ne Heulsuse, die an unsern Nervenstummeln zerrt! Na, nu komm, trink erst mal 'ne Tasse Tee. Das beruhigt.»

Gehorsam nippte Hanna an dem heißen Gebräu. Dann erhob sie sich, nahm ihren gestreiften Kittel und ging zum Badezimmer hinüber.

«Die hat noch richtige Gefühle!» wunderte sich Grinny und goß den Tee aus dem Kessel in buntgeblümte Mokkatassen, gesammelte Einzelstücke, die zu ihrer Freude der Schießwut der Russen entgangen waren.

«Auf'm Bett ist es zu unbequem», sagte Murks im vergeblichen Bestreben, seine Tasse irgendwo abzusetzen, «gehn wir in die Küche frühstücken!»

Hier verdrängte eine flimmernde Morgensonne die Schatten der Nacht. Murks trat ans halbzerbrochene Fenster. Vor seinen lichtempfindlich zwinkernden Augen lag der verwilderte Garten mit dem Stück frisch umgegrabener Erde. Einige Sträucher hatten während der Nacht lackiert glänzende Knospen angesetzt. Ein frischer Duft kam aus den Bäumen. In den Morgenstunden mußte es geregnet haben.

«Frühling», sagte Murks.

«Letzten Frühling war die große Nacktarschparade vor'm Revier, weißte noch?» sagte Grinny unbeeindruckt, «wo die die Dicksten für die Bordelle rausgesucht ham? Ham sich auch viele freiwillig dazu gemeldet, wie sie von der Sonderbehandlung hörten: Höhensonne und Bäder, und dolle Kleider und Wäsche – alles piekfeine Sachen von denen aus Auschwitz. Brauchten die ja nich mehr, nachdem sie durch 'n Schornstein gegangen waren. Aber so lustig muß das Bordell auch nich gewesen sein. Weil sie davon krank wurden. Und dann kamen sie auf Vernichtungstransport.»

«Fällt dir nichts Besseres dazu ein? Schau hinaus. Sieht hübsch aus, Frühling. Alles so neu!»

«Klar. Ganz neue Gefühle werden die Rußkis kriegen, wenn sie 'n in die Knochen spürn. Und denn werden wir 'n Frühlingsfest erleben!» Skelett hatte keinerlei Verständnis für unpraktische Gedanken:

«Nu setz dich schon hin und iß!»

Mit müden Schritten kam Hanna herein, nahm sich einen Stuhl. Ihr zartes Gesicht war aufgequollen. Stumm schob ihr Skelett eine neue Tasse Tee hin, legte zwei Kekse dazu:

«Kannste eintauchen!» brummte es. Leidensmienen konnte sie nicht ausstehen. Verstimmt ließ es sich auf die Küchenbank fallen. Die Knochen schlugen hart gegen das Holz wie ein Aufnehmer beim Putzen. Schweigend frühstückten sie. Murks sprach als erste:

«Und was willst du nun machen, Hanna? Allein marschieren ist verdammt gefährlich. Dazu siehst du zu weiblich aus!»

«Und jetzt, wo Frühling is mit ganz neue Rußkigefühle!» grinste Skelett sadistisch. Hanna zuckte fatalistisch die Schultern:

«Ich muß fort, meinen Mann suchen gehn!» wiederholte sie hartnäckig, «mir tun die Russen schon nichts. Das habt ihr ja gestern abend gesehen. Aber vielleicht wissen sie, wo David ist. Vielleicht haben sie ihn gefunden. Ich werde mich als Polin schon durchschlagen. Habt es ja selber schwer genug gehabt als deutsche Staatsangehörige!»

Grinny schüttelte den Kahlkopf, daß es schien, als würden die Halswirbel der Belastung nicht standhalten:

«Irrtum! Nur ich bin Deutsche», erklärte sie undeutlich aus teegefüllter Backe. Murks nickte bestätigend:

«War's mal. Bin es aber nicht mehr. Hab freiwillig drauf verzichtet. Das heißt, ich werde mich weigern, mir nach dem Krieg die deutsche Staatsbürgerschaft wieder aufzwingen zu lassen, nur weil ich hier geboren bin. Lieber bleib' ich für immer staatenlos!»

«Das wird schwerer sein, als du es dir vorstellst. Und weshalb das?»

«Ganz einfach. Weil ich ein für allemal nicht mehr dazugehören will. Dies Land hat mir nur Schwierigkeiten gebracht. Mein Vater, gebürtiger Pole, später deutsch naturalisiert, hatte eine deutsche Jüdin geheiratet. Daher galt ich bei den Nazis als ‹Mischling ersten Grades›. Idiotisch. Aber die machten da noch ganz genaue Unterschiede zwischen erstem und zweitem Grad. Letztere waren die mit nur einem jüdischen Großelternteil. Lauter Pflichten und keine Rechte. Und wie meine Mutter nach der Kristallnacht Selbstmord beging, da schloß ich mich in Berlin der ‹Bewegung zur Wahrung der Menschenrechte› an. War eine Untergrundpartei. Erster organisierter Widerstand gegen Hitler. Später sandten die mich zu ihrer internationalen Hauptstelle in Rom. Drei Jahre später hat mich die Gestapo dort hochgenommen. Hätten mich nie gefunden, wenn mich nicht irgend so ein deutscher Wackelkontakt von unserer Arbeitsgruppe verraten hätte. Hatte mich in Rom als ‹staatenlos› ausgegeben.»

«Konntest du denn das so ohne weiteres? Hast du da nicht viele Schwierigkeiten gehabt?»

«Fiel gar nicht auf. Die Deutschen kümmerten sich nicht weiter um Staatenlose ohne Judenstern in Italien. Dachten sich wohl, ohne Staatenpaß seien wir sowieso schutzlos und leicht zu beseitigen, falls später notwendig. Und in Rom halfen mir verschiedene Vatikanstellen weiter, mit denen unsere Organisation in Verbindung stand.»

«Und trotzdem biste unserm Ravensbrücker Verein beigetreten worden», sagte Skelett gleichmütig. Politisches Engagement empfand es als sinnlose Energieverschwendung. Das interessierte Skelett nicht.

«Damit hab ich rechnen müssen.»

«Und nun biste gar nichts, weder deutsch noch chinesisch, noch sonstwas. Dann biste also praktisch gar nich vorhanden, auf'm Papier, mein ich?»

«Ich scheiß' auf Papier!» sagte Murks heftig.

«Geht jetzt rüber, ich muß spülen.» Grinny begann abzuräumen.

«Geht spielen, Kinderchen, Mutti muß saubermachen!» höhnte ihr Kamerad. Die Erinnerung an erlittenes Unrecht hatte ihn aggressiv gestimmt. «Komm, Hanna, schauen wir mal nach Sachen für dich, wenn du schon unbedingt los willst. So, wie du jetzt aussiehst, kannst du nicht auf Wanderschaft gehen!»

Sie wechselten ins Schlafzimmer hinüber. Aus dem Kleiderschrank des einstigen Hausbesitzers angelten sie eine braune Zivilhose aus festem Tuch:

«Zieh die über den Kittel, damit du oben herum Häftling bleibst. Dein Stern auf dem Ärmel ist wichtig. Und den Kopf muß ich dir nochmal nachscheren, damit es nach ‹gerade entlassen› aussieht!»

Im Badezimmer fanden sie das Rasierzeug des SS-Mannes. Murks begab sich fachmännisch an die Arbeit. Oft genug hatte es in Ravensbrück zugesehen, wie mittels primitiver Rasiermesser aus Frauen und jungen Mädchen Schloßgeister gemacht wurden, die mit ihren zarten Zügen viel gespenstiger wirkten als ihre männlichen Leidensgenossen jenseits des Stacheldrahts. Hanna hielt geduldig still.

«Daß du nicht mehr deutsch sein willst, Murks, versteh ich. Aber gestern abend sagtest du doch, die Nationalität sei nicht ausschlaggebend bei dem, was geschehen sei. Man solle deshalb die Deutschen nicht als Gesamtheit verurteilen.»

Murks schabte sorgfältig den Seifenschaum hinter den Ohren zusammen:

«Stimmt. Verurteilen – dazugehören. Das andere Extrem. Ich will weder das eine noch das andere. Auch eine Masse Mensch besteht aus unterschiedlichen Individuen. Deshalb kann man sie nicht einfach alle in Bausch und Bogen verurteilen. Aber dazugehören – das ist genauso unmöglich. Wenigstens für mich. Ich hab immer nach meiner inneren Überzeugung gehandelt und werd' es auch weiter tun. So, jetzt schau dich mal im Spiegel an. Erkennst du dich wieder? Ich glaub', mit dem Kopf werden dich die Russen bestimmt in Frieden lassen. Wann willst du denn los?»

«Jetzt sofort!» sagte Hanna. «Bitte versteh und sei nicht böse. Ich muß einfach!»

Murks brachte sie zur Tür:

«Ist schon gut. Paß auf dich auf!»

Grinny kam mit einer von Tanjas ‹Einkaufstaschen› angekeucht:

«Hier!» sagte sie, «da haste etwas Proviant, damit du unterwegs nich verhungerst. Aber friß nich alles auf einmal!»

Hanna bekam schon wieder feuchte Augen:

«Ihr seid so gut zu mir ...»

«Quatsch keinen Blödsinn!» knurrte Skelett, «hau ab! Und tritt nich auf die weidenden Chinesen da draußen!» Damit wandte es sich brüsk um und marschierte zurück in die Küche. Murks folgte ihm lächelnd.

Der Rest des Vormittags verlief friedlich. Während Grinny zerschnittene Kartoffeln in Salzbutter briet, war sein Kamerad zum Klavier zurückgekehrt, versuchte das Sonnengefühl in ihm in Musik umzusetzen. Aber es wurde eher nordische Mitternachtssonne daraus in grünlich unfroher Färbung mit schweren Akzenten. Leben und Tod und Tod und Leben, das löste sich so selbstverständlich ab, als wenn man einen Lichtschalter an- und ausknipst. Kein Gegensatz, sondern unmittelbares Nebeneinander mit fließenden Übergängen, das eine so unwirklich wie das andere. Im Lager, da hatte es den Begriff ‹Leben› gar nicht gegeben. Wenige Tage nach seiner Einlieferung hatte sich kein Häftling mehr darunter etwas Konkretes vorzustellen vermocht. Es gab nur Atmende und Nichtatmende. Erstere brachten der SS Erträge durch ihre relative Arbeitsfähigkeit, letztere durch ihren Tod. Im Hauptbuch auf der Schreibstube – Murks hatte es selbst gelesen – stand mit Schönschrift eingetragen:

Erlös aus rationeller Verwertung der Leiche: a) Zahngold, b) Kleidung, c) Wertsachen, d) Geld. Durchschnittlicher Nettogewinn: zweihundert RM abzüglich zwei Reichsmark Verbrennungskosten.

Alles bis ins letzte geordnet. Kein Geheimnis um den Tod. Skelett·hatte schon recht: Dies alles hier war viel verwirrender und daher schwerer zu ertragen. Das müde gewordene Gehirn faßte nichts Neues mehr. Eine barmherzige Natur hatte es auf ‹Ausschalten› gestellt. Paradox: Draußen war Frühling. Alles wieder am Anfang und man selbst am Ende ... Aufwallendes Selbstmitleid ergoß sich in sentimentaler Gefühlsschwelgerei. ‹Frühlingsrauschen›, falsches Pathos wie SS-Ansprachen, pedalgehaltene Akkorde. Wagner mit Grieg im Wienerwald.

«Schluß!» brüllte Murks und schlug heftig den Deckel zu. Es gab einen harten Knall. Grinnys Totenkopf fuhr um die Ecke:

«Wenn du dich erschießen willst, dann bitte nach'm Essen. Bratkartoffeln sind fertig, komm runter!» Es fand immer die richtigen Worte. Der Aufruhr in Murks' Innenleben klang ab, ebenso plötzlich, wie er gekommen war.

Nach dem Essen legten sie sich wieder schlafen, denn die fette Kost hatte sie müde gemacht. Außerdem war Schlafen nach wie vor Hauptprogramm.

«Weißte was?» schlug Grinny vor, «wir versuchen noch mal, obendrauf zu pennen, so wie die Polin heut' nacht. Muß doch möglich sein, wenn's auch die SS so gemacht hat.»

Und es ging. Zuerst zwar noch ungewohnt, zu weich, zu nachgiebig. Aber die Federung der längst ausgeleierten Matratzen hielt ihrer Bratkartoffelschwere stand. Bald waren beide fest eingeschlafen. Durch den Mittagshimmel kratzte ein Flugzeug. Sonst blieb alles ruhig.

Vielleicht drei Stunden waren vergangen, als Murks hochfuhr. Es hatte einen unbekannten schleifenden Laut vernommen, der vor dem Haus abbrach. Mit einem großen Satz war es aus dem Bett, fuhr in die Stiefel, lief zur Eingangstür. Was es da sah, verschlug ihm den Atem. Es hatte eine Rotte marodierender Asiaten erwartet, neue Hausdurchsuchung durch besoffene Soldaten, Schießereien. Auf jeden Fall Unangenehmes. Verblüfft blinzelte es gegen das rötliche Licht der tief stehenden Sonne auf das, was da direkt vor ihm stand. Es erinnerte sich nicht, solch ein Vehikel je gesehen zu haben. Ein großer eleganter Privatwagen mit einem Wimpel und unleserlicher Nummer parkte da vor ihrem Eßzimmerfenster, und heraus stieg ein Wesen, das von einem anderen Stern zu kommen schien, und das es hier, inmitten all der Kriegswirren, gar nicht geben durfte. Das Wesen, zweifellos männlichen Geschlechts, trug eine außerordentlich kleidsame Phantasieuniform über beachtlich schönem Körperbau, hatte welliges Haar bis in den Nacken und lächelte Murks aus freundlichen hellgrauen Augen an. Die dritte Sorte!, dachte dies voll erschrockener Bewunderung, jetzt kommen schon die Nächsten. Die Feinde der Deutschen *und* der Russen. Aber wieso mit Privatwagen? Dann stand das Wesen vor ihm, machte eine knappe Verbeugung und fragte in gutem Deutsch mit kaum wahrnehmbarem russischem Akzent:

«Verzeihung, sind Sie der Besitzer des Hauses?»

Murks starrte nur, brachte keinen Ton heraus.

«Haben Sie keine Angst, es wird Ihnen nichts geschehen!» sagte der Apoll höflich. «Wir sind vom russischen Generalstab. Sonderkompanie. Wollen einige Tage Quartier machen in dieser Ortschaft. Ihr Haus scheint gut erhalten zu sein? Sind Ihre Eltern zu Hause?» Leise Ungeduld lag jetzt in seinem Tonfall, da dieser Junge hier sich weiter ausschwieg. Hinter Murks war Grinny aufgetaucht, die die letzte Frage mitbekommen hatte:

«Ham keine Eltern. Sind KZler aus Ravensbrück, Kazettkis verstehense? Meinem Kamerad is bloß mal eben die Spucke weggeblieben!»

Ihre Worte bewirkten eine erstaunliche Veränderung im Gesicht des Stabsoffiziers. Hatte er bis jetzt nur höflich-stereotyp gelächelt, so erstrahlte es nun in Herzlichkeit.

«Chäftling aus KZ? Wirklich?» rief er erfreut und breitete die Arme aus, als seien die beiden ärmlichen Gestalten vor ihm die Begegnung, von der er ein Leben lang geträumt hatte. «Chäftlinge! Wie wundervoll!»

Mißtrauisch wichen die zwei einen Schritt zurück. Der Offizier beeilte sich zu erklären:

«Sehen Sie, Sie sind die ersten, die wir auf unserem Weg treffen. Dazu sind wir doch gekommen, euch zu befreien!»

«Uns haben schon 'ne ganze Menge befreit! Nich wahr, Murks?» sagte Grinny höhnisch. «Mir reicht's mit der Befreiung für die nächsten hundert Jahre.»

«Was sind Sie für eine Nation?» erkundigte sich Murks, ermutigt durch Grinnys Gegenwart.

«Wir? Wir sind Russen!» lachte ihr Gesprächspartner stolz, «was sonst?»

«Da scheint's ziemliche Unterschiede zu geben!» wandte sich Skelett nachdenklich an Murks. Es war verärgert: Hörte die Verwirrung denn nie auf? Schon wieder etwas Neues, das sich nicht einordnen ließ. Seine Kameradin hingegen konnte sich an der Prachtgestalt nicht sattsehen. In naiver Bewunderung wanderten ihre Augen an der Figur des Russen auf und ab. Lachend unterbrach dieser die intensive Musterung seines Gegenübers.

«Junger Mann, Sie und Ihre charmante Begleiterin (Skelett wieherte vor Vergnügen) werden uns die Erlaubnis nicht verweigern, einige Tage bei Ihnen Quartier zu nehmen? Der Generalstäbler Tschadnikow und wir, seine Offiziere, würden uns sehr freuen, wenn Sie als unsere Gäste bleiben wollten!»

Nun war es Grinny, die den Mund nicht mehr zukriegte. Das war viel zu hoch und geschraubt für sein aufs Notwendigste beschränktes Kriegsdenken. Murks verstand lediglich, daß der Operettenmensch und offenbar noch mehr von dieser Sorte ins Haus wollten, und dazu lächerlicherweise um Erlaubnis fragten.

Überwältigt nickte es und trat zur Seite.

«Ich freue mich», lächelte der Apoll, «dem General solch liebe Gäste vorstellen zu können. Kann ich das Haus besichtigen? Bitte, wählen Sie sich einen Raum zu Ihrer persönlichen Verfügung!»

«Das hier ist unser!» Skelett deutete mit dem knochigen Finger auf die Schlafzimmertür, fügte drohend hinzu:

«Und die Küche auch!»

Der Offizier nahm es freundlich zur Kenntnis und machte sich an die Inspektion des Hauses, während sich die Häftlinge in ihr Schlafzimmer zurückzogen. Gott sei Dank hatte die Tür einen Schlüssel. Sie schlossen hinter sich ab. Murks, noch ganz benommen, setzte sich auf die Bettkante:

«Was sagst du dazu?»

Grinny untersuchte einen Fleck auf ihrem Blümchenkleid:

«Wundere mich über nischt mehr!» meinte sie lakonisch, «haste gehört, wie der vorhin ‹charmante Begleiterin› von mir gesagt hat?»

«Siehste, ist doch meine Rede. Sag ich's nicht immer: Es gibt solche und solche?»

«Na ja, aber eben mehr solche. Ich mein', von der Chinesensorte. Weiß nich, im Lager, da hab ich mir unter Russen immer was ganz anderes vorgestellt. Weder die ekligen Gelbköppe noch so 'nen Feiertagsheini mit Schnörkelsprache. Mehr richtige Menschen, weißte, wie du und ich. Na ja», gähnend dehnte sie die Arme, «mir is alles wurscht. Nur aus der Küche soll 'n se gefälligst rausbleiben, sonst kriegen se's mit mir zu tun. Wie sollen wir uns sonst verpflegen?»

Murks war in Gedanken versunken. Nachdenklich sagte es:

«Ich weiß nicht. Irgendwie stimmt da was nicht. Möglich, daß es Russen sind. Aber dann sind es keine von heute, keine modernen ...»

Skelett grinste anzüglich:

«Na weißte, der Knabe sah nich gerade aus, als wär er von gestern!»

«Das meine ich nicht.» Murks hockte sich neben Grinny. «Die haben doch da drüben den Kommunismus, gemeinsamer Nichtbesitz und so. Haben wir von unseren roten Lagergenossen doch oft genug zu hören bekommen. Rußland, das Volk der Arbeiter und Bauern.»

«Mensch, wenn bei denen die Bauern so aussehen wie unser Gelbköppe hier, also das Gemüse möcht' ich nich essen, was die züchten!»

«Werden sie wohl. Aber der eben, der war doch was ganz anderes. Und trotzdem war er Russe. Das kommt mir komisch vor. Ob es zwischen Russen und Sowjets einen Unterschied gibt?»

Skelett überlegte:

«Vielleicht is es ein Schauspieler?»

«Was meinst du denn damit?»

«Na ja, vielleicht spielen die hier in der Nähe Theater. Truppenbetreuung oder wie das heißt. KdF für ihre gelben Arbeiter und Bauern. Und da is der mal eben weggelaufen von der Bühne, um sich in seine prima Uniform 'n bißchen bewundern zu lassen. Wär' doch möglich?»

«Alles ist möglich. Wär' aber ein blöder Spaß!»

«Fandeste die andern Späße, die die sich mit uns bisher geleistet haben, klüger?» Grinny zerrte eine drückende Sandalette vom schmerzenden Fuß, untersuchte die Innenstelle des Schleifchens. «Wir werden's schon noch erfahren.»

Draußen rumpelte und polterte es. Die Russen zogen ein. Auf dem Flur entstand Bewegung. Stimmen wurden laut, Gegenstände hin und her geschleppt. Jemand teilte kurze Befehle aus. Die schmale Treppe ächzte unter schweren Gewichten.

«Wie viele mögen es sein?» überlegte Murks.

Skelett war es gelungen, das störende Schleifchen vom Schuh zu pflücken.

«Schad', war so schön. Hat aber gejuckt wie zehn Läuse. Sind 'ne ganze Menge da draußen. Vielleicht habense nur den einen in der Theateruniform vorgeschickt, und der Rest sind lauter irre Mongolenhäuptlinge?»

Murks erhob sich, trat durch die offene Verandatür auf den Balkon hinaus. Die Luft war mild und roch vage nach Frühling. «Verdammt!» sagte der Häftling laut und wütend. Er fühlte sich gefangener denn je.

Es klopfte. Skelett schloß die Tür auf. Da stand sein ‹Schauspieler› und lächelte liebenswürdig:

«Wollte nur sagen, würden uns sehr freuen, unsere lieben Gäste in einer Stunde zum Abendmahl begrüßen zu dürfen!» Damit machte er kehrt.

«Abendmahl?» knurrte Grinny mißtrauisch, «klingt so nach ‹letzte Ölung›. Du, sind Russen katholisch?»

Murks lachte spöttisch:

«Glaubst du an rituelle Schlachtungen? Das hat aber mit katholisch nichts zu tun. Kämst du nicht frisch aus dem Lager, würd' ich sagen, du hast zuviel *Stürmer* gelesen.»

«Na, klar hab' ich dem Streicher sein Lieblingskind gelesen. Jede Menge. Im Kittchen, wo ich vorher war. Wegen die schweinischen Bilder. Die kriegste ja sonst nirgends jugendfrei geliefert.» Skelett griente breit. «Aber trotzdem, warum sagt der so komisch ‹Abendmahl›, wenn er doch bloß Fressen meint?» Sie wurde wieder ernst:

«Das find' ich verdächtig. Klingt nach SS-Sonderbehandlung. Die haben vorher auch immer so geschwollen dahergequatscht, erinnerst du dich?» Grinny war beunruhigt. Sonderbehandlungen waren ihr schon immer besonders unsympathisch gewesen. Meistens ging man dabei drauf, und zwar auf recht unerfreuliche Weise. Murks versuchte, sie auf andere Gedanken zu bringen:

«Weißt du was? Jetzt machen wir uns mal schön. Ist schließlich unsere erste Einladung. Komm, wir schauen uns nochmal alle Sachen durch.»

Ihr geschickter Appell an Grinnys frauliche Instinkte verfehlte nicht seinen Zweck. Alle Bedenken waren vergessen:

«Mensch, Murks, prima Idee. Machst du mich schön?»

«Klar. Wetten, die werden vom Stuhl fallen, wenn sie dich sehen?»

Skelett meckerte vor Vergnügen wie ein lüsterner Geißbock.

«Und du?» In den schattigen Augen glomm es erwartungsvoll. «Ziehste dich auch als Frau an?»

«Will's versuchen. Wird aber ziemlich albern aussehen. Bin nicht der Typ dafür!» meinte sein Kamerad nicht sehr begeistert.

«Redste dir nur ein. Wenn die da drin erst sehen werden, wie schön wir sind, dann werden se uns auch nicht mehr umlegen wollen. Ich mein' – totschießen und so.»

Sie begannen in den Kleiderschränken zu wühlen, aufgeregt wie Kinder vor dem Fasching. Liebevoll den Stoff streichelnd, nahm Skelett ein scharlachrotes Samtkleid mit mächtiger druckknopfmontierter Hüftschleife vom Bügel, hielt es prüfend unter Murks' Stachelkopf, nickte, vom Resultat begeistert:

«Dolle Farbe für dich. Das mußte anziehn!»

«Schauen wir erst mal nach Unterwäsche!»

«Wozu? So kalt is es doch nich?»

«Wenn du eine feine Dame sein willst, mußt du auch Wäsche unter dem Kleid tragen, selbst im Sommer!» Es war froh, daß es keine nähere Erklärung dazu abzugeben brauchte. Die hätte es momentan selbst nicht gewußt.

In der Seitenkommode fanden sie das Gesuchte. Es war brauchbares, wenn auch nicht elegantes Unterzeug, das keiner weiteren Aufgabe als der Verhüllung anscheinend recht ausladender Körperformen dienen sollte. Grinny fischte einen mächtigen Büstenhalter aus der Schublade, ließ sich von Murks über den Zweck dieses Wäschestücks orientieren, band es sich versuchsweise um die Brustspitzen. Mißtrauisch sah sie an sich hinunter:

«Und was machste mit die leeren Tüten? Mit 'm Kleid drüber sind die weg. Nix für mich!» Sie schleuderte das Ding verächtlich zu den übrigen Sachen zurück.

Murks hatte sich mittlerweile seiner Sachen entledigt und stieg in ein Hemd aus rosa Trikotage. Das spitzenbesetzte Dekolleté hing ihm um den Magen, der Saum streifte fast die Füße. Grinny keuchte vor Lachen:

«Siehst du komisch aus in dem rosa Zitterkleid. Wie 'n Warmer.»

Auch die lichtgrünen plumpen Gummibandschlüpfer Größe achtundvierzig waren nicht eben der letzte Schrei, sackten mangels stützender Fettpolster bis auf die Knie herunter. Murks ließ sie ganz fallen, griff zur Männerunterhose und zog sich das Rotsamtene über. Erwartungsvoll blickte es Grinny an. Es wäre ihm gar nicht in den Sinn gekommen, den türhohen Spiegel an der Innenseite des Schranks zu befragen. Jahrelanges Existieren in spiegellosem Dasein hatte die Dinger überflüssig gemacht. Notfalls hatte ein frischrasierter, leicht nachpolierter Schädel den gleichen Zweck erfüllt. Skelett kratzte sich nachdenklich am Kinn:

«Also, ich weiß nich ... Hast schon recht, Frau steht dir nicht!»

Erleichtert riß Murks die Sachen, in denen es sich äußerst ungemütlich und deplaciert vorgekommen war, vom Leib und fuhr wieder in seine Hosen.

«Kann mir ja ein frisches Hemd nehmen und den hellblauen Pulli drüberziehn. Ist fein genug find ich.»

Skelett begab sich seinerseits auf Garderobensuche. Sein Kamerad versuchte ihm das Rotsamtene auszureden, auf das es sich versteift hatte. Gerippe in blutrotem Samt bis zur Erde und Seitenschleife – man mußte ja nicht gleich übertreiben. «Aber rot ist die Lieblingsfarbe der Rußkis.»

«Bei denen hier bin ich nicht mal so sicher. Warte, ich schau nochmal in den Schrank!»

Grinny bekam ein solide geschnittenes mausgraues Kleid mit weiß gestärktem Bubikragen, vorn durchgeknöpft. Unter weitgehendem Verzicht auf Unterwäsche schlüpfte sie hinein. Jetzt sah sie aus wie ein ertrunkener Internatszögling in dem viel zu weiten Gewand, das sich oberhalb des Gürtels wie ein Ballon blähte.

«Gefällt mir», erklärte sie getröstet, «fühlt sich ganz frisch an.»

In der obersten Schublade lagen bunte Tücher und Schals.

«Daraus machen wir uns Turbans und wickeln unsere Köpfe drin ein. Dann sind auch unsere Ohren mit weg.»

Gesagt, getan. Murks suchte sich, passend zum Pullover, einen hellblauen Seidenschal heraus, während Grinny, die sich nicht von ihrer Lieblingsfarbe zu trennen vermochte, ein orangerotes Vierecktuch wählte. Eine Weile fummelten sie verbissen damit herum, ihre Schädel kunstgerecht zu verpacken. Murks gelang schließlich ein etwas schiefer, aber nicht unkleidsamer Turban. Skelett hingegen hatte sein Tuch nach Art von ‹Großreinemachen› oben auf dem Kopf verknotet. Orangefarben standen zwei geknickte Stoffenden senkrecht hoch, wippten bei jeder Bewegung. Es sah unbeschreiblich aus.

«Schön!» betrachtete es seinen Kameraden voll Bewunderung. Murks' Rückkehr in die Zivilisation war noch nicht weit genug fortgeschritten, um ein unaufrichtiges Gegenkompliment über seine Lippen zu bringen. Grinnys Anblick in Internatskleidung mit flammendem Kopftuch war ein Alptraum. Auf der Kommode stand ein rundes Glasgefäß mit Gummiball an einem Schlauch, gefüllt mit einer bräunlichen Flüssigkeit. Skelett schnupperte.

«Parföng. Riecht wie Rosinensuppe mit Bananen.»

«Fein. Das tun wir uns auf die Hände. Und hinter die Ohren und …»

«Nee, tun wir nich. Auch wenn's lauter Filmheinis mit Benimm sind. Männer sind's auf jeden Fall, und Frühling is auch. Mit dem Geruch sind wir geliefert!»

Bedauernd schob Murks die Flasche weg. – Es klopfte wieder. Der Adjutant des Generals bat sie zum Eßzimmer hinüber.

«Zum Abendmahl!» flüsterte Grinny, schon wieder mißtrauisch.

Der Russe starrte Murks an:

«Aber – Sie sind ja eine Frau!» Dann leiser:

«Eine schöne Frau …»

Murks fühlte sich peinlich berührt und mußte gegen die spontane Regung ankämpfen, sich das ohrenverbergende Seidengebilde vom Kopf zu reißen. Am liebsten hätte es nach Häftlingsart gesagt: ‹Blödsinn. Fühlen Sie mal meine Muskeln!› Aber nun war die Demaskierung bereits geschehen und nicht mehr rückgängig zu machen. Sie folgten dem Offizier über den Flur.

«Guck mal, Murks!» staunte Grinny, «die Haustür is wieder heil!»

Tatsächlich war die Tür wieder instand gesetzt und fest geschlossen. Aber die eigentliche Überraschung kam erst. Beim ersten Blick ins Eßzimmer glaubte Murks zu träumen. Helles Kerzenlicht aus kunstvollen Silberkandelabern enthüllte eine reich gedeckte Tafel. Die Russen hatten den Eßtisch ausgezogen und festlich gedeckt. Zartes Porzellan, geschliffene Gläser, Silberbestecke mit antiken Gravuren, ein Samowar in kunstvoller Handschmiedearbeit – alles Dinge, die eindeutig nicht den Schränken des Hauses, sondern den Beständen eines einst weitaus reicheren entstammten. Beim Eintritt der Häftlinge erhoben sich elf prächtig gekleidete Offiziere von ihren Sitzen, blickten ihnen in erwartungsvollem Schweigen entgegen. Aus ihrer Mitte löste sich die sehr hohe, leicht nach vorn gebeugte Gestalt des Generals Tschadnikow, trat lächelnd auf sie zu. Er sprach ausgezeichnet deutsch mit baltischem Akzent:

«Ich begrüße Sie als meine Ehrengäste. Mein Adjutant Aljoscha hat uns von Ihrem tragischen Geschick berichtet. Wir werden versuchen, Sie vergessen zu machen … bitte, setzen wir uns!» Sofort kam Bewegung in die Gruppe. Aljoscha geleitete Murks an das obere Ende der Tafel, rückte ihm den Stuhl zurecht:

«Ehrenplatz für Sie!»

Grinny wurde zwischen zwei goldbestückte Offiziere gesetzt und wirkte von dort wie ein hohläugiges Menetekel, orangefarbenes Mahnmal an die Vergänglichkeit des Irdischen. Plötzlich redete alles durcheinander. Murks hörte einen Schwall von Fragen, Ausrufen, Komplimenten in allen Sprachen auf sich einstürmen und verstand gar nichts. In stummer Verzweiflung blickte es die Männer reihum an. Es mußte sich wohl um eine Elitetruppe handeln, denn alle Offiziere waren auffallende Erscheinungen, ganz abgesehen von ihren phantasievollen Uniformen. Auffallend war auch ihre liebenswürdige Gewandtheit, die rücksichtsvolle Art, mit der sie sich um ihre Gäste sorgten. Daß es Propagandaeinheiten gab, deren Hauptaufgabe darin bestand, Naziverfolgte, insbesondere junge Fachkräfte, nach Rußland zu locken, war ihm nicht bekannt. Zu seiner Linken saß ein Major. Seine intelligenten, leicht verhangenen Augen riefen in seiner Nachbarin alte Familienerinnerungen wach. Viele Onkel und Tanten aus der mütterlichen Linie hatten den gleichen Blick gehabt, das humorvolle Wissen um menschliche Schwächen. Die anderen nannten ihn Mark.

«Ich bin Dolmetscher!» erklärte er Murks, «mit mir können Sie auch englisch oder französisch sprechen, wie Sie wollen!»

«Mir egal, welche Sprache. Wenn man Emigrant von Beruf war ...»

Das hatte es quasi zu sich selbst gesagt. Der General zu seiner Rechten hatte es trotzdem gehört. Er beugte sich vor:

«Nach dem Essen müssen Sie uns viel erzählen. Wir haben zwar davon gehört, was hier alles geschehen ist. Aber es ist doch schwer zu glauben. Die Deutschen galten als zivilisiertes Volk ...»

Murks heftete seine Augen auf das schmale Gesicht des Generals, die narbenzerklüftete Haut, den kräftigen Mund über langem Kinn. Es ging etwas von ihm aus, das ihm wohltat. Etwas Väterliches, Verständnisvolles. Zu fremd, um Freund zu sein, war er doch auch kein Feind. Und das war beruhigend.

An der Seite des Generals saß Aljoscha. Dann folgte ein Leutnant mit frischem Kindergesicht, den sie Kolja riefen. Kolja übernahm die Vorstellung der weiteren Kameraden: Wassili, Fjodor, Boris, Pjotr, Stepan, Oleg, Jurij und Grischa. Boris ging rund um den Tisch und schenkte aus langhalsiger Flasche Wodka ein. Der General erhob sein Glas:

«Auf unsere lieben Gäste!» Er wiederholte es auf russisch. Alle taten es ihm nach, prosteten Murks und Grinny zu, kippten das Zeug in einem Zug hinunter. Vorsichtig nippten die beiden Häftlinge an ihren Gläsern, nahmen einen kleinen Schluck. Grinny schüttelte sich, keuchend nach Atem ringend, und Murks stürzte das Wasser aus den Augen. Aber sie wagten nichts zu sagen. Schon wieder erhob Tschadnikow das Glas:

«Und nun auf Hitlers Tod – nasdarowje!» Zum zweitenmal leerten sich die Gläser ohne Absetzen.

«Was?» schrien die Häftlinge wie aus einem Munde, «Hitler – tot?»

«Ach, wissen Sie das noch nicht?» fragte Mark erstaunt. «Hitler hat sich gestern in Berlin erschossen. Selbstmord. Wir bekamen die Meldung durch!»

«Sicher wieder nur 'ne Ente», winkte Grinny ab, «der ist unsterblich.»

«Sie können es glauben. Die Nachricht kommt aus zuverlässiger Quelle!»

Sehr langsam begann Skelett, breit zu grinsen. Ein boshaftes weites Schmunzeln:

«Tausendjäh'ges Reich adjö!» sagte es zynisch.

«Ich kann's noch nicht glauben. Kann es einfach nicht glauben!» murmelte sein Kamerad erschüttert vor sich hin. Sein gesamtes Leben, alles, was ihm bislang in seiner irdischen Existenz widerfahren war, hatte mit diesem Namen, diesem Mann in Zusammenhang gestanden, diesem Fanatiker, der schon längst vom Menschen zu einem Begriff geworden war. Und dadurch ebenso unauslöschlich, unsterblich wie die Welt selbst. Welt, die hatte sich Murks bis zum heutigen Tag aus Prinzipien und Befehlen zusammengesetzt, aus erstens dem Vaterland – wobei das Wort ‹Vater› seit früher Kindheit für Prügel und Ungerechtigkeit stand – und zweitens aus den auf gewaltsame Weise eingegliederten Staaten, die alle, laut Propagandaministerium, freudig wie der verlorene Sohn ‹heim ins Reich› gekehrt waren. Überall, wohin man sah, war Deutschland gewesen. Wo immer, ob bei Freund oder Feind, sprach man von nichts anderem als von Hitler. Die Menschen ließen sich einteilen in Herrenmenschen, in Nurmenschen und in Untermenschen. Erstere marschierten, trugen den arischdinarischen Kopf hoch und sprachen im Befehlston. Die Nurmenschen sagten respektvoll zu allem ja und dachten das Gegenteil. Und die Untermenschen zitterten sowohl vor ihnen als auch vor den Herrenmenschen und flohen ständig von einer hoffnungslosen Ecke zur anderen. Dann gab es noch eine sehr seltene, verschwindend kleine Gruppe, die die Nurmenschen für Übermenschen hielten, weil die laut heraussagte, was jene kaum zu denken wagten. Diese Gattung Mensch befand sich, ähnlich aussterbenden Tierarten, meist hinter Gittern. – All das hatte bis heute Murks' Erlebniswelt ausgemacht. Und über dem Ganzen hatte seit frühester Jugend Hitler, der Inbegriff uneingeschränkter Macht und Gewalt, geherrscht. Und der sollte plötzlich tot sein? Tot? Einfach so? Weg – Schluß – aus? Die lebenslange Wahnsinnszeit wäre demnach nur ein grausiger Spuk gewesen, ein Alptraum, der aus der Welt weggewischt und morgen vergessen sein könnte, als sei er nie gewesen? Und all die vielen Toten im Lager und die draußen, würde man sie vergessen, morgen, übermorgen? Der Gedanke erschien Murks unerträglich. Da saßen hier diese fremden höflichen Soldaten, sagten:

«Nasdarowje, Hitler ist tot», als wenn es sich um einen lästigen Floh handelte, und lachten fröhlich. Regungslos hockte der Häftling auf seinem Stuhl und fühlte sich elend und hilflos. Fast blinde Augen müssen sich erst allmählich wieder an das Licht gewöhnen, gelähmte Glieder langsam, Schritt um Schritt, das Gehen lernen …

In diesem Moment wurde Murks wiedergeboren, aber es war eine schmerzliche Geburt, aus tiefstem Dunkel ans Licht, das neue Leben noch zu stark, um übergangslos ertragen werden zu können.

Die weiche Stimme Aljoschas riß es aus seinen Gedanken:

«Nun, wo Sie unsere Namen wissen, müssen sie uns auch die Ihren sagen!»

«Ich heiß' Grinny», verkündetete Skelett, leicht angesäuselt, «und das is Murks.»

Die Offiziere schauten verständnislos. Sie wußten mit den Namen nichts anzufangen.

«Grinji?» wiederholten sie fragend und «Murkjs?»

Mark der Dolmetscher lächelte:

«Murks und wie weiter?» forschte er.

Erstaunt schaute es ihn an. Wieso weiter? Es hatte doch einen Namen. Weshalb denn zwei?

«Haben Sie denn keinen Nachnamen? Familiennamen, meine ich?»

Murks dämmerte etwas aus verschütteter Vergangenheit:

«Hab ich momentan vergessen», sagte es beschämt. Daran war die Schocktherapie im Lager schuld. Es erinnerte sich nur an: Murks zweiundsiebzig vier zwanzig.

«Ich hieß Ellen. Ellen Grinny!» Skelett nahm einen großen Schluck Wodka. Seine Kameradin sah es mit Besorgnis. Dabei fiel ihr plötzlich etwas ein.

«Und ich Ruth!» rief sie. Ihre hellen Augen, lebhaft vom Wiedererinnern, trafen auf die grauen Aljoschas, der sie unverwandt anblickte.

«Ruth!» sagte er leise in ihr Gesicht hinein, «schöner Name. Ruth ...»

Murks wurde verlegen und ärgerte sich darüber. Lag nur an diesem Teufelszeug, dem Wodka. Das brachte alles durcheinander.

«Jetzt wollen wir essen!» befahl der General und drückte auf die Klingel. Zum Erstaunen der Häftlinge funktionierte sie wieder. Die Russen hatten sie an eine Reservebatterie angeschlossen. Ein kahlköpfiger Soldat mit verschmitztem Gesicht schaute fragend ins Zimmer. Tschadnikow sagte etwas auf russisch. Der Mann lachte breit, verschwand in der Küche, kam mit einer gedeckten Platte und mehreren Schüsseln zurück, die er vor den Gästen aufbaute, und füllte die Tassen mit kochendem Wasser aus dem Samowar. Skelett schnupperte gierig, sog geräuschvoll die Luft durch die weiten Nasenlöcher: «Riecht toll, das Abendmahl!»

Auf dem Ecktisch im Hintergrund des Zimmers stand ein Koffergrammophon, anscheinend Kriegsbeute. Der Küchenrusse ging zu ihm hinüber, kurbelte. Plötzlich schluchzte ein Zigeunerorchester kratzig auf; dazu sang ein russischer Tenor, dessen hohe Stimme die technische Unzulänglichkeit der Wiedergabe zu nasalem Gequäke verfremdete. Es klang sehr fern und traurig.

Die Häftlinge interessierte es nicht. Unter dem Deckel der Platte hervorströmender Vanilleduft ließ ihre Mägen krachen. Er entstammte krustig gebratenen saffrangelben Eierkuchen. Gierig packte Skelett zu, klatschte sich gleich drei davon auf den Teller, während sich Murks, daran denkend, daß es hier so etwas wie eine ‹Dame› vorstellte, zur Zurückhaltung zwang und bei zweien blieb, sich aber sorgfältig die größten heraussuchte. Zu den Kuchen gab es würfelig geschnittenen Speck und Johannisbeermarmelade. Mit liebenswürdiger Aufmerksamkeit schenkte der General seiner Tischnachbarin Rotwein ein. Dabei entdeckte Murks, daß er dazu die linke Hand benutzte. Der Ärmel an seiner rechten Seite stak in der Jackettasche. Er war leer. Tschadnikow hob den beiden ‹Ehrengästen› sein Glas entgegen:

«Wir entdeckten ihn in einem alten Schloßkeller. Ausgezeichneter Wein. Ich hoffe, er trifft Ihren Geschmack. Nasdarowje!»

Grinny hatte er jedenfalls mit dem Wein getroffen. Wenn auch nicht ihren längst erstorbenen Geschmacksnerv, so doch das Gleichgewicht in ihrem Kopf, der nach einem kräftigen Versuchsschluck hin und her zu pendeln begann, die funkelnden Pupillen in der Tiefe der Höhlen kreisten wild. «Ha!» sagte sie verblüfft, dann «Hoppla!» und begann sinnlos vor sich hin zu lachen.

«Prima!» lobte Murks höflich den Wein und sah den General doppelt.

Hastig und schweigend machten sich beide über das Essen her. Die Offiziere sahen und verstanden es, störten sie nicht durch unnötige Fragen. Während die Häftlinge über ihrer durch den Alkohol noch verstärkten Freßgier alles um sich herum vergaßen, setzten die Männer untereinander ihre angeregte Unterhaltung auf russisch fort. Vermutlich betraf sie in der Hauptsache ihre merkwürdigen Gäste, denn hätten Murks und Grinny nur einmal von ihren Tellern aufgeschaut, wären sie vielen Blicken begegnet, allen Skalen menschlicher Empfindungen von fassungslosem Staunen über Mißtrauen bis zu echtem Mitgefühl. Aber die beiden merkten nichts; sie aßen. Gerührt reichten ihnen ihre Nachbarn nach. Jetzt ließ auch Murks alle Hemmungen fallen. Gierig, ohne auch nur aufzusehen, griff es wie seine Kameradin zum Nachschub.

«Aber Sie müssen auch trinken!» sagte Dolmetscher Mark schließlich und stieß mit seinem Weinglas leicht an das von Murks. Das Geräusch ließ es den Kopf heben. Verlegen kauend, mit dem Gefühl, sich ausgesprochen unmanierlich benommen zu haben, nahm es sein Glas auf, ermahnte Grinny, es ihm gleich zu tun. Vergeblich. Skelett mampfte mit vollem Mund:

«Mag jetzt nicht!» und zerfetzte Pfannkuchen Nummer sieben in mehrere Teile mit der Absicht, sie sich nach dem nächsten Herunterschlucken zum Speck in den Mund zu stopfen. Verblüffend, was ein Häftlingsmagen vertragen konnte.

Wieder fühlte Murks die Augen Aljoschas auf sich gerichtet. Es wollte dem Blick ausweichen, aber es gelang ihm nicht. Der Adjutant lächelte. Murks schien es, als wenn seine Pupillen plötzlich die Farbe gewechselt hätten, riesengroß und nah auf es zukämen:

«Nasdarowje – Ruth!» Murks fühlte unerklärlicherweise eine heftige Blutwelle in sein Gehirn schießen, packte sein Glas, trank schnell einen großen Schluck mit geschlossenen Augen. Das tat gut, kühlte momentan. Heftig setzte es das Glas wieder ab, atmete tief durch, öffnete die Augen und blickte zur ungestört fressenden Kameradin hinüber.

«Grinny, du jetzt aber auch!» sagte es heftiger als beabsichtigt. Gehorsam griff das Skelett zum gefüllten Pokal, hob ihn an die Zähne:

«Na, denn mal prost!» sagte es und nahm einen Schluck. Der Weg des Weins durch die knorpelige Kehle ließ sich genau verfolgen. Glucksend hüpfte er durch die Speiseröhre. Grinny sah plötzlich sehr fröhlich aus und hatte verblüffend viel Farbe bekommen. Kopftuch und Gesicht waren fast eins. Nun war es ein orangefarbener Totenkopf. Murks vermied sorgfältig, wieder in Aljoschas Richtung zu schauen.

Andrej, der Kahle, kam herein, brachte frische Eierkuchen, füllte die Gläser nach und wechselte die Grammophonplatte. Jetzt gab es Balalaikamusik, das war fröhlicher. Grinny versuchte mitzusummen. Es mißlang. In Murks ging Merkwürdiges vor. Es war ihm, als sei sein Inneres eine Bleikugel, die tanzte. Gleichzeitig schwer und sonderbar leicht.

Die Offiziere waren voller Aufmerksamkeit. Mark wollte wissen, was denn seine Tischdame früher, vor ihrer Gefangenschaft, gemacht habe.

«Sie haben gewiß studiert», vermutete er, «Ihr Französisch ist fast akzentlos und Ihr Englisch perfekt. Erstaunlich nach der langen Haft!»

«Als Kind hatte ich Gouvernanten», fiel Murks unvermutet ein Stückchen Kindheit ein. Das war unklug!, dachte es gleichzeitig, so was hört ein Bauern-und-Arbeiter-Staat nicht gern. Na, wennschon ...

«Was hatteste?» Skelett war offensichtlich betrunken. «Was? Erzieherinnen? Hatt' ich auch. Die ha-haben aber keine Sprachen gekonnt, meine – Aufseherinnen. Aber erzogen ham se 'n ganzen Tag. Und wie.»

«Doch nicht als Kind, Grinny: Nicht, wie du noch ganz klein warst:» Skelett sah plötzlich verloren aus.

«Ich war nie Kind», überlegte es, «nee, kann mich nich erinnern. Bin schon gestreift auf die Welt gekommen. Wie'n Zebra. Vielleicht bin ich überhaupt 'n Zebra?» Aus der Tiefe der nun wieder ganz schattigen Augen rollten überraschend zwei Tränen. Der lippenlose Mund grinste böse.

«Besoffen biste!» sagte Murks mit schwerer Zunge und ärgerte sich, daß sie inmitten dieser fremden Offiziere begannen, ihren klaren Kopf zu verlieren. Wütend brummelte es etwas vor sich hin, das klang wie: Nichts mehr vertragen können. Die Männer starrten. Schnell rief Aljoscha ihnen ein paar russische Wörter zu und verhinderte damit Fragen und Scherze.

Kolja sprang so heftig auf, daß er fast den Tisch umriß:

«Wir werden unseren Gästen vortanzen. Kommt!»

Im Handumdrehen waren die Möbel zur Seite geschoben, der Teppich aufgerollt. Andrej legte eine neue, lautere Platte auf, und dann fegten jubelnd und kreischend ausgelassene Russen um die staunenden Häftlinge, warfen in der Hocke die Beine nach allen Seiten, sprangen hoch, drehten Pirouetten, daß der morsche Holzboden bedenklich zu krachen begann, flogen geschmeidig, anscheinend gewichtslos durch die Luft von einer Zimmerecke zur anderen, landeten auf sicheren Füßen. Das schnelle Orchester knallte den Takt wie Revolverschüsse aus dem blauen Kofferapparat.

«Mensch, toll!» staunte Skelett, die spiegelnde Stirn unter verrutschtem Kopfputz gerunzelt. Für Murks gab Aljoscha eine Sondervorstellung, warf sich anfeuernd zwischen die anderen, riß sie zu immer größeren Leistungen mit. Seine weichen Bewegungen hatten etwas Tierhaftes, Katzengeschmeidiges. Sie faszinierten den Häftling, dem sie galten. Murks wurde innerlich noch verwirrter, als es schon war. Uneinig mit sich selbst. Die tanzende Bleikugel hatte jetzt Flügel bekommen, flatterte unruhig auf und ab. Aljoschas Blick, plötzlich voll Hitze und Verlangen, machten es nicht besser. «Kaukasisch!» sagte die Stimme des Dolmetschers neben Murks. Der Raum war voller Bewegung. Vor den erschöpften Augen der Häftlinge, die vergebens nach einem festen Punkt suchten, wirbelte alles schreiend durcheinander. Zwei sangen mit. Plötzlich ein heiserer Schrei, ein unrhythmisches Dazwischenkrächzen:

«Mir wird schlecht – dreht sich alles ...» und Skelett fiel in seiner Internatskleidung kopfüber vom Stuhl. Erschrocken hielten die Tänzer inne und eilten zu Hilfe. Fragend wandten sie sich an Murks, dem nicht viel anders zumute war:

«Ist sie krank?»

«Nein, aber wir können wohl nicht mehr so viel vertragen. Das Essen – Trinken – die Musik – verstehen Sie?» Auch Murks sah jetzt bedrohlich erschöpft und ruhebedürftig aus. Die Russen verständigten sich untereinander in ihrer Sprache.

«Es tut mir wirklich leid!» erklärte der General. «Unsere Schuld. Wir hätten daran denken sollen. Aber meine Offiziere haben es gut gemeint. Sie sollten sich jetzt hinlegen!»

Murks schaute auf den Boden:

«Grinny liegt schon», meinte es sachlich; es beneidete seine Kameradin, «und ich würde eigentlich auch gerne ...»

«Natürlich!» Tschadnikow trat auf es zu, half ihm vom Stuhl hoch. «Sie müssen schlafen gehen. Ich gebe Ihnen Boris zur Nachtwache mit. Gegen eventuelle Störungen ...», fügte er mit schnellem Blick in die tanz- und wodkaerhitzte Runde hinzu. Er streckte Murks die langfingrige Hand entgegen:

«Gute Nacht. Und recht gute Besserung für Ihre Kameradin!»

Etwas beschämt blickte Murks zum rotköpfigen Skelett hinüber, das man quer über zwei Stühle gelegt hatte, erinnerte sich dunkel einstiger Umgangsformen aus Jugendtagen, brummelte verlegen:

«Wir danken. Für das Essen. Für alles. War wirklich hübsch!»

Der General lächelte plötzlich. Es machte ihn gleich viel sympathischer, weniger autorativ:

«Bis morgen – Frau Ruth!»

Und ehe der völlig verwirrte Häftling wußte, wie ihm geschah, hatte ihm Tschadnikow die rauhe Hand geküßt.

Kolja und Boris trugen das rote Skelett vorsichtig zum Schlafzimmer hinüber und legten es auf das Bett, wobei ihm sein Kopftuch abrutschte und den kahlen Schädel freilegte. Der überstandene Lagertyphus ließ keinen Haarnachwuchs aufkommen. Leise zogen sich die Männer zurück. Als Murks sich neben Grinny ausstreckte, schnarchte diese schnorchelnd mit heruntergeklapptem Unterkiefer.

Murks konnte nicht einschlafen. Zuviel Neues, Verwirrendes, durchzog seine Gedanken. Wie hatte der General es eben noch genannt? Frau Ruth? Aber es war doch gar keine Frau! Wieso war es plötzlich eine ‹sie› geworden? Das schien irgendwie nicht richtig. Sie, das waren Aufseherinnen und vollgefressene Stubenälteste mit Busen und langen Haaren, das waren bettelnde Mütter mit ihren hungernden Kindern, das waren die unter ihnen, die sich Schnurgürtel um die Kittel banden, sich freiwillig mit erwartungsvoll glänzenden Augen zu den SS-Bordellen meldeten. Sie alle hatten etwas gemeinsam, das ihm abging. Keinerlei Wesensverwandtschaft im Wort ‹sie›. Dann schon eher im ‹er›: Der Häftling, der Murks, der Mensch, der Feigling ... Feigling? Der war man früher einmal gewesen, in der Welt von einst, die auf einmal überall bruchstückweise aus den Tiefen des Vergessens ans Licht tauchte. Aber als Murks der Häftling, da hatte man einfach keine Gelegenheit mehr zum Feigesein gehabt. Und heute hatte man die Angst verlernt, war zu gleichgültig geworden. Oder fing etwa die Gleichgültigkeit, der innere schöne Gleichmut schon an zu wackeln? Was wäre gar nicht gut, schwächte unnötig. Und Schwäche könnte man jetzt nicht gebrauchen. Was war es nur, was Murks' bisher unbekümmerten Seelenstumpfsinn erschüttert, ins Wanken gebracht hatte? Der Wein? Hitlers Tod? Oder Aljoschas irritierende Suchaugen? Murks dachte an das Gesicht des Russen, den überschmalen scharf profilierten Schädel, die nervösen Nasenflügel, den empfindsamen Mund. Ein beunruhigendes Ganzes. Eine neue Art Feind. Es fühlte sich wieder als Kind, das der Puppe so gern den Kopf aufmachen möchte, um hineinzusehen. «Nein», hatte die Mutter gesagt, «das darfst du nicht, so machst du nur alles kaputt. Nimm die Puppe, wie sie ist und freu dich daran!» Aber das hatte Murks nie gekonnt. Es wollte wissen – wissen! Nachdenklich schloß es die Augen. Die Bilder verschwammen – und wurden zu unklaren Träumen.

Draußen vor der Tür hielt Boris die Nachtwache.

2. Mai 1945

Wieder ein schöner Tag. Es war, als wolle die Natur mit diesem so plötzlich gewaltig ausbrechenden Frühling die Menschen zwingen, endlich von den Unsinnigkeiten des Krieges abzulassen und sich Sinnvollerem zuzuwenden. Grinny hockte aufrecht im Bett, als Murks die Augen aufschlug.

«Aua, mein Kopp!» jammerte sie.

«Du hast 'nen Kater. Wart, ich schau mal im Badezimmerkasten, ob ich was Brauchbares finde!» Murks fuhr in seine Kleider, stülpte sich vorsichtshalber noch den indischen Turban über. Man konnte nie wissen, wen man traf. Aber das Haus schien verlassen, vermutlich waren die Offiziere auf Erkundungsfahrt in die Umgegend gefahren. Murks riß sich das Hemd vom Leib, begann sich mit wohlriechender Russenseife abzuschrubben.

Wollüstig prustete es in das kalte Waschwasser. Das tat gut. Im Medikamentenschränkchen gab es nur Brausepulver gegen Kopfschmerz und Migräne. Würde vermutlich genügen. Angezogen, aber noch mit nackten Füßen, tapste Murks in die Küche, schüttete das Zeug in ein Glas und goß vorsichtig Wasser drauf. Zischend fuhr der gelbliche Schaum hoch, schoß klebrig über den Glasrand. Zufällig schaute es aus dem Fenster und in den wild wuchernden Garten. Da ging Aljoscha zwischen den Kastanien ganz allein auf und ab, anscheinend tief in Gedanken. Sofort empfand Murks wieder das Flattergefühl und ein spontanes Verlangen, jetzt auch da draußen zu sein. Erschreckt und verärgert über seine widersinnigen Reaktionen, trug es das Brausepulver zu Skelett, das mit beiden Händen seinen dicken Kopf umklammert hielt und fiepsende Laute ausstieß.

«Komm, trink runter. Das hilft!»

Unwillig und mit allen Zeichen des Ekels nahm Grinny mit spitzen Fingern das Glas entgegen, roch daran, gab sich einen Ruck und schüttete, sich zurückbiegend, das ganze Zeug auf einmal hinunter. Auf seiner Nase und rund um den Mund klebte Schaum. Murks spottete gutmütig:

«Du hast's gut. Andere Leute kriegen bei Kater dunkle Ringe unter den Augen, so wie die Herskowa nach dem selbstfabrizierten Kartoffelschnaps im Lager. Bei dir kann schon nichts mehr dunkler werden!»

Aber Skelett war nicht zum Scherzen zumute. Unwirsch zog es sich die Decke über den Kopf und war vorläufig nicht ansprechbar.

Betont ‹zufällig› schlenderte Murks in den Garten. Aljoscha, aufblickend, lächelte ihm entgegen:

«Guten Morgen, Ruth. Gut geschlafen? Ein herrlicher Tag heute!»

Murks nickte befangen. Schweigend schritten sie nebeneinander her zum niedergerissenen Gartenzaun, überquerten die angrenzende Landstraße, wanderten über die Felder, vorbei an schläfrig zusammengekauerten Soldaten und verendetem Vieh, dem schattigen Waldrand zu.

Der Russe zündete sich eine Zigarette an, warf das Streichholz in hohem Bogen weg, schaute ihm nach. «Habe heute nacht noch viel gedacht», sagte er.

Murks hob den Kopf, sah ihn fragend von der Seite an. Aber er schaute weiter geradeaus. Seine Züge waren verschlossen. Im gleichen Ton fuhr er fort:

«Über gestern. Es beunruhigt mich.» Sie schwiegen. Schließlich sagte Murks:

«Alles was ist, soll wohl so sein.»

«Fatalistisch?»

«Sonst wär ich nicht mehr am Leben.»

Noch einige große Schritte, dann blieb Aljoscha stehen, schleuderte die angerauchte Zigarette zu Boden, zertrat sie, wandte sich seiner Begleiterin zu.

«Keinen Zweck, sich zu verstellen!» sagte er heftig, «lassen Sie uns ehrlich sprechen, Ruth. Es ist unsere Begegnung, die mich beunruhigt. Und Sie spüren es auch, ich kann es sehen. Da ist etwas zwischen uns – weiß nicht, wie ich es nennen soll –, finde nicht die richtigen Worte. Ist so, als hätten wir uns schon immer gekannt. Dabei kommen wir aus ganz verschiedenen Teilen der Welt. Ich habe nie einen Menschen wie Sie getroffen», fügte er leise hinzu.

«Wieso? Was ist an mir Besonderes?» In Murks war schon wieder alles ängstliche Abwehr.

«So verletzlich. So schutzbedürftig!»

«Bin überhaupt nicht schutzbedürftig!» sagte es gekränkt.

Aljoscha lächelte auf seine spezielle Weise, nur mit den Augen:

«Doch, Ruth, sehr sogar. Ich weiß, Sie sind tapfer. Aber glauben Sie wirklich, daß Sie niemanden brauchen, nur weil Sie sich mutig durch Krieg und Not schlagen? So hart, wie Sie von sich selbst annehmen, sind Sie gar nicht!»

Er hatte sich auf einen Baumstumpf gesetzt, schaute zärtlich zu dem Häftling auf, der ihn in mißtrauischer Abwehr anstarrte. Sein Lächeln vertiefte sich:

«Wie ein Kind! Kleines trotziges Kind, das sich für so selbständig hält und dabei nichts nötiger braucht als …»

«In Ruhe gelassen zu werden!» fauchte Murks wütend.

«Als Güte und Verständnis. Nestwärme.»

«Meine Mutter ist tot. Nest ist auch keins mehr da. An Gefühle glaub ich nicht. Die Menschen sind egoistisch. Und Männer schon überhaupt!»

«Aber wer hat dir denn so etwas erzählt?» Vor Erregung hatte Aljoscha ‹du› gesagt und beließ es dann auch dabei. Es schien natürlicher und einfacher.

«Das Leben», verkündete Murks weise und hockte sich mit angezogenen Knien neben den Baumstumpf. Schließlich war es fast dreißig und keine zwölf. «Deshalb will ich auch nie mehr eine Frau sein!»

«Arme Ruth, du mußt viel Bitteres erlebt haben, um so zu sprechen!» murmelte der Russe, «ich möchte dich trösten, laß mich dir helfen, bitte!»

Verständnislos starrte Murks ihn an:

«Wozu?» Dann trafen sich ihre Augen, und es fragte nicht weiter. Um sie herum war es sehr still. Im Gras zirpten Grillen. Murks rupfte einen Halm ab, steckte ihn in den Mund, kaute nachdenklich auf ihm herum. In seinem Innern spürte es eine unbekannte Wärme, die sich ausbreitete, bis es ganz von ihr erfüllt war. Die Bleikugel hielt sich in erwartungsvoller Schwebe, der dicke Abwehrpanzer hatte einen ersten winzigen Sprung bekommen. Murks versuchte sich zusammenzureißen. Nein, dachte es, so geht das nicht. Das fehlt noch, daß ich weich werde, nur weil mal einer sich ein bißchen zivilisierter aufführt. Ist nur der verdammte Frühling dran schuld. Unser erster Frühling in Freiheit …

«Woher sprichst du eigentlich so gut deutsch, Aljoscha?» wechselte es das Thema. Das ‹du›, selbstverständliche Lageranrede, fiel ihm leicht. Der Russe hörte nicht. Er war mit seinen Gedanken weit weg. Murks wiederholte seine Frage.

«Deutsch? Von meiner Mutter. Sie ist Estländerin, hat einen Petersburger Offizier geheiratet. Deshalb bin ich auch Berufsoffizier geworden. Mein Vater wünschte es!»

«Aber sind die Umstände im heutigen Rußland nicht ganz anders? Ich meine …»

Das Gesicht vor Murks wurde zur Maske:

«Es wird manche Wahrheit, aber auch viel Unwahrheit über mein Land erzählt. Rußland, das ist nicht nur Stalin. Es ist ein sehr großer, ein sehr weiter Begriff!»

Mehr war über dies Thema von ihm nicht zu erfahren. Wieder schwiegen beide eine Weile. Jeder ging seinen eigenen Gedanken nach. Behutsam griff Aljoscha nach Murks' Hand, behielt sie in

der seinen. Es gab dem kontaktscheuen Häftling ein Geborgen-
heitsgefühl, das ihn beinah weinen machte. Gleichzeitig empfand
es eine unbekannte schmerzende Art von Auflehnung gegen alles
Bisherige und Zukünftige. Schluß jetzt!, dachte Murks verzweifelt, keine neuen Schmerzen mehr. Ich kann sie nicht ertragen! Der
Sprung im Abwehrpanzer war größer geworden.

Die Grillen schienen sich vermehrt zu haben. Sie zirpten aufreizend laut durch die Mittagsstille. Das Gesicht des Russen sah zer-
quält aus. Er war uneinig mit sich selbst. Mit dem Stiefelabsatz
malte er gedankenvolle Halbkreise in den sandigen Boden, wischte
sie ungeduldig wieder aus.

«Woran denkst du?»

Aljoscha hob den Kopf, sah Murks in die Augen:

«An dich. Und an Rußland. Ihr beide würdet gut zusammen-
passen. Du würdest dich wohl fühlen in meiner Heimat, und ich
könnte mich um dich kümmern.» Plötzlich war seine Stimme
drängend, fordernd:

«Komm mit, Ruth! Ich will dich nicht mehr verlieren. Wir
könnten heiraten, hörst du?»

Murks war aufgesprungen, versuchte einen klaren Gedanken zu
fassen. Das war alles viel zuviel für seinen armen Kopf, der das
meiste gar nicht verstand. Nach Rußland sollte es? Und heiraten?
Was war das überhaupt? Überleben wollte es, nicht heiraten. Es
kannte sich überhaupt nicht mehr aus, fühlte sich nur müde und
ratlos. Angestrengt suchte es in seinem Hirn nach einer passenden
Antwort, die nicht zu schroff klang. Es wollte Aljoscha nicht verletzen. Da fiel sein Blick auf eine einsame Gestalt am Wegrand:
Grinny, die spazierenging, um ihren Kopf auszulüften. Sie entdeckten sich zur gleichen Zeit.

«Mensch, da bist du!» rief Skelett und grinste anzüglich angesichts Murks' Begleiter, «ich hab dich schon überall gesucht wie
'ne rote Laus. Weil du nämlich noch gar nich gefrühstückt hast.
Wenn ich mich nich um alles kümmere! Haste Hunger?»

Das war wieder die gewohnte normale handfeste Sprache.

Murks empfand beim Anblick der vertrauten Gestalt eine solche Erleichterung, daß es laut auflachte:

«Grinny, wenn ich dich nicht hätte!» Fröhlich schlang es den Arm um die knochigen Schultern der Kameradin. Mit einem Schlag war es ihm klar: Die Straße und Felder hier, das Durcheinander, der Wirrwarr, Grinny und ihre Küche, das war die Wirklichkeit. Das war spürbar, echt. Dazu gehörten sie jetzt auf Gedeih und Verderb. Der Rest war abstrakt, fern und fremd, gewann auch nicht an Realität, wenn man über ihn nachdachte. Murks fand seine Unbefangenheit wieder, neckte das Skelett, lachte zu Aljoscha auf. Zu dritt machte man sich auf den Nachhauseweg, der Russe schweigend und verschlossen, die Häftlinge ganz mit praktischen Gedanken beschäftigt. Grinny dachte wieder mal an Schlafen, und Murks spürte plötzlich seinen Hunger. Es wunderte sich:

«Aber daß du spazierengehst, Grinny? Ist ja 'ne ganz große Seltenheit. Fängst du auch schon an, den Frühling zu spüren? Bist doch sonst aus deiner Küche nicht rauszukriegen?»

Ärgerlich stieß Skelett die Luft durch die Nase:

«Von wegen Frühling! Erstens warste so plötzlich verschwunden, daß ich schon gedacht hab, dich hätten ein paar ‹Chinesen› kassiert, und zweitens kann ich nich mehr in die Küche rein. Da is der Iwan von gestern drin. Der mit dem Kahlkopp.»

«Nanu? Was macht er denn da?»

«Er kocht!» fauchte Grinny mit der ganzen Verachtung ihres Geschlechts für hausfrauliche Künste des anderen.

Im Haus duftete es fremd und verlockend. Andrej brutzelte zischend in der Küche. Aus dem Eßzimmer kam Stimmengewirr. Deutlich unterschied Murks dazwischen die feste Stimme des Generals. Bevor sie eintraten, wandte es sich schnell dem stillen Aljoscha zu, der ihm leid tat, flüsterte:

«Morgen werden wir weitersprechen. Dann werd ich dir eine Antwort geben, ja?»

Der Russe nickte nur stumm. Aus seinem Blick las Murks, daß er es ernst gemeint hatte. Er erwartete eine Stellungnahme. Für den

Häftling war die Antwort bereits klar. Nur noch nicht die Formulierung.

Lebhafte Rufe begrüßten die Eintretenden.

«Nun, was haben Sie heute morgen Schönes getan?» fragte Tschadnikow und wandte sich ihnen zu.

«Konnte ja nischt tun!» erwiderte Skelett zornig, denn unter ‹was tun› verstand es ausschließlich Hausfrauliches, «Ihr Iwan rumort schon den ganzen Morgen in meiner Küche rum. Und versteht dabei nich mal deutsch!» Für Grinny bedeutete das den Gipfelpunkt männlicher Primitivität. Der General lachte auf:

«Andrej? Nein, deutsch versteht er nicht. Aber kochen kann er gut. Sie werden mit dem Essen zufrieden sein, auch wenn es sehr einfach ist. Kriegsverpflegung. Wird nicht mehr allzu lange dauern. Der Krieg kann jeden Tag zu Ende sein.»

«Wissen Sie Genaueres?» erkundigte sich Murks interessiert, während man sich zu Tisch setzte.

«Nun, sicher ist, daß Hitler tot ist. Überall in Deutschland herrscht großes Durcheinander. Berlin steht vor der Kapitulation, alles andere ist sowieso besetzt. Und diese Kapitulation wird bedingungslos sein!»

«Merkwürdig. Kann ich mir gar nicht vorstellen», schüttelte Murks den Kopf, «ich meine: Deutsche, die sich bedingungslos ergeben und auf einmal nicht mehr bei jeder Gelegenheit ‹Heil Hitler!› sagen und Befehle brüllen und bestimmen, zu was für einer Klasse Mensch man gehört. Werden jetzt selbst so eine Art Untermenschen. Für die anderen, die Sieger!»

«Berlin war mal schön!» träumte Skelett von seiner Geburtsstadt vor sich hin.

«Sehr!» stimmte ihm sein Kamerad zu. «Hab dort studiert. Bin erst raus, wie schon Krieg war.»

Kolja wurde aufmerksam:

«Dann haben Sie noch Bomben auf Berlin miterlebt?

«Den Anfang ja. Pünktlich jede Nacht flogen britische Bombengeschwader ein. Wenn sie beim Glockenschlag zehn noch nicht da waren, schauten wir besorgt auf die Uhr und fragten uns: Es wird ihnen doch nichts passiert sein?» verwandte Murks einen Berliner Flüsterwitz. Alle lachten. Der General bat zu Tisch, rückte aufmerksam mit der linken Hand Murks Stuhl zurecht. Andrej, Grinnys Küchenfeind, brachte mehrere Schüsseln auf den Tisch, aus denen fremd duftender Dampf quoll. Es gab eine säuerlich schmeckende rote Suppe mit Zwiebel- und Kartoffelstückchen, die von den Russen mit sichtlichem Behagen gelöffelt wurde. Danach gefüllte Piroggen mit handtellergroßen Blättern gedünstetem Weißkohl. Boris ging herum und schenkte Wodka ein.

«Bitte meiner Kameradin nicht!» sagte Murks schnell, «das verträgt sie nicht.»

Ihrer Bitte wurde verständnisvoll entsprochen. Grinny blickte erleichtert aus dem weißen Rundkragen ihres Internatkleids. Man trank auf die unmittelbar bevorstehende Beendigung des Krieges.

«Also bis in die Kriegsjahre hinein waren Sie in Berlin?» rekapitulierte Tschadnikow im Bestreben einer Unterhaltung mit seiner Tischnachbarin, «da waren Sie aber noch ein Kind?»

«Nein, durchaus nicht. Ich war – ich habe damals – studiert.» Das Sicherinnern fiel noch immer schwer. Manche Bilder kamen spontan, scharf, in gehirnlicher Feineinstellung. Andere wieder verschwommen, nebelhaft, unzuverlässig in ihrer Aussage.

«Sprachen?»

«Musik. Klavier.» Jetzt fiel Murks wieder ein:

«Acht Semester Hochschule ohne Schlußexamen. Weil ich jüdischer Mischling war.»

«Kann prima spielen!» verkündete Grinny mit vollem Mund. Unauffällig wechselte Andrej die Teller aus. Boris schenkte Wodka nach.

«Ein merkwürdiges Wort», meinte der General. «Darunter kann ich mir nichts vorstellen!»

Mark, der Dolmetscher, mischte sich ein:

«Völliger Unsinn!» erklärte er kopfschüttelnd. «Halbjuden –

Halbchristen, Religion als Rasse. Jüdische Mischlinge, das gab es nur in Deutschland.»

Gab?, dachte Murks verwirrt, die wird es also von jetzt an auch nicht mehr geben. Waren eine Erfindung Hitlers. Und Hitler ist tot. Unvorstellbar. Laut erklärte es, indem es sich dem General zuwandte: «War elend schwer, das Mischlingsein. Einerseits sollte man, andererseits durfte man nicht. Man wußte nie, zu was man eigentlich gehörte. Die Juden mieden den Umgang mit uns, weil wir nach wie vor deutsche Staatsangehörige waren. Und die Nichtjuden, die sogenannten ‹Arier›, hatten erst recht Angst, mit uns zu verkehren. Reichsdeutsch und gleichzeitig vogelfrei. Wenn ein ‹Mischling ersten oder zweiten Grades› beispielsweise einen ‹arischen› Mitbürger durch irgendein Wort beleidigte, wenn er abgesperrten Rasen betrat oder sonst irgendeine Harmlosigkeit beging, riskierte er, sofort angezeigt und als ‹jüdisch Versippter› ins KZ gebracht zu werden. Und es gab manche unter ihnen, die gar nicht jüdisch fühlten, unbelehrbare Deutschfanatiker. Die machten noch so lange ‹Heil Hitler›, bis man es hinter Stacheldraht aus ihnen herausprügelte.»

«Und wie fühlen Sie?» Mark sah dem Häftling gerade in die Augen.

«Ich hatte eine wundervolle Mutter.»

«Sie war Jüdin?»

«Ja. Wenn ich auch nie recht verstanden habe, weshalb sie sich um meines Vaters willen hatte taufen lassen.»

Tschadnikow wandte sich an das kauende Skelett:

«Und Sie, Grinji? Auch Mischling?»

«Nee!» schluckte es die erste Pirogge seines Lebens, «ich war ganz.»

«Ganz was?»

«Arisch!» sagte Grinny gleichgültig.

«Arisch, so wie die Inder? Indisch?» fragte der belesene Oleg erstaunt vom Ende des Tisches her. Skelett meckerte vor Vergnügen:

«Du, Murks, der meint, wegen unsere Turbane …»

Murks war jetzt in seinem Element. Alles, was mit Hitlerthesen und Gesetzen zu tun hatte, war ihm gegenwärtig wie eh und je. Keine Unklarheit, kein anstrengendes Sichzurückerinnern. Mit diesen Begriffen war es aufgewachsen. Über die bisherige deutsche Innenpolitik konnte es reden. Nur nicht über solch unsichere Sachen wie sich selbst. Es versuchte zu erklären:

«Das mit dem ‹arisch›, das hat Hitler erfunden. Oder zumindest offiziell eingeführt. Sollte sowas heißen wie: nordisch, reinrassig, edel, urdeutsch …»

«Glatter Unsinn, vom Ethnologischen aus gesehen», konstatierte Oleg.

«Leider ließ uns Hitler keine Zeit, darüber nachzudenken. Wer nicht reinarisch im Sinne des Dritten Reiches war, galt nicht als lebensberechtigter Mensch. Für ihn gab es in Großdeutschland nur einen Platz …»

«Die Krematorien», sagte Skelett und nahm zwei weitere Piroggen, «Mensch, die schmecken toll!»

«Halbjuden waren Nichtmenschen, so wie Volljuden Untermenschen», fuhr Murks fort, «denn, so sagte Hitler, ‹sie hatten kein Volksempfinden›. Also mußten sie unschädlich gemacht werden. So einfach war das.» Es sagte das ganz schlicht dahin. Die Redeweise der Nazis, hundertmal gehört und am eigenen Leib erfahren, war ihm nur zu geläufig. Auch im Lager hatte diese Sprache gegolten. Da waren die Aufseherinnen gewesen.

Die Russen hatten schweigend zugehört. Vielleicht erinnerten sie sich ihrer eigenen Judenpogrome. Aber dies hier war doch anders. Sachlich kalte Überlegung bestimmte die wohlorganisierten Vernichtungsaktionen, verlieh ihnen dadurch etwas Gespenstiges, Unmenschliches.

«War schon 'ne schöne Sauerei, der ihr Rassenfimmel!» sprach Grinny ihre Gedanken aus, fuhr sich gesättigt mit dem Handrücken über den Mund, «wenn man denkt, wen die so alles durch den Schornstein gepufft ham. War'n sehr nette Leute darunter.»

«Wir haben von den Krematorien gehört», sagte der Dolmetscher.

«Ist es wirklich wahr, daß man Menschen – lebend – verbrannt hat?»

«Klar!» sagte Skelett ungerührt, «die mußten doch was zum Heizen haben, damit se im Winter nich froren. Und denn kassierten se bei den Familien für die Asche ein. War 'n ganz hübscher Nebenverdienst.»

«Aber lebende Menschen?» Den Russen war der Appetit sichtlich vergangen.

«Na und? Die meisten waren sowieso schon kaputt und merkten nich mehr viel. Und alle Brotscheiben, die dadurch frei wurden, die bekamen die Überlebenden.» Skelett schob den leeren Teller von sich und blickte auf. In der Tiefe seiner Augenhöhlen glitzerte etwas Furchtbares: «Lager, was ihr euch darunter vorstellt! Leben, das war das Schlimme dort, nich der Tod. Die Toten, die hatten's prima. Die drückten sich, und wir mußten ihre Arbeit für sie mit tun!» Grinnys Häftlingsmentalität hatte sich nicht geändert. Sie haßte ‹faul herumliegende Tote›.

«Aber wie können Sie nur so darüber reden?» entsetzte sich der junge Kolja. Murks sah ihn nachdenklich an:

«Ihr und wir, wir kommen aus verschiedenen Welten. Sicher seid auch ihr im Verlauf dieses Krieges dem Tod oft genug begegnet. Aber immer von eurem Ufer aus. Vom Leben her. Bei euch gilt noch: Das Leben ist etwas wert. Je größer die Gefahr, desto stärker der Wille zum Leben, das ‹Durchkommenmüssen um jeden Preis›. Bei uns, da war nichts dergleichen. Wir waren zum Tod Verurteilte, hatten jede Hoffnung auf ein Überleben aufgegeben und konnten uns auch darunter gar nichts mehr vorstellen. Leben, das war für uns ein ebenso theoretischer Begriff wie für euch der Tod. Unsere Sinne waren bis auf die wenigen Primitivverlangen wie Essen, Trinken, Schlafen abgestumpft. Die meisten von uns dämmerten so dahin. Aber immer war uns der Tod näher und willkommener als das Leben. Mit einem Bein, dem rechten, standen wir am anderen Ufer, jederzeit bereit, das linke nachzuziehen. Weiß nicht, ob wir heute noch einmal dahin zurück können, wo wir gestanden haben, als das alles begann ...»

«Haste doll gesagt, das mit dem einen Bein drüben», bestätigte Skelett, «genauso isses. Kommen nur noch zum Essen hierher zurück!»

Murks schaute zu Aljoscha hinüber. Würde er verstehen, daß das keine Phrasen waren, keine sentimentale Selbstbemitleidung, sondern unabänderliche Gegebenheit, etwas, was immer zwischen ihnen stehen würde, gleich, wie viele Jahre darüber vergehen mochten? Murks, der Häftling, war nicht Ruth, die Frau. Aljoscha begegnete seinem fragenden Blick mit Ruhe. Doch der resignierte Zug um seine Lippen hatte sich verstärkt. Andrej brachte einen Nachtisch, eingemachtes Obst mit einem Schuß Kognak. Grinny schnaufte vor Begeisterung.

«Hast du denn immer noch Appetit? Nun mach aber mal 'nen Punkt. Hast dir schon einen ganz schönen Bauch angefressen.»

Skelett klatschte lachend mit der flachen Hand auf die kugelige Wölbung unterhalb des Brustkorbs:

«Bißchen Reservespeck kann nischt schaden. Bist ja nur neidisch. Wer hat, der hat!» Aber Murks wußte: was sich da bei Grinny vorwölbte, das war kein Reservespeck. Ihre Konturen wurden immer unnatürlicher. So durfte eine menschliche Gestalt nicht aussehen. Da stimmte nichts mehr.

Von schräg rechts rief Grischa stolz:

«Schaut, was ich gefunden habe!» Er griff in die Rocktasche, zog ein winziges, heftig zitterndes Wollbündel hervor. Lachend setzte er es neben seinen Teller. Es war ein ganz junger Welpe mit Stiefmütterchengesicht und breiter Knopfnase. Wahrscheinlich würde er eines Tages ein stolzer deutscher Schäferhund sein. Vorläufig fiepte er nur ängstlich, stolperte auf plumpen Fellbeinchen zu Murks hinüber, das seine Hand zu ihm ausstreckte.

«Milch braucht es!» rief Grinny, «vielleicht hat der Küchenfritze ein bißchen übrig? Ich geh ihn fragen.»

Murks nahm das kleine Bündel an sich, das sofort zu zittern aufhörte und geborgen die Augen schloß. Die Russen waren aufgesprungen, flossen über vor zärtlicher Begeisterung, umdrängten es, versuchten das kleine Wesen unter Ausrufen vieler russischer Kosenamen zu streicheln. Grinny kam mit Milch auf einer Untertasse zurück. Nach anfänglichem Zaudern leckte das Tier hungrig alles auf, verkroch sich anschließend in Murks weitem Pulloverärmel. Sein Besitzer kämpfte mit einem Entschluß. Zögernd brachte er heraus:

«Willst du chaben Tier?»

Murks schüttelte den Kopf:

«Unser Leben hier, das ist nichts für den kleinen Kerl. Der braucht Ruhe und Geborgenheit.»

«Braucht nur er das?» fragte Aljoschas Stimme aus dem Hintergrund. Es galt nicht nur Ruth, der Frau. Es galt Murks, dem Menschenwesen ohne Zuhause. Murks spürte es und wurde verlegen. Schnell reichte es Grischa sein Wollknäuel zurück:

«Seien Sie gut zu ihm. Auch wenn es sich manchmal daneben benimmt ...»

Der Russe lachte breit, nahm den kleinen Hund, stopfte ihn achtlos wie ein schmutziges Taschentuch in seine Jackentasche zurück:

«Ich liebe Tier!» versicherte er dabei arglos.

Nach dem Essen zogen sich die Häftlinge wieder in ihr Zimmer zurück. Die Russen verbrachten den Nachmittag außer Haus, hatten den beiden Boris zu ihrem persönlichen Schutz zurückgelassen, da Murks dem General von den bisherigen nächtlichen Überfällen seiner Landsleute berichtet hatte.

Tschadnikow hatte resigniert die Achsel gehoben:

«Das sind Soldaten aus mongolischen Grenzprovinzen», hatte er erklärt, «Volksstämme und Gruppen mit eigener Sprache. Wir können uns oft selbst nicht mit ihnen verständigen. Und ihnen das Räubern und Beutemachen abgewöhnen. Am schlimmsten benehmen sie sich Frauen gegenüber.» Jedoch, hatte er versichert, würden die willkürlichen Übergriffe aufhören, sobald die eigentliche kämpfende Armee anrücke, was jeden Augenblick geschehen könne. Nur noch wenige Tage Geduld!

Skelett streckte sich knackend und gähnte.

«Was wollte denn der Theaterheini von dir?» erkundigte es sich und schlief gleich darauf ein, ohne eine Antwort abzuwarten. Gedankenversunken blickte Murks zum offenen Wandschrank hinüber, in den Grinny ihren Heilsarmeekittel neben das Rotsamtene gehängt hatte. Dabei traf sein Auge unwillkürlich auf die Spiegelfläche an der Innenseite der Schranktür. Zum erstenmal seit Urzeiten wandte sich Murks seinem Abbild zu. Lange und prüfend betrachtete es sich in den klaren Glas, versuchte mit seinem Äußeren Kontakt zu bekommen. Das war nicht leicht, denn es war sehr fremd. Da stand vor ihm eine seltsame Gestalt, ein struppiger Junge mit weitaufgerissenen wachen Augen voll von Mißtrauen, kurzer aggressiver Nase, sehr blasser Haut und – das kam für Murks überraschend – weichem, traurigem Mund. Es versuchte zu lächeln. Aber der Junge im Spiegel mit den eingefallenen Wangen schnitt nur eine klägliche Grimasse. Sein Gesichtsausdruck blieb schmerzlich-verträumt. Murks war verstört. Es hatte sich sein Gesicht stark, tatenlustig, spöttisch verhärtet vorgestellt. So jedenfalls hatte sich das von innen heraus angefühlt. Das da war ein Kinderwesen, ein Kinderwesen ohne Alter, ohne spezifische Geschlechtsmerkmale, ungeheuer empfindsam. Wie hatte Aljoscha gesagt? «So verletzlich, so schutzbedürftig!» Jetzt verstand es seine Worte.

Vorsichtig fuhr es mit den schwieligen Fingern der rechten Hand die Konturen nach, die Augenbrauenbögen, den Nasenrücken, die immer noch vollen Lippen. Die Haut fühlte sich spröde, unterernährt an. Und doch war es ein ausgesprochen zartes Gesicht, das zum Quälen reizen konnte, sich möglicherweise quälen ließ. Also doch weiblich? schoß ihm durch den Sinn. War ihm deshalb das Leben im Lager zur besonderen Hölle gemacht worden? Die sadistische Aufseherin fiel ihm ein, die jeden Morgen nach dem Appell die Fronten abgeschritten war, von Häftling zu Häftling, von Gesicht zu Gesicht, abschätzend, lauernd. Wehe, wenn ihr eines nicht gefallen hatte. Nicht gefielen ihr vor allem diejenigen, die noch Spuren von einstiger ‹sozialer Höherstellung› verrieten. Die weiblichen Lagerwachen hatten Sozialkomplexe; ihre diesbezüglichen Minderwertigkeitsgefühle kompensierten sie mit raffinierten Quälereien. Solche Häftlinge, die das Unglück hatten, ihnen rein äußerlich zu mißfallen, wurden von ihnen mit Vorliebe zum Sondereinsatz abkommandiert, dessen verschiedene Aufgaben sie sich selbst ausdachten. Ihre Phantasie war unerschöpflich; immer wieder ließen sie sich Neues einfallen. Ganz besonders die, an deren Musterungsmethoden Murks jetzt zurückdachte. Bei einer ihrer gefürchteten Inspektionen war die mit verengten Augen vor ihm stehengeblieben:

«Na, du Dreckvieh, bist wohl was Besseres? Da hab ich auch eine besonders feine Arbeit für dich. Mitkommen!» Murks hatte ihr zu den Latrinen folgen müssen. Im Lager Ravensbrück hatte unter anderem die Ruhr geherrscht, eine Art Bauchtyphus mit blutigem Durchfall. Wie ein Wunder war Murks bisher davon verschont geblieben. Denn es gab keine Toiletten in den Baracken, nur Gruben, die oberflächlich neben den Blöcken ausgehoben worden waren, und für die Allerkränksten mülltonnenähnliche Blechkübel, deren fauliger Gestank sich mit den Rauchschwaden verbrannten Menschenfleisches mischte und das ganze Lager durchzog. Murks hatte anfangs geglaubt, es nicht ertragen zu können, litt an chronischem Brechreiz und neurotischen Allergien. Mit der Zeit hatte sich dann sein Geruchssinn abgestumpft, aber noch immer machte es einen weiten Bogen um die Latrinenplätze mit den Kübeln.

Die SS-Aufseherin hatte den Häftling brutal hingestoßen: «Hier – saubermachen. Aber 'n bißchen dalli!»

Murks hatte herausgewürgt:

«Mit was, bitte?»

Die Antwort war ein gezielter Schlag mit der Handkante gegen den Kiefer, der die Lippe bluten machte:

«Mit den Händen natürlich, frag nicht so dumm. Na, wird's bald oder soll ich dir erst deine blöde Visage reintauchen?»

Das war keineswegs eine leere Drohung, sondern eine beliebte Lagerfolter gewesen, die in den meisten Fällen zum Tod durch Ersticken geführt hatte. Es blieb keine Wahl. Murks hatte sechzehn randvolle Kübel mit Exkrementen zur nächsten Grube schleppen und mit den Händen ‹säubern›, das heißt blankreiben müssen, während das Weib mit dem Reichsadler auf dem Käppi danebenstand, höhnte, Witze riß, haßerfüllt ihre Sozialkomplexe auf das Wesen ablud, das sich seine Geburt nicht ausgesucht hatte. Nach dieser Sache war Murks schwer krank geworden, hatte hohes Fieber bekommen und irre geredet.

Aber die Kameraden hatten es weiter mit zum täglichen Arbeitseinsatz geschleppt, um zu verhindern, daß es zur Krankenbaracke ausgesondert wurde. Dort lagen im Waschraum Morgen für Morgen viele Leichen über- und untereinander, mit Haut überzogene Gerippe, denen die Ratten teilweise die Augen ausgefressen, die Hände angenagt hatten. Nur die wenigsten von ihnen waren an ihrer Krankheit gestorben. Die Lagerführung hatte sie als arbeitsuntauglich ‹abgeschrieben›.

Murks vor dem Schrankspiegel betrachtete seine Hände, magere auffallend kleine Dinger mit nervösen blassen Fingern und kindlichen Nägeln. Die Innenflächen durchzog ein Gewirr von ineinander verflochtenen Linien. Seine Hände. Murkshände. Jetzt waren sie sauber gewaschen, aber der Häftling schauderte in der Erinnerung vor ihnen zurück. Seltsam, was nur Aljoscha an ihm sah? Es sah, fand es, eher einem gerupften Vogel als einem normalen Menschen ähnlich. Murks mußte lachen. Wie hatte es wohl früher mit schulterlangen Haaren ausgesehen? Und langen weiten Röcken? Unvorstellbar. Das Haar war rötlich gewesen, mit einem hellen Schimmer von blond am Ansatz. Helles Haar, helle Augen, helle Haut – dazu noch ererbt von mütterlicher Seite –, Hitlers Rassentheorie stimmte aber auch in keinem Punkt. War ich wirklich mal ein Mädchen?, versuchte der Stachelkopfjüngling vergeblich im Spiegel zu ergründen. Oder vielleicht nur ein Transvestit, ein Verkleideter, ein geschlechtlicher Mischling ersten Grades? Der Gedanke kam ihm gar nicht so abwegig vor. Mehr denn je fühlte er sich als Neutrum, als unmittelbares Sein ohne geschlechtliche Triebkomponente. Die Erinnerung an das Früher bestand nur aus Schattenbildern, die man zwar manchmal kurz aufleuchten sehen, aber nicht mehr empfinden konnte.

«Genug!» sagte Murks zu dem nachdenklichen Strubbelknaben im Schrank und klappte die Tür zu. Aber seine innere Unruhe blieb.

Grinny schlief fest. Musik wäre vielleicht eine Hilfe? Murks machte sich auf den Weg zum Klavier. Oben, am geliebten Instrument, vergaß es Zeit und Raum.

Es dämmerte. Vor dem Haus war es ruhig. Einmal, während einer kleinen Unterbrechung, war der derbe Quadratkopf von Boris in der Tür des Musikzimmers erschienen:

«Sehr schön. Du Kinstler. Bitte weiterspielen, ich aufpassen, daß nix stört!» hatte er bewundernd erklärt und sich daraufhin wieder zurückgezogen. Prima in Schuß hat der General seine Leute!, dachte Murks flüchtig. Schuberts ‹Impromptu› rief ihm das Bild seiner romantischen, schöngeistigen Mutter vor Augen. Die verträumte Frau und der Nürnberger Parteitag – sanfte braune Augen und Siegheil-Gebrüll – eine zarte ratlose Gestalt und die Reichskristallnacht. In Murks' Erinnerung waren diese Dinge auf immer unmittelbar miteinander verknüpft. Unmöglich, an das eine zu denken, ohne das andere zu meinen. Sich zurückerinnern war Gift, schwächte die Abwehrkräfte, führte in Ausweglosigkeit.

Murks hämmerte das Horst-Wessel-Lied in die Tasten, daß es durch das ganze Haus dröhnte.

«Jetzt biste wohl total übergeschnappt?» fuhr das erschrockene Skelett ins Zimmer, «brauchst dir bloß noch dazu die SS-Jacke aus der Truhe überziehn. Dann sind wir beide im Eimer, Siegheil!»

«So war's nicht gemeint. Entschuldige!» murmelte Murks verstört, «es war so was wie ein innerer Protest ...»

«Dann laß ihn gefälligst auch innen!» Skelett beruhigte sich nur langsam, «ich dachte schon, die SS wär zurückgekommen. Schönen Schreck haste mir eingejagt. Du machst Sachen! Heute morgen verschwindeste plötzlich mit dem russischen Casanova im Wald, und am Nachmittag machste auf Heil Hitler. Hau den Deckel zu und komm runter. Kannst mir helfen beim Bettenmachen.»

«Grinny?» fragte Murks neugierig, während es die Kissen ausklopfte, «wie war eigentlich deine Mutter?»

Skelett schwieg eine Zeitlang, zupfte die Laken mit übertriebener Sorgfalt zurecht. Dann richtete es sich auf. «Einmalig!» sagte es mit seltsam flacher Stimme.

«Wie meinst du das?»

«Na ja – war eben 'ne Mutter gewesen. Mütter sind Mütter. Was Besonderes, verstehste.»

«Verheiratet?»

«Na hör mal, was glaubst du?»

«Ob du verheiratet warst, meine ich?»

«Ach so. Nee. Oder – wart mal!» Grinny fiel das Zurückdenken noch schwerer als Murks.

«Da war doch mal was mit 'nem Staubsaugerheini. Mit dem war ich irgendwie zusammen. Aber vielleicht hab ich das auch nur geträumt. Weiß nich mehr. Is ja schon Millionen Jahre her und gar nich mehr wichtig. Auch das Jetzt is nich wichtig, sag ich dir. Gar nix is wichtig. Man tut nur so, als ob!»

«Du hast ja schon wieder 'nen Kater. Moralischen diesmal.»

«Was is denn das?»

«Was Seelisches.»

«Seele is Quatsch. Die gibt's gar nich, is nur was für Fromme, die glauben dran; an so 'n edles Ding in ihrem Innern. Na soll'n se. Die haben auch keine KZ-Aufseherinnen kennengelernt oder Gestapoheinis mit ihre hübschen Foltermethoden. Wo hat denn bei denen die Seele gesessen? Oder hatte die sich vorher verdünnisiert?»

Unmelodisch begann Skelett zu singen:

«Die Seele schwinget sich wohl in die Höh, juchhe – und nur der Leib bleibt auf 'n Kanapee ...» Dabei zerrte es heftig am Bettuch, das nicht ausreichen wollte.

Von der Tür her klangen die nun schon vertrauten Stimmen der zurückkehrenden russischen Offiziere.

«Bald gibt's Abendmahl!» stellte Grinny zufrieden fest. Es war neuerdings sein Lieblingswort geworden. Fing an, Spaß zu machen. Sich-bedienen-lassen kam direkt hinter selber kochen. Und der Küchenrußki verstand sein Fach, das mußte sie ihm widerwillig zugestehen.

Murks ging zum Badezimmer hinüber, sich Gesicht und Hände zu waschen, kämpfte mit einer merkwürdigen Anwandlung, anstatt des weiten Männerhemdes die gelbgestreifte Bluse anzuziehen, die es ganz hinten im Schrank entdeckt hatte. Ruth kämpfte mit Murks. Murks siegte. Man soll das Schicksal nicht herausfordern. Vorsichtig verrieb es ein wenig Creme aus einer Tube auf den spröden Lippen, band sich den Turban neu und fuhr mit dem Handtuch über seine staubigen Stiefel.

Es klopfte. «Bitte zu Tisch!» rief Koljas fröhliche Stimme.

Das Abendessen begann in bester Stimmung. Andrej hatte Sakuskas vorbereitet, eine große Platte voll bunter Kleinigkeiten, mit roten Rüben, Wurst, Käsewürfeln, Gurken, Speckstücken, mariniertem Fisch und Zwiebeln. Dazu wurde dunkles Brot gereicht und Tee getrunken. Heute schenkte Oleg den Wodka ein. Die Offiziere waren sämtlich ausgezeichneter Laune, sprachen lebhaft durcheinander, lachten viel und laut. Offenbar hielten sie den Krieg für so gut wie beendet und freuten sich schon auf das Nachhausekommen. Mark übersetzte es den Häftlingen. Grinny kaute ungerührt auf einer Senfgurke herum, mampfte zwischen zwei Bissen verständnislos:

«Was heißt ‹nach Hause›? Überall is zu Hause. Wo man gerade steht und sicher is, nich im nächsten Moment um die Ecke gebracht zu werden. Und das kann alles sein, ein Haus oder 'ne Scheune oder 'n Stück Wald. Zu Hause biste immer da, wo sie dich nich suchen kommen.»

»Aber haben Sie denn keine Familie irgendwo? Wollen Sie Ihre Angehörigen nicht wiedersehen?» wunderte sich Mark.

Skelett grinste ohne Fröhlichkeit:

«Hab 'nen Vater und 'ne Mutter und 'ne kleine Schwester. Die warten schon auf mich, weil sie nämlich noch 'n Hühnchen mit mir zu rupfen haben.»

«Na also!» Die Russen lachten erleichtert, denn das klang doch endlich wieder normaler, «dann haben Sie ja Familie. Das ist doch schön!»

«Sehr schön!» bestätigte Grinny mit vollem Mund.

«Und freuen Sie sich nicht auf das Wiedersehen?»

«Weiß noch nich recht ...»

«Und wo sind Ihre Verwandten? Wo warten sie auf Sie?»

Mit der Gabel zeigte Grinny zur Zimmerdecke hinauf:

«Da oben. Ich mein, im Himmel. Oder vielleicht sind se auch in der Hölle. Weiß ich nich so genau. Verdient hättense den Himmel schon, nach allem ...»

Betretenes Schweigen rund um den Tisch.

«Davon hast du mir doch nie was erzählt, Grinny», sagte Murks unsicher in die Stille hinein, «wieso sind die alle tot?»

«Sippenhaft!» Skelett blickte auf. «Wenn du weißt, was das is. Weil ich doch politisch war. Über Nacht ham se se weggebracht in irgend so 'n Drahtverhau an der Grenze. Dabei hat sich meine kleine Schwester 'ne Lungenentzündung geholt. War zuviel frische Luft für sie. Und später sind meine Eltern auch draufgegangen. Weißte, was mir die Gestapoknilche erzählt haben? Die wären gestorben, weil se die Schande mit mir nich überlebt hätten, hamse gesagt. Na ja, in gewissem Sinn hamse nich mal unrecht gehabt. War eben besonders pietätvoll ausgedrückt, findste nich?» Ungerührt häufte es sich Sardinen aufs Brot.

Tschadnikow versuchte das Unbehagen zu überspielen, das plötzlich greifbar im Raum stand. Er wandte sich Murks zu:

«Aber Sie, Ruth? Sie haben doch bestimmt ein Zuhause?» Der Tonfall seiner Stimme suggerierte positive Antwort. Er wollte seine Offiziere bei Laune halten.

Murks schüttelte den Kopf.

«Ich war einziges Kind», erklärte es. «Meine Mutter lebt nicht mehr, mit meinem Vater hatte ich schon vor meiner Verhaftung keinen Kontakt, und Geschwister habe ich keine. Auch mein Land ist nicht mehr mein Land nach allem, was geschehen ist. Ist aber weiter nicht tragisch. Ich fühl mich überall da wohl, wo die Menschen mich ebenso in Ruhe lassen wie ich sie. Mehr brauch ich nicht.»

«Das ist schlecht!» ließ sich Wassili vernehmen, «Cheimat muß man chaben. Nasdarowje!» Mit zurückgeworfenem Kopf kippte er den Schnaps hinunter.

«Die verstehen uns nich», nickte Grinny ihrer Kameradin zu, «haben den gleichen Vogel mit Heimat und Blut-und-Boden wie die SS!»

Murks blickte erschrocken zum General hinüber. Er schien es nicht gehört zu haben. Gedankenversunken drehte er den Fuß des Schnapsglases in seiner Hand. Sein narbiges Gesicht blieb ausdruckslos.

«Ich möchte einen Vorschlag machen», sagte er langsam, hob den Kopf, sah Murks direkt in die Augen:

«Kommen Sie mit uns nach Moskau zurück! Es ist eine schöne, eine großzügige Stadt. Wir werden für Sie beide eine hübsche

Bleibe finden und für Sie sorgen. Sie wieder zu Menschen machen. Ihnen das Gefühl geben, daß Sie zu einer großen Gemeinschaft gehören, zu einer vielköpfigen Familie, in der einer für den anderen da ist.»

Diesmal sprach er Grinny direkt an:

«Kommen Sie mit uns», wiederholte er mit Nachdruck. «Für Sie ist es die Rettung aus diesem Elend hier!»

Alle Blicke waren erwartungsvoll auf die Häftlinge gerichtet. In Aljoschas Augen brannte die Spannung.

«Nee. Ich nich!» sagte Skelett unhöflich, «mir reicht's mit große Gemeinschaften. Ein für alle Male. Und das mit dem ‹einen für den andern dasein›, das ham wir auch lang genug gehabt. Wenn se den einen nich erwischen konnten, mußte ein anderer dran glauben. Oder die ganze Baracke. Nee, vielen Dank!» sagte es noch einmal zynisch.

Murks versuchte, Grinnys aggressiver Erklärung etwas von ihrer Schärfe zu nehmen. Eine heikle Lage, die Diplomatie erforderte.

«Sehen Sie, das ist so …», begann es verlegen, «also, natürlich danken wir Ihnen sehr für Ihren Vorschlag. Meine Kameradin meinte das eben nicht so wörtlich …»

«Wieso denn nich?» krähte Skelett aufgebracht dazwischen, «ich geh aber nich nach Rußland. Zu all den Mongolenhäuptlingen. Denk gar nich dran!» Plötzlich schien es in sich zusammenzusinken; seine Augen sahen sehr leer aus:

«Geh überhaupt nirgendwo mehr hin!» sagte es leise mit ferner Stimme, «höchstens zu meiner Sippe da oben irgendwo. Das Leben is beschissen. Sobald Murks versorgt is, ich meine mit Essen und so, hau ich ab Richtung Himmel.»

«Selbstmord?» rief Kolja erschrocken, «Sie wollen sich umbringen?»

Skelett wandte verständnislos das Gesicht zu ihm hin:

«Quatsch. Mach einfach nur Schluß. Wie unsere Kameraden.»

Murks erklärte den Unterschied:

«Ist bei unserer körperlichen Schwäche hauptsächlich eine Willensfrage, das Weiterleben. Sterben ist ganz einfach. Man legt sich hin, beschließt: Ich will nicht mehr, und schon ist man tot. Viele im Lager haben es so gemacht.»

«Alle unsere guten Bekannten», nickte Grinny und rülpste laut.

«Aber Sie, Ruth, wollen Sie auch sterben?»

Murks war unbehaglich zumute. Die Menschen hier wollten etwas von ihm. Seine bisherige Lebenserfahrung lehrte ihn, immer da besonders mißtrauisch zu sein, wo man, womöglich noch in liebenswürdiger Form, etwas von ihm verlangte.

«Was mich anbelangt», meinte es umständlich, «also – es ist wirklich sehr nett von Ihnen allen, uns mitnehmen zu wollen. Sicher ist Rußland ein sehr schönes Land» – es war richtig stolz auf seine diplomatische Wendung –, «aber ich fürchte, ich kann nicht. Es kommt alles zu plötzlich. Und im Augenblick weiß ich auch noch nicht, ob ich weitermachen möchte oder nicht. Muß ich erst herausfinden. Verstehen Sie?»

«Das können Sie auch in Rußland, Ruth, wenn Sie erst einmal wieder in normalen Verhältnissen sind!» rief Aljoscha heftig. Seine Hand neben dem Teller war zur Faust geballt. Die Häftlinge schauten verständnislos. Normale Verhältnisse, was war denn das? Keiner von ihnen hatte sie je gekannt. Beschwörend wandte sich Murks an Tschadnikow, von dem es, seines höheren Alters wegen, am meisten Verständnis erhoffte:

«Wir müssen erst einmal mit uns selbst klarkommen. Das verstehen Sie doch? Wie es weitergehen soll, das müssen wir uns erst ausdenken. Wir sind doch jetzt frei, nicht wahr? Dann dürfen wir doch auch wieder unsere eigenen Entscheidungen treffen?»

«Bleibt uns gar nix anderes übrig», sagte Grinny, die sich mit ihrer persönlichen Freiheit noch nicht befreunden konnte, sie eher als lästig empfand. Ihre Gefährtin überhörte den Einwand, fuhr eifrig fort:

«Und das ist etwas, was wir wieder lernen müssen, das mit der

Freiheit und der Selbstbestimmung. Nicht leicht für uns nach der langen Abhängigkeit von fremdem Willen.»

Der General schien etwas erklären zu wollen. Schnell sagte Murks:

«Ist natürlich ein großer Unterschied, ob man uns befiehlt, unser eigenes Grab auszuheben und uns zum Erschießen hineinzulegen, oder ob man uns bittet, was anzunehmen, was vielleicht unsere Rettung bedeuten könnte. Ist uns klar. Aber wie können wir feststellen, ob wir tatsächlich noch leben, ich meine leben als richtige Menschen und nicht als rechtlose Sklaven, wenn wir nicht wenigstens versuchen, von unserer neuen Freiheit der Entscheidung Gebrauch zu machen? Möglich, daß wir vieles falsch machen werden. Aber das ist ja unser Recht. Nun sind wir wieder für uns selbst verantwortlich, und das, glaube ich, ist außerordentlich wichtig, wenn wir zurückfinden sollen ins Leben. Ob ich noch einen eigenen Willen habe, weiß ich nicht. Grinny hat noch einen. Obwohl sie sechs Jahre länger eingesperrt war als ich. Aber sie ist auch viel zäher.»

Erschöpft schwieg Murks. Es fühlte einen Druck im Kopf, der es müde und schwindlig machte. Würden die Russen verstehen, daß es für Entscheidungen jeglicher Art noch zu früh war? Ihr strapaziertes Hirn hatte genug mit dem Verarbeiten der täglichen Gegebenheiten zu tun.

Der General hatte aufmerksam zugehört. Ruhig blickte er den Häftling an, dessen schlichten Argumenten er sich nicht verschließen konnte. In seiner Stimmung schwang ein leises Bedauern, als er erwiderte:

«Ich verstehe Ihre Meinung und respektiere sie. Sie haben wohl recht. Wenn man an Freiheit glaubt, muß man für sie kämpfen. Für uns ist der Krieg mehr oder weniger zu Ende. Für Sie fängt er nun erst richtig an. Ich wünsche Ihnen viel Glück auf Ihrer Suche!»

Über den Tisch hinüber reichte er Murks seine Hand. Er lächelte mit ernsten Augen.

«Ganz meinerseits!» sagte Skelett und streckte ihm ebenfalls die fettige Hand hin. Plötzlich kam wieder Leben in die Offiziere. Alle sprachen durcheinander, deutsch und russisch. Man prostete den Häftlingen zu, überhäufte sie mit neugierigen Fragen, schilderte Mütterchen Rußland in strahlendsten Farben. Einer versuchte den anderen zu überbieten. Jeder schwärmte von einem anderen Teil des Landes. Sie waren wie Kinder vor den Schulferien. Eines wurde Murks klar: Wie immer die Politik da drüben sein mochte, von der es nach wie vor nichts Genaueres wußte – diese Männer hier liebten ihre Heimat über alles. Von Stalin sprach niemand und keiner über die Partei. Doch von riesigen Wäldern schwärmten sie, von endlosen Steppen, Kranichen und Wildenten, von Morgennebel über dem Don und dem russischen Himmel, der unvergleichlich viel weiter und sternenreicher sei als jeder andere.

Schließlich faßte sich Murks ein Herz:

«Ich würde gern etwas wissen. Bitte mißverstehen Sie uns nicht, aber bevor Sie herkamen, und noch bevor Ihre – ich meine, diese – Vorhuten hier aufkreuzten, da hatten wir doch schon so allerhand gehört über Russen. Zum Beispiel, daß sie alle Kommunisten seien und Arbeiter, und ganz besitzlos und gegen alles, was nicht proletarisch ist ...»

«Und?» fragte Tschadnikow mit aufmerksamen Augen. Skelett wurde es unbehaglich:

«So schnell will ich nu auch wieder nich in'n Himmel!» murmelte es kopfschüttelnd vor sich hin.

«Nun ja. Ich meine nur – Sie alle hier, und das ganze Drum und Dran – also, wir hatten uns Russen ganz anders vorgestellt. Mehr einheitlich. Und all die schönen Sachen hier, die Teller und Gläser und das Grammophon – darf man denn das als Kommunist noch haben?»

«Au weia!» sagte Grinny erschrocken und machte sich ganz klein auf ihrem Stuhl. Autoritäten hatte man als solche anzuerkennen. Man fragte die SS ja schließlich auch nicht, ob Hitler damit einverstanden war, daß sie mit den Jüdinnen schliefen, bevor sie sie ins Gas schickten. Doch sein Kamerad wollte unbedingt seine ersten unbeholfenen Flügelschläge in Richtung Freiheit probieren, und sollten es auch gleichzeitig die letzten sein.

Aber nichts Beunruhigendes geschah. Die Offiziere schmunzelten. Einer lachte sogar laut auf. Auch der General schien nicht gekränkt. Blinzelnd hob er sein frisch gefülltes Schnapsglas gegen das Licht, nickte, kippte den Wodka in einem Zug herunter. Atmete geräuschvoll aus, indem er sich zurücklehnte, ganz konzentriert auf den Nachgenuß. Ein paar Augenblicke lang starrte er geistesabwesend auf Murks, ohne es wahrzunehmen. Dann kam Leben in seine Augen zurück:

«Ja, richtig, Ihre Frage. Liebe Frau Ruth, ich bin Berufsoffizier, ebenso wie mein Vater und Großvater es gewesen waren. Als der Zar ermordet wurde, war ich achtzehn Jahre alt. Schon Offiziersanwärter. Kadettenschule. Blieb bei meinem Beruf. Rußland braucht gute Offiziere. Wir hier am Tisch kommen zufällig alle aus ähnlichen Verhältnissen bis auf zwei von uns. Grischa ist Tischler von Beruf und Boris war Sportlehrer in Kowrow. Uns alle verbindet die große Liebe zu unserem Mütterchen Rußland. Jeder echte Russe liebt sein Vaterland über alles. Sehen Sie, wir, die wir hier sitzen» – er zeigte mit dem Kinn in die Runde –, «sind Europäer. Unglücklicherweise sind Ihnen als erste Vertreter unseres Landes Mongolen begegnet, die Ihnen einen falschen Eindruck von uns vermittelt haben. Unser Land ist sehr weit, Heimat vieler verschiedener Volksstämme!»

Er hatte mit innerer Anteilnahme gesprochen. Allenthalben klang beifälliges Gemurmel. Nur Skelett trug einen undefinierbaren Ausdruck zur Schau, Mischung von Skepsis, Spott und ratloser Trauer. Kolja erhob sich und brachte einen Toast auf Rußland aus. Murks, nicht ganz zufrieden mit der erhaltenen Auskunft, die den Hauptpunkt nicht berührte, sagte höflich:

«Danke für Ihre Erklärung. Ich glaube, ich verstehe jetzt.»

Grinnys Schlund öffnete sich in gewaltigem Gähnen bis unter die Augen:

«Müde!» erläuterte sie überflüssigerweise. Man erhob sich. Die

Russen gruppierten sich um den Ecktisch zum Kartenspielen, während sich die Häftlinge zur Nachtruhe in ihr Gemach zurückzogen, nachdem der General ihnen wieder eine Nachtwache zugesichert hatte. «Interessant ist er. Wenn auch ziemlich undurchsichtig», sinnierte Murks und zog sich ächzend die schweren Stiefel von den Füßen.

«Wer? Dein Operettenheld? Mensch, hat der dich angestarrt. Als ob er dich fressen wollte. Du, bei dem wirkt der Frühling!»

«Wie kommst du auf den? Ich mein doch den General. Tschadnikow!»

Murks fühlte eine Hitzewelle in den Kopf steigen. Kam natürlich vom Stiefelausziehen.

«Also, wenn du mich fragst, hab nich viel von dem verstanden, was der da von Heimat und alte Kameraden zusammengequasselt hat. Scheint mir bei allen Oberen immer die gleiche Walze zu sein: Heimat muß verteidigt werden bis zum letzten Troppen Blut. Möglichst nich dem eigenen. Ham wir doch alles schon mal gehört, nich? Klingt hochedel, is es aber nich. Weil, was die so vornehm ‹kämpfen› nennen, das is nämlich in Wahrheit 'n wildes Gemetzel und Abgemurkse zwischen lauter Leuten, die sich nie im Leben vorher was zuleide getan haben ...»

«Aber von ‹kämpfen› hat Tschadnikow doch gar nicht gesprochen», unterbrach Murks.

«Na was denn? Hat uns klipp und klar gesagt, daß sie alle von Beruf Soldat geworden sind, weil die Heimat so schön is. Zum Blümchenpflücken und Entenbewundern brauchen se keine Uniform. Denk nach, du Döskopp! Biste nich schon ganz schön rumgegondelt in der Welt, nur weil sie dich in der Heimat nich haben wollten? Mit der Heimatmasche fängt der Wahnsinn immer an. Dann rüsten se auf, und dann marschieren se mit Liedern von Heimatblümelein los und beschlagnahmen die Heimat von andern. Damit ihre eigene noch schöner wird! Is doch bloß 'n Schlagwort von den Bonzen, bei den Rußkis genau wie bei der SS. Oder glaubste vielleicht, die ‹Chinesen› von da draußen denken an ihr geliebtes Vaterland, wenn se die Weiber hier zu Tode vergewaltigen oder den Bauern die Gurgel durchschneiden? Alles Käse!»

Damit verschwand Grinny unter der Decke. Und Murks dachte darüber nach, daß es heute abend zum erstenmal wieder seit vielen Jahren eine freie Entscheidung getroffen hatte. Richtig oder falsch – allein die Tatsache machte unendlich glücklich.

3. *Mai 1945*

Als Murks erwachte, war der Himmel verhangen. Sich nur langsam verziehende Wolken blockierten die Sonne. Über Nacht hatte es geregnet. Die von der Terrasse hereinströmende Morgenluft roch nach feuchter Erde und Blättern. Murks versuchte, seine traumschweren Gedanken in Einklang mit der Tageswirklichkeit zu bringen. Irgend etwas beschwerte, machte unfroh. Richtig, der Generalstab reiste heute ab. Und mit ihm Aljoscha. Aljoscha ... Der Gedanke an ihn bedrückte. Wär wahrscheinlich besser gewesen, es hätte ihn nie gegeben. Aber schöner nicht. Schöner war auf jeden Fall, daß es ihn gab. Verdammtes Durcheinander ...

Seufzend schwang Murks die langen Beine aus dem Bett, wusch sich mit eiskaltem Wasser, zog sich schnell an. Irgendwo würde jetzt Aljoscha sein, auf die versprochene Antwort warten. Der Gedanke verursachte ein unangenehmes Gefühl im Magen. Natürlich wußte es, was es ihm sagen würde. Jetzt, hier im Zimmer, war alles ganz einfach und klar. Aber würde es auch noch so klar sein, wenn es erst wieder seine Nähe spürte? Murks war nicht sicher. Es hatte Angst vor sich selbst. Vorsichtig öffnete es die Schlafzimmertür, um die Kameradin nicht zu wecken. Sie knarrte mit jammernd langgezogenem Ton.

«Halt!» kommandierte Grinnys verärgerte Stimme aus dem Halbdunkel des Betts, «willste schon wieder davonschleichen wie 'n streunender Kater? Aber diesmal nich ohne Frühstück, kommt nich in die Tüte! Ich mach dir 'n Ei und Tee. Der Rußkikoch kommt erst später!»

Murks blieb keine Wahl. Es setzte sich an den Tisch in der Küche. Auf den Treppenstufen im Hausflur schlief die Wache. Eine

Minute später kam Grinny nach. Verblüfft starrte die Kameradin auf ihren neuesten Aufzug, das bodenlange weiße Leinenhemd mit den bauschigen Ärmeln und der rotgefädelten Rüsche um den Knochenhals.

«Wo, zum Teufel, hast du denn das her?»

«Schön, nich? Hab ich in der Schublade gefunden. Noch ganz steif!»

«Wie ein Phantom!»

«Wie was?»

«Ein spukiger Schloßgeist. Hitlers Geheimwaffe V-Drei. Wenn du der russischen Armee so aus dem Dunkeln entgegentrittst, ohne daß sie drauf vorbereitet ist, kannst du sie über die östlichen Grenzen wieder zurücktreiben. Dein lädiertes Vaterland wird dir ewig dankbar sein!»

«Ach, halt die Klappe!» Skelett hob den Deckel vom Wasserkessel. Dampf schoß ihm entgegen. «Und zieh dir den Pulli über, wenn du in den Garten willst. Heut is kühl.»

«Du, unsere Offiziere reisen nachher ab.»

«Sollen se uns aber was von ihren Fressalien dalassen, die haben genug mit. Und dann sollen se irgendwie den Schlitzaugen da draußen beibringen, daß wir keine Nazis sind und unsere Ruhe haben woll'n!» Grinny goß heißen Tee in die Tassen. Hastig griff Murks danach.

«Nu warte doch 'n Moment! Nich so schnell, du verbrennst dir ja die Schnauze. Erst kommt noch 'n Ei.»

Murks frühstückte schweigend. Ihm war nicht nach Unterhaltung zumute. Skelett untersuchte interessiert sein Gewand:

«Kam mir doch gleich verdächtig vor, die Schleppe hinten. Da is der Saum los. Muß mal sehen, ob ich irgendwo was zum Nähen finde», murmelte es mit tief herabgebeugtem Kopf.

Wie mag Grinny wohl mit Haar ausgesehen haben? überlegte Murks.

«Bei dir wächst aber auch gar nichts mehr nach.»

«Seit dem Typhus nischt mehr. Is auch besser so. Dieses ewige

Läusegeknacke zwischen den Daumennägeln – knips – weißte noch?»

«Ich denke, du willst, daß ich esse?»

«Nanu, was hat dich denn auf einmal so etepetete gemacht? Leg dir bloß keine Nerven zu, die können wir uns hier gar nich leisten.»

Stumm beendete Murks das Frühstück, schlang das letzte Stück Brot, das Grinny ihm mit vom gestrigen Abend übriggebliebenen Sardinen belegt hatte, herunter, erhob sich ungeduldig und entschwand mit undeutlich gemurmeltem:

«Bin zum Mittag zurück.»

Skelett lästerte hinter ihm her:

«Verstehe. Willst dir deinen Verehrer nochmal bei Licht bekieken, so auf die Genaue – na, denn man gutes Amüsemang und schönen Gruß!»

Murks fand Aljoscha fast an der gleichen Stelle des Gartens wie am Vortag.

«Ich wußte, du würdest kommen», sagte er und nahm ihre Hand. Für ihn war es die Hand von Ruth, die er in der seinen hielt. «Laß uns einen Platz suchen, wo wir sprechen können.»

Über die Felder wanderten sie hinüber zu einem Bauernhof, der verlassen und verödet am Rand des schmalen Weges lag. Die Frühmorgenwolken hatten sich zu schattigen Dunstgebilden verteilt, gaben windgetrieben abwechselnd die Sonne frei und verdunkelten sie wieder. Es war kühler als an den Tagen vorher. Die beiden schoben das knarrende Lattentor auf. Der Hof stank. In den offenen Ställen umsummten giftige Fliegen verendetes Vieh. Aufgeblähte Leiber mit Schädelköpfen. Überall auf den Pflastersteinen verstreute, anscheinend in aller Hast zusammengeraffte Habseligkeiten der einstigen Bewohner verrieten eilige Flucht, wenn nicht Schlimmeres. Murks' Neugier nach dem Inneren von Bauernhäuser war seit seinem Erlebnis vor drei Tagen restlos gestillt. Aljoscha hockte sich auf das Brett eines alten Handkarrens mit abgebrochenen Seitenplanken. Murks holte sich einen Melkeimer mit zwei Durchschüssen, kippte ihn zum Sitz um, kauerte sich neben den Russen.

«Rauchst du?» Er hielt ihm ein angerissenes Päckchen entgegen. Der Häftling schüttelte verneinend den Kopf. Schweigend zündete sich Aljoscha eine Zigarette an, blies gedankenvoll den Rauch vor sich hin. Nach einer kleinen Weile sagte er:

«Gestern abend – als du von der persönlichen Freiheit sprachst – du hast es für mich gesagt, nicht wahr?»

«Für dich, für mich. Für alle, die es angeht. Hab versucht, zu erklären ...»

«Daß du frei sein willst. Verstehe!»

«Nicht so. Nicht so, wie du jetzt meinst. Geht nicht um Aufgeben, geht um Wiedergewinnen. Bitte versteh!»

Voller Konzentration verfolgte der Russe die Bewegung einer Fliege, die auf dem Holz ihre Flügel putzte:

«Und – bist du sicher, daß du nicht Unabhängigkeit meinst, wenn du von Freiheit sprichst? Unabhängigkeit vom Wünschen und Wollen anderer Menschen, weil du ihnen mißtraust? Weil du Angst hast vor ihnen?»

Murks wollte nicht wahrhaben, daß es sich getroffen fühlte:

«Wenn ich mich nicht binde, bin ich doch frei! Wo ist da ein Unterschied?»

«Nein, Ruth. Das verwechselst du. Die Flucht vor den Menschen stellt dich lediglich abseits, macht dich nicht frei von ihnen. Du rennst nur vor dir selbst davon.»

Er wandte sich ihr zu, lächelte resigniert:

«Die Freiheit, von der du sprichst, die findest du in deinem Wesen, nicht in den äußeren Umständen und Beziehungen. Du mußt lernen, das Leben wieder zu bejahen.»

«Erst muß ich es mal wiederfinden.»

«Wenn du es bekämpfst oder verneinst, indem du ihm ausweichst, wirst du es nie finden ...»

«Aber ich kämpfe doch gar nicht!» Murks fühlte unerklärliche Erregung.

«Du wehrst dich verbissen.»

«Lächerlich. Gegen was denn?»

«Gegen dich selbst. Gegen Güte, Wärme. Du hast panische Angst vor Zärtlichkeit, Ruth, auch wenn du es nicht wahrhaben willst. Weil du glaubst, damit nicht fertig werden zu können. Vielleicht könntest du es auch wirklich nicht – jetzt noch nicht. Jemand mit viel Geduld müßte an deiner Seite stehen . . .»

«Und der Jemand wärst natürlich du?» Murks' Stimme zitterte vor Unruhe. Es war ihm nach schreien zumute. Der Atem fand keinen Platz mehr im erregungsverengten Brustkorb. So durfte man mit ihm nicht sprechen, so nicht. Es war nicht fair. Sein wundester Punkt war berührt. Es haßte Aljoscha mit seinem elenden Mitgefühl, es haßte alle Russen, es haßte die ganze Welt!

«Unsinn. Alles Unsinn!» rief es böse und schlug der weiblichen Ruth ins Gesicht. «Ist doch alles Heuchelei, verlogener Kram. Wärme – Güte – Zärtlichkeit –», es spuckte verächtlich die Worte aus, «warum nicht gleich noch Mutterglück und Kinderlein? Tandaradei. Liebesfreud und Seligkeit. Alles Tinnef! Falsche Worte! Kitsch!» In seinen hellen Augen standen Tränen.

Aljoscha blieb sehr ruhig, rauchte, den Blick in die Ferne gerichtet:

«Du wehrst dich ja schon wieder, Ruth. Schade, daß du so viel Angst hast . . .»

«Vor dir vielleicht?» Der spöttische Ton mißlang.

«Ich sagte es dir schon: vor dir selbst. Vor Empfindungen, für die du keine Erklärung weißt. Vor dem, was du als ‹schwachwerden› ansiehst. Hab ich recht?»

Eine Pause entstand, in der Murks krampfhaft versuchte, den inneren Aufruhr, der sich in ihm erhoben hatte, zu bändigen. Es starrte verbissen auf die Hausnummer vor ihm. Sie sah wellig und verschwommen aus, wie durch ein Einmachglas gesehen.

Plötzlich war Aljoscha auf den Füßen, ergriff es bei den Ellenbogen, zog es hoch, schüttelte es mit jäher Heftigkeit:

«Begreifst du denn nicht? Mir geht es doch genauso!» Sein schönes Gesicht spiegelte unbeherrschtes Verlangen. Murks erschrak, riß seine Unterarme aus der Umklammerung:

«Was fällt dir ein? Laß los, sofort!» Es zitterte am ganzen Körper.

Aljoscha ließ die Arme sinken, fingerte die Zigaretten aus der Brusttasche, zündete sich eine an, atmete tief den Rauch ein. In seinen grauen Augen stand die ratlose Trauer des Mißverstandenen. Eine Zeitlang schwiegen sie. Endlich fragte Murks mit leiser Stimme:

«Und was nun?»

«Was nun?» Er lächelte sein schwermütiges Lächeln. «Ich weiß es nicht. Ich sehe keine Lösung. Mit den anderen fahren, heißt für mich, dich hier im Ungewissen zurücklassen zu müssen. Was bleibt mir anderes übrig? Du selbst hast so entschieden. Aber schon der Gedanke, dich allein, ohne Schutz, in diesem fremden Haus zu wissen ...»

In weitem Bogen schleuderte er die Zigarette fort:

«Ist das wirklich dein letztes Wort, Ruth? Überleg es dir. Willst du nicht doch mit mir kommen? Ich könnte dir ... wir könnten ...»

«Aljoscha, bitte nicht. Nicht so ...» Murks wandte den Blick von seinen bettelnden Augen. «Versteh doch, ich kann nicht. Auch wenn ich es dir nicht richtig erklären kann: mein Platz ist hier. Noch ist der Krieg nicht aus!»

«Er wird aus sein, heute, morgen, übermorgen, spätestens. Was willst du hier in diesem verlorenen Land? Gestern abend sagtest du noch, es sei nicht mehr das Deine. Weshalb läßt du mich dir nicht eine neue Heimat geben?»

Murks war den Tränen nah:

«Es geht nicht. Hör auf zu drängen, du tust mir weh.»

Da war es heraus, das Wort ‹wehtun›. Wie konnte denn nach all der Zeit stumpfen Dahindämmerns noch etwas weh tun? Und wo tat es weh? Verwirrt, mit hängenden Armen, stand Murks vor dem Mann, der es gut mit ihm meinte.

«Komm mal her!»

Ganz behutsam schloß Aljoscha die Arme um die magere Gestalt, bettete den Igelkopf an seine Schulter, hielt ihn sanft an sich gedrückt. Sehr leise sagte er:

«Weine dich aus, wenn du kannst!»

Aber Murks konnte nicht. Es schüttelte und würgte in ihm, aber jetzt, da es seinen Tränen gern freien Lauf gelassen hätte, blieben die Augen trocken. Gequält seufzte es in das Tuch der Uniform. So standen sie ohne Zeitempfinden, still umschlungen, der Soldat und das Häftlingsmädchen von zwei verschiedenen Sternen, und alles Trennende schien aufgehoben. Schließlich hob Murks den eigentümlich leichten Kopf, sagte mit fernem Lächeln:

«Es ist Zeit, Aljoscha. Wir müssen gehen.»

Der Russe nickte. Ein Ausdruck der Verlorenheit lag über seinen Zügen. Langsam gingen sie den Weg zurück auf das Haus zu. Beide suchten nach Worten, aber sie wußten, es gab nichts mehr zu sagen. Der Abschied war endgültig. Vor der Hecke zum Garten blieb Aljoscha stehen. Murks, schon ein Stück voraus, wandte sich um, kam zu ihm zurück, als es seinen Blick sah.

«Hier nimm!» sagte er, plötzlich verlegen, hielt ihm in der offenen Hand eine Münze entgegen. Verwundert starrte es auf das runde Metall mit dem eingeprägten Doppelkreuz, von kyrillischen Buchstaben gerahmt. Was war das? Russisches Geld? Aber weshalb hing es dann an einer dünnen Kette, die Aljoscha ihm nun behutsam um den mageren Hals legte?

«Von meiner Mutter. Es sollte mich beschützen. Das hat es getan, ich werde sie bald wiedersehen. Nun soll es dich auf deinem weiteren Weg begleiten. An meiner Stelle. Versprich mir, daß du es immer tragen wirst – Leb wohl!»

Brüsk wandte er sich um, ging mit großen Schritten in entgegengesetzter Richtung davon, den Kopf gesenkt, Hände in den Taschen vergraben. Regungslos blickte ihm das Mädchen Ruth nach, auch noch, als seine Gestalt schon längst verschwunden war. Dann kehrte es sehr langsam ins Haus zurück.

Dort packten die Offiziere ihre Sachen zusammen. Alles ging drunter und drüber. Grinny verhandelte mit Mark, versuchte ihm klarzumachen, daß sie unbedingt eine auf russisch gehaltene Proklamation für die ‹Chinesen› vor der Haustür benötigten, die besagte, daß die Hausbesitzer, SS-Feinde wie sie, keine unangemeldeten Besucher wünschten, schon gar nicht nachts. Einbrechen und Hausieren verboten. Außerdem solle der Koch von seinen reichlichen Vorräten dalassen, was nicht unbedingt als Wegzehrung von den Offizieren benötigt würde, damit man nicht gleich wieder verhungere. Murks ging ohne Gruß an ihnen vorbei ins Schlafzimmer und war vorläufig für niemanden zu sprechen. Quer über das Bett geworfen, träumte es mit weit offenen Augen. Die Münze hatte es sorgfältig unter dem Hemdkragen verborgen. Selbst Grinny würde sie nicht zu Gesicht bekommen dürfen. Eine ihrer üblichen schnoddrigen Bemerkungen wäre Murks jetzt unerträglich gewesen.

Die Russen brachen auf. Grinny kam Murks holen:

«Los, Pfote geben. Die fragen nach dir.»

Lächeln, innerlich völlig unbeteiligt, ließ Murks Segenswünsche, Komplimente und Ermahnungen zur Vorsicht beim Weiterleben über sich ergehen. Aljoscha blieb unsichtbar. Der General küßte Murks noch einmal mit bedauerndem Gesicht die Hand, was Skelett zu dem verblüfften Ausruf veranlaßte:

«Was macht denn der?» Mark sagte plötzlich:

«Schalom, Schalom!» und sah dem Häftling dabei bedeutungsvoll in die Augen. Die anderen verabschiedeten sich einzeln mit Handschlag und fröhlichen Scherzworten für die Zurückbleibenden. Offenbar freuten sie sich, nun in Richtung Heimat abzufahren. Merkwürdigerweise zeigten die meisten eine Scheu, Skelett die Hand zu schütteln, begnügten sich mit einem Lächeln und Segenswünschen. Dann waren sie fort.

Auf Grinnys Wunsch hin hatte Mark einen großen Zettel an die Außenwand des Hauses geklebt, der alle Russen aufforderte, sich den nichtdeutschen Hausbewohnern gegenüber anständig aufzuführen. Sie stünden unter dem persönlichen Schutz des Generals Tschadnikow. Auch sonst hatte Skelett erreicht, was es wollte. In der Küche fanden sie einen wahren Schatz an frischen und konservierten Lebensmitteln, der sie leicht über die nächsten Wochen bringen würde.

«Mensch!» keuchte Skelett bei diesem Anblick und sank überwältigt auf den nächsten Stuhl. Gleich darauf wurde es wieder munter und begann, in der Bratpfanne, die Andrej tadellos gesäubert zurückgelassen hatte, Fett auszulassen. Daß Murks ungewöhnlich schweigsam war, fiel ihm dabei nicht auf.

Nach einem opulenten Mittagessen, auf Häftlingsgeschmack ausgerichtet, legte sich Grinny wie üblich schlafen. Murks ging Klavier spielen. Nach einer Weile ertappte es sich dabei, daß es sich selbst nicht zuhörte, schlug den Deckel zu und war gerade dabei, in den Garten hinunterzugehen, als es ein leichtes Klopfen zu vernehmen glaubte, das von der Küche her kam. Genauer gesagt, vom Küchenfenster her. Davor erblickte es eine merkwürdige Gestalt in Zivilkleidung, die ihm unverständliche Zeichen machte. Während es herantrat, hatte es die starke Empfindung, das Gesicht dieses Mannes vor dem Fenster schon einmal gesehen zu haben. Aber wo?

«Entschuldigen Sie bitte!» Die Gestalt im staubigen Straßenanzug versuchte sich in einem liebenswürdigen Lächeln, «wenn ich einen Augenblick hereinkommen dürfte? Bin ziemlich am Ende. Die Russen, wissen Sie …» Er sprach hartes Westfalendeutsch.

«Wer sind Sie, und was wollen Sie?»

«Ich bin – ich meine, ich war – der Hausbesitzer hier. Wenn ich mich einen Augenblick ausruhen dürfte?»

Jetzt wußte Murks, woher es das Gesicht kannte: vom Hochzeitsfoto oben in der Eichentruhe. Nur hatte es damals, als das Bild aufgenommen worden war, wesentlich jünger, wohlgenährter und vor allem selbstgefälliger ausgesehen. Es zögerte. Ein Mensch war in Not, man mußte helfen. Aber der Mann war SS, der Häftlinge schlimmster Feind. Was tun?

«Sind Sie allein?» erkundigte es sich mißtrauisch.

«Meine Frau und die Kinder sind dort drüben, im Schuppen!» Plötzlich fiel die Haltung von ihm ab wie ein schon allzu lang mitgeschleppter Ballast. Darunter kam eine verzweifelt müde, ratlose Jammergestalt zum Vorschein, die nichts mehr gemein hatte mit dem fetten Hochzeiter vor zirka zwanzig Jahren:

«Die Armen – können nicht mehr weiter – waren schon bis zur holländischen Grenze – wieder zurückgeschickt – alles abgesperrt ...» Die Stimme versagte ihm.

Wenn sie nicht brüllen und kommandieren können, werden sie zu kläglichen Angsthasen!, dachte Murks verächtlich, befahl in barschem Ton:

«Also los, holen Sie Ihre Sippschaft rein. Aber nur für 'nen Moment!»

«Danke, vielen Dank!» Der Mann lief auf müden Füßen zum Geräteschuppen hinüber. Brummig setzte Murks unterdessen Wasser für etwas Kaffee auf, eine weitere Kostbarkeit, die Tschadnikow ihnen hinterlassen hatte. Am Himmel hatten sich die Wolken wieder zusammengezogen. Gleich würde es zu regnen anfangen. Vorsichtig ging der Häftling zur Vordertür und spähte hinaus. Keine Soldaten zu sehen. Da kam auch schon die Hausbesitzerfamilie. Die Frau, offenbar hoch in anderen Umständen, war ein Bild des Jammers. Völlig aufgelöst, mit wirrem Haar und durchschwitzter Bluse schleppte sie sich in den Hausflur, einen kleinen Jungen, der sich zu wehren versuchte, an der Hand hinter sich her ziehend. Ihr folgten zwei Töchter, vielleicht fünfzehn und sechzehn Jahre alt. Murks betrachtete sie wie Wundertiere. Trotz des Gewaltmarsches, den sie nach Angaben des Vaters hinter sich hatten, sahen sie frisch und rosig aus. Törichte flach-blasse Augen starrten ihm hochmütig-dumm entgegen. Anscheinend waren sie der Überzeugung, daß ihnen mit der politischen Entwicklung der

Dinge tiefes Unrecht zugefügt wurde. Beide sahen einander ähnlich, stumpf-blondes Kräuselhaar, pralle Busen und Schenkel, Knollennasen. Der kleine Junge hatte gar kein Gesicht, er sah lediglich vierjährig aus.

Frau Hausbesitzer brach zu Murks' Entsetzen vor ihm in die Knie, umklammerte seine dünnen Oberschenkel: «Sie müssen uns helfen!» schrie sie hysterisch. «Retten Sie uns vor den Russen!»

Mit ihrer drängenden Leibesfülle warf sie den Häftling fast um. Dem war das Ganze äußerst peinlich, er haßte Gefühlsausbrüche, noch dazu von jenen, die bisher so überheblich die Starken gespielt hatten. Schon begann er seinen Entschluß zu bereuen. Wollte ihnen sagen, daß sie bei ihm an der falschen Adresse seien, sie zum mongolischen Teufel jagen. Aber andererseits … Es war ihr Haus, sie hatten ein Recht, sich in ihm auszuruhen. Wenigstens für ein paar Minuten. Noch schwankte Murks, da machte Grinny, von dem Lärm aufgeweckt, ihren Skrupeln ein Ende.

«Wer sind denn die da?» herrschte sie die Familie an, die bei ihrem unvermuteten Auftauchen erschrocken zurückgewichen war. Die Frau schrie laut auf; ihre Töchter hielten japsend die Luft an. Murks nahm Skelett zur Seite:

«Hör zu. Das sind die, denen das Haus hier gehört!»

«Gehörte! Nun gehört's uns, merk dir das!»

«Na ja, schön. Aber die können nicht mehr weiter. Waren schon bis zur holländischen Grenze. Von dort hat man sie den ganzen Weg wieder bis hierher zurückgeschickt.»

«Biste total übergeschnappt? Willste jetzt vielleicht noch 'nen SS-Heini mit seiner Nazisippe verpflegen, bis se wieder stark genug sind, uns den Hals umzudrehn?»

Grinny schäumte vor Wut.

«Sind aber doch auch Menschen, kann man doch nicht einfach so davonjagen. Sieh dir den Zustand der Frau an. Natürlich werden wir sie nicht hier behalten. Sollen ja nur etwas schlafen und ein bißchen was essen. Danach schicken wir sie gleich wieder auf Wanderschaft.»

«Raus mit den Braunen! In mein' Haus pennen die nich!»

Murks blickte die Kameradin fest an:

«Wenn wir nicht helfen, lernen die's nie.»

Das Argument wirkte. Skelett schwieg in grimmigem Nachdenken, verkündete schließlich:

«Also meinetwegen. Nur um denen zu zeigen, was 'n Mensch is. Sowas steht bei denen nich mal in die Schulbücher. Aber das eine sag ich dir», die Stimme wurde wieder drohend, «vor Dunkelheit sind die wieder draußen, oder ich bring sie persönlich um die nächste Ecke!»

«Klar. Abends müssen sie weg!»

Grinny schnüffelte mit erhobenen Nüstern:

«Und Kaffee haste für sowas wie die gemacht? Mensch Murks, du hast'n Heilsarmeefimmel. Dein Iwan hat dich total benebelt!»

«Denen hilft jetzt aber nur Kaffee. Ist doch sowieso kein echter. Den scheint's vorläufig nirgendwo zu geben, nicht mal bei russischen Generalstäblern.»

«Immer noch viel zu schade für das Mistvolk. Aber damit du's weißt: von den übrigen Fressalien kriegen se keinen Bissen, da paß ich auf. Hier den Hundekuchen, den können se haben!»

Damit warf es den staubtrockenen Rest der noch von Tanja seinerzeit organisierten Crackers auf den Tisch. Murks fühlte sich von einer inneren Last befreit. Es geleitete die fünf Deutschen in das Eßzimmer, wo sie erschöpft auf die Stühle sanken. Als Grinny, immer noch zornig, mit dem Kaffee eintrat, hatte der Mann am Tisch den Kopf auf die verschränkten Arme gelegt und schien von einem Nervenkrampf geschüttelt zu werden. Rücken und Schultern zuckten konvulsivisch, und er stieß fiepsige, ärmelgedämpfte Jammerlaute aus. Seine Frau versuchte ihm gut zuzureden, während die Töchter so unbeteiligt dabei saßen, als ginge sie das alles überhaupt nichts an. Skelett fegte unsanft mit spitzen Ellenbogen die Arme des Vaters vom Tisch, um Platz für die Kaffeetassen zu machen:

«Ja, nu kriegt ihr das heulende Elend! Aber vor die Krematorien und vor den Leichen im Lager, da habt ihr gelacht, wie ihr uns weinen saht. Wie die Zeiten sich ändern! Nu lach ich, weil ihr flennt. Lustig, nich?»

Der Mann reagierte nicht.

«Wir haben uns gleich gedacht, daß Sie auch Deutsche sind», sagte seine Frau, die nicht begriffen hatte, und schlurfte gierig das schwache Gebräu. Die Töchter taten es ihr gleich. Eine von ihnen ergriff einen der Kekse, biß hinein, zog ein Gesicht. Blöde stand der kleine Junge am Fenster, lachte vor sich hin und streckte den Chausseebäumen die Zunge heraus.

Eine halbe Stunde war vergangen. Das heiße Getränk hatte seine Wirkung nicht verfehlt. Es kam wieder Leben in die Flüchtlinge. Nur der Mann blieb weiterhin apathisch, nahm keinen Anteil an dem, was um ihn herum vorging.

«Ach, wissen Sie», berichtete die Frau in wehleidigem Ton, «es war ja entsetzlich, was wir mitgemacht haben. Das können Sie sich ja gar nicht vorstellen! Wie wir hörten, daß die Russen kommen sollten, da sagte ich zu meinem Mann, Heinrich, sagte ich, wir müssen hier raus, und zwar schnell, damit wir ihnen nicht in die Hände fallen. Man hat ja schon so allerhand gehört, nicht wahr? Und da haben wir unsere Koffer gepackt und sind mitten in der Nacht los. Gerlindchen, das ist unsere Älteste hier, wollte erst gar nicht weg, was für ein Wahnsinn, wo man doch weiß, wie die Russen gerade mit jungen Mädchen – nicht wahr? Heinrich wollte ja zuerst noch seine Uniform mitnehmen, wegen dem EK eins und so, aber ich dachte mir, das wäre jetzt vielleicht doch gar nicht so angebracht mit all den Russen auf der Straße. Mit denen kennt man sich ja nicht aus!»

«Wir haben se gefunden. Die Uniform!» sagte Skelett lauernd. «Die ganze SS-Montur mit allen Ehrenzeichen!»

Der Mann bewegte kaum den Kopf:

«Ich war kein Nazi!» sagte er mit monotoner Stimme seitlich über den Ärmel hinaus, «nein, ich war kein Nazi. Ich habe Papiere, ich kann es beweisen!»

Murks und Grinny wechselten einen schnellen Blick, während die Frau beruhigend meinte:

«Na ja, auch wenn du's warst, Heinrich, das ist doch keine Schande, nicht wahr?» Fragend blickte sie sich im Kreis um. Tochter Gerlinde schüttelte das Haupt. Das fand sie auch. Die andere schwieg uninteressiert. Murks erwiderte den naiven Blick der Fragenden mit Härte. Nur Skelett antwortete.

«I wo – eben bloß Künstlerpech!» höhnte es. Seine Knochenhände hatten sich zu knöchelhöckrigen Fäusten geschlossen. Seine Kameradin sah es, sprang ihm zur Seite:

«Sollten Sie wirklich noch nichts von KZ-Lagern gehört haben? Von Gaskammern und brennenden Menschen? Das sollte mich wundern. Wo Sie doch hier in quasi unmittelbarer Nähe des größten Frauenvernichtungslagers wohnten. Eigentlich müßten Sie es bis hierher gerochen haben, das verbrannte Fleisch aus den Öfen. Na, und gesehen haben Sie den Rauch aus den Krematorienschornsteinen doch bestimmt. Ist ja ganz flache Landschaft hier. Hat Sie das nicht gestört?» Wenn Murks zynisch wurde, bekam seine Stimme einen ganz sanften liebenswürdigen Klang.

«Im Gegenteil!» grinste Skelett haßerfüllt. «Bei der kurzen Entfernung von denen bis zu uns waren wir doch ihre städtische Gasanstalt, verstehste? Und aus unserer Leichenverwertungsstelle bezogen die ihre billige Seife. Stimmt's?»

«Ich weiß gar nicht, wovon Sie sprechen!» Verwirrt, aus dem Konzept gebracht, schaute die Frau auf. Als sie den Augen der Häftlinge begegnete, sah sie schnell wieder fort. «Nun ja», gestand sie zögernd, «wir haben da mal so was gehört – ein Gerücht über irgendwelche Besserungslager für politisch Unzuverlässige und so – und daß da, ich will mal sagen, gewisse Unkorrektheiten vorgekommen wären. Aber schließlich», fügte sie schnell hinzu, «kann man ja nicht alles glauben, was so erzählt wird, nicht wahr? Da ist viel Feindpropaganda dabei. Doch was Sie eben andeuteten, das mit Menschen verbrennen, das sind doch Greuelmärchen, so was tun doch die Deutschen nicht, was, Heinrich?»

Gerlindchen, die den Häftlingen wie eine dicke blonde Semmel vorkam, bog die Mundecken herab:

«Idiotische Gerüchte. In den Lagern waren überhaupt keine Menschen, das weiß ich von Ernst-Dieter. Nur Juden und Zigeuner und so was.» Ihre Schwester, rosigrund wie ein Marzipanschwein, nickte bestätigend mit leerem Blick.

Etwas Fürchterliches glomm in Skeletts Augenhöhlen:

«Ach so. Denn is ja alles gut, wenn keine nordischen Edelmenschen dabei waren. Um die andern is es ja nich schade.»

Die Frau, irritiert von dem gefährlichen Unterton, beeilte sich zu versichern:

«Den anderen hätte man ja auch nichts getan, ich meine, zum Beispiel den Juden, wenn die nicht so drauf aus gewesen wären, die ganze deutsche Wirtschaft an sich zu reißen. In den zwanziger Jahren, da haben die uns ja regelrecht ausgebeutet, nicht wahr, Heinrich?»

«Und mit deutschen Frauen und Mädchen Rassenschande getrieben», ergänzte das Marzipanschweinchen, das es anscheinend wissen mußte.

«Na ja, sehen Sie? Da mußte man sich doch zur Wehr setzen, was, Heinrich?»

Aber Heinrich war eingeschlafen. Lippen gebläht, prustete er rhythmisch vor sich hin.

«Ach Gott, der arme Mann ist ja völlig übermüdet!» erklärte die besorgte Gattin den zornigen Häftlingen. «Ist ja auch kein Wunder bei allem, was er hat mitmachen müssen. Solche Strapazen!»

«Sie sollten sich jetzt gleich hinlegen, damit Sie am Abend wieder frisch sind!» sagte Murks. Es klang eher wie ein Befehl. Die Frauen erhoben sich. Heinrichs Ehegespons wandte sich dem Kind zu, das immer noch sinnlos vor sich hin griente:

«Komm, Klaus-Günther, heia-heia!»

Mit Mann und Sohn zog die Frau ins Schlafzimmer ein, während die beiden Töchter zu ihrer Stube im ersten Stock hinaufstiegen. Grinny und Murks blieben allein im Eßzimmer zurück.

«Haste da noch Töne?» zischte das Skelett, «und so was trinkt unsern mühsam erbeuteten Kaffee und wälzt sich auf unserem Bett. Mensch, Murks, dein butterweiches Herz in Ehren – aber denen könnt ich mit Freuden das Genick umdrehen. Denen ihre Blödheit schreit doch zum Himmel!»

«Wär schön, wenn man Dummheit das Genick umdrehen könnte. Aber eins hab ich in meinem bisherigen Leben kapiert, Grinny: Erschlägst du einen von ihnen, gleich stehen hundert Gleichgesinnte auf und brüllen Vergeltung!»

«Ich hasse sie alle – alle! Diese widerlichen, dummdreisten Visagen mit all dem Speck um ihre Knochen, den sie sich auf unsere Kosten angefressen haben!»

«Jetzt machst du denselben Fehler wie Tanja. Mit Hassen kommst du nicht weiter, schadest nur dir selbst. Wozu? Denk lieber daran, daß die ja nichts dafür können, daß sie so blöd sind.»

«Na, nu mach aber mal 'nen Punkt. Nichts dafür können, daß se so 'nen verdammten Quatsch daherreden, statt mal 'nen Augenblick drüber nachzudenken, was se da für 'n Mist verzapfen?»

«Können sie nicht. Weil zum Nachdenken Gehirnmasse gehört. Und die haben sie nicht, sonst wären sie ja nicht dumm. Weißt du, ich frag mich manchmal, ob man von Menschen etwas verlangen darf, wozu die gar nicht die Voraussetzung haben.»

«Da komm ich nicht mit. Du mit deiner Gedankenakrobatik. Wenn man die Blöden nich bestrafen kann, wer bestraft sie denn?»

«Blödheit bestraft sich selbst. Damit kommt man nicht weit. Irgendwie führt's doch immer zu einem unerfreulichen Ende.»

Skelett schwieg eine Weile. Überlegte. Überraschend fragte es:

«Sag mal Murks, glaubste an Gott?»

Jetzt war es an Murks, zu überlegen:

«Na ja, schon. Aber nicht an den mit dem langen Bart und den Engelchen. Mehr – weißt du – als Naturkraft. Die Natur hat ihre ganz bestimmten Gesetze. Die sind doch nicht von Menschen gemacht, sondern ...»

«Von Gott mit Engelchen!»

Grinny wollte auf ihre Allmachtsvorstellung nicht verzichten. Die Engelchen bildeten einen wichtigen Bestandteil ihrer Hoffnung auf ein Jenseits.

«Meinetwegen. Da gibt's zum Beispiel in der Natur das Gesetz von der ausgleichenden Gerechtigkeit. Alles, was du im Leben tust, Richtiges und Falsches, kommt irgendwann wieder auf dich zurück. Den Zeitpunkt weiß man nicht. Aber daß es kommt, ist sicher, da kannste Gift drauf nehmen!»

«Meinste wirklich? Alles?» Skelett sah so verstört aus, daß Murks lachen mußte:

«Was haste denn so Schreckliches ausgefressen, daß du plötzlich so belämmert aus der Wäsche guckst?»

«Kommen Lügen auch zurück?»

«Klar. Warum?»

«Ich hab dich beschwindelt. Über mich.»

«Wieso? Biste in Wirklichkeit ein Mann? Ein verkleideter Gestapoknilch?» Murks grinste breit bei dieser Vorstellung, aber Skelett lachte nicht mit. Mit dem Fingernagel kratzte es gedankenvoll auf der Tischplatte herum:

«Hab's dir immer schon mal sagen wollen. Kam bloß nich dazu, weil wir ewig Besuch hatten. Also der rote, der politische Winkel auf meinem Lagerkittel, der war eigentlich mal grün gewesen ...»

«Grün? Kriminell?»

Murks dachte an die strikte Winkelhierarchie im Lager, die für alle ohne Ausnahme galt. Die Rotwinkligen oder Politischen, das war die Elite gewesen, die ‹oberen Paartausend›, der Lageradel. Danach kam eine lange Zeit gar nichts und dann die Schwarzwinkligen, die Asozialen, mit denen die Rotwinkligen nur sehr oberflächlich verkehrten. Schwarzwinklige hatten ihre Verhaftung oft dummen Zufällen oder Lappalien zu verdanken, Fremdsenderhören (meist aus Versehen), unerlaubtem Fortbleiben vom Arbeitsplatz oder Schwarzschlachtung. Ihre politische Meinung war nicht gefestigt. Auf die schwarzen Winkel folgten die Lilawinkligen als Pendant zu den rosawinklichen Homosexuellen im Männerlager, die Bibelforscherinnen, meist ältere Frauen, Astrologinnen, Kartenlegerinnen und andere, die das Pech gehabt hatten, die Zukunft richtig vorauszusagen. Von ihnen ließ man sich von Zeit zu Zeit, wenn die Stimmung im Lager wieder mal unter Null stand, möglichst detailliert Hitlers Untergang weissagen. Eine Klasse für sich bildeten die Sterne, Gelb für Juden, gelbrot für ‹Mischlinge›. Murks hatte den roten Winkel erhalten, da es seine Einlieferung ausschließlich seiner politischen Aktivität zu verdanken hatte. Ganz am Schluß und mit unüberbrückbarem Abstand von den übrigen, am äußersten Ende der gesellschaftlichen Rangordnung hatten die Grünwinkligen fungiert, echte Kriminelle, Zuchthäusler und Verbrecher, die man, besonders gegen Ende des Kriegs, wegen chronischer Überfüllung der Strafanstalten aus den Gefängnissen in die Lager deportiert hatte. Vor den Grünwinkligen hatten sich alle Lagerhäftlinge gefürchtet. Gerissen und skrupellos, wie die meisten von ihnen waren, hatten sie sich, als Lieblinge und Bevorzugte der SS-Wachmannschaften, bald gesicherte Plätze als ‹Blockwarte› und ‹Stubenälteste› verschafft, von denen aus sie ihre Mitgefangenen bespitzelten und an die Lagerführung verrieten. Damit erreichten sie für sich immer neue Vergünstigungen und Erleichterungen. Sie waren es auch, die dienstags und freitags, an den berüchtigten Prügeltagen, in Anwesenheit des Lagerkommandanten, des Schutzhaftlagerführers, des Lagerarztes und der Oberaufseherin ihre Mithäftlinge nackt über den Prügelbock legten und ihnen, meist mit sadistischem Vergnügen, die fünfundzwanzig bis hundert Stockhiebe erteilten, unter anfeuerndem:

«Los, mitzählen, du Schwein. Lauter!» Einige Dutzend ihrer Opfer starben an den Folgen. Alle Geprügelten hatten monatelang dicke blaurote Striemen. Stehen und sitzen, selbst liegen war nach dieser furchtbaren Mißhandlung eine Qual. Die Haut platzte auf, oft entstanden tiefe Wunden. Jeder Prügelstrafe war eine sogenannte ‹Meldung› vorausgegangen. Die Lagerleitung wünschte ihr zweimal wöchentliches Vergnügen bei größtmöglicher Beteiligung: die Grünwinkligen sorgten dafür, daß die Herren auf ihre Kosten kamen.

Murks mußte sich setzen. Das mußte es erst einmal verdauen.

«Wieso hattest du den grünen Winkel?»

«Also das war so.» Vertraulich rückte Skelett näher. Es war in Beichtstimmung:

«Wie ich damals in Berlin den Knilch umgelegt hab, weil er doch mit meiner Mutter wollte, verstehste, und weil se sich nich zu wehren getraute wegen seiner Position als Gauleiter und großer Parteibonze, da ham se mich schlicht wegen Mord eingelocht. War ja auch ganz klarer Fall. Wenn's auch eigentlich mehr Notwehr war, Familiennotwehr. Not bei meiner Mutter und Wehr bei mir. Und als dann alle Gefängnisse überfüllt waren von wegen den vielen politischen Verhaftungen, da ham se mich nach Ravensbrück umgesiedelt. Und auf einmal hat es geheißen, daß ich 'ne rote Gesinnung gehabt und Bemerkungen gegen den Führer gemacht haben soll. Und Feindsender soll ich auch gehört haben. Wo ich doch gar kein Englisch kann, so 'n Quatsch, nich? Und da war ich denn plötzlich politisch, und sie haben ein neues Motiv für meine Tat gehabt. ‹Stichhaltig› nannten sie das, und ‹glaubwürdiger›. Weil das mit der Kindesliebe, das wollten se mir nich abnehmen, war ihnen zu gefühlsduselig. Na ja, ‹stichhaltig› paßte wohl auch besser auf 'n toten Gauheini mit 'nem Küchenmesser zwischen die Rippen.»

«Alles, was mit Küche zusammenhängt, scheint in deinem Leben eine wichtige Rolle zu spielen», murmelte die Kameradin.

«Siehste, und wie meine Mutter mir schrieb, daß sie glauben, ich hätt den Gauheini wegen politisch umgelegt – ich war erst vierzehn Tage im Lager –, da bin ich gleich zur Lagerleitung und hab mir 'nen roten Winkel verpassen lassen. War aber 'n Haken bei. Denn zuerst, als es noch schlicht Mord war, da hamse meiner Familie nix getan. Aber als es dann hieß ‹politisch›, da galt sie plötzlich auch als verdächtig, und denn haben se se alle abgeholt auf Nimmerwiedersehn. So, nu weißt es!»

Da hockte Skelett auf seinem Stuhl und sah ganz schattig und verfallen aus.

Murks räusperte sich, holte Luft und sagte:

«Komm, Grinny, laß die alten Kamellen. Das ist ja nun alles längst vorbei. Wie du im Lager warst, da hattest du den roten Winkel, also hattest du mit den Grünen nichts zu tun. Alles andere ist unwichtig. Mach uns lieber einen ordentlichen Kaffee. Die Brühe, die du der SS-Sippe eingeflößt hast, ist nischt für 'nen aufbaubedürftigen Häftling!»

Durch das Skelett lief sichtbar ein großes Aufatmen. Wie erlöst hob es den Kopf:

«Und du bist mir nich böse?»

«Weshalb sollte ich?»

«Daß ich mit dir zusammengeblieben bin, wo du doch rotwinklig bist und ich 'n Grünwinkliger?»

«Zwei Wochen lang warste das. Das gilt gar nicht.»

«Sagst du!»

«Quatsch!» knurrte Murks betont grob, «nun hör schon auf damit. Nimm an, ich sei farbenblind.»

«Was passiert, wenn man farbenblind ist?»

«Dann biste in meinen Augen rot, und ich selbst grünwinklig.»

Grinny wollte sich ausschütten vor Lachen. Sie hörte gar nicht mehr auf zu meckern. Es war die Befreiung von einer lange mit sich geschleppten geheimen Furcht. Murks lenkte ab:

«Und wer von uns beiden schmeißt die Deutschen raus, wenn sie ausgeschlafen haben?»

«Das laß mal meine Sorgen sein!» grinste Skelett vergnügt und eilte in die Küche, frisches Wasser aufzusetzen.

Einträchtig tranken sie ihren Kaffee und aßen dazu kalte Piroggen.

Es wurde schon dämmrig, als Murks aufstand und sagte:

«Ich geh sie jetzt wecken. Sie müssen hier raus, ehe die Horden ihre Nachtrunden drehen. Wenn es erst dunkel ist, können die unseren Maueranschlag nicht mehr lesen!»

Als der Häftling nach kurzem Anklopfen in das Schlafzimmer trat, fand es die Eheleute wach und anscheinend bei bester Laune.

«Kommen Sie nur herein!» rief die Frau munter, streckte sich aufreizend und warf Murks, das sie wohl für einen Jüngling hielt, einen neckischen Blick zu, «Sie haben ja sicher schon mal eine Frau im Bett gesehen, wie? Wir haben so gut geschlafen, nicht wahr, Heinrich?»

Bürgeridylle. Ein Bild tiefsten Friedens. Nachthemd und Pyjama. Ausgeruhte Mienen.

«Sie müssen jetzt fort», sagte der Häftling, «es wird Abend.»

«Das ist doch nicht Ihr Ernst?» Die Frau richtete sich im Bett auf, zog über quellendem Busen das Hemd zurecht, «Sie können uns doch jetzt nicht schon wieder fortschicken, wo wir gerade erst gekommen sind. Denken Sie an meinen Zustand!»

«Aus unserem eigenen Haus, schließlich!» warf ihr Mann ein, der inzwischen erstaunlich zu Kräften gekommen zu sein schien.

«Wo sollten wir denn auch hin? Überall sind schon die Russen. Und gerade in der Nacht!»

«Beruhige dich, Lenchen. Dies hier ist unser Haus, und wir bleiben, so lange es uns gefällt. Das wäre ja noch schöner, uns von irgendwelchen heruntergekommenen Eindringlingen ... unser eigenes Wohnrecht ... Wer sind Sie überhaupt?»

Murks kannte den arroganten Ton zur Genüge, um sich von ihm nicht einschüchtern zu lassen. Mit verächtlichem Blick maß es die Pyjamagestalt im Bett, sagte mit harter Stimme:

«Damit Sie sich keinen Illusionen hingeben: Wir sind KZler. Ihre einstigen Gefangenen. Sie und Ihresgleichen haben das Spiel verloren, ebenso wie den Krieg. Die Sieger sind wir mit unseren Verbündeten, den Russen. Merkwürdig, daß man Ihnen das erst klarmachen muß!»

Schon nach den ersten Worten war der Mann wieder zu einem demütigen Häufchen zusammengeschrumpft. Unsicher zeigte er zwei Goldzähne und beeilte sich zu versichern: «Ja, natürlich. Gewiß. Ich stehe Ihnen selbstverständlich zu Diensten. Lediglich eine kleine Anfrage. Nichts für ungut ...»

Hatte der SS-Mann wirklich eben «zu Diensten» gesagt?, staunte Murks und dachte: Das muß ich gleich nachher Grinny erzählen. Die wird einen Spaß haben!

Lenchen, die ihre späten Verführungstaktiken dem Häftling gegenüber als hoffnungslos aufgegeben hatte, begann zu jammern:

«Aber wo sollen wir denn hin, Heinrich? Jetzt mitten in der Nacht? Denk doch an die Kinder!»

Heinrich blickte voll Vaterstolz auf seinen Sohn, der mit finsterer Miene Daunen aus seiner Mutter Kopfkissen zupfte. Würdevoll sagte er: «Ich bitte Sie zu berücksichtigen, daß wir Kinder bei uns haben, denen wir eine so baldige neuerliche Strapaze kaum zumuten können!»

«Mit Ihrem Bleiben muten Sie Ihren Kindern noch ganz was anderes zu!» Murks begann die Geduld zu verlieren. Es sprach aus Erfahrung. Hinter seinem Rücken war Grinny eingetreten:

«Was ist denn hier los? Müssen wir euch erst Beine machen? Raus aus den Federn, aber 'n bißchen dalli! Wenn die ‹Chinesen› euch nachher hier finden, dann seid ihr geliefert, das kann ich euch sagen. Die machen Appelmus aus euch!»

Heinrich, stocksteif im Bett aufgerichtet, begann Widerstand zu leisten: «Das glaube ich kaum. Was mich anbelangt – ich bin ein ordentlicher Bürger. Meine Papiere beweisen, daß ich nicht Parteimitglied war.»

«Haben die viel gekostet?» erkundigte sich Murks freundlich. Grinny maß ihren Feind mit giftigen Blicken, fragte leise, fast liebenswürdig:

«Können Se russisch?»

«Ich? Wieso? Nein!»

«Na sehen Se», antwortete Skelett gemütlich, «und die kein deutsch. Keine Silbe, nich mal Sieg-Heil. Für Ihre Papiere haben die Rußkis nur einen einzigen Verwendungszweck, und der nutzt

Ihnen gar nischt. Bei denen sind Ihre Papiere gleich im Arsch. Schon weil die Schlitzaugen in Mütterchen Mongolei gar nich erst lesen gelernt haben!»

Es grinste genüßlich. Murks fuhr herum:

«Mensch, Grinny, du hast recht. Unsere schöne Proklamation da draußen nutzt auch nichts mehr.»

«Die ist so gut wie im Eimer. Im Dustern sehen die den Zettel sowieso nich, lesen können oder nich.»

Heinrich blickte von einem zum andern. Auf seinen groben Zügen zeichnete sich Unsicherheit ab:

«Würden Sie erlauben, daß ich mich kurz mit unseren Töchtern oben bespreche?» fragte er förmlich. Seine Gattin nickte eifrig.

«Meinetwegen. Wir erlauben – ausnahmsweise.» Grinny genoß die Situation. Jetzt waren die da dran. War ja nur gerecht nach allem Vorausgegangenen. Ihre Kameradin war weniger an persönlichem Rachenehmen interessiert. Sollten das andere für sie tun. Was Murks anbelangte, so hatte es von Vergeltungsmaßnahmen und Menschenquälerei gründlich die Nase voll.

«Hören Sie!» sagte es mit kalter Stimme, «Sie sind nicht unsere Gefangenen. Wir haben Ihnen geholfen, weil Sie Hilfe brauchten. Ihr Haus gehört Ihnen nicht mehr, nachdem Sie es verlassen haben. Hier ist Kriegszone. Aber ebensowenig gehört es uns. Natürlich können Sie bleiben, wenn Sie unbedingt wollen. Wir können Sie nicht zwingen, auszuziehen. Doch wir haben Sie gewarnt, weil wir die Typen kennen, die sich hier nachts herumtreiben. Es sind Angehörige primitiver asiatischer Volksstämme, ausgesprochen mordgierig und grausam. Will Ihnen gar nicht erst erzählen, in welchem Zustand wir einige der hiesigen Dorfbewohner bei unseren Spaziergängen vorgefunden haben ...»

«Alles, was an 'nem Körper vorsteht, schneiden se ab!» freute sich Skelett mit sadistischem Behagen an den verstörten Mienen seiner Zuhörer, «Nasen und Ohren und alles, was 'nen Mann zum Mann macht.» Lenchen stieß einen spitzen Schrei aus und jammerte:

«Aber was sollen wir denn um Himmels willen tun? Draußen sind sie doch auch überall?»

«Schon. Aber im Schutz der Nacht gelingt es Ihnen vielleicht, sich zu verstecken. Hier im Haus sind Sie ihnen auf Gedeih und Verderb ausgeliefert. Das ist doch wohl klar?» Murks meinte es ernst.

Heinrich versuchte, sich geröteten Gesichts unter der Bettdecke die Hosen anzuziehen. Verbissen fummelte er unter dem Steppbezug. Die Prozedur beendet, erhob er sich ächzend auf nackten Füßen:

«Will jetzt erst mal hinaufgehen zu Gerlinde und Heidemarie. Mal hören, was die Kinder meinen!» An den Häftlingen vorbei tapste er in den Flur.

«Ach Gott, ach Gott!» klagte seine Frau, «was sind das doch alles für Aufregungen! Wer hätte das vorausgeahnt?»

«Alles Schuld der Untermenschen. Habt eben doch noch nich genug von ihnen umgebracht. Sind noch 'n paar übriggeblieben von wegen nachher abrechnen!» höhnte Skelett.

Murks zuckte nur die Achseln. Die da würden es nie lernen. War nur Zeitverschwendung. Wenige Minuten später kam der Mann von oben zurück und berichtete, die Mädchen seien fest entschlossen, zu Hause zu bleiben. Er könne ihnen nur zustimmen. Was die ‹Dame› – gehässiger Blick zu Grinny – da soeben erzählt habe, seien verabscheuungswürdige Greuelmärchen. Man sei schließlich nicht mehr im Mittelalter, habe Gerlinde gesagt. Mit dem Feind würde sich schon irgendwie verhandeln lassen. Und nun kein Wort mehr darüber. Die Situation sei entschieden: sie blieben! Siegessicher blickte er die Häftlinge an, die Mundecken arrogant herabgebogen, hochgeschürzte Braue über leeren Augen.

«Da kannste nix machen», sagte Grinny gleichgültig, «denn mal angenehme Nacht allerseits. Übrigens nur damit Sie's wissen: Gevögelt wird nich, weil wir auch hier drin schlafen. Is nämlich unser Schlafzimmer!»

Murks nickte zustimmend, wandte sich an die Schwangere:

«Sie und Ihr Mann lassen Ihren Kleinen weiter zwischen sich schlafen. Mein Kamerad und ich nehmen uns die Bettvorleger, richten uns hier in der Ecke ein!»

Mit dem Finger bezeichnete es einen dunklen Winkel zwischen Schrank und Wand, in gleicher Linie mit der Tür. Grinny wollte schon protestieren, als sie auf Murks' Augen traf. Da begriff sie, schwieg breit grinsend.

Heinrich war ins Bett zurückgekrochen, tätschelte die Schulter seiner Frau:

«Eine Sprache haben die an sich – widerlich! Hör gar nicht hin, Lenchen!»

«Proletarierpack!» sagte seine Frau empört.

«Ihr Wort in Rußlands Ohr!» brummte Murks und wandte ihnen den Rücken.

Die Nacht war angebrochen. In ihrer Ecke hatten es sich die beiden Häftlinge so gemütlich wie möglich gemacht. Vorsichtshalber hatten sie die Kleider anbehalten. Lenchen wälzte sich in unruhigen Träumen von einer Seite auf die andere. Heinrich zog rasselnd die Luft ein, hielt sie beängstigend lang, stieß sie pfeifend wieder aus. Murks und Grinny, die nicht schlafen konnten, unterhielten sich mit gedämpften Stimmen. Plötzlich Geräusche von draußen, Schritte und Stimmgewirr, das sich schnell näherte.

«Da sind sie!» konstatierte Skelett. Zum erstenmal empfand Murks ängstliche Unruhe, ein Gefühl, das ihm lange fremd gewesen war. Nun würden sie den ersten Aufeinanderprall zweier feindlicher Mächte in nächster Nähe miterleben. Aus zu großer Nähe womöglich … Vorsichtigerweise hatte es die Haustür angelehnt gelassen. Denn bei solcher Einquartierung im Haus den Russen die Tür zu öffnen und sich damit als Wirt einer deutschen SS-Familie zu erkennen geben, wäre gleichbedeutend mit Selbstmord. Bedrückt warteten sie ab.

Draußen polterten Stiefel. Splitternd flog die Schlafzimmertür auf, und regennaß stand eine mit einem Schlag erwartungsvoll stumme Gruppe Mongolen im Zimmer. Der Schein ihrer Taschenlampen beleuchtete ihre Gesichter von unten, machte aus ihnen teuflische Fratzen. Es waren kleine Kerle mit krummen Beinen, Fellmützen und nah beisammenstehenden engen Schlitzaugen. Ein rätselhaftes Lächeln, von der Natur gar nicht beabsichtigt, lag um ihre untere Gesichtshälfte, eine Art gefährlicher Vorfreude. Pergamentgelbe Masken, die ausladenden Backenknochen von rissiger Narbenhaut umspannt, starrten sie die beiden Deutschen an. Der untersetzte Anführer richtete eine Taschenlampe voll auf den schreckerstarrten Mann. Vom weißen Strahl geblendet, setzte sich Heinrich auf, hielt schützend den Arm vor die Augen.

«Daitsch?» Die obligate Frage. Zu Murks Entsetzen ließ der SS-Mann den Arm sinken, richtete sich stramm hoch, brüllte militärisch:

«Jawohl!» und schlug, vermutlich zum letztenmal, unter der Bettdecke die Hacken zusammen. Dann ging alles sehr schnell und fast geräuschlos. Unentwegt lächelnd zog der russische Truppführer ein seltsam gebogenes breites Messer aus dem Gurt, prüfte seine Schärfe kurz mit dem Daumen, nickte zufrieden, ging ohne Hast weich federnden Schritts auf Heinrich zu, der ihm entsetzt entgegenblickte und nun endlich, zu spät, erkannte, daß mit solchem Feind eine Verhandlungsbasis nicht gegeben war. Der Russe lächelte sanft. Mit einem einzigen brutalen Ruck riß er den Kopf des Mannes nach hinten, schnitt ihm die Kehle durch. Es sah sehr scheußlich aus. Das Kind Klaus-Günther begann zu schreien, versuchte, über die Füße seines Vaters hinweg aus dem Bett zu springen. Der Mongole erwischte es am Arm, zertrümmerte ihn mit dem schweren, kostbar verzierten Knauf des Messers, das er spielend durch die Luft geworfen und umgekehrt aufgefangen hatte, den Schädel. Ein dumpfer, splittriger Schlag, und der Sohn lag leblos neben dem Vater.

Die Häftlinge hatten sich währenddessen von der Erde erhoben, lehnten atemlos, den Rücken fest an die Wand gepreßt, im Schatten des Kleiderschranks, der sie vorläufig noch vor der Horde verbarg. Ein widerlicher Geruch nach nassen Kleidern, Schweiß, warmem Blut und Schnapsausdünstung begann sich im Zimmer auszubreiten.

Der Anführer wischte sein Messer am Ärmel ab, steckte es in den Gurt zurück, begab sich zum Nebenbett und riß die Decke weg.

«Frau!» grunzte er zufrieden, lachte mit starken gelblichen Zähnen und warf sich heftig atmend über die angsterstarrte Schwangere, die vergeblich versuchte, ihn fortzustoßen. Die übrigen Soldaten begannen zu johlen, die Hosen herunterzulassen und sich zur Warteschlange zu formieren. Wenige Minuten später sprang der Mongole auf, überließ seinen Platz dem nächsten. Die anderen rückten auf, sahen aufgeregt keuchend zu, stießen anfeuernde Rufe aus und ließen eine Schnapsflasche rundgehen. Nur den letzten in der Reihe wurde die Warterei zu lang. Sie begaben sich auf Entdeckungsreise in das obere Stockwerk. Murks schoß es durch den Kopf: Jetzt sind die Töchter dran! Daß seine Vermutung richtig war, bewies rauhes Gelächter aus den oberen Gemächern. Nach kurzer Zeit kamen zwei der Steppensöhne ins Schlafzimmer zurückgestolpert. Zwischen sich schleppten sie die blonde ‹Semmel›, die sich wütend zur Wehr setzte, während der vierte Soldat heftig ihre Mutter bearbeitete, die die Augen geschlossen hielt und wie tot aussah. Geräuschlos trat der Anführer auf das dicke Mädchen zu, das ihm dumm und frech entgegenstarrte. Etwas Lauerndes glomm in den Augen des Russen auf. Das Lächeln wurde deutlicher. In den seltsamen Lauten seiner Stammessprache wandte er sich an seine Begleiter, schien sie zu etwas aufzufordern. Sie lachten. Mit ein paar rohen Griffen hatten sie der sich verzweifelt Wehrenden die Kleider heruntergerissen. Es war viel festes, gutgenährtes Fleisch darunter. Vorsichtig wandte Murks den Kopf zu Grinny um, die bewegungslos gegen die Wand gelehnt stand. Skelett lachte. Dabei sah es in einer entsetzlichen, vampirischen Weise gestorben aus. Murks dachte: Durch und durch grünwinklig – und schauderte.

Die Soldaten hatten der ‹Semmel› die Hände auf den Rücken gebunden, sie fast zu Füßen der Häftlinge neben das Bett des Vaters auf den Fußboden gelegt und begannen, das Mädchen, das nach ein paar furchtbaren Schreien das Bewußtsein verloren hatte, mit ihren krummen Messern schön säuberlich in Einzelteile zu zerlegen. Auf ihren Mienen, mit denen sie die Nervenzuckungen des gequälten Körpers beobachteten, stand die nackte Lust. Murks hätte nicht sagen können, ob noch Leben im sezierten Fleisch war oder nicht, denn die Gruppe war dicht um ihr Opfer geschart. Lenchen schien auf jeden Fall tot zu sein; ihre gebrochenen Augen starrten blicklos zur Decke. Wären die Kerle nicht so in ihr Tun vertieft gewesen, hätten sie jetzt die beiden Häftlinge bemerken müssen, die gezwungen waren, dem perversen Schlachtfest zuzuschauen. In den Jahren ihres Lagerdaseins war ihnen nicht viel fremd, kaum etwas erspart geblieben. Aber dort war der Feind, nicht minder grausam, in seinen Reaktionen vorausberechenbar gewesen. Seine Motive waren vertraut. Dies hier war eine neue Art des Wahnsinns. Sie fanden keine Einstellung zu ihm. Der obere Teil der zerstückelten ‹Semmel› war jetzt nur noch blutiges Sehnengewirr und Knochen.

«Wie 'n abgenagter Hering», flüsterte Skelett tonlos. Seine Gesichtsfarbe war ebenso grün wie die von Murks, das seine ganze Kraft aufbieten mußte, um nicht schlapp zu machen.

Einer der Kerle schrie etwas. Wie auf Kommando warfen die Russen die Messer weg, lachten aufgeregt und begannen, sich an der Leiche zu vergehen, die nur noch ein Unterleib war. Murks fühlte, wie sich ihm der Magen umdrehte und die Knie nachgaben. Skelett hingegen stand unbeweglich grinsend an der Wand wie die Verkörperung irdischer Gerechtigkeit.

Plötzlich blickte der blutbespritzte Bandenchef auf, und sein trunkener Blick fiel auf die Häftlinge. Einen Augenblick lang starrte er dumpf, dann verbreitete sich das böse Lächeln bis zu den hohen Backenknochen. Langsam erhob er sich, nahm sein Messer auf.

«Geliefert!» sagte Grinny atemlos.

Für den Bruchteil einer Sekunde empfand Murks etwas, was ihm längst fremd geworden war: nackte Angst. Noch hatte es keinen eigentlichen Lebenswillen, aber der Instinkt wehrte sich gegen die Gefahr. Es war die Furcht vor Schlimmerem als Sterben, und sie war so stark in ihrer Ausschließlichkeit der Empfindung wie der Tod selbst. Und verflüchtete sich ebenso plötzlich, wie sie gekommen war. Zurück blieb eine große Ruhe und Klarheit. Kaltblütig blickte Murks dem leicht taumelnden Mongolen in die glitzernden Augen. Abwartend, lauernd starrte der Russe unbeweglich den blassen Jüngling an, der so unvermittelt aus dem Dunkel aufgetaucht war. Sein gesunder animalischer Instinkt sagte ihm, daß er da vor jemandem stand, der keine Angst zu haben schien. Also mußte er über irgend etwas verfügen, das ihn inmitten all des Grauens ringsum so sicher machen konnte. Was war es? Bewaffnet schien er nicht zu sein. Die Spannung ließ ihn das in der Ecke lehnende Skelett vorläufig übersehen. Vorsichtig, mißtrauisch schlich er sich näher, das Messer fest in der Faust, keinen Blick vom Gesicht des Häftlings lassend, auf die kleinste Regung wartend, die ihm das Vorhandensein von Furcht verraten könnte:

«Du – daitsch?»

Murks spürte seine momentane Unsicherheit, nutzte sie schnell:

«Ja nje daitsch – Chonz-Lager – Ravensbrück!» brüllte es ihm mit aller verbliebenen Kraft entgegen und deutete heftig auf seinen Ärmel, der längst keine Nummer mehr trug. Der Mann blieb stehen. Verblüfft. Nicht nur, daß dieses magere Etwas da vor ihm keinerlei Angst zu haben schien, ihm dadurch keinen Anreiz zu einer Attacke bot, es schrie ihn auch noch an. Er wartete. Noch war der Inhalt der Worte nicht in sein langsam arbeitendes Gehirn vorgedrungen. Es vergingen Ewigkeiten von Sekunden. Seine Horde hatte mittlerweile die Leichenschänderei eingestellt und verfolgte mit stupidem Staunen den Vorgang in der Zimmerecke. Ganz langsam begann der Russe den Arm mit dem Messer zu heben. Murks zuckte nicht mit der Wimper. Einen Augenblick lang hielt er es hoch in der Luft. Dann öffnete er die Faust. Das Messer klirrte zu Boden. Mit voller Gewalt sauste die gewaltige Pranke des Russen auf Murks' Schulter herab. Nur unter Aufbietung aller Kräfte gelang es ihm, sich aufrecht zu halten.

«Karaschò, Briederchen! Du nix daitsch, wir nix daitsch – alle Brieder. Towarischtschi. Daitsch alle kaputt!»

Eine scharfe Fuselwolke fuhr dem Häftling beizend in Nase und Augen. In der Ecke raschelte es trocken:

«Ich auch Towarich!» flüsterte Grinny heiser. Verblüfft glotzte der Soldat es an. Daß ein Skelett auch reden und sich bewegen konnte, war ihm neu. Dann brach er plötzlich in dröhnendes Gelächter aus, den Zeigefinger zur Ecke hin ausgestreckt. «Ho ho ho!» brüllte er und konnte sich gar nicht beruhigen. Kräftig lachte die Bande um ihn mit. Die unerträgliche Spannung war gebrochen. Murks' Handflächen war schweißig. Es fror trotz der Hitze im Raum. Der Truppführer langte in seine Hosentaschen, zog ein paar papierumwickelte Gegenstände hervor, lachte noch immer:

«Hier Chleb. Hier Szalò – chetzt wir essen. Kommt, Towarischtschi!»

Ungestört von dem Gemetzel um sie herum ließen sich die Männer an der Bettseite der toten Frau auf dem Linoleum nieder, bildeten einen Kreis, winkten die erschöpften Häftlinge heran und begannen unter lautem Gesang Proviant zu verteilen. Murks erhielt ein unappetitlich ranzig schimmerndes Stück Speck, das einer der Kerle aus seiner Rocktasche gezogen hatte. Noch nie war es ihm so schwergefallen, etwas hinunterzuwürgen. Aber eine Weigerung hätte sofort neues Mißtrauen erregt. Geradezu dankbar griff es nach der ihm gereichten Wodkaflasche im zwecklosen Bestreben, den Ekel mit dem brennenden Zug herunterzuspülen. Auch Skelett nahm ein paar Schluck. «Mensch!» keuchte es dabei nur, aber es sagte mehr als ein dreistündiger Vortrag. Die Mongolen um sie herum hatten sich verausgabt. Nun wurden sie müde. Einer nach dem anderen schliefen sie im Sitzen ein. Auch ihr Anführer stieß brummend die Luft durch die flache Nase, ließ die Flasche auf den Boden fallen und begann zu schnarchen, das Kinn auf die Brust gesenkt.

Die Kameradinnen sahen sich an.

«Nu aber los!» flüsterte Grinny drängend, «nischt wie 'raus hier!»

Sie wagten sich nicht aufzurichten. Auf allen vieren krochen sie auf den Flur hinaus. Tief atmend erhoben sie sich. Skelett stürzte in Richtung Küche:

«Schnell die Fressalien in den Koffer, bevor die ‹Gelben› sie uns wegfressen!»

«Und dann?»

«Was heißt dann? Weg von hier müssen wir, so schnell wie möglich. Haste das vielleicht noch nich begriffen?»

Es begann, den Koffer hinter dem Küchentisch hervorzuzerren und ihn hastig mit Päckchen und Büchsen zu füllen. Murks stand verwirrt herum.

«Ich sag so lang meinem Klavier adieu!» verkündete es. Grinny fuhr herum:

«Also das hat uns jetzt grade noch gefehlt! Schöner Trauermarsch oder ‹O wie wohl ist mir am Abend›. Biste noch zu retten? Wenn du da oben auch nur einen Piep von dir gibst und mir die Metzjer wieder weckst, dann kannste dich allein zu Stroganoff verarbeiten lassen – ohne mich!» Skelett fand allmählich wieder zu sich selbst. Murks tastete langsam, immer noch wie in Trance, in der Dunkelheit die Stufen hinauf. Oben blieb es wie angewurzelt stehen. Im allgemeinen Tumult des Geschehens hatte es gar nicht mehr an das Marzipanschwein gedacht, dessen Schlafzimmertür weit offen stand. Merkwürdige Geräusche klangen an sein Ohr. Im Schein zweier flackernder Talglichter, die unruhige Schatten auf die Wände warfen, erkannte es das Mädchen, das angezogen quer über dem Bett lag. Nur der Rock war nach oben geschoben. Über ihr lag ein halbnackter Soldat. Neben dem Bett im Sessel saß – ein SS-Offizier, ergötzte sich sichtlich an dem Schauspiel da vor ihm. Murks, nach erstem Erschrecken, erkannte in ihm einen der Russen, der sich den Waffenrock des Toten übergezogen, dazu die Schirmmütze tief in die Stirn gezogen hatte. Das breitknochige Asiatengesicht in solcher Montur sah gespenstig aus. Noch unheimlicher aber wirkte das Tanzpaar im Hintergrund. Sie tanzten schweigend, als Braut und Bräutigam verkleidet, zu unhörbarem Menuett, sich an den Händen haltend, stereotyp wie aufgezogene Marionetten. Rund um den Raum, in immer gleichen Figuren: ein paar Schritte Seite an Seite, Zueinanderwenden, Knicks von ‹ihr›, tiefe Verbeugung von ihm und weiter mit kurzem tänzelnden Schritt und starren Mienen. Alles mit dem tiefen Ernst sehr Betrunkener. Zylinderhut und flatternder Jungfernschleier auf asiatischen Kahlköpfen – ein Alptraum. Von dem Mädchen waren von da, wo Murks stand, nur ein paar dralle Schenkel zu sehen, die allerdings alles andere als tot aussahen. Offensichtlich hatte man bislang dem Marzipanschwein außer der üblichen Vergewaltigung noch keinen weiteren Harm zugefügt. Für einen kurzen Augenblick bekam Murks dessen roterhitzten Kopf ins Blickfeld. Vergewaltigung? Kaum. Das dumme Flachgesicht sah nicht gerade gequält aus. In dem Häftling regte sich eine momentane Neugier, worin das Geheimnis solchen Tuns liegen könne, dem sich gleicherweise Männer wie Frauen mit sichtbarer Lust ergaben. In Murks war während der Haft jede Triebregung mit wissenschaftlicher Gründlichkeit und entsprechenden Mitteln getötet worden. Daß man ihm mit der Beseitigung seiner Triebnatur auch den inneren Schutz vor seelischer Überbelastung und Verwundbarkeit genommen hatte, wußte es noch nicht. Verständnislos starrte es auf die zuckenden Hinterbacken des Russen zwischen den fetten weißen Schenkeln und wunderte sich über die Armseligkeit der Bewegung, ihre Monotonie, ihre völlige Ereignislosigkeit. Wozu das alles? Unverständlich. So viel unnütze Kraftverschwendung. Und für was? Deutlicher als bisher fühlte es sich vom Menschsein ausgeschlossen.

Abseits ... Rechts vor ihm knickste die Braut zum fünfhundertsten Mal. Diesmal verharrte sie bewegungslos in der Hocke. Die mißtrauischen Mongolenäuglein unter tief in die Stirn gerutschtem Myrtenkranz hatten Murks erblickt, strengten sich an, dieses Wesen in das übrige Bild einzuordnen. Dabei gaben die Knie nach. Ungraziös kippte sie nach hinten über, Beine in die Luft, und enthüllte unter der fließenden Seidenpracht ein paar schwere Stiefelfüße. Der Bräutigam ließ sie fallen, glotzte Murks an, wandte den Blick wieder ab, bückte sich, ergriff einen der spiegelnd weißen Satinarme seiner Braut und zerrte sie roh wieder auf die Beine, wobei die Armnaht bis zur Hüfte aufplatze. Stumm rückte sie sich den Schleierkranz zurecht. Ohne sich weiter um den Eindringling zu kümmern, setzten sie ihr pantomimisches Ballett fort – eins, zwei, drei, vier – Knicks, Verbeugung.

Neben dem Bett rührte sich der SS-Mann. Auch er hatte Murks erblickt. Er winkte mit kurzem Finger, pokte ihn deutend in den Oberschenkel des Mädchens, machte eine obszöne Geste, grinste mit augenzwinkernder Vertraulichkeit:

«He Briederchen – du auch mal?»

Erschrocken schüttelte Murks den Kopf und lief davon. Der Soldat lachte dröhnend hinter ihm her.

«Wo bleibst du denn so lange?» zischte Grinny wütend am unteren Treppenabsatz. Neben ihr stand der gepackte Koffer. «Nu aber nischt wie raus hier!»

Sie verließen das Haus, rannten zur Landstraße hinüber, die still und verlassen dalag. Es regnete immer noch. Sie hörten es mehr, als sie es spürten. Murks hatte Grinny den schweren Koffer entwunden:

«Lieber ihn jetzt, als dich später mit dazu!»

Schwer atmend erreichten sie die Scheune, in der sie geschlafen hatten, bevor sie ins Haus gegangen waren. Die Leiche vor dem Eingang war weg. Skelett zog an dem sperrigen Scheunentor:

«Halt die Daumen, daß wenigstens hier drin keine Iwans sind. Mir reicht's!»

«Gib mir die Taschenlampe, ich leuchte mal alles ab!» Murks blendete auf und schaute in jeden Winkel:

«Nichts. Ist noch alles beim alten. Komm rein!» Grinny kletterte als erste hoch. Ihre Kameradin folgte mit dem Proviantkoffer. Das praktische Skelett hatte unter anderem ein Handtuch eingepackt, mit dem sie sich gegenseitig den Regen vom Körper rieben, bevor sie einschliefen.

Murks schlief unruhig. Es träumte, es stand mitten auf einem weiten Platz, umringt von einer Menge fetter Leute mit dummen Gesichtern, und in der rechten Faust hielt es eine gedrehte Schnur mit zwei prallen aufreizend rosa Luftballons. «Wenn ich die Kordel loslasse», sagte es, «werden sie in den Himmel fliegen!» Die Leute nickten beifällig und waren auf einmal lauter Marzipanschweine. Aber da war die Mutter, die sagte:

«Sie kommen nicht hoch, das sieht nur so aus. Sie werden zerplatzen und auf die Erde zurückfallen.» Murks blickte zu den beiden Ballons auf, die im Wind aneinander stießen und umeinander rollten. «Sie irrt!» sagten die Leute, «warte nur ab. Bald wird aus den zweien ein einziger großer wunderschöner Luftballon werden, der die Kraft haben wird, den Himmel zu erreichen!» Und Murks wartete und wartete, aber nichts geschah. Vor Enttäuschung wurde es zornig, zog die bunten Kugeln zu sich herab und preßte sie fest gegeneinander. «Ihr sollt endlich eins werden!» befahl es ungeduldig. Da gab es einen heftigen Knall, die Ballons zerplatzten, und schlaffe Schrumpfhäute sanken rechts und links zur Erde. «Ja, ja, das ist die Liebe!» nickten die Marzipanschweine und grunzten wissend. Aber die Mutter sagte vorwurfsvoll:

«Weshalb mußt du immer alles so genau untersuchen? Damit zerstörst du alles. Natürlich war in den beiden nur Luft, sonst nichts. Was erwartest du eigentlich?» Und plötzlich waren die Leute verschwunden, und überall aus dem Boden wuchsen hohe glatte Wände aus Stahl und Eisen, die auf es zukamen, sich über ihm zu schließen drohten ...

«Nein!» schrie Murks auf, «nein! Halt!» Sein Herz raste im Hals.

Entsetzt fuhr Skelett hoch:

«Mensch, was is denn? Ich dachte, die Gelbköppe ham dich schon wieder am Kragen. Nu gib aber Ruh. Is ja noch dunkel!»

Mit einer verlegen gemurmelten Entschuldigung schlief seine Kameradin wieder ein.

4. Mai 1945

Die Sonne stand hoch, als die beiden das nächste Mal die Augen öffneten.

«Und was nun?» fragte Murks unmutig. «Ins Haus geh ich nach heute nacht nicht mehr zurück. Da sind jetzt wieder seine rechtmäßigen Besitzer drin und in reichlich unschönem Zustand. Werden uns wohl wieder auf die Beine machen müssen.»

«Klar», gähnte Grinny und streckte sich, «aber erst saus ich noch mal rüber und hol uns Decken für die Nacht und was wir sonst noch brauchen können.»

«Wie sollen wir denn das alles schleppen?»

Skelett gab keine Antwort. Gelenkig kletterte es von den Kornsäcken hinunter, verschwand durch das Scheunentor auf dem Weg zum ‹Schlachthaus›, wie die zwei ihre Villa seit gestern nannten. Murks war etwas besorgt, Grinny allein dorthin zurückkehren zu lassen, wo möglicherweise noch die Mongolen herumlungerten und der Dschingis-Khan neue Mordgelüste entwickelte. Immer wieder spähte es durch die Bretterverschalung zum Haus hinüber, das in Sichtweite lag und von hier aus ganz friedlich aussah, und wartete voller Unruhe. Aber die Zeit verging, und nichts geschah. Keine Menschenseele zeigte sich am Eingang; von Grinny keine Spur. Auf der Landstraße hingegen herrschte reger Betrieb. Lastwagen, Panzer, Flüchtlingstrecks durchzogen die Ortschaft auf ihrem Weg zu möglicherweise noch unbesetztem Gebiet. Erschöpft vom aussichtslosen Starren auf das Haus legte sich Murks wieder auf den Rücken, schloß die Augen, wollte schon wieder einschlafen. Da öffnete sich quietschend das Scheunentor, und Skeletts Stimme rief von unten rauf:

«Falls du noch lebst, komm runter. Ich hab alles!»

Erleichtert kletterte Murks zur Kameradin herab, die es am Ärmel packte und aus der Scheune herauszerren wollte. Murks wehrte sich:

«He, laß das! Wo willst du denn hin? Ich geh nicht ins Haus zurück, nicht zehn Pferde kriegen mich …»

«Verlangt ja kein Mensch. Hier, guck mal!»

Hinten an der Scheunenwand, säuberlich aufgebaut, standen zwei vollgepackte Rucksäcke und ein Kinderwagen mit intakten Rädern. Anstelle des Säuglings lag ein vollbeladener Handkoffer drin, dessen Deckel sich mächtig nach außen wölbte.

«Sag bloß! Du hast wohl das ganze Haus eingepackt? Wie hast du denn das alles bis hierher geschleppt?» staunte Murks überwältigt.

«Zwei Iwans von der Straße ham mir geholfen!» grinste Skelett vergnügt, «hab zusammengepackt, was ich an Brauchbarem finden konnte: Decken, und 'n paar Ersatzhosen für dich und Hemden und warme Pullis und mein Blumenkleid, weil von meinem Grauen hier doch schon zwei Knöppe fehlen, und für mich noch 'n paar Latschen. Und die Kindertassen mit den schönen Bildern drauf und Handtücher und noch 'ne ganze Menge. Und die Turbans. Und 'n Briefbeschwerer!»

«Was für 'n Ding?»

«Das hier!» Skelett griff in einen der Rucksäcke, entnahm ihm eine scheußliche Nachbildung des griechischen ‹Dornenausziehers› aus gelbem Messing, betrachtete sie liebevoll:

«Schön, nich?»

«Großer Gott, was willst du denn damit?» Murks starrte das Ding an.

«Der Mensch braucht ja auch manchmal was fürs Gemüt!» verteidigte sich Skelett und ließ seine Kostbarkeit nach zärtlichem Blick wieder im Gepäck verschwinden, «ich trag ihn schon, wenn er dir zuviel wiegt.»

Sie schulterten ihre Rucksäcke, wobei Murks vorsorglich den

schwereren nahm. Zusammen schoben sie den Kinderwagen vor sich her, machten sich quer über das Feld auf zur Wanderschaft mit noch unbekanntem Ziel.

Die Straße schien wieder verändert, seitdem die beiden sie vor wenigen Tagen verlassen hatten, um einige Tage Häuslichkeit zu genießen; auf eine neue Weise lebendig. Schlampiger. Zwischen planlos umherirrenden Deutschen und plündernden Russen waren weitere Gestalten aufgetaucht, vereinzelt erst, aber stetig an Zahl wachsend. Es waren Franzosen, Italiener, Holländer, Belgier, Polen, Ungarn, Tschechen und andere Europäer, die einzeln oder in Gruppen aus hastig aufgelösten deutschen Zwangsarbeitslagern, Haftanstalten, KZs kamen. Sie alle hatten zwar noch kein Ziel, wußten noch nichts Rechtes mit sich anzufangen, doch waren sie sich in der Marschroute einig: Richtung Westen. So entstand allmählich ein immer stärker werdender Zug, eine kleine Völkerwanderung unter der Parole: Weg von den Russen! Denn die meisten Vertreter des zwangseroberten Europa hatten bereits ihre eigenen enttäuschenden Erfahrungen mit den ‹Befreiern› gemacht. Bald gerieten auch Murks und Grinny in diesen Sog gen Westen und ließen sich mittreiben.

Langsam trotteten sie mit ihrem schweren Gepäck die Landstraße entlang, immer wieder aufgehalten durch Verkehrsstörungen, hauptsächlich durch russische Soldaten verursacht, die mit Befehlsgeschrei: «Uhra – Uhra!» den wenigen Besitzern, meistens Findern von Armbanduhren, diese wieder abverlangten, was nicht immer reibungslos vor sich ging.

«Hab mich richtig erschrocken, als ich diesen Schrei von ‹Uhra› zum erstenmal hörte!» sagte ein vorbeiwandernder rosawinkliger Männerhäftling zu Grinny. «Ich dachte, es hieße ‹Hurra, Hurra!› Na ja, wissen wir doch, was das bedeutet; wenn die Russen Hurra schreien, dann bestimmt auf unsere Kosten.»

«Finde, es klingt wie Urwald, wenn die Neger aus Missionaren Eintopf machen», meinte Skelett ungerührt. Es war Schlimmeres gewöhnt.

Eine Weile marschierten sie schweigend. Das Pflaster knirschte und rumste unter Kolonnen müder Füße und schwerer Räder. Der gestrige Regen hatte große Pfützen am Straßenrand hinterlassen, die der Wind bewegte.

«Sag mal, Grinny», fragte Murks zögernd, «wie war es denn – ich meine, wie sah es denn in unserer Villa aus? Waren die noch da? Nein, nicht die Russen, die – du weißt schon …»

«Die Leichen? Klar war'n die noch da. Fortrennen können se ja nu nich mehr. Hätten se sich eher überlegen sollen. Aber se wollten ja so gern zu Hause bleiben und am liebsten nie wieder weg. Siehste, nu haben ihnen die Rußkis ihren Lieblingswunsch erfüllt. Is doch direkt nett von ihnen, findste nich?»

«Noch an derselben Stelle?»

«Genau. Nur die abgesägte Jungfrau, die scheinen se sich heute morgen zum Frühstück noch mal vorgenommen zu haben. Die lag anders und war noch 'n bißchen zermatschter. Wenn die noch lebte – du, die könnt jetzt Geld verdienen. Mal was anderes: Jungfrau ohne Oberleib!» Skelett meckerte. Sein Haß nahm sadistische Formen an.

«Grinny, hör auf! Das ist ja widerlich!»

«Was haste bloß mit deine reinseidnen Nervenfädchen im Lager gemacht? Erst fragste und dann willst es nich hören. Also weiter: Die Rußkis waren alle fort. Und das Marzipanschwein auch. Ich bin überall rum und hab Sachen zusammengesucht, und dabei bin ich auch in den Keller gegangen. Und dort hab ich den Kinderwagen und die Rucksäcke gefunden. Alles noch prima in Ordnung. Mußte den Kram nur erst mal abstauben, darum hat es etwas gedauert. Weißte» – Skelett grinste mütterlich –, «ich hätt dir ja gern deine Drahtkommode mitgebracht, wenn se nich so schwer gewesen wär. Dann hättste uns jetzt 'n passendes Reiselied spielen können, ‹Auszug der Gladiolen›, oder so was.»

«Hättest du fertiggebracht!» sagte Murks, von so viel Fürsorge gerührt.

«Und außerdem hat's auch noch 'n bißchen gedauert, weil ich doch die zwanzig Eier für uns mitnehmen wollte. Und die mußte ich erst abkochen, damit se uns unterwegs nich kaputtgehn. Und für alle auf einmal, da hatt ich keinen Topf. Gingen nur zehn 'rein. Jetzt ham wir se aber, und zerbrechen können se uns nu auch nich mehr. Und Eßdinger und Büchsenöffner und all so 'n Zeug hab ich auch mit!»

«Mensch, Grinny, du bist richtig. Wenn ich dich nicht hätte!»

Nichts hörte Grinny lieber.

«Dann wärste schon verhungert, nich? War aber ganz gut, daß du nich mit ins Haus zurückgegangen bist. War kein schöner Anblick, und gestunken hat es mächtig. Schad um das schöne Haus!» seufzte es bekümmert. Schweigend zockelten sie weiter, jeder mit seinen eigenen Gedanken beschäftigt. Es störte sie nicht, daß Leichtbepacktere sie überholten, hinter ihnen Gehende an ihnen vorbeizogen. Sie hatten keine Eile. Was war Westen, was Osten? Das eine so ungewiß wie das andere. Sie gaben sich keinen Illusionen hin. Um sie herum fanden sich Angehörige gleicher Nationen zusammen, formierten sich zu Gruppen, machten aus Lumpen Nationalfahnen, die sie vor sich her trugen, an Karren banden oder bei Gefahr wild schwenkten, um ihre Uhren zu retten, bemüht, den Russen klarzumachen, daß sie ihre Verbündeten seien. Meistens allerdings ein hoffnungsloses Unterfangen. Die Russen nickten verstehend, nahmen die Uhr ab, klopften ihnen beruhigend auf die Schultern: ‹Gemeinsamer Sieg, gemeinsame Uhren›, und verschwanden mit ihrer Beute. Durch die vielen Fahnen aus bunten Fetzen bekam die Straße etwas Verwegenes, Abenteuerliches.

Je weiter die Häftlinge in Richtung Westen vorwärtskamen, desto mehr verendetes oder sterbendes Vieh und abgebrannte Scheunen sahen sie rechts und links auf den Feldern. Hier schienen Kämpfe stattgefunden zu haben. Vereinzelte Leichen deutscher Soldaten in Straßengräben und zerschossene Häusermauern wie-

sen darauf hin. Die Gegend war völlig ausgeplündert, die Bauern-
gehöfte verödet und leer.

«Wenn du irgendwo 'nen geeigneten Rastplatz siehst, wo wir
Mittagspause machen können», sagte Grinny gähnend, «dann sag
es. Ich hab Hunger.»

«Aber nicht hier, so nah an der Straße, unter den Blicken all der
Menschen. Viele von denen haben seit Tagen nichts mehr im Magen. Das könnte Ärger geben!»

«Recht haste. Müssen ein Versteck suchen!»

Die Sonne stand schon hoch, als Skelett plötzlich wie angewurzelt stehen blieb, Mund halb offen, den Kopf seitwärts geneigt:

«Haste das gehört?»

Murks spitzte die Ohren, vernahm aber nichts außer dem
Schleifen vieler Füße und dem Gerumpel der Karren. Grinny
horchte konzentriert in die Gegend:

«Da – jetzt wieder!»

«Was denn nur? Ich hör nichts …»

«'ne Kuh!» flüsterte Skelett verklärt, «ganz deutlich. Von dort
drüben!» Sein knochiger Zeigefinger stach durch die Luft in Richtung ein paar halbverkohlter Stallungen weit draußen auf dem
Feld.

«Komm schnell, bevor die andern sie entdecken!»

Mit Rucksack und Kinderwagen machten sie sich eilig auf den
Weg nach dort, von wo die vermeintlichen tierischen Laute kamen. Die Landstraße im Rücken, folgten sie dem schmalen kaum
erkenntlichen Feldweg zu dem niedergebrannten Anwesen. Schon
waren sie in der Nähe eines der Verschläge, als sie ein schwaches
Muhen vernahmen.

«Tatsächlich – Mensch, Grinny, hast du Ohren! Die mußte dir
patentieren lassen – hoffentlich sind uns nicht schon welche zu-
vorgekommen!»

In der Stallung zwischen verkohlten Balken fanden sie das ihnen
dumpf entgegenblickende Tier. Es schien nur schwach, sonst aber
gesund zu sein und mußte dringend gemolken werden. Neben ihm

lagen die Reste seiner Gefährtinnen mit riesig aufgeblähten Bäuchen auf dem Rücken; in den gasgefüllten Bälgern steckten die Beine wie Streichhölzchen. Es surrte von Fliegen.

«Murks, frische Milch!» jubelte Skelett, «bleib du hier, ich geh schnell 'nen Eimer suchen!»

Murks nickte. Obschon es sehr tierliebend war, hatte es keine spezielle Erfahrung im Umgang mit Kühen.

Linkisch, ja scheu streichelte es den rauhen warmen Hals des Tieres und tröstete:

«Frauchen kommt gleich wieder, nur noch 'n Augenblick. Dann machen wir dich leer und gehen Gassi mit dir. Ja, ja, gleich kommt Frauchen ...»

Die Kuh blickte den Häftling aus unendlich geduldigen Augen ergeben an und wackelte mit den Ohren, um die Fliegen zu verscheuchen. Murks nahm es als Zeichen von Verstehen. War ganz falsch, das Wort ‹dumme Kuh›.

Grinny kam zurück, unter dem Arm eine große tönerne Blumenvase:

«War alles, was ich auftreiben konnte. Den Eimer können wir nich nehmen, der ist zu dreckig und schon ganz rostig. Wär schad um die schöne Milch!»

Nach einigen mißglückten Anstrengungen, das Tier auf die Beine zu bringen, führten sie die Kuh ins Freie. Grinny hockte sich ihr zur Seite auf den umgestülpten Eimer und begann sachgerecht in die Vase zu melken. Murks staunte:

«Woher kannst du denn das?»

«Nirgendwo her», Grinny konzentrierte sich ganz auf die schmale Öffnung des Blumenbehälters, «is doch klar, wie es geht, Döskopp. Daß man nich von unten nach oben melkt, damit der Kuh die Milch zum Maul rauskommt, das hab ich schon mal irgendwo gehört!»

«Deswegen brauchst du nicht gleich ausfallend zu werden. So blöd bin ich auch nicht!»

Interessiert verfolgte es die weiße Spur vom Euter in das Gefäß.

Beide achteten nicht auf den kleinen verhutzelten Mann, der herbeigehinkt war.

«Heil Hitler!» fistelte er mit zahnlosem Mund und wackelte mit dem Kopf, «Heil Hitler!»

«Schon gut!» winkte Skelett ab, «hier, Murks, nimm mal die Vase, die is voll.»

«Aber die Kuh ist noch nicht leer. Was machen wir jetzt?»

Grinny wandte sich zu dem Alten um:

«Ham Se noch irgendwo 'nen guten Eimer?» Der Alte glotzte verständnislos.

«Eimer – heil?» versuchte Murks zu interpretieren.

«Heil Hitler!» sagte der Mann.

«Ob Sie noch ein heiles Melkgefäß haben?»

«Heil Hitler!»

«Der alte Knabe hat 'nen Dachschaden!» gab Grinny auf.

Murks hielt die Milchvase vor den Alten, deutete dabei abwechselnd auf die Kuh und mit bedauerndem Kopfschütteln auf den Rost am Eimer, machte mit der hohlen Hand die Gebärde des Trinkens und hob fragend die Achseln.

«Schauspieler hättste werden sollen!» beobachtete Skelett kichernd die Pantomime. Endlich schien der Greis zu verstehen. Nickend zog er ab und erschien kurz darauf mit einem sauberen großen Marmeladeeimer, den er Murks übergab.

«Heil Hitler!» sagte er dabei.

«Hitler im Eimer!» lachte Skelett und machte sich erneut an die Arbeit.

Eine Viertelstunde später war die Kuh gemolken, und die Häftlinge ließen sich im Schatten einer angeräucherten Kastanie nieder.

«Aua, meine Füße. Hätte doch die andern Latschen anziehn sollen!» klagte Grinny und rieb sich die Zehen. Unter ständig erneuertem Deutschen Gruß verschwand der Alte kopfnickend in einem Bretterverschlag. Murks sah ihm nach:

«Sieht aus, als hätte man es ihm gewaltsam eingetrichtert, das

Hitler-Geheile. Bißchen zu gewaltsam. Scheint alles andere darüber vergessen zu haben. Der kapiert nichts mehr. Armer Kerl!»

«Vermutlich hat er vorher zuviel anderes gedacht. Das ham die nich gern. Nu heilt er bis in alle Ewigkeit und merkt gar nich, daß er schon längst im vierten Reich is.»

Aus dem Rucksack kramte Grinny die Kinderbecher, mit Zwergen und Fliegenpilzen bemalte dicke Tassen, goß ein. Beide tranken durstig und in großen Zügen. Dann öffneten sie den Koffer. Brot wurde herausgeholt und aufgeschnitten, vier gekochte Eier zwischen ihnen aufgeteilt und dazu die restliche Milch getrunken. Friedlich und ungestört hockten die Häftlinge im Gras der Wiese beieinander, und niemand scheuchte sie auf, als sie nach sorgfältiger Beseitigung aller Spuren ihrer sättigenden Mahlzeit einen kurzen Mittagsschlaf hielten. Brummer, angelockt von den Milchresten, umsummten ihre Nasen, und das breitblättrige Kastanienlaub spendete ihnen den nötigen Sonnenschutz. Auch die Kuh schlief jetzt erleichtert ihrem ungewissen Schicksal entgegen.

Gestärkt machten sie sich am Nachmittag wieder auf den Weg.

«Auch geradeaus?» wurden sie überflüssigerweise von zwei offensichtlich Anschluß suchenden Franzosenjünglingen gefragt. Nach bejahendem Nicken von Murks wanderten sie zu viert weiter. Es war nicht weiter erstaunlich; wenn es dem Abend zu ging, schloß man sich in Anbetracht der nächtlichen Gefahren gern zu Gruppen zusammen. Murks, das französisch sprach, erfuhr, daß ihre neuen Begleiter von Deutschen gefangene Partisanen waren. Sie berichteten über die Widerstandskämpfe in Frankreich während der Okkupation mit dem ganzen Bedauern derer, die nicht bis zum siegreichen Ende mit dabei sein durften. Grinny bekam von ihrer Kameradin übersetzt, zuckte aber nur die Schultern:

«Ach, Mensch, immer dasselbe. Einer schießt auf den andern,

und wer übrigbleibt, hat gewonnen. Das Mistspiel hängt mir zum Hals raus, sag ich dir! Als wenn's nischt Besseres zu tun gäbe!»

«Denk dran, daß du rotwinklig bist. Als Politische mußt du dich wohl oder übel auch für Politik interessieren.»

«Tu ich aber nich. Brauch ich auch nich, weil ich jetzt gar nich winklig bin ohne die Nummer. Der gleiche Zimt, wo du hinhörst. Und denn wundern sich die Leute noch – denk nur an die Rußkis beim Abendmahl –, daß man keine Lust mehr zum Leben hat. Wozu auch, wenn se's einem doch nur immer wieder vermasseln mit ihrer Politik. Lauter Anstrengung für gar nischt!»

«Manchmal lohnt es sich schon. Es gibt auch in der Politik ab und zu Typen, die es ehrlich meinen. Die versuchen, das Schlimmste zu verhindern.»

«An Wunder glaub ich nich!»

«Solltest du aber. Es gibt wirklich welche.» Murks starrte versonnen in den Kinderwagen. Da war wieder eine Erinnerung. Grinny schielte mißtrauisch von der Seite:

«Haste schon mal eins erlebt?»

«Ja, hab ich. Denk gerade drüber nach. Nämlich, daß ich monatelang unter Verdacht von Hochverrat im berüchtigtsten Gefängnis des Großdeutschen Reichs, bei der Grenzgestapo Innsbruck, gesessen habe zwischen lauter fast zu Tod gefolterten Mitgefangenen, und mir nicht ein Haar gekrümmt worden ist, das war ein Wunder und kein Zufall …»

Skelett liebte Geschichten über alles, wobei es ihm weniger auf den Wahrheitsgehalt als auf spannende Handlung ankam. Wenn es dann außerdem noch wirklich geschehen war, um so schöner.

«Erzähl!» bat es eifrig. Das ruckelnde Geratter der Kinderwagenräder über das jetzt holprige Pflaster teilte sich ihrem ganzen dürren Körper bis zu den Zähnen mit. Die Franzosen neben ihnen diskutierten in ihrer eigenen Sprache. Murks begann.

Kurz nach seiner Inhaftierung in Rom war es, Handschellen um die Gelenke, über Nacht in verschlossenem Viehwaggon mit anderen Leidensgenossen nach Österreich abtransportiert worden, das zu Großdeutschland gehörte. Man brachte es zur Einvernahme durch die dortige Gestapo ins Polizeigefängnis Innsbruck. Innsbruck war ein besonders gefürchteter Ort. Durch seine nahen Grenzen zur Schweiz und Italien, über die der Menschenschmuggel florierte, wurde es zum Sitz der verrufensten Gestapoagenten. Murks, das damals noch Ruth hieß und auf Fragebogen unter der Rubrik: Geschlecht? ‹Mischling ersten Grades› angab, war in eine enge Gefängniszelle gesperrt worden, in der es schon zwei Schicksalsgenossinnen, junge polnische Jüdinnen, vorfand. Am nächsten Morgen, wenige Stunden nach seiner Einlieferung, wurden die beiden zum Verhör beordert. Abends brachte man sie in die Zelle zurück. Sie waren kaum wiederzuerkennen. Geschwollene Gesichter, gebrochene Nasen, fehlende Zähne. Man ließ ihnen nur wenige Stunden Schlaf. Dann holte man sie wieder. Diesmal kehrten sie in einem furchtbaren Zustand zurück, fast zu Tode gefoltert und, in Ermangelung ihrer Zungen, nicht mehr fähig zu sprechen. Am nächsten Tag verschwanden sie für immer. Andere waren an ihre Stelle getreten, teilten mit Murks die ärmliche Zelle. Es erging ihnen nicht anders. Nur am ersten Tag ihrer Leiden waren sie noch fähig, ihrer entsetzt zuhörenden Mitgefangenen Schilderungen abzugeben, Gestaponamen zu nennen. Dann räumten auch sie ihren Nachfolgerinnen den Platz. Für Ruth bedeutete es zusätzlich Qual, zu wissen und warten zu müssen, Tag um Tag, Nacht um Nacht. Sich auszumalen, wie weh es wohl tun würde, wenn ... In diesen Wochen, die sich in endlose Monate zu verwandeln begannen, war sie dem Irrsinn nahe. Aber immer noch holte man sie nicht zum Verhör. Sie blieb völlig isoliert bis auf die wenigen Gelegenheiten, bei denen alle Gefangenen während der Luftalarme in besonders abgesicherte Luftschutzkeller gebracht wurden. Dort gelang es meist, einige Worte miteinander zu wechseln. Auf diese Weise erfuhr Ruth Näheres über die gefürchteten Folterknechte und ihre jeweiligen Spezialmethoden. Schon war fast ein halbes Jahr vergangen und die Gefangene, immer erneut Zeugin von Mißhandlungen brutalster Art, am Ende ihrer Widerstandskraft angelangt, als eines Nachmittags ihr Name zum Verhör aufgerufen wurde. In der Wachstube beim Aufnahmeschalter wartete der Beamte auf sie, der sie in das Gestapo-Hauptgebäude auf der Herrengasse zu bringen hatte. Kurz, aber nicht unfreundlich, hatte er sie aufgefordert, ihm zu folgen.

Nach schnellem stummem Gang durch fremde Straßen waren sie bei dem Schreckgebäude angelangt. Der Beamte war mit Ruth über breite Treppen zum dritten Stock hinaufgestiegen, hatte sie in ein weites helles Zimmer voller Fenster geführt, auf einen Stuhl gedeutet und sie aufgefordert, Platz zu nehmen. Ruth, angstverkrampft, hatte hervorgestoßen:

«Bitte – wer ist mein Kommissar?»

«Ihr Kommissar bin ich. Mein Name ist Feldmann. Setzen Sie sich!»

Das war schon ein Befehl. Verblüfft hatte Murks ihn angestarrt, beobachtet, wie er sich hinter dem mächtigen Schreibtisch niederließ, in ihrer Akte zu blättern begann. Sein Name war ihr gänzlich unbekannt. Eigentlich sah er gar nicht wie ein Gestapotyp aus. Nichts Brutales an ihm. Nichts Betontes. Durchschnittsgesicht, so durchschnittlich, daß man es sich nicht einprägen konnte. Daß es nichts aussagte über den Menschen, dem es gehörte. Feldmann, erinnerte sich Murks jetzt, war ein ganz schlichter kleiner Mann undefinierbaren Alters gewesen, an dem nur die sehr ernsten Augen auffielen. Ihr gütiger Ausdruck paßte ganz und gar nicht zu seinem Beruf. Ruhig hatte er das Mädchen betrachtet, das da zitternd vor angespannter Erwartung vor ihm saß, und nicht wußte, was alles bedeuten sollte.

«Nun gut!» hatte er mit plötzlichem Entschluß den Aktendeckel zugeschlagen, «bin im Bilde über Sie. Weitere Auskunft brauche ich nicht. Ich werde versuchen, Ihnen zu helfen ...»

Ruth hatte sofort mit Mißtrauen reagiert. Vermutlich eine Falle. Was wollte er von ihr? Feldmann hatte es gespürt, war fortgefahren:

«Versuchen, habe ich gesagt. Das heißt nicht, daß ich es kann.

Kann noch nicht sagen, inwieweit ich dazu imstande sein werde. Das hängt nicht allein von mir ab. Wir werden sehen. Das wäre alles für heute. Ich bringe Sie jetzt wieder in Ihre Zelle zurück!»

Für Ruth hatte damit eine merkwürdig gute Zeit begonnen. Regelmäßig erhielt sie von ihrem staatlichen Betreuer Lebensmittelpakete und Zeitschriften, die sie über den nur zögernd eingestandenen Vormarsch der Alliierten unterrichteten. Manchmal holte Feldmann sie hinüber in die Gestapo, «damit Sie nicht den ganzen Tag in der Zelle hocken», schloß sie in sein Amtszimmer ein, um sie spätnachmittags wieder abzuholen und ins Polizeigefängnis zurückzubringen. Der luftige Raum im dritten Stock der Herrengasse gestattete einen weiten Blick auf die Berge. Ruth verbrachte die Tage in bequemen Sesseln, aß, las und genoß die Aussicht. Sie hatte es sich abgewöhnt, nach dem Warum zu fragen. Feldmann, verschlossen, karg in seinen Äußerungen, blieb höflich, ernst und distanziert. Keinerlei Annäherungsversuche. Dank wollte er nicht hören.

«Danken Sie mir nicht», hatte er mehr als einmal gesagt, «wer weiß, wie lange ich Ihnen noch helfen kann ...»

Als er sah, daß sich Ruth zu langweilen begann, verschaffte er ihr Arbeit als Dolmetscherin bei der politisch toleranteren Kriminalpolizei. Dort wurde sie gleichermaßen verwöhnt; alle mochten sie gern. Ruth befand sich in einer paradoxen Situation angesichts der Tatsache, daß sie in den Akten auf dem Schreibtisch von Herrn Feldmann als Hochverräterin registriert war, auf die der Strang wartete. Eines Tages jedoch hatte sie ihn in besorgter Stimmung vorgefunden. Mit seltsamer Betonung verlangte er ihr das Versprechen ab, daß sie durchhalten würde, was immer auch geschähe. Der Krieg sei bald zu Ende. Ruth, verlegen von der Dringlichkeit, mit der Feldmann dies vorbrachte, hatte gesagt:

«Wenn er zu Ende sein wird, dann werde ich Ihnen helfen, so, wie Sie mir geholfen haben!»

«Danke. Aber es wird nicht mehr nötig sein!» war seine Antwort gewesen. Seine Stimme hatte müde geklungen. Dann hatte er, zum letztenmal, Ruth in ihre Zelle zurückgebracht, ihr zum Abschied, was er sonst nie getan hatte, die Hand gedrückt. Am nächsten Tag hatten da an seiner Stelle zwei fette Parteibonzen gesessen, Füße auf dem Schreibtisch, hatten sie mit kaltem Hohn empfangen:

«Sieh da, das Protektionsbaby – Gefängniskost ja prächtig angeschlagen – mit dem sogenannten Herrn Feldmann als großherzigen Beschützer – schade, nicht wahr, daß selbst Protektoren nicht ewig leben …» Da wußte Ruth, daß ihm um ihretwillen etwas Ernstes zugestoßen war. Schon zwei Tage später hatte sie sich auf den Weg nach Ravensbrück befunden, mit ‹Sonderfahrkarte einmal einfach ohne retour›, wie die Gestapokerle es zynisch genannt hatten.

«Siehst du», beendete Murks den Bericht, «hätte ich nicht diesen Schutzengel in Gestalt Feldmanns gehabt, dann wär ich jetzt nicht mehr am Leben. Das ist doch wie ein Wunder, findest du nicht?»

Grinny, die gespannt zugehört hatte, überlegte:

«Is ein Wunder, daß der das alles für dich riskiert hat, scheint doch kein echter Gestapoheini gewesen zu sein. Wahrscheinlich war er in dich verknallt.»

«Ohne was von mir zu wollen? Davon hätte ich auch was merken müssen. Verliebt war er auf keinen Fall.»

«Mensch, dafür muß es aber doch 'ne vernünftge Erklärung geben. Nur so zum Spaß hat der bestimmt nich Kopp und Kragen riskiert.»

Nachdenklich rollte Murks das lederne Riemenband der Rucksackschnalle auf und zu:

«Natürlich nicht. Weißt du, was ich vermute? Daß Feldmann einer von unseren eigenen Leuten war, den unsere Organisation von Rom aus oder sonstwo nach Innsbruck geschickt hatte, um mich und vermutlich ein paar andere in ähnlicher Lage herauszuhauen. Vielleicht einer von den vatikanischen Hilfsstellen, jemand vom deutschen Padre Weber. Doch möglich? Er hatte so was

Kirchliches im Gesicht. Sah aus, als glaube er noch an die Menschen und das Gute in ihnen. Jedenfalls – es gehört schon ein selbstmörderischer Mut dazu, sich direkt in die Höhle des Löwen, mitten zwischen die Grenzgestapo zu begeben!»

«Möcht wissen, wie er da überhaupt reingekommen is, wenn er wirklich von der andern Seite war? Aua, das Biest geht nich weiter, hilf mir mal!»

Murks wuchtete den im Straßenschlamm steckengebliebenen Kinderwagen hoch:

«Das war weniger kompliziert, als du dir vorstellst. Erstens herrschte damals unter der Gestapo schon viel Verwirrung, weil die Alliierten im Anmarsch auf Deutschland waren, und die Feigsten unter ihnen begannen sich bereits nach einem sicheren Versteck umzusehen. Zweitens hatte unsere Organisation eine perfekte Ausweisfälschungsabteilung. Hab ja selbst dort mitgearbeitet. Und drittens reichte die beschränkte Naziphantasie nicht aus, um sich vorstellen zu können, daß auch andere als nur leidenschaftliche Schlägernaturen sich freiwillig zum Kommissardienst bei der Geheimen melden könnten.»

«Na ja, möglich isses. Da haste aber mächtiges Glück gehabt!»

«Siehst du, du nennst es Glück, und ich nenne es ein Wunder. Das war mehr als Glück. So, als hätte eine höhere Macht eingegriffen ...»

«Du meinst, der Vatikan?»

«Noch 'ne Stufe höher. Die Hilfe kam von ganz oben.»

«Also, das is mir schon wieder zu hoch. Aber, wie du's auch immer nennen willst: mächtig Schwein haste gehabt. Das muß dir der Neid lassen!»

Unter der Last ihrer Rucksäcke marschierten die beiden mit ihrer französischen Eskorte geradeaus, obwohl ihnen die Füße weh zu tun begannen. Das linke Vorderrad des Kinderwagens hatte sich gelockert und schepperte unter der ungewohnten Last des Koffers über den unebenen Boden. Murks war müde vom Schieben:

«Wird Zeit, daß wir uns bald mal wieder ein bißchen ausruhen!»

Immer dichter werdendes Graulicht kündete den Abend an. Es war empfindlich kühl geworden, und die Menschen auf der Straße begannen, sich nach Nachtquartieren umzuschauen. Vergeblich. Hier, wo sie jetzt gingen, war der Weg zu einsam. Kein Haus, keine Stallung, nur kahle, immer dunkler werdende Felder und Tierkadaver, stinkende, fliegenübersäte Ballons. Selbst die russischen Soldaten, die vereinzelt zwischen ihnen marschierten, sahen angesichts der ungastlichen Gegend mißmutig drein. Im Gehen schnitten sie Scheiben von Brot und rötlichen Speckschwarten, steckten sie mit dem Messer in den Mund, ohne sich um die gierig verlangenden Blicke zu kümmern, die ihr Tun verfolgten. Wagte es dennoch der eine oder andere, sich ihnen bettelnd zu nähern, verscheuchten sie ihn mit kurzen, herrischen Handbewegungen wie eine lästige Fliege.

«Und so was nennt sich Kommunisten!» spottete Grinny, «da siehste den Quatsch von Politik. Von wegen alles teilen und Gemeinschaftsbesitz – daß ich nich lache!»

Der junge Franzose neben Murks sprach es an:

«Wir 'aben auch Brot mit uns. Backen es selber. Mein Freund 'ier, er ist Bäcker.» Er deutete auf die große Tragetasche am Arm seines Begleiters:

«Dort er 'at Mehl und alles, was er braucht zu backen. Wir müssen einen Platz finden zum Übernachten. Dann wir werden das Brot teilen! Ihre Frau, sie muß essen, sie ist sehr dünn!»

Murks lachte. Vermutlich war der Kinderwagen schuld daran, daß der Franzose sie beide für ein Ehepaar hielt. Skelett hatte noch immer etwas Weibliches in seinen Bewegungen. Es bedankte sich höflich. Gemeinsam hielt man Ausschau nach einem Rastplatz für die Nacht.

Grinny wurde überholt von einer rüstig ausschreitenden, gutgenährten jungen Frau mit einem kleinen Mädchen an der Hand.

Über ihr kariertes Kleid hatte sie lose einen hellen Mantel geworfen.

«Wo kommt die denn her? Aus der Sommerfrische?» knurrte Skelett, angerempelt, hinter ihr her. Für einen Augenblick hatte Murks das Gesicht der Frau aus nächster Nähe sehen können:

«Du, ich weiß nicht – die kenn ich doch? Von wo nur?»

«Wenn du ans Marzipanschwein denkst, also die is es nich.»

«Zu dumm, ich komm nicht drauf.» Gespannt folgten Murks' Augen der forsch ausschreitenden Gestalt, «aber es läßt mich nicht los. Ich schwöre, daß ich das Gesicht kenne. Dirndlkleid – Mutter – kleine Tochter … Hoffnungslos. Es fällt mir einfach nicht ein.»

«Na, soviel Mütter haste ja vorläufig auch noch nich gesehn, außer denen bei uns im Lager, die mit den toten Neugeborenen im Arm, die wie Spinnen aussahn, weißte noch? Und die sie immer weiter im Arm wiegten, von rechts nach links und wieder zurück, und ihnen was vorsangen, was die gar nich hören konnten, weil se doch längst tot waren. War ja auch besser so für die armen Würmer. Kein Troppen Milch mehr in den verhungerten Mumien, die sie hielten. Warste mal im Idiotenstübchen auf Block zehn? Da haben se se alle zusammengepfercht, fast hundert von ihnen ganz nackt auf fünf Schritt Breite und zehn Schritt Länge. Wenn se starben, konnten se gar nich umfallen. War kein Platz …»

«Wo?» fragte Murks geistesabwesend.

«Na wo – im Lager natürlich!»

«Lager», wiederholte ihre Kameradin nachdenklich, und nochmal, nachdrücklicher:

«Lager!» Plötzlich brüllte sie los:

«Natürlich – Lager! Das ist's!»

«Biste übergeschnappt?»

Murks fuchtelte aufgeregt mit dem Arm in die Richtung, in die die Frau gegangen war:

«Weißt du, wer das war, das Dirndl mit dem kleinen Mädchen? Nein? Dann halt dich fest. Die Hinze war's, die Oberaufseherin. Daß ich die nicht gleich erkannt habe!»

«Die Hinze? Bist du sicher? Auf, ihr nach!» Skelett schoß vorwärts.

«Bleib hier, zu spät! Die ist längst über alle Berge!»

«Appelmus hätt ich aus der gemacht! Sie persönlich unserem Oberchinesen serviert für 'n kleines Extravergnügen! Also haste da noch Töne? Mit karierte Puffärmel und 'nem geklauten Balg auf Wanderschaft nach 'm goldenen Westen?» Grinny schäumte vor Wut. Verbissen, über soviel Ungerechtigkeit ergrimmt, setzten die beiden Häftlinge in Begleitung der jungen Franzosen ihren Weg durch die Dämmerung fort. Die Sicht wurde immer schlechter; die Bäume am Rand der Straße waren nur noch Schatten vor trübgrauem Hintergrund. Auf den Äckern lag weißlicher Bodennebel. Da überholten sie den Professor. Er wanderte ganz allein vor sich hin, eine hohe, leicht vorgebeugte Gestalt mit randloser Brille und einem Persilkarton unter dem Arm. Mit sich selber sprechend, bewegte er seine freie Hand, als wolle er jemandem etwas erläutern, das dieser anscheinend nicht verstand. Er mochte etwa fünfzig Jahre alt sein.

«Hallo!» rief ihm Murks kameradschaftlich zu, als sie an ihm vorbeikamen, denn bei einsetzendem Dunkel befal das Gesetz der Straße, sich zu Gruppen zusammenzuschließen, «kommen Sie mit uns?»

Der Professor blickte auf, die Hand blieb in der Luft stecken:

«Wie? Ja so. Vielen Dank, sehr liebenswürdig!» Er kam zu ihnen hinüber, stellte sich mit sanfter Stimme vor:

«Bertholdt, Professor der Neurologie.»

«Murks!» schrie Skelett, «'n richtiger Professor, ich krieg die Motten! Jemand mit Köppchen. Können wir prima gebrauchen, damit er uns das hier alles mal richtig erklärt!»

«Das ist Ellen», erklärte Ruth, «sieht ein bißchen mager aus, weil wir aus einem Vernichtungslager kommen. Und ich heiße Ruth.»

«Quatsch, Murks heißt du. Und ich Grinny», sagte Skelett ärgerlich. «Brauchst nich gleich auf fein tun, bloß weil ma 'n Gebildeter kommt!» Es warf einen abschätzenden Fachblick auf die abgetragene Hose, den alten fleckigen Pullover des Wissenschaftlers:

«Sieht auch nicht aus, als wär er nur auf 'm kleinen Frühlingsbummel. Der war bestimmt …»

«Interniert? Allerdings. Bis vorgestern», sagte der Professor ohne Lächeln und beantwortete die Begrüßung der Franzosen in ihrer Sprache mit süddeutschem Anklang. Eine leise traurige Stimme. Zu fünft setzte man sich wieder in Bewegung. Murks neben dem Professor betrachtete seinen neuen Wegbegleiter heimlich von der Seite. Ein stilles blasses Profil mit überhöhter Stirn, ausladendem Hinterhaupt, enger Nase, langem, sanftem Kinn. Um den schmalen Mund, der eigentlich nur ein knapper Einschnitt in die untere Gesichtspartie war, lag ein schmerzlicher Zug, etwas Wehes. Scharfe Falten schnitten sich in die schmalen Wangen ein. Augenblicklich empfand Murks Sympathie für den Gelehrten, der ihm in einer besonderen Weise trostbedürftig erschien.

«Waren Sie lange eingesperrt?» erkundigte es sich.

Der Professor nickte geistesabwesend:

«Viel zu lange. Ob dieser Wahnsinn nie zu Ende geht?» Er meinte es wohl im übertragenen Sinne, aber der Häftling faßte es wörtlich auf:

«Ist schon zu Ende. Hitler ist tot, wußten Sie das schon?»

«Wer, Hitler? So, ist er? Aha!» Allzusehr schien ihn diese Mitteilung nicht zu beeindrucken. Seltsamer Kauz.

«War es schlimm bei Ihnen im Lager?»

Der Professor, zwiegesprächsentwöhnt, blickte verwirrt auf:

«Nun ja, gewiß, schon recht unangenehm. Die meisten waren Neurotiker. Ist auch weiter nicht zu verwundern. Immerhin einige recht interessante Fälle von akuter Haftpsychose unter starker Schockeinwirkung, die zu beweisen scheinen …»

Einer der Franzosen kam zu ihnen hinüber:

«Wir müssen versuchen, Quartier für die Nacht zu finden jetzt. Sonst wird zu spät. Weg von der Straße, irgendwo. D'accord?»

Sie schlug sich querfeldein, die kleine Fünf-Mann-Gruppe, und erreichte gerade noch vor Einbruch der vollen Dunkelheit einen gewundenen Pfad, der an einer Schonung entlang landeinwärts führte. Sehr wachsam, alle paar Schritte sichernd, schlichen sie vorsichtig einer hinter dem anderen her. Murks mühte sich, den Kinderwagen so geräuschlos wie möglich vorwärts zu schieben. Es raschelte. Wie angewurzelt blieben sie stehen. Aber es war nur ein Hase gewesen, der sich vermutlich beim Auftauchen der Schleichkolonne mehr erschrocken hatte als sie. Müde und ausgepumpt setzten sie ihren Weg fort. Der Boden wurde immer erdiger. Feuchte Klumpen hängten sich an ihre Schuhsohlen, machten das Vorwärtskommen noch schwerer. Plötzlich, nach einer letzten Biegung des Pfades, der zu versanden drohte, sahen sie einen großen Bretterverschlag vor sich. Die Franzosen untersuchten ihn, kamen mit frohen Gesichtern zurück: ein Heuschober! Etwas Besseres hätten sie sich nicht wünschen können. In wenigen Minuten hatten sie es sich in ihm gemütlich gemacht. Durch eine Luke zwischen Wand und Dach fiel volles Mondlicht ins Innere der Scheune. Außerdem besaßen die Franzosen eine Taschenlampe. Gähnend streckte sich Murks im trockenen Heu aus, fragte eher aus Neugier als aus Sorge:

«Und wenn uns hier heut nacht die Russen finden?»

Der eine der jungen Männer machte eine wegwerfende Geste:

«Ah bah, les Russes! Vor uns Franzosen 'aben sie Respekt!» Das sollte sich später noch des öfteren als wahr erweisen.

«Wieso Respekt? Sind es nicht Ihre Freunde?» fragte der Professor, «wer hat denn nun eigentlich gesiegt?»

«Der Krieg ist ja noch gar nicht zu Ende», sagte Murks.

«Aber entschieden. Die SS is im Eimer. Worauf du Gift nehmen kannst!» schrie Skelett.

Raoul, der gut Deutsch sprechende Elsässer, wandte sich dem Gelehrten zu:

«Wer gesiegt hat? Wer der endgültige Sieger sein wird? Schwer zu beantworten, Monsieur le Professeur. Zuerst einmal sind wir alle besiegt worden, wir Franzosen, die Belgier, Holländer, Luxemburger, die Dänen und Norweger, die Österreicher, Polen, Tschechen, Ungarn, Rumänen – fast das ganze Europa. Ebenso wie die Russen. Und nun endlich auch Deutschland. Andere Staaten wie England haben durch den Luftkrieg schwer gelitten. Menschen aller Nationen fielen oder wurden ermordet. Ziemlich blasphemisch, angesichts solcher Tatsachen von einem ‹Sieg› zu sprechen. Respektive, um die präzisere deutsche Formulierung zu gebrauchen, vom ‹Endsieg›. Schöner Sieg, das!»

«Ah pardon, einen Moment!» unterbrach ihn sein Landsmann, «wofür 'aben wir Partisanen gekämpft? Doch für den Sieg?»

«Um uns und unsere Familien zu verteidigen. Den Feind zu schwächen. Um weiteres Unheil abzuwenden und den Krieg schneller zu beenden.»

«Gut. wir 'aben den Krieg nicht begonnen. Wir sind nicht schuld an ihm. D'accord. Aber wir mußten uns verteidigen. Nun 'aben wir gesiegt. Es ist ein gerechter Sieg!»

Grinny gähnte anhaltend:

«Ihr kommt mir vor wie 'ne Schulklasse voll kleiner Jungs. Da hauen sich zwei, und auf einmal sind alle andern mit dabei und prügeln mit Gebrüll aufeinander los, daß se gar nich mehr auseinander zu kriegen sind. So blöd können Mädchen gar nich sein!»

Damit kippte sie rückwärts um und schlief ein. Die Franzosen, durch Skeletts Einwurf momentan irritiert, lachten, packten die Tragtasche aus, verteilten lange Stangen selbstgebackenes Weißbrot. Murks spendierte dazu eine Dose kanadische Salzbutter. Sie wechselten Büchsenöffner und Messer aus. Schweigend schlangen sie die Bissen hinunter.

Noch mit vollem Mund nahm George, der zweite Franzose, die Diskussion wieder auf:

«Für misch ist es ganz einfach. Deutschland 'at uns überfallen und den Krieg angefangen. Dafür ist es nun besiegt. Wenn der Krieg vorbei ist, wird man alle Verbrescher vor Kriegsgerischte stellen und erschießen. Und dann ist wieder Frieden!»

«Ich wünschte, ich könnte es so sehen wie du. Aber so einfach ist das nicht. Wenn eine Gewaltherrschaft zu Ende ist, fängt meist anderswo eine neue an. Nicht alle Nationen, die nach diesem Krieg als Sieger gelten, denken demokratisch. Und nur ein überzeugter Demokrat wird der Versuchung auf die Dauer widerstehen können, seine neugewonnene Macht am Schwächeren zu erproben. Dein Begriff von Gerechtigkeit steht auf schwachen Füßen.»

«Aus dir spricht der Jurist, mein Lieber!»

«Ich denke, Sie sind Bäcker?» wunderte sich Murks, dem schon die Augen zufielen.

Raoul lächelte:

«Das war mein Beruf im Lager. Nicht der schlechteste übrigens ...»

«Apropos Gewaltherrschaft», meldete sich der Professor zu Wort, sein Brot in kleine Stückchen zerpflückend, «ich halte dieses Machtbedürfnis, das Sie soeben erwähnten, für einen menschlichen Urtrieb von um so größerer Potenz, als er durch soziale Rücksichtnahmen zwecks Anpassung an die Umwelt lange Zeit hindurch in der Verdrängung leben und sich hier zu gefährlichen Aggressionen ballen kann, die eines guten beziehungsweise unguten Tages, durch irgendeine bedeutungslose Kleinigkeit ausgelöst, in ungeahnter Stärke hervorbrechen und alles vernichten können.»

«Hitler!» sagte Murks.

Raoul nickte. «Krankhaftes Machtbedürfnis. Sozialkomplexe.»

«Ist wohl so bei den meisten Diktatoren.»

«Schon deshalb sollte sich die ganze freie Welt miteinander verbinden, um solche Auswüchse, wie wir sie jetzt von deutscher Seite aus erlebt haben, ein für allemal zu verhindern!»

«Das betrifft nicht Frankreich!» zuckte George gleichgültig die Achseln und streckte sich im Heu aus, «La France ist eine friedliebende bürgerliche Nation.» Das Licht seiner Taschenlampe erlosch.

Schläfrig murmelte Murks:

«Frankreich – Deutschland – Rußland. So viele Begriffe. Vielleicht wird man nach diesem Krieg weniger von kleinen Einzelnationen als von Gesamteuropa sprechen. Sieht doch jetzt alles ziemlich gleich aus da draußen …»

Damit versank es ebenfalls im Heu, hörte gerade noch, wie der Professor leise «gute Nacht» wünschte, und schlief auch schon. Draußen tauchte ein heller Vollmond den Schober in milchiges Licht. Aber die Bäume zwischen ihm und der Straße schützten ihn vor den Augen der menschlichen Wölfe, die sich jetzt auf Beutejagd begaben.

5. Mai 1945

Nach traumloser Nacht kam Murks langsam wieder zu sich. Die Männer hatten sich schon frisch gemacht und waren beim Frühstücken. In breitem Lichtstrahl fiel die Morgensonne durch die Luke im Dach. Murks blinzelte verschlafen in die Runde, richtete sich auf, zupfte sich Halme aus Haar und Kleidern. «Grinny, wo bist du?»

Zu seiner Linken knisterte es. Aus dem trockenen Gras wühlte sich das Skelett: «Was is los?» Sein einst weißer Bubikragen war jetzt vom gleichen Grau wie das übrige Gewand.

«Aufstehen. Die anderen sind schon fertig!»

Die Franzosen reichten ihnen Frühstücksbrot, dazu frisches Trinkwasser in Aluminiumbechern. «Gar nicht weit von hier ist ein Brunnen, der noch funktioniert», sagte Raoul. Dort hatten sich die Männer schon bei Tagesanbruch gewaschen; sie wiesen Murks und der verschlafenen Grinny den Weg.

Die kühle Brise der Morgenluft tat gut. Murks atmete tief durch, schüttelte ein paarmal den Kopf, um das Gehirn in Gang zu setzen. Blinzelte gegen die Sonne zum Waldrand hin. Alles schien verlassen. Weit und breit rührte sich nichts. Nur ein dicker Vogel, der in einer einsamen Pappel hockte, quakte und krächzte abwechselnd unmelodisch wie eine Holzknarre.

«Widerliches fettes Biest!» schimpfte Skelett in den Baum hinauf, «halt endlich die Schnauze. Das Geratsche macht mich fertig. Und da faseln die Leute noch von ‹Vögleingezwitscher›! Poesie is genau so ’n Schwindel wie alles Übrige!»

«He – ist dir ’ne Laus über die Leber gelaufen? Schlecht geschlafen?»

Grinny setzte sich auf den Brunnenrand, verschränkte die Arme über der Brust:

«Du, Murks, von den andern, da müssen wir weg. Allein war's viel schöner!»

«Was hast du gegen die Männer? Sind doch alle sehr nett und geben uns von ihrem Brot ab?»

«Und wir ihnen von unsre Salzbutter. Is Jacke wie Hose. Aber nu müssen wir machen, was die wollen. Zum Beispiel hier waschen. Hätten wir nich gebraucht, wenn die nich dabei wären. Ich meine: Hätten wir tun können, aber nich müssen. Verstehste?»

«Dachte, du wärst froh, wieder jemanden zu haben, der dir sagte, was du tun sollst?»

«Aber nich die hier. Die sind ja selbst unsicher. So hatte ich das nich gemeint.»

«Und was möchtest du?»

Skelett hob sehr langsam den Kopf, sah die Kameradin beschwörend an, sagte fest:

«Ich möcht nach Hause!»

«Nach Hause? Was meinst du denn damit?» starrte Murks verständnislos zurück.

«Na ja, eben nach Hause. Zu uns zurück. Da war'n wir glücklich. Nur – da liegen ja noch die geschlachteten Nazis 'rum.»

«Grinny, du hast Sehnsucht nach dem Haus? Dann bist du schon auf dem Weg, wieder Mensch zu werden.»

«Auf den Weg verzicht ich. Leg gar keinen Wert drauf, 'n Mensch zu werden. Komm, Murks, sei doch mal ehrlich: Was gehn uns diese Franzmänner an? Zu Haus bei uns, da ging's zwar manchmal drunter und drüber wegen der Chinesen, aber wir hatten 'ne Küche und 'n Klavier und 'n Bett und mußten nich dauernd sinnlos marschieren wie bei der SS!»

Zum erstenmal fiel Murks auf, daß Grinny fast am Ende ihrer Kräfte war. Besorgt schaute es auf die müde hängenden Schultern, diesen ausgezehrten Körper, der wunderbarerweise noch immer Leben beherbergte, obgleich er nach menschlichem Ermessen schon seit Monaten unter der Erde hätte liegen müssen. Das, was ihn aller Ärztewissenschaft zum Trotz noch zusammenhielt, dieser Funke zähen Lebens namens Grinny, brauchte dringend Auftrieb. Der Haushalt in der ‹Villa› hatte ihm eine Aufgabe bedeutet, die ihm nun fehlte. Außerdem war die Strapaze der ungewissen Wanderschaft zuviel für das armselige Skelett. Es bestand Gefahr, daß es unter diesen Umständen den Willen zum Weitermachen aufgab.

«Hör zu, Grinny!» Mit beiden Händen packte Murks die Kameradin bei den knochigen Oberarmen, «du darfst jetzt nicht aufgeben. Reiß dich zusammen, ich verspreche dir, uns ein noch viel schöneres Haus zu finden, eins mit einer ganz tollen Küche, wo wir bleiben können, bis du dich wieder stärker fühlst. Aber bis dahin mußt du durchhalten. Versprichst du's mir?»

Skelett nickte stumm und machte sich am Brunnen zu schaffen. Erst jetzt wurde Murks klar, wie unglaublich zäh sich das arme Geschöpf bis heute in seiner elenden körperlichen Verfassung durchgeschlagen und behauptet hatte.

«Wie ein Wunder!» sagte es laut und begann Grinnys Rippen zu zählen.

«Haste schon wieder 'n neues Wunder?» prustete Skelett in seine wassergefüllten Hände. «Weißte, was für mich 'n Wunder is? Wenn der Dreck abgeht. Der sitzt fest!»

«Das Wunder bist du!» grinste Murks und war auf einmal guter Laune.

In der Scheune sprachen die Männer schon wieder angeregt durcheinander.

Mit angezogenen Beinen und über den Ohren abstehenden weißen Haarbüscheln hockte der Professor im Heu.

«Fräulein Murks», rief er dem eintretenden Häftling zu, «wollen Sie mir etwas Gesellschaft leisten?»

184

Murks lachte und ließ sich neben ihn fallen:

«Aber die komische Anrede müssen Sie weglassen, die paßt nicht. Sagen Sie einfach Murks. Oder Ruth, wenn Ihnen das lieber ist.»

Die Andeutung eines scheuen Lächelns verjüngte überraschend seine Züge:

«Aha. Ja. Viel lieber!» sagte er leise.

Skelett gesellte sich mittlerweile Raoul zu, dem das Mitleid mit dem armseligen Häuflein Knochen im Gesicht geschrieben stand und der sich alle Mühe gab, es ein wenig aufzuheitern.

«Und wie fühlen Sie sich heute morgen?» hörte Murks den Professor sachlich fragen.

«Gut. Wieso?» Es war verblüfft. Solch eine Frage hätte es selbst nie an sein Innenleben zu stellen gewagt. Wenn man erst einmal anfing, darüber nachzudenken, wie es einem ging – ob es überhaupt ging …

«Weshalb fragen Sie?»

«Sagen wir, berufliches Interesse. Weil ich Sie beobachtet habe. Und weil Sie einer der eindeutigsten Fälle von Selbsttäuschung sind, die mir in letzter Zeit begegnet sind. Sie sind überzeugt davon, nicht wahr, daß es Ihnen gutgeht?»

«Gewiß!» bestätigte Murks erstaunt, «fühle mich prima. Wieso?»

Der Professor nickte, als habe er es nicht anders erwartet:

«Sie haben alle belastenden Bewußtseinsinhalte tief ins Unterbewußtsein verdrängt. Eine Art Schutzmaßnahme der Natur. Später aber, wenn wir aus alldem hier heraus sein werden, dann müssen Sie unbedingt zunächst in eine gute Klinik. Es besteht die Gefahr, daß Sie zusammenbrechen werden.»

«Möcht wissen, wovon?» schüttelte Murks verständnislos den Kopf, «mir fehlt doch nichts? Die paar gebrochenen Rippen spür ich gar nicht mehr, die sind doch unwichtig. Und die Peitschenstriemen über dem Rücken sind längst vernarbt, ebenso wie der Messerstich über dem Herzen. War nur 'ne Fleischwunde!»

Der Professor nahm seine Brille ab, schaute aus kurzsichtigen forschenden Augen seine Nachbarin lange und prüfend an. Murks wurde unruhig unter diesem Blick; es fühlte sich gleichzeitig durchschaut und gestreichelt. Da war sie wieder, die verwirrende Kombination: Autorität mit Güte gepaart. Sie löste unbestimmte Sehnsüchte in ihm aus, die anscheinend weit in die Kindheit zurückreichten.

«Aber die seelischen Striemen», sagte der Arzt sanft, «die müssen doch auch verheilen, und das dauert viel länger und braucht viel Hilfe.»

«Sind längst verheilt!» erklärte Murks betont burschikos, denn es wollte unter keinen Umständen für schwach gehalten werden, «das, was Sie Seele nennen, hab ich unterwegs verloren. Die hat man aus mir rausgeprügelt. Ist wohl auch besser so. Empfindlichkeiten stören nur und komplizieren unnötig.»

Herausfordernd blickte es seinen Nachbarn an. Der hielt seinem Blick mit neu erwachtem Interesse stand. Murks wurde immer irritierter:

«Seele läßt sich genauso stählen wie Muskeln. Das kann man lernen. Nichts ist mir widerlicher als Gefühlsduseleien. Dieses weibische Sichgehenlassen, Selbstbemitleidung, diese – diese ...» Es geriet in solche Erregung, daß es nicht mehr weiterwußte. Das Wort stockte ihm in der Kehle.

Der anteilnehmende Ausdruck der Augen auf seinem Gesicht verstärkte sich noch:

«Sie sind sehr krank, Ruth», sagte der Professor nachdenklich. «Die Verdrängung ist nicht mehr ganz so vollständig, wie ich ursprünglich annahm. Unterschwellig formen sich da bei Ihnen bereits assoziative Bilder, die das kontrollierende Bewußtsein bedrängen ...»

«Wenn Sie mir dasselbe später noch mal auf deutsch erklären könnten?» spottete Murks, «ist bestimmt sehr interessant. Vorläufig habe ich unterschwelligen Hunger. Hat noch jemand ein Stück Brot für mich?»

Es verspürte keinerlei Lust, weiter Versuchskaninchen zu spielen.

Raoul reichte Brot herüber, und Grinny steckte ihrer Kameradin heimlich ein Ei zu. Der Professor hatte seine Brille wieder aufgesetzt, das sanfte verständnisvolle Lächeln jedoch beibehalten. Er war keineswegs beleidigt, daß ihm sein Studienobjekt die Tür vor der Nase zugeschlagen hatte.

«Würde mich interessieren», meinte Murks kauend, «wie Sie Grinny einstufen. Sie ist doch bestimmt ein interessanter Fall für die Medizin?»

Das Lächeln erlosch. Er schwieg.

«Nun?» fragte Murks herausfordernd, «was sagt die Wissenschaft zu solch munteren Skeletten, die Rucksäcke schleppen und Salzbutter löffelweise in sich hineinschaufeln, ohne Brechreiz zu bekommen?» Es lachte.

Noch immer sagte er nichts. Seine Nachbarin wartete schadenfroh. Würde er auch dafür eine wissenschaftliche Erklärung haben? «Nun?» fragte sie noch einmal.

Sehr ruhig sagte er:

«Sie ist bereits tot. Sie weiß es nur noch nicht!»

Murks erschrak. Darauf war es nicht gefaßt gewesen. Vor noch nicht einer Stunde, da draußen am Brunnen, war ihm der gleiche Gedanke gekommen. Es hatte ihn aber gleich darauf als unsinnig verworfen. Natürlich lebte Grinny, hatte sogar Wünsche und Ziele, wollte ein Haus, eine eigene Küche – alles durchaus greifbare, lebensbejahende Dinge ...

«Unsinn!» sagte es schroff, «Grinny ist nur sehr schwach. Sieht zwar wie ein Geist aus. Aber das täuscht. Steht mit beiden Füßen fest auf der Erde, glauben Sie mir!»

Er antwortete nicht.

«Sehen Sie mich nicht so an!» rief Murks aufgebracht, «ich mag das nicht!»

«Was meinen Sie mit ‹so›?»

«Wie – wie ein Arzt, der seinem Patienten beibringt, daß seine

Mutter unheilbar krebskrank ist. Mit diesem ‹Wir-sind-alle-in-Gottes-Hand›-Blick!»

«Interessant, daß Sie in diesem Zusammenhang die Mutter erwähnen. Die unbewußte Assoziation der Kameradin mit Ihrer Mutter ... Es wird für Sie wichtig sein, Ihre KZ-Genossin nicht so bald zu verlieren.»

Seine sanfte Stimme verlor sich in nachdenklichem Gemurmel. Murks ärgerte sich, daß es Grinny überhaupt in die Unterhaltung mit einbezogen hatte.

Die Worte des Arztes hatten die unbestimmte Angst, die ihm seit heute morgen, seit der Unterhaltung mit der Gefährtin, in den Knochen saß, verstärkt.

Im Heu war es wärmer, die Sonne stand schon hoch.

«Ich glaube, wir sollten uns wieder auf den Weg machen», meinte George, «wir müssen weiter, bevor wir 'ier auf einmal festsitzen. Allons, mes enfants. Der Westen ruft!»

«Was ist das eigentlich, was ihr Westen nennt und wohin wir alle gehen?» fragte Murks mit der ganzen Ahnungslosigkeit des jahrelang von der Welt Ausgeschlossenen. Verblüfft starrte George den Häftling an:

«Osten, das sind die Russen», erklärte er, «das ist 'ier. Westen, das sind die Engländer!»

Engländer! Das Wort erregte Murks. Es war da eine uralte Gedankenassoziation:

Kindheit – Mutter – England – die englische Nurse. Aber nur die Quersumme der miteinander verknüpften Begriffe erreichte das Bewußtsein. Murks wurde plötzlich sehr aufgeregt. Also ging es zurück zu Altvertrautem, zur Mutter, heim ... Eilig sprang es auf die Füße, schwang sich den Rucksack über die Schultern, rief lebhaft: «Kommt, los! Auf zu den Engländern. Worauf warten wir noch?»

Sie packten zusammen. Der Professor sagte entschuldigend: «Erlauben Sie?» und entfernte behutsam einen Strohhalm, der sich in Murks' Pullover verhakt hatte. Skelett grinste anzüglich, knöpfte sein Kleid zu und grub unter dem Heu den Kinderwagen mit den Koffern aus. Gemeinsam machte man sich auf den Weg zurück zur Straße. Die beiden Franzosen bildeten die Vorhut, Grinny, der der Professor rücksichtsvoll den Rucksack mit seinem leichten Persilkarton vertauscht hatte, und ihre Gefährten marschierten hinterdrein. Am Wegrand, dicht bei der Straße, hockte eine Frau, deren tränenverwüstetes Gesicht noch Spuren besserer Tage aufwies. Sie hielt ein zwölfjähriges zartes Mädchen vor sich hin. Gerade kam eine Gruppe russischer Offiziere an ihr vorbei.

«Hallo! Hallo, Sie!» rief die Frau flehend und, als die Männer sie anblickten:

«Nehmen Sie meine Kleine mit, bitte, nehmen Sie sie mit! Sehen Sie doch, was für ein schönes Kind – die strammen Schenkel …», mit fliegenden Händen raffte sie den Rocksaum des Mädchens hoch, «fast schon eine kleine Frau, sehen Sie nur! Nehmen Sie sie doch – bitte!» greinte sie.

Die Russen lachten nur, winkten ab und setzten ihren Weg fort. Sie konnten auf Angebote dieser Art verzichten. Wütend trat Murks auf die Frau zu:

«Lassen Sie sofort das Kind los!»

«Das ist meine Tochter!»

«Und Sie schämen sich gar nicht, Ihre eigene Tochter als Lustobjekt an die Russen zu verhökern? Das ist ja ekelhaft!»

Auch die anderen waren mittlerweile herangekommen. Grinny meinte trocken:

«Verdirb ihr nich 's Geschäft. Wird 'ne Puffmutti sein. Die kann nich anders!»

Die Frau heulte hemmungslos. Ihre nackten Arme wiesen zahllose Nadelstiche auf:

«Aber was soll ich denn sonst tun?»

Murks kochte:

«Verdammte Kupplerin! Schmeißt die eigene Tochter den Russen an den Hals!» Beruhigend versuchte es auf das völlig verstörte Kind einzureden.

«Ich bin Irene Freifrau von Erlenbach!» sagte ihre Mutter unter Tränen und richtete sich auf.

«Das entschuldigt gar nichts!» mischte sich auch Raoul ein, «haben Sie denn gar kein Verantwortungsgefühl?»

«Ich hab doch keine Wahl!» Die Frau schrumpfte wieder zu einem Häufchen Elend zusammen, «meinen Mann haben sie erschlagen. Meine beiden Schwestern, mich und meine älteste Tochter haben sie … Ich will meinem Kind doch nur die fürchterlichen Massenvergewaltigungen ersparen, verstehen Sie das denn nicht? Wenn ich es einem Offizier mitgeben könnte, der es gut mit ihm meint – es nicht an andere weiterreicht …»

«Weshalb sollten die Offiziere besser sein als die Soldaten?» Auch Skelett sah jetzt zornig aus:

«Mensch, Freifrau, biste denn total irre, dein eigenes Kind an die Iwans zu verschachern? Dich will wohl keiner mehr?»

Aber der Frau war nicht zu helfen. Sie hörte gar nicht hin, spähte schon nach weiteren Offizieren aus. Murks wandte sich an den neugierig dabeistehenden George:

«Irgend etwas müßte man hier doch tun. Haben Sie denn einen Vorschlag?»

«Wir werden die Kleine eben die paar Tage bis Kriegsende mit uns nehmen und sie dann wieder zurückschicken», meinte der kinderliebe Raoul schlicht und wandte sich zum Gehen, «laßt euch aber von der Mutter die genaue Adresse aufschreiben!»

Als die Frau begriff, daß der sympathische Franzose in Begleitung dieser anscheinend ehrenhaften Deutschen ihre Tochter mitnehmen wollte, hörte sie auf zu weinen, nickte eifrig und begann in einer schäbigen alten Handtasche zu kramen. Schließlich brachte sie eine schmuddelige Visitenkarte mit zerknickten Ecken zum Vorschein. Unter einer kleinen blaugestanzten Krone lasen Murks und Grinny: ‹Irene Freifrau v. Erlenbach-Eberstein, Gut Erlenhof, Mecklenburg.› Mit zitterndem Finger wies die Freifrau hinter sich in die Richtung, aus der die Gruppe gekommen war:

«Das da, das war unser Gut. Aber sie haben alles niedergebrannt!»

«Nee», sagte Grinny, «die Scheune steht noch. Haben heut nacht in Ihrem freifraulichen Heu kampiert.»

«Und wo wohnen Sie jetzt?» erkundigte sich der Professor.

«Im Pförtnerhaus. Was bleibt mir anderes übrig?»

«Mensch, Murks, was sagste dazu? Hat 'n Haus und jammert noch. Vielleicht bleibt ihr doch noch was andres übrig. Frag mal die Adresse vom Pförtnerhaus!» In Skeletts Augenlöchern funkelte es spekulativ. Murks schüttelte nur den Kopf.

«Kommt weiter!» drängten die Franzosen ungeduldig und angewidert vom unerfreulichen Anblick der aufgelösten Süchtigen.

Die Gruppe setzte sich wieder in Marsch, das kleine Mädchen zwischen seinen Betreuern, die ihm klarzumachen versuchten, daß es nun nichts mehr zu befürchten habe. Auf der Straße herrschte noch regerer Betrieb als am Vortag. Sie überholten schwerbeladene russische Transportfahrzeuge, müde dahinzockelnde Pferde vor schiefrädrigen Karren, Soldatenkolonnen und Gruppen zerlumpter, fremdsprachiger Menschen mit Bündeln und Fahnen aus Fetzen. Gerade vor ihnen schaukelte ein ausladender Planwagen mit italienischer Flagge, der von zwei kräftigen Ackergäulen gezogen wurde.

«Wo haben die bloß das Futter für ihre Viecher her?» wunderte sich Skelett.

Im Innern des Wagens, unter der halboffenen Plane, hantierte eine dicke Frau, die, dem Klang der Worte nach, unaufhörlich lautstark schimpfte. Es hörte sich an wie Maschinengewehrsalven. Die Dahintermarschierenden tauschten Bemerkungen darüber aus und lachten. Ganz plötzlich hielt der Wagen mit mächtigem Ruck. Beinahe wären die Häftlinge mit der Nase gegen die rückwärtige Bretterverschalung geprallt.

«He – seht euch das an!» schrie der Mann vom Bock über seine

Schulter in das Innere des Gefährts und deutete mit dem Stiel seiner Peitsche auf ein seltsames Bild am Wegrand. Da saß hoch oben auf einem Haufen zusammengetragener Trümmer, alter Töpfe und Tiegel, zerbrochener Möbel und anderem Gerümpel ein junger Mann, schwarzhaarig bis in die dichten Augenbrauen, hielt, Gitarre imitierend, ein Stuhlbein vor die Brust und sang laut über die Köpfe der Vorbeiziehenden hinweg:

«E successo un maccello! Mi voleva amazza-a-a-ar ...»

Zu seinen Füßen lagen zwei wachsgelb steife deutsche Soldatenleichen. Seine italienischen Landsleute riefen ihm etwas in ihrer Sprache zu. Der Junge nickte, kletterte von seinem Hochsitz herab und zu der dicken Frau mit ihren Kindern in den Wagen, der sich schaukelnd wieder in Bewegung setzte.

Raoul wandte sich an den Professor:

«Gestern sprachen wir davon, wer den Krieg gewonnen habe, und konnten zu keinem schlüssigen Resultat kommen. Hier haben Sie jetzt Ihre Antwort: gewonnen haben ihn die Verbündeten der Besiegten. Schauen Sie sich diese Italiener an! Erst haben sie eifrig mitgesiegt, vom Beutegut der Blitzkriege profitiert, verschont von Kriegsokkupation und Beschlagnahmungen. Als sich dann allmählich das Kriegsglück ihrer mächtigen Verbündeten zu wenden begann, sprangen sie eilends ab, indem sie ihren Duce verschwinden ließen, um beim Einmarsch der Alliierten treuherzig als Widerstandshelden gegen die bösen Deutschen dazustehn. Heute gehören sie natürlich zu den schändlich mißhandelten inneren Gegnern des Dritten Reichs, haben sogar noch so etwas wie einen moralischen Sonderanspruch auf Entschädigung angesichts der durchlittenen brutal enttäuschten Hoffnung auf bequemen Endsieg. Das ist Politik!»

«Das ist unmoralisch!» sagte Murks.

«Der Begriff von Moral ist auf Politik nicht anwendbar», meinte der Professor, «vermutlich gerade deshalb, weil er ihr zugkräftigstes Werbemittel ist.»

«Weiß Gott!» ereiferte sich der Elsässer, «die Versprechungen der Politiker sind gespickt mit Moralthesen. Denken Sie nur an die Wahlen. Was in Wahrheit dahintersteht ...»

Er hätte sich gern weiter über das Thema verbreitet, wäre nicht unterdessen die dicke Italienerin auf die Gruppe aufmerksam geworden.

«Eh!» rief sie ihnen vom Wagen aus zu, «auch Italiani?»

«Non, Madame, Franzosen!» erwiderte George höflich.

«Ecco. Francesi. Capito. Alle von euch Franzosen?» wollte sie wissen.

«Ich spreche nur deutsch», sagte die kleine Baronesse schüchtern. Das schien der Dicken Spaß zu machen. Gemütlich ließ sie sich, Gesicht zur Gruppe, auf der rückwärtigen Planke nieder, forderte den unterwegs aufgegabelten Italiener auf, sich neben sie zu setzen. Man wolle sich ein wenig unterhalten. Vertraulich schlang der Jüngling seinen Arm um ihre fülligen Schultern:

«Ich bin Titino», stellte er sich vor, «und das ist Mamma!»

Einzeln riefen sie ihre Namen hinauf, erfreut über die nette Abwechslung.

«Ick sprecke auck ein wenig Daitsch», sagte Mamma und klatschte sich vergnügt auf die Schenkel, «wir sind paesani, Bauern aus der Toscana. Wie man hat hergeschickt meine Mann für Arbeit, weil er war gegen Daitsche, bin ick auck hier mit die Bambini ...»

Sie drehte den Kopf nach rückwärts:

«Cesare? Gianna? Carlino?»

«Si, Mamma!» antwortete ein schriller Chor aus dem Wageninnern. Zufrieden fuhr sie fort:

«Man soll Mann nie allein lassen. Wo Mann ist, muß Frau sein. Männer haben nix wie Dummheiten in Kopf mit blonde Signorine!»

Alle lachten. Bald war eine angeregte Unterhaltung in Gang, die die Mühen des Marschierens vergessen machte. Die Italiener hatten ihre eigene Art, mit dem Krieg und seinen Schrecken fertig zu werden, indem sie ihn einfach ignorierten. Für diese Bauern hier war er nicht mehr oder weniger als ein Reiseabenteuer, das für sie vor einem Jahr begonnen hatte und das sich nun, ohne daß einer von ihnen speziell zu Schaden gekommen wäre, seinem Ende näherte. Morgen würden sie wieder auf ihrem Hof in ihrer Toscana sein, Gemüse anpflanzen und den staunenden Nachbarn von diesem ‹Germania› erzählen, das gar nicht so gewaltig war, wie man aus der Ferne geglaubt hatte, und das nun in Trümmern lag. Auf allen Straßen ‹roba di guerra›.

Allmählich tauchten wieder ein paar Häuser auf. Es war ein einfaches Dorf mit zerschossenen Mauern und ramponierten Fensterläden. In wirrem Durcheinander hingen abgerissene Drähte von geknickten Telegrafenmasten. Der kleine Landfriedhof neben der Kirche war von Einschlägen verwüstet. Eine eilig angeschlagene Tafel mit kyrillischer Beschriftung am Dorfeingang zeugte vom Durchzug der Russen. Von einsamer Wäscheleine über einem Hof schaukelten vergessene Unterhosen im Wind. Alle Häuser waren verlassen, die Stallungen leer. Titino entdeckte einen weißen Fleck:

«Ma guarda – un'oca! Seht doch, eine Gans! Eine lebende Gans!» schrie er aufgeregt und deutete auf die Drahtumzäunung, hinter der das hochgereckte Hintergestell des Vogels deutlich sichtbar war, «halt an – Dio benedetto!»

Papa brachte die Pferden zum Stehen. Auch die Häftlinge mit ihren Begleitern machten halt, verfolgten gespannt, was nun kommen würde.

Eilig kletterte Papa vom Bock und verschwand mit Titino unter der Plane. Als sie wiederauftauchten, war Titino mit einem langen Messer, Papa mit einem Hammer bewaffnet. So gerüstet, näherten sie sich vorsichtig ihrer kostbaren Entdeckung, mißtrauische Blicke um sich werfend, ob möglicherweise noch andere die Gans erspäht und gleiche Absichten hätten. Aber die auf der Straße waren viel zu müde, guckten nur einmal kurz hin und setzten apathisch, mit schleifenden Schritten, ihre Wanderung fort.

Mit elegantem Schwung sprang Titino über den Drahtzaun, half dem etwas schwerfälligen Papa hinüber. Die aus ihrer Ruhe aufgescheuchte Gans erhob ein heftiges Geschnatter, das einen alten Bauern auf den Plan rief, der, ein Papier schwenkend, mit wilden Abwehrgesten auf die Räuber eindrang.

«Das können Sie nicht tun!» schrie der Alte aufgeregt, «das dürfen Sie nicht tun! Diese Gans gehört mir nicht mehr. Sie ist beschlagnahmt!»

«Si si», nickte Papa, «beschlagnahmt. Von uns!»

«Nein, von den Russen. Sehen Sie, hier steht es, schwarz auf weiß.» Umständlich entfaltete der Bauer den schmutzigen Zettel, auf den ein paar eilige kyrillische Buchstaben geworfen waren. «‹Diese Gans gehört ab heute, den 5. Mai neunzehnhundertfünfundvierzig, der großen, siegreichen Sowjetunion!› Sie haben es mir übersetzt!» schloß der Bauer einfältig, «ich habe es so lange wiederholen müssen, bis ich es auswendig konnte. Alle anderen haben sie schon abgeholt bis auf diese. Sie hatten sie vergessen. Aber der Herr Leutnant, der das hier schrieb, sagte, er werde sie nachher holen kommen!»

«Russen!» sagte Titino vorwurfsvoll. «Mit wem seid ihr verbündet? Mit den Russen oder mit euern Freunden, den Italienern, he?» Es kam ihm nicht darauf an, die Geschichte um zwanzig Monate zurückzudrehen. Ein Festessen winkte.

«Aber die Russen ...», stotterte der Bauer, «sie haben ... sie sind, sie sind ...»

«Die Sieger? Bravo, mein Sohn. Giusto!» Papa legt die Hand mit dem Hammer auf den Rücken. «Und was sind die Italiani? Auch Sieger. Wer hat euch denn geholfen, Gänse aus der Ukraine zu holen? Etwa die Russen? Wir, die Italiani, haben euch geholfen. Jetzt müßt ihr uns dafür russische Gänse liefern. Wiedergutmachung, capisci?»

«Aber der Brief? Ich darf doch nicht!»

«Ah bah!» Papa steckte den Hammer in die Rocktasche, kramte einen Bleistiftstummel hervor, setzte in sorgfältiger Rundschrift unter die kyrillischen Zeichen:

‹Mit Maßnahme einverstanden. Beschlagnahme ausgeführt. Kollegiale Grüße, gezeichnet: Il Governo d'Italia.»

Titino hatte unterdessen das laut schnatternde Federvieh eingefangen. Erhobenen Hauptes, die Gans fest unter den Arm geklemmt, schritten sie würdevoll zum Wagen zurück, wo die jubelnde Familie sie schon erwartete.

«Che uomo – welch ein Mann!» sagte Mama stolz und drehte mit einem einzigen gekonnten Griff dem Vogel den Hals um, «nun brauchen wir eine Lagerplatz, wo wir Gans braten können. Ihr eßt mit uns!» bestimmte sie über die Häftlinge mit ihren Begleitern, «fettes Tier. Reicht für zwanzig!»

Ihr verlockendes Angebot wurde mit Begeisterung aufgenommen, zumal man inzwischen wieder hungrig geworden war. «Hoffentlich haben die auch was zu trinken dabei!» seufzte Murks, dem die Zunge am Gaumen klebte.

Etwas abseits der Straße, in einer Waldschneise, wurde ein Rastplatz gefunden, und die Gruppen teilten sich auf. Mamma entfaltete einen Klapphocker auf dem weichen Moosboden und begann die Gans zu rupfen. Titino suchte mit den lebhaften Bambini Holz für das Feuer. Papa halfterte die Pferde ab und band ihnen Futtersäcke um. Das deutsche Mädchen gesellte sich Murks und dem Professor zu, und Skelett ließ sich gähnend im Schatten der Bäume nieder, flankiert von den ebenfalls rastbedürftigen Franzosen. Das Sitzen tat allen gut; langsam kehrte das Blut wieder in die Beine zurück. Vor allem Murks verfluchte innerlich den schweren Kinderwagen und Grinnys messingnen Dornenauszieher, der ihm mit seinem Metallgewicht ganz schön zu schaffen machte. Mehr als einmal war ihm der Gedanke gekommen, sich des scheußlichen Ballastes unauffällig zu entledigen, den gelben Griechenjüngling einfach im Straßengraben verschwinden zu lassen. Aber als es sich gelegentlich eines Gepäckaustausches vorsichtig bei Grinny erkundigt hatte, ob ihr noch immer an dem Rucksackbeschwerer gelegen sei, hatte diese das Ding mit geradezu hysterischer Heftigkeit verteidigt. Es schien ihr eine Art provisorischen Hausersatzes zu bedeuten.

Unterdessen hatte Papa aus dem Wageninnern ein Eisengestell geholt, das er kunstgerecht über dem zusammengetragenen Brennholz aufbaute. Es bestand aus zwei gekreuzten Metallträgern und einer langen, in Kurbeln endenden Eisenstange.

«Ein Grill!» rief der Elsässer erstaunt.

Alle waren nähergerückt und sahen gespannt den geschickten Manipulationen der Italiener zu. Mamma hatte die Gans ausgenommen, rieb sie von innen und außen mit einer Knoblauchzehe ab.

«Aber il sale – Salz? Come facciamo? Ohne Salz is nix. Und wir haben nix mehr!»

Hier konnte Grinny aushelfen und tat es mit sichtlichem Stolz. Nun war der Vogel grillfertig. Das Holz wurde entzündet und die gespießte Gans über das Feuer gelegt. Die Bambini drehten die Kurbeln:

«Langsam, adagio, ihr Idioten! Ist keine Drehorgel! Ah, diese Kinder …»

Allmählich begann es herrlich zu duften. «Hoffentlich», meinte Murks besorgt, «trägt der Wind den Geruch nicht bis zur Straße hinüber. Wenn die da drüben erst mal Witterung kriegen, werden wir hier unseres Lebens nicht mehr sicher sein.»

George steckte den Zeigefinger in den Mund, hielt ihn in die Luft. «Keine Gefahr!» stellte er fest, «Wind kommt von der anderen Richtung!»

«Das riecht gut. Ich habe Hunger», meldete sich die kleine Baronesse.

«Kriegst ja gleich was!» tröstete Grinny, «in eurem Freifraupalast, da hat's wohl nischt Anständiges gegeben?»

«Sie meinen zu Hause? O nein, so was nie. Mama ist sehr streng und hat die Sachen, die Herr von Sedlitz uns von seiner Wehrmachtsverpflegung gebracht hat, immer gleich weggeschlossen. Aber Tante Mechthild hat auch einen Schlüssel zum Schrank gehabt und ist manchmal heimlich drangegangen. Dann hat sie mir von der Schokolade abgegeben. Die war in so 'ner runden Dose, und wenn man sie aß, wurde man nachher ganz lustig.»

«Pervetinschokolade!» sagte der Professor traurig, «äußerst schädlich für den jungen Organismus.»

Titino grinste ungezogen:

«Signor Professore, was geschieht, wenn ich eine ganze Dose von diesem Pervertin oder wie das heißt, hintereinander esse? Werde ich mich dann in Sie verlieben?» Der Arzt ließ sich nicht beirren:

«Pervetin – ohne r – ist ein Nervenaufputschmittel und dient dem Schutz vor Übermüdung infolge großer körperlicher Anstrengungen.»

«Ah, potenza in cioccolata? Che simpatico!» Lachend sprang der Italiener auf die Füße, um nach der Gans zu schauen, die bereits so verlockend roch, daß Murks seinen Magen rumpeln hörte. Mamma überprüfte den Braten:

«Ecco pronto – fertig!» verkündete sie zufrieden und hob mit Hilfe von Papa vorsichtig den Spieß vom Feuer, während die Bambini mit Laubwedeln die Flammen ausschlugen und Titino das knusprige Tier vom glühenden Eisen auf eine flache Unterlage schob. Von der Grillstätte her tönte Geschrei; die Bambini prügelten sich:

«Idiota!» – «Cretino!» – «Dazza di cane! Telo faccio pagar' io!»

Mamma warf die Gabel weg, fuhr auf die Kinder los:

«Schluß jetzt – Basta – Ruhe! Halt den Mund, Gianna! Wirf den Ast weg, Cesare! Wisch dir die Nase, Carlino! Jetzt wird gegessen. Dio mio, che bambini – Basta, hab ick gesagt!» Jedes Kind erhielt eine schallende Ohrfeige. Sofort trat Ruhe ein.

«Temperamentvolles Volk!» seufzte der lärmempfindliche Gelehrte. Seine Augenlider zwinkerten nervös.

Skelett reichte Papa ein großes Küchenmesser aus dem Rucksack, mit dem er den Braten geschickt tranchierte. Zwölf hungrige Heimatlose erhielten je eine beachtliche Portion Gänsebraten. Grinny verlangte eine Extrazulage Haut. Die Franzosen verteilten Brot.

«Heute abend werden wir neues backen. Es geht zu Ende», sagte Raoul.

«Nix heute abend. Gleick nackher werden Sie Brot backen, und ick macke die Gansleber!»

Mamma dachte wieder mal praktisch. Es blieb ungewiß, ob und wann man wieder einen ungestörten Rastplatz erwischte. Zu viele Leute unterwegs. Zu viele hungrige und zu viele beutelustige. Murks glaubte, noch nie in seinem Leben etwas Ähnliches gegessen zu haben, schloß bei jedem Bissen genießerisch die Augen und kaute so langsam wie möglich. Auch die anderen aßen begeistert. Grinny fraß – anders konnte man es beim besten Willen nicht bezeichnen; die Kleine aß mit gutem Appetit, auch dem Professor schmeckte es sichtlich, und die Franzosen leckten sich die fettglänzenden Lippen und lachten. Mamma und Papa, stolz auf ihr Mahl, legten die Gelassenheit einer reichen Bürgerfamilie an den Tag, die ihre armen Verwandten zu Besuch hat:

«Langt zu! Nehmt nur ordentlick! Ist genug da für alle!»

In die Mittagsruhe hinein fielen zwei Flugzeuge vom Himmel, jagten in rasendem Tiefflug schüssepeitschend über die nahe Landstraße, rissen die Maschinen hoch, verschwanden mit ausklingendem Pfeifton am Horizont.

«Banditi!» schimpfte Papa ärgerlich in die Baumkronen hinauf, «einen so zu erschrecken! Hoffentlich sind die Pferde ruhig geblieben!»

Die Franzosen halfen, den schweren Grill wieder in den Wagen zu verstauen, dem nichts geschehen war, erboten sich, in ihm zu bleiben, um ihn und seinen kostbaren Inhalt zu bewachen. Die Pferde wurden abgehalftert und zum Rastplatz gebracht, wo sie friedlich grasten. Der Professor hatte die Augen geschlossen und sich mit dem Rücken gegen einen Baumstamm gelehnt, nachdem er Murks mit trauriger Stimme darüber belehrt hatte, wie gefährlich unnütze Kräftevergeudung in ihrer Lage sei und wie besonders wichtig daher für das gesamte Nervensystem, es soweit wie möglich zu schonen, indem man dem Körper Ruhe gönne. Dabei gedachte er vor allem der Männer, die nun keuchend und schwitzend den Platz aufräumten. Nun ja, sie waren ja auch keine Intellektuellen. Beruhigt döste er ein.

Murks konnte nicht einschlafen. Möglicherweise war das ungewohnt schwere Essen daran schuld. Die Gedanken spannen im Kreise. Jahrelang hatte das erschöpfte Gehirn nicht gearbeitet. Gedanken waren überflüssig, gefährlich und schädlich gewesen. Nun kamen sie plötzlich wieder, strömten durch sich neu belebende Hirnzellen über- und untereinander in das eben erwachende Tagesbewußtsein, richteten dort heillose Verwirrung an. Murks griff sich an den Hals im Verlangen nach mehr Luft. Dabei kriegten seine Finger die russische Münze zu fassen. Nachdenklich, Kinn an die Brust gedrückt, betrachtete es das durch die Wärme der Haut beschlagene Metallstück. Aljoscha – merkwürdig, der Gedanke an ihn löste keine bildliche Vorstellung aus, nur eine abstrakte auf der Ebene des Gefühls. Unklare Empfindung von Wesensnähe. Jedes seiner Worte hatte zwischen ihnen eine Brücke geschlagen. Sie hatten die gleiche Sprache gesprochen, auch im gemeinsamen Schweigen. Vielleicht gerade dann. Doch Aljoscha war einen zu großen Schritt voraus gewesen, und deshalb hatte ihm das Mädchen Ruth nicht folgen können – nicht folgen wollen …
Murks wurde immer unruhiger, erhob sich schließlich, bummelte langsam, gedankenvoll, der mittäglichen Straße zu. Das Amulett – Schutz gegen Gefahr – hat für Grinny gleich mitgewirkt!, dachte es im Rückblick auf die wüsten Szenen in der ‹Villa›. Man muß daran glauben können. Wo hatte es denn diesen Satz schon einmal gehört? Ach ja, richtig, im Lager. Genauer, oben im Siemenslager.

Bei den Holländerinnen. Da waren die Gefangenen nationenweise in die Baracken aufgeteilt gewesen. Die Baracke der Holländerinnen galt, was Sauberkeit und Ordnung anbelangte, als vorbildlich. Ihre stolze Haltung hatte sogar die SS beeindruckt. Murks, das durch seine Sprachkenntnisse so eine Art Verbindungsoffizier zwischen den Nationen darstellte, hatte eines Tages von Doris Marks vom ‹Hollandbau› eine Einladung in ihre Baracke zu einem Besuch nach dem Abendappell erhalten. Das war eine große Auszeichnung und bisher noch keinem anderen Häftling aus dem Siemenslager zuteil geworden, denn die Holländer blieben streng für sich. Murks wurde von ihnen mit freundlicher Ruhe empfangen. Alles in der armseligen Bretterbude glänzte vor Sauberkeit. Neugierig hatte es wissen wollen, was diesen Niederländerinnen denn angesichts der völligen Hoffnungslosigkeit ihrer Lage solch einen zuversichtlichen Lebenswillen verleihe? Da hatte Doris für alle geantwortet:

«Man muß glauben können!»

Später hatten sie eine Vorlesung gehalten – das täten sie jeden Abend, hatte sie Murks erklärt –, und zwar diesmal zu Ehren ihres Gastes auf deutsch. Dies war um so höher zu werten, als die Holländerinnen allesamt dem Widerstand angehörten und ihre Deutschfeindlichkeit bekannt war. Eine von ihnen hatte ein ganz zerlesenes Buch mit beschädigtem Umschlag hervorgeholt und es Doris gereicht. Diese hatte ein wenig in ihm herumgesucht und schließlich Rilkes ‹Weise von Liebe und Tod des Cornets Christoph Rilke› zu lesen begonnen, während ihre Landmänninnen, die fast ausnahmslos gut Deutsch sprachen, aufmerksam zuhörten. Der unerwartete Anprall mit der einst vertrauten Welt der Kultur war für Murks fast zuviel gewesen und hatte es derart erschüttert, daß es nachher kein Wort mehr hervorbringen und sich nur stumm verabschieden konnte. Nie mehr würde es den Eindruck der sanften Stimme vergessen können, die fremde Worte mit ihrer eigenen gläubigen Überzeugung lebendig gemacht hatte. Bei den Holländerinnen war ihm klargeworden, daß es noch eine innere Welt gab, die weitgehend unabhängig von äußeren Gegebenheiten in Menschen existieren und wirken konnte. Und auf einmal hatte es sich wie von einer unerträglichen Last befreit gefühlt.

Ein gräßliches Geräusch, das wie röchelndes Stöhnen klang, riß Murks aus seinen Erinnerungen, holte es in die Gegenwart zurück. Es war mittlerweile auf die Landstraße gelangt, und da sah es am gegenüberliegenden Straßenrand das sterbende Pferd liegen. Es war ein armseliger Gaul, aber sein Todeskampf war schrecklich. Auf die linke Seite hingestreckt, warf es sich in seiner Agonie immer wieder hoch, schlug mit allen vier Beinen aus und gab dabei ein hohles Schnarchen von sich, ein gespenstiges Röhren. Nirgends war eine Verwundung zu sehen, die war vermutlich auf der Seite, auf der das Tier lag. Die Tiefflieger von vorhin schienen es erwischt zu haben. Anscheinend Bauchschuß. Hilflos stand Murks daneben, unfähig zu helfen, aber ebenso unfähig fortzugehen. Der langsame Todeskampf der Kreatur bannte es auf seinen Platz. Fasziniert dachte es: Jetzt muß es doch zu Ende sein – das ist gewiß der letzte schreckliche Krampf – so lange kann ein Lebewesen doch gar nicht leiden – weshalb wird es denn nicht bewußtlos? Oder können Tiere nicht ohnmächtig werden? Aber immer von neuem bäumte sich das schreiende Tier auf und bleckte die Zähne. In seinem Rumpf gurgelte es laut. Einen Revolver! dachte Murks verzweifelt, man mußte es erschießen, schnell. Das wäre doch kein Mord, oder? Gewiß, verantwortungsbewußte Ärzte weigern sich, selbst todkranken Menschen die erlösende Spritze zu geben. Man darf Leben nicht verkürzen, sondern muß um jeden Preis versuchen, es zu erhalten. Nur die Naziärzte, die hatten über solche Bedenken gelacht und ‹Gnadenspritzen› auch völlig Gesunden, jedoch ‹Lebensunwerten› mit langer Nadel direkt ins Herz gejagt. Ganz abgesehen von den vielen Geisteskranken und Gemütsleidenden in den Anstalten. Das Euthanasiegesetz Hitlers hatte sie transportweise schnell, wenn auch nicht immer schmerzlos, von ihren Wahnvorstellungen erlöst. Ein für allemal. Aber das Pferd hier, das konnte doch nicht wieder gesund werden, da mußte doch etwas getan werden – schießen – ein gezielter Schuß genau zwischen die Augen oder vielleicht hinter das Ohr …

Hilfesuchend wandte sich der Häftling nach den Menschen auf der Straße um. Aber alle gingen sie gleichgültig an dem röchelnden Tier vorbei. Sie hatten so viel Leid gesehen; es beeindruckte sie nicht mehr. Merkwürdig! – noch immer konnte Murks seine Augen nicht von dem Anblick lösen –, wenn ein Mensch stirbt, sieht es nicht so unerträglich aus wie bei einem Pferd. So ein Mensch, der weiß ja wenigstens, warum und wofür, der versteht, was Krieg heißt. Aber wie kann man das einem Gaul klarmachen? Der hat sein Leben lang nur immer brav getan, was der Mensch von ihm verlangt hat. Murks empfand tiefes Mitleid. Sollte es Grinny holen? Aber Grinny war Spezialist für Genickumdrehen, und dies hier war kein Huhn. Auch dürften sie die Leiden eines Pferdes völlig kalt lassen. Käme wahrscheinlich auf alle möglichen grausamen Ideen, im Versuch, den Todeskampf des Tieres abzukürzen, wer weiß? Immer wieder ertappte sich Murks dabei, in seiner Gefährtin die «Grünwinklige» zu sehen. Sie hätte es mir nicht sagen dürfen, dachte Murks, ich bin nicht mehr vorurteilsfrei … Das Pferd stöhnte rasselnd. Hatte denn, verflucht noch mal, niemand einen Revolver oder sonst irgendeine Schießwaffe? Ausgerechnet jetzt war kein einziger Soldat zu sehen. Hielten wohl alle Mittagsrast. Und die paar zerlumpten, müde dahinkriechenden Flüchtlinge mit ihren schmutzig-verschwitzten Gesichtern, die konnten nicht helfen, selbst wenn sie es gewollt hätten.

Langsam, zögernd wandte es sich ab. Mit beschwörenden Blicken war dem Pferd auch nicht mehr zu helfen. Es würde sich vermutlich noch eine Weile weiterquälen und dann endlich sterben. Traurig schlenderte der Häftling zum Rastplatz zurück.

Raoul hockte auf dem Wagen und ließ die Beine baumeln, als Murks mit bedrückt gesenktem Kopf an ihm vorbeikam:

«Hallo, was ist? So nachdenklich?»

Als er die Ursache des Kummers vernahm, zuckte er nur die Schultern. «Besser nichts davon unseren italienischen Freunden erzählen!» meinte er, «sonst kriegen wir es zum Nachtessen. Wer weiß, woran es krepiert?»

Murks setzte sich neben ihn. Zusammen blinzelten sie in die Sonne.

«Waren eigentlich viele Französinnen bei euch im Lager?» wollte er wissen.

«O ja, eine ganze Menge. Fast euer ganzer weiblicher Widerstand, soweit er in die Hände der Deutschen geriet. Waren fanatische Nationalistinnen. Sprachen mit Deutschen kein Wort, selbst wenn es Gefangene waren wie sie selber!»

«Du hast nie mit ihnen gesprochen?»

«Ich schon. War freiwillig staatenlos, das wußten sie. Außerdem spreche ich französisch. Da war es was anderes.»

«Hör zu», auf einmal sprach Raoul drängend, «war da vielleicht ein Mädchen bei ihnen, eine ganz kleine mit sehr schwarzen Augen, Yvette hieß sie, Yvette Perrier …»

«Yvette?» Murks überlegte lange, «vielleicht meinst du die, die sie ‹Poupette› nannten? Mit so einem engen Mund und einer Lücke zwischen den Vorderzähnen?»

«Das ist sie, ja, das ist sie!» Raoul geriet außer sich, packte Murks bei den Schultern, schüttelte es, «erzähl mir von ihr! Was tat sie dort? Erinnere dich!»

«Reiß mir nicht die Schulter ab, so kann ich nicht denken! Warte mal. Ja also, Poupette. Zuerst war sie in der Kleiderkammer …» Murks zögerte. Es fiel ihm ein, daß der Lagerführer selbst die kleine Französin zum Abtransport in ein Wehrmachtsbordell bestimmt hatte.

«Zuerst. Aber dann? Hat man ihr was getan? Warum schweigst du? Hat man sie – umgebracht? Sprich doch endlich!»

«Aua, du tust mir weh. Nein, beruhige dich, ich weiß nichts von umbringen. Wird bestimmt zurückkommen. War sie deine Braut?»

«Wir werden heiraten, wenn sie zurückkommt. Wir hatten nichts miteinander. Sie war noch unschuldig, weißt du. Vielleicht ein wenig altmodisch von mir ...», er lachte verlegen, «aber ich würde keine Frau heiraten mögen, die schon mit einem anderen Mann geschlafen hat. Nur das Gefühl, daß ... du verstehst? Ist eine alte Sitte. Aber sie hat ihren Sinn.»

«Bestimmt», murmelte Murks verlegen. «Jedenfalls, die Französinnen, die waren alle ganz schön hochnäsig uns anderen gegenüber. Blieben immer reserviert.»

Der Elsässer nickte anerkennend:

«Stolze Mädchen, unsere Partisaninnen. Was meinst du, litten sie sehr unter den Verhältnissen im Lager?»

«Nun ja, wie eben alle dort. Ravensbrück war immerhin ein Vernichtungslager. Trotzdem haben sie sich tadellos gehalten! Ich erinnere mich», fuhr Murks fort, «daß mir die erste Lektion der Lagerordnung von einer deiner Landsmänninnen erteilt wurde. Als man mich Neuankömmling in die überfüllte Baracke stieß und ich zum erstenmal all das sah, den unbeschreiblichen Schmutz, die ausgezehrten Kranken ohne Hilfe, das allgemeine Elend und vor dem Barackenfenster die hohe Steinmauer mit dem elektrisch geladenen Stacheldraht oben drauf, da fing ich an, hemmungslos zu heulen. Nicht lange. Dann hatte ich eine so heftige Ohrfeige weg, daß mein Kopf rückwärts flog und ich vor Verblüffung zu weinen aufhörte. Direkt vor mir stand eine hagere Gestalt mit kurzem Haar und sehr weißer Haut. Sie hatte mich geschlagen. Später sollte ich erfahren, daß sie eine prominente französische Gräfin war, die dem Maquis ihr Landhaus zur Verfügung gestellt hatte. ‹Sprichst du französisch?› hatte sie mich ganz liebenswürdig gefragt, ‹dann will ich es dir erklären. Ich habe dein Weinen unterbrechen müssen. Sofort. Weinen ist hier sehr ansteckend. In wenigen Minuten hätte die ganze Baracke geheult. Wir haben darunter sehr viele Kranke und Schwache, deren Leben nur noch von einem winzigen Impuls abhängt, dem Willen zum Noch-nicht-Aufgeben. Sie hätten es nicht überlebt, verstehst du? Deshalb habe ich dich geschlagen. Ein wenig plötzlich, tut mir leid. Aber da hilft nur Schocktherapie. Du bist mir deshalb nicht böse?› Und sie hatte mir lächelnd die Hand hingestreckt. War eine verdammt gute Lektion für mich. Hab dann bald gelernt, was uns die Französinnen musterhaft vorexerzierten: die Rücksichtnahme auf andere. Man war nicht mehr allein. Gemeinschaftsschicksal: Einer stand für alle.»

«Und alle haben mitgemacht?»

«Nein, natürlich nicht. Diese Regel galt eigentlich nur unter den Rotwinkligen. Aber die sind dann auch am besten durchgekommen. Ich meine, innerlich ...»

«Ähnlich war es auch bei uns im Internierungslager», meinte Raoul, «da hat sich ein Kommunismus herausgebildet und bewährt, wie er in der großen Politik nie möglich sein wird. Gewiß, auch vor dem Krieg während des Studiums haben wir Kommilitonen, die von Haus aus nicht begütert waren, in Gruppen zusammen gehaust und die Verpflegung miteinander geteilt, aber das war doch etwas ganz anderes ...» Er kam ins Erzählen. Murks erfuhr, daß sein Weggenosse an der Pariser Sorbonne Jura studiert und einen großen Freundeskreis gehabt hatte. Interessiert hörte es ihm zu. Die lebhaften Bilder, die er vom unbekümmerten Leben im Studentenviertel der Seinemetropole beschwor, standen in seltsamem Gegensatz zu ihrer Umgebung. Aber sie merkten es nicht; sie träumten mit offenen Augen. Auch der Franzose hatte herausgefunden, daß man zu gleicher Zeit in zwei Welten leben konnte, die sich nirgendwo zu berühren brauchten und dennoch, beide auf ihre Weise, gleichermaßen wirklich waren.

Als Murks zu den übrigen zurückkehrte, fand sie alle um Grinny geschart, die auf dem Boden lag und fast so tierisch grunzte wie das verwundete Pferd.

«Was hat sie?» fragte ihr Kamerad erschrocken.

«Bauchweh!» stöhnte Skelett mit schrecklichem Blick himmelwärts.

«Wie kannst du denn Bauchweh haben, wenn du gar keinen Bauch mehr hast?» spottete Murks, um seinen Schrecken zu überspielen.

«Weiß nicht – irgendwas tut hundsgemein weh – aua, da, jetzt schon wieder!» jammerte Grinny und schlug mit den Beinen aus.

«Was nur beweist, daß du mehr auf Diät achten solltest. Gans ist zu schwer für dich.»

«Spotten Sie nicht, Ruth!» sagte der Professor, der sich nicht auf Häftlingssprache verstand, «bei einem derart heruntergewirtschafteten Organismus besteht durch die Unverdaulichkeit schwerer Speisen immerhin akute Lebensgefahr!»

«Und weshalb fällt Ihnen das erst jetzt ein?» gab Murks gereizt zurück, «Sie hätten sie ja vom Essen zurückhalten können!»

«Hätt er nich!» krächzte Skelett schwer atmend vom Boden her, «verdammt, is mir schlecht!»

«Bisogna vomitare – iebergeben, ecco, das ist wichtig!» Mamma war wieder mal praktisch.

Vorsichtig richtete sie Grinny auf, führte sie abseits und machte ihr, gefolgt von dem beunruhigten Murks, mit überdeutlicher Mimik vor:

«Guarda! Finger in Mund – so ist schön – weit – noch weiter – so ist gut, brava ragazza!»

Skelett erbrach sich würgend. Murks sang laut, um das Geräusch zu übertönen:

«Mensch, du hast die Gans gefressen, gib sie wieder her, gib sie wieder her …»

Skelett, grünbleich, der Aufforderung Folge leistend, warf seinem Kameraden einen giftigen Blick zu, erholte sich aber zusehends. Gemeinsam ging man zu den anderen zurück, die schon ihr Gepäck zusammensuchten.

«Wir Häftlinge sind zäh!» sagte Murks spöttisch zum Professor.

Der Kinderwagen war durch die ungewohnte Strapaze, die ihm der bisherige Weg zugemutet hatte, etwas schief geworden. Eine Speiche hatte sich gelöst, und das Rad schlingerte bei jeder Umdrehung. Murks und der Arzt schoben ihn vereint, jeder mit einer Hand. Mamma, die mit den Bambini wieder unter die Plane geklettert war, erklärte, während die Pferde schwerfällig anzogen:

«Heute abend wir essen im Wagen. Alle zusammen!» Es klang wie ein Befehl.

«Was wird es geben, Mamma?» schrien die unersättlichen Kinder.

«Ihr eßt Reste von gestern. Für uns gibt es Gansleber und Kaninken, coniglio al acciatore. Hat Papa selbst gejagt!» Sie wandte sich zu den anderen:

«Mein Mann hat gestern zwei Hasen gefangen. Sehr gutes Fleisch!»

«Sie sagten vorhin Kaninchen?» erkundigte sich der Professor mißtrauisch. Er hatte einen empfindlichen Magen und einen noch gut funktionierenden Geschmacksnerv.

«Ah – lapini, conigli – was ist der Unterschied? Wird Ihnen gut smecken, sicher!»

Murks hatte lange genug in Italien gelebt, um zu wissen, daß die meisten ‹Kaninchen auf Jägerart› noch ein letztes verzweifeltes Miau von sich gegeben hatten, bevor sie in den Kochtopf gewandert waren. In Friedenszeiten hatte es weder die ‹Kaninchen› noch ihre spezielle ‹Jägerart› als appetitanreizend empfunden. Heimlich sagte es ein stilles Gebet, daß diese von Papa erlegten Karnickel wenigstens nicht schon vorher bei der Mäusejagd an Rattengift zugrunde gegangen waren. Erstaunt stellte es an sich fest, daß es schon begann, wieder wählerisch zu werden. Dazu ist es jetzt noch viel zu früh! rief er sich selbst zur Ordnung.

Grinny hatte man ins Innere des Wagens gebettet. Von Zeit zu Zeit erstattete Mamma nach draußen Bericht:

«Geht schon viel besser. Nur etwas swack, povera creatura!»

Als sie an der Stelle vorbeikamen, wo das Pferd sich in seinem Todeskampf gewälzt hatte, warf Murks einen scheuen Blick hinüber. Gott sei Dank, es hatte ausgelitten! Mit gebleckten Zähnen, steif wie ein Brett, lag es flach am Wegrand und sah plötzlich viel kleiner und unscheinbarer aus.

Die Straße wurde immer deprimierender, je weiter sie vorwärts kamen. Stumpf vor sich hin starrende deutsche Flüchtlinge mit Koffern, Kartons, Bündeln und Babys irrten, begleitet von müde mittrottenden vierbeinigen Hausgenossen, zwischen stoppelbärtigen Polen, Tschechen und Ungarn umher, die sich mittlerweile zusammengefunden und zu Marschtrupps formiert hatten und revolutionäre Heimatlieder sangen, um sich bei Laune zu halten. Transportfahrzeuge, gespickt mit Soldaten russischer Kampfverbände, bahnten sich ratternd einen Weg durch die Menge, wurden immer wieder aufgehalten durch sperrige Handkarren und hochbeladene Fuhrwerke. Murks stellte fest, daß diese Russen, zur regulären Truppe gehörig, schon viel ‹normaler› aussahen. Ihre mongolischen Genossen schienen irgendwo auf der Strecke geblieben zu sein. Die Soldaten unterhielten sich miteinander. Um die Flüchtlinge zu beiden Seiten des Wegs kümmerten sie sich nicht. Armbanduhren hatten sie genügend eingesammelt, und außerdem handelte es sich bei den zerlumpt dahinschleichenden Gestalten anscheinend, zumindest zu nicht geringem Teil, um eine Art von Alliierten, die man laut Kriegsgesetz in Frieden zu lassen hatte.

Leise nieselnd setzte Regen ein und brachte, kaum spürbar zunächst, Abkühlung, die schnell an Stärke gewann. Die Franzosen schlugen ihre Kragen hoch. Der Professor, unliebsam aus seinem Grübeln aufgeschreckt, blickte prüfend gen Himmel, was ihn blind machte, da seine Brillengläser beschlugen. Kopfschüttelnd nahm er die Brille ab, versuchte, sie an seiner fadenscheinigen

Jacke trockenzureiben. Murks lachte. Erstens machte ihm der Regen Spaß, störte es nicht im geringsten – vielstündige Lagerappelle im Freien hatten es wetterfest werden lassen –, und zweitens sah der Professor ohne Brille ganz anders aus, weniger intellektuell, jünger und eigentlich viel sympathischer. Gerade wollte es etwas darüber sagen, aber da hatte er die Gläser schon wieder vor den Augen.

«Hoffentlich holen Sie sich keine Lungenentzündung!» rief er durch den Regen, der ihnen jetzt böig ins Gesicht schlug. Gewissermaßen meinte er damit sich selber.

Titino schaute nach ihnen, streckte den Kopf unter der Plane hervor:

«Guarda, ein professore ohne Schirm!» spottete er, «un momento, das werden wir gleich haben! Hier – packen Sie zu!»

Aus dem Wagen schob sich ein langes, von grellbuntem Stoff umwickeltes Etwas – das obere Stück eines Gartenschirms. Mit beiden Händen hielt der Professor die Holzstange fest, während Murks das mächtige farbenfrohe Sonnendach entfaltete. Dann richteten sie es auf. Es war ganz gemütlich unter ihm. Sein volantverzierter Rand reichte bis über den Kinderwagen hinaus, hüllte alles unter ihm in organefarbene Dämmerung.

«Können Sie ihn tragen, Professor? Oder ist er zu schwer?»

«Geht schon. Hab ja zwei Hände. Und ewig wird der Regen nicht anhalten!»

Die beiden Franzosen fanden den Anblick sehr komisch und rissen Witze. Dabei waren beide bereits völlig durchnäßt. Die kleine Baronesse war von Mamma in den Wagen geholt worden und leistete dort der immer noch schwachen Grinny Gesellschaft.

Allmählich ließ der Regen nach. Die Pfützen, zu Wasserlachen erweitert, beruhigten sich. Zwischen abziehenden dunklen Wolken brach die Sonne durch. An einer Wegbiegung blieb Murks stehen und betrachtete drei tote deutsche Soldaten im flachen Straßengraben. Der Professor, der gerade darüber nachdachte, wie man das jetzt feuchtschwere Sonnendach zusammenklappen könnte, ohne daß es wie eine fleischfressende Pflanze klatschend ihre Köpfe verschlang, hielt zwangsläufig mit an.

«Sehen Sie doch nur» sagte Murks zögernd, «Kinder in Uniform!»

Tatsächlich waren dies hier keine Soldaten, sondern Jungen von höchstens fünfzehn oder sechzehn Jahren, die man militärisch eingekleidet hatte. Sicher waren sie sich sehr kriegerisch vorgekommen in ihrer Soldatenkluft. Aber nun hatte der Tod sie überrascht. Da lagen sie, die Kinder, mit verwunderten blassen Wachsgesichtern, hielten sich alle drei an der Hand. Anscheinend hatte eine einzige Garbe aus einem Maschinengewehr sie niedergemäht. Dem überraschten Gesichtsausdruck nach zu schließen, hatten sie nicht viel gespürt. Nicht weit von ihnen lag ihr Kamerad, den es schlimmer erwischt hatte. Ein schwereres Geschoß hatte ihm die Därme aus dem zerfetzten Bauch gerissen.

«Was haben solche Jungen im Krieg zu suchen?» murmelte der Professor und schüttelte verständnislos seinen mächtigen Kopf. «Unverantwortlich von den Eltern, so etwas zuzulassen. Da wollen die Kinder unbedingt Helden spielen, verführt von gewissenloser Propaganda, träumen von Abenteuern in Uniform. Und das hier – das ist dann die Quittung!»

Er begann heftig seine Brille zu putzen.

Leise sagte Murks:

«Ich fürchte, man hat sie nicht gefragt.»

«Sie meinen, man habe sie einfach – geholt? Diese Kinder? Aber nein, das kann ich nicht glauben!»

«Sie werden es glauben müssen. Auch wenn es Ihnen unvorstellbar erscheint. Irgendein Erwachsener muß ihnen ja erst einmal die Uniform verpaßt haben, nicht wahr? Und vermutlich sogar eine militärische Dienststelle, die sich wohl kaum Illusionen über das Alter ihrer Rekruten machte.»

«Ja, aber dann – wäre es ja glatter Mord?»

Der Gelehrte starrte verstört auf die Leichen hinunter. Murks blickte ihn erstaunt von der Seite an:

«Was an diesem Krieg ist denn nicht Mord?»

Er gab keine Antwort, versuchte nicht zu zeigen, wie tief ihn das alles berührte. Als Deutscher, selbst als politisch Verfolgter, fühlte er sich auf unbestimmte Weise mitverantwortlich. Es war nur ein Zufall gewesen, der ihm die Lagerhaft eingetragen hatte, nicht seine Gesinnung. Er war zwar nie ‹dafür›, dafür aber auch nicht deutlich genug ‹dagegen› gewesen. Nicht nach außen hin. Mitläufer nannte man das. Nun quälten ihn Schuldgefühle.

«Vermutlich haben Sie recht!» Ärgerlich gab er dem klappernden Kinderwagen einen Stoß, daß er allein, ohne Lenker hinter dem Italienergespann herrollte, packte Murks am Arm und zog es mit sich fort. Als sie den schiefen Kofferträger, der nach erstem Schwung seine Fahrt beträchtlich verlangsamt hatte, eingeholt hatten, sagte er zu seiner eigenen Beruhigung:

«Sie müssen versuchen, sich von Ihrem negativen Denken zu befreien, Sie schaden nur sich selbst, Ruth. Und es ist ja auch zwecklos. Zugegeben, das ist nicht leicht angesichts all des Grauens rings um uns. Aber Sie sind doch noch ein junger Mensch ...»

Der Häftling hob verständnislos die Schultern:

«Was meinen Sie, Professor? Weshalb soll ich die Dinge nicht beim Namen nennen?»

«Es hat zu regnen aufgehört», anwortete er übergangslos und ärgerte sich, daß er sich hatte gehenlassen. «Nehmen Sie mich nicht so wörtlich. Bin ein bißchen müde von der Wanderei. Hoffentlich finden wir wieder ein geeignetes Quartier zur Nacht.»

Murks half ihm, das Sonnendach auf den Kopf zu stellen und zu schließen. Zusammen schoben sie das Ding in den Wagen zurück. Der machte plötzlich eine Schwenkung gegen den Straßenrand und hielt nach ein paar weiteren Metern an.

«Alle hereinkommen. Abendessen!» kommandierte Mamma mit schriller Stimme.

Das ließ sich niemand zweimal sagen. Mit einem Satz schwangen sich die Franzosen über die rückwärtige Planke, gefolgt von Murks und als letztem dem Gelehrten, der den Koffer aus dem

Kinderwagen hinaufreichte, damit sich niemand von der Straße an ihm vergriff. Elf Menschen, zwei pralle Rucksäcke, ein sperriger Koffer, ein Persilkarton zu allen schon vorhandenen Gepäckstükken und Geräten – es wurde sehr eng unter der Plane. Mamma spielte kommandierenden General:

«Presto, Titino, das Glas dort drüben! No no, Grinnyna, du bleibst liegen, Mamma mackt Suppe für dich. Carlino mascalzone, laß das. Putz dir die Nase, Cesare, sei sporco. Gianna, Finger aus der Marmelata, wie oft soll ich dir noch sagen? Komm zu mir, Baronessa tesoro, gleick gibt es zu essen. Ah ecco: il signor professore und die Fräulein, wo ick hab gemeint, sie ist eine ragazzo, eine junge Mann!» All das in wildem Gemisch von Italienisch und Deutsch explosiv hervorgestoßen.

«Fürchte, wir werden heute nicht mehr zum Brotbacken kommen», meinte Raoul bedauernd, «dabei ist unsere Reserve schon knochenhart.»

«Könnt ihr morgen backen», sagte Mamma, «für heute ist genügend da!»

«Sie sind sehr liebenswürdig, Madame», lächelt der Franzose freundlich.

«Avanti, essen! Eh – silenzio bambini! Man versteht ja sein eigenes Wort nicht!»

Es wurde trotz des beengten Raumes eine gemütliche Mahlzeit. Das nicht abreißende Schlurfgeräusch müder Füße neben dem Wagen erhöhte noch den Genuß der Gänseleber, gab den Insassen das Gefühl der Privilegierten. Der nachfolgende ‹Coniglio› schmeckte so vorzüglich, daß Murks ihm im stillen Abbitte leistete. Alle bis auf Skelett, das auf Diät gesetzt war, bekamen reichliche Portionen zugeteilt. Für Grinny hatte Mamma aus Gänse- und Kaninchenknochen eine Spezialsuppe gekocht, die ihr wesentlich besser bekam als der fette Gänsebraten am Mittag. Murks neben ihr stieß sie an:

«Na, du grünwinkliger Ganove, lange nicht gesehen.»

Skelett grinste, blinzelte mit dem linken Schattenauge:

«Was sagste nu? Tolle Sonderbehandlung, und ohne Spritzen!»

«Siehst schon wieder prima aus. Viel lebendiger!»

«Komme mir schon bald wie 'n Mensch vor. Fehlt bloß die Decke von meinem Bett, die mit den Rosen drauf, weißte noch?»

Grinnys Gedanken kreisten schon wieder um das Haus, das nun schon ein ganzes Stück hinter ihnen lag.

«Kannste denn an gar nichts anderes denken?»

Im Grund beneidete Murks die Kameradin um die Vereinfachung des Denkvorgangs. Grinnys Gehirn arbeitete nur auf einem einzigen Sendekanal, wie ein primitives Radio. Dachte sie überhaupt, so hieß das: die ‹Villa› und ihr Zubehör. Sonst gab es nur noch das altgewohnte Abschalten. Vorläufige Sendepause. Der Strom war zu schwach. Murks' eigener Kopf hingegen produzierte unaufhörlich neue beunruhigende Gedanken, mit denen es sich nicht mehr auskannte. Was hatte der Professor mit ‹negativem Denken› gemeint?

Titino reichte Trinkwasser herum. Der Professor wollte von ihm wissen, wieso er überhaupt in ein deutsches Arbeitslager gekommen sei. Der Junge fuhr sich mit gespreizten Fingern durch das dichte Haar, warf eitel den Kopf zurück, zog verständnislos die Schultern hoch. Tja, wie so etwas eben komme. Er sei Römer, Damenschneider von Beruf. Modeschöpfer. Dio mio, in Italien arbeite man, um sich das Leben schöner zu gestalten, nicht, um es sich zu zerstören wie in den Nordländern. Und in Rom, da gäbe es die elegante Via Veneto mit einer Menge reizender Caféhäuser. Die seien dazu da, daß man sich dort zu geselligem Beisammensein treffe, Krieg oder nicht Krieg, sähe und sich sehen lasse – kurz, über Espressis und Eisspezialitäten die ganze idiotische Politik mitsamt Hitler und Mussolini so gründlich wie möglich vergesse. Dort also hatte auch Titino seine beträchtliche Freizeit verbracht, gekleidet nach letzter Ephebenmode, neben sich seinen geliebten Fifi, einen hysterisch vor sich hin bibbernden, apart geschorenen Pudel an roter Leine. Auch das gehörte zur Mode ebenso wie die knapp unter dem Kinn schließenden reinseidenen Hemden. Umgeben von Gleichgesinnten, hatte man lästernd den Mädchen und Frauen nachgesehen und über neue Filme diskutiert. Die lieben deutschen Verbündeten hatten solche ‹Ansammlungen›, wie sie es verständnislos nannten, jedoch gar nicht gern gesehen, beim Vorbeigehen, wobei von ihren verärgerten Marschschritten die Kaffeetassen schwappten, was von ‹widerlicher Verweichlichung› und ‹Kerle an die Front schicken› geknurrt. Natürlich wollte man die Front vermeiden, versteht sich. Wer will denn schon gern in den Krieg? Wie leicht könnte einem da was passieren, gar nicht auszudenken! Außerdem fanden Titino und seine Freunde, schlicht ‹Gagas› genannt, die heutigen Uniformen äußerst unkleidsam und im Sommer überhaupt undiskutabel. Eine Beleidigung für das fachliche Auge eines gelernten Couturiers. Gar nicht zu sprechen von militärischer Unterwäsche! Einige von Titinos nächsten Freunden wußten da verdächtig gut Bescheid und entsetzen sich immer aufs neue beim bloßen Gedanken daran. – Nun, alles schien gutzugehen. Zwar regten sich die Deutschen über sie auf, aber sie taten ihnen nichts. Während Titino und Clique über die immer unverschämter werdenden Preise von Textilien (unter gestreiftem Sonnendach) diskutierten, hatten seine Landsleute Mussolini gestürzt, hatte Badoglio das herrenlose Ruder ergriffen, waren plötzlich alle Deutschen über Nacht aus Rom verschwunden. Che simpatico! Aber Titino hatte sich zu früh gefreut. Ein deutscher Oberst, ein Nachzügler, war anderen Tags am Stammtisch der Epheben vorbeigekommen. Diese, der Meinung, daß ein einziger Deutscher keine Okkupationsmacht mehr sei und daher ungefährlich, machten sich über ihn lustig. Titino hatte lauthals den miserablen Sitz und Schnitt der Uniform kritisiert und sich zu der Bemerkung hinreißen lassen, solch ein teutonisches Rotgesicht – faccia di pomodoro - mache nur Krieg, weil es im Bett ein jämmerlicher Versager sei. Es war sein Pech, daß der Offizier gut Italienisch verstand. Schon wenige Stunden darauf sah sich die Clique hinter Gittern wieder, angeklagt wegen Wehrmachtsbeleidigung. Und einige Tage später fand sich der empörte Titino mit zwei Genossen auf dem Transport in ein deutsches Zwangsarbeitslager.

«Ecco – so hat man uns vergewaltigt!» schloß er seufzend seinen Bericht. «Sehen Sie mich an – so sehe ich jetzt aus, ich, Tino Cervoni, der bekannteste Modeschöpfer der Via Frattina!» Er klopfte sich auf die Brust unter staubigem Hemd.

«Sieht doch prima aus mit der Figur!» tröstete Murks.

«Wirklich?» Titino errötete vor Freude wie ein Mädchen.

Gerade waren sie dabei, die letzten Bissen herunterzuschlucken, als es einen ungeheuren Schlag tat. Die Erde unter den Wagenrädern vibrierte leise. Auch die grauen Pappeln am Wegrand brauchten einige Sekunden, um sich von der Druckwelle des Schalles zu erholen, sich wieder aufzurichten. Um sie herum entstand Panik. Menschen liefen ziellos durcheinander, warfen sich flach zu Boden, rollten sich in den Straßengraben und schrien nach ihren Angehörigen. Pferde bäumten sich hoch, Wagen kippten um und verstreuten ihre Ladung auf das Pflaster.

«Ich schau mal nach», erklärte Murks und kletterte, den Warnungen der anderen zum Trotz, ins Freie. Aber außer verstört durcheinanderrennenden Menschen gab es nichts zu sehen.

«Die Russen – sie schießen auf uns!» schrie eine Frau hysterisch und hielt mit beiden Händen ihren Kopf, als könne er ihr abgerissen werden.

Aus westlicher Richtung stürzte ein Soldat:

«Weg – sie kommen, sie kommen!» brüllte er irre.

Der Häftling verstand nichts und versuchte während der nächsten Minuten ohne Erfolg, sich zu informieren, wer denn kommen sollte und was plötzlich mit den Russen los sei. Unterdessen begann sich der Himmel langsam rot zu färben. Ein helles Orange an der Ausgangstelle des Scheins am Horizont; zu den Rändern hin in mattes Grauviolett übergehend. Die Intensität des Lichtes steigerte sich von Minute zu Minute, es wurde immer heller. Die Luft stank nach Eisen, schien leise zu knistern. Aber sonst geschah nichts. Ein gigantisches Feuerwerk, schön und zu fern, um gefährlich zu sein. Allmählich beruhigten sich auch die Menschen auf der Straße wieder, erhoben sich aus den Gräben, krochen unter Fuhrwerken hervor, setzten sich wieder in Marsch. Endlich gelang es Murks, sich Aufklärung zu verschaffen.

«Niemand schießt», informierte es ein weiterer deutscher Soldat, der ebenfalls aus der Gegenrichtung kam, «die Russen haben die Munitionsfabrik drüben an der Elbe in die Luft gesprengt!»

Mit dieser Nachricht kehrte der Häftling zum Wagen zurück. Nachdenklich meinte Raoul:

«Wenn die Russen hier in der Gegend schon mit Säuberungsaktionen anfangen, dann wird es Zeit für uns, dieses Gebiet zu verlassen, bevor sie es gänzlich beschlagnahmen. Also auf, Kameraden, zu den Engländern!»

«Den Kinderwagen lassen wir aber hier!» entschied Murks, «der ist nur noch Ballast, jetzt, wo die Koffer auf dem Wagen sind.» Zum Glück hatte es Grinny nicht gehört. Vermutlich hätte sie verbissen um ihn gekämpft. Auch der Kinderwagen war ‹Haus›. Mit ein paar hufescharrenden Anläufen zogen die schweren Pferde das italienische Fuhrwerk auf die Fahrbahn zurück. Die Franzosen, Murks und der Professor waren abgesprungen, wanderten wieder hinterher, die kleine Baronesse schlief unter der Plane, und Grinny half Mamma, die Essenreste vor den Bambini in Sicherheit zu bringen. Es wurde dunkel. Auf der rechten Straßenseite lag über den Äckern noch immer ein rötlicher Schein. Die linke war grauschwarz. Die Menschengruppen wurden zu Schatten, deren Nähe man mehr ahnte als sah. Murks war sehr müde. Eigentlich mehr innere Erschöpfung als körperliche Müdigkeit. Zu viele bewegte Bilder, zu viele lebhafte Stimmen. Unentwegt wechselnd, immer neu. Es spürte ein dringendes Bedürfnis nach Stille, nach Alleinsein. Auch der Professor war schweigsam geworden, hatte sich in seine eigene Gedankenwelt zurückgezogen und war nicht mehr ansprechbar. Die Nähe der Nacht machte den Flüchtlingszug unruhig; man drängte gen Westen, schritt kräftiger aus. Plötzlich war da neben Murks, das an der Straßeninnenseite ging, ein zweiter Wagen. Des Häftlings an Dunkelheit gewohnte Augen erkannten einen großen offenen Karren, der von einem müden Gaul gezogen wurde. In dem Gefährt lagen und saßen einige bärtige Männer in Lumpen herum. Murks konnte gerade noch die Umrisse einer langen mageren Gestalt erkennen, die leise schaukelnd mit herabhängenden Beinen auf dem Rücksitz hockte und eine Pfeife im Mund hatte. Ab und zu glomm in Gesichthöhe ein schwacher Schein auf und erlosch wieder. Jedenfalls reichte er nicht aus, irgendwelche Gesichtszüge erkennen zu lassen. Auch der Mann hatte die neben ihm trottenden Gestalten bemerkt.

«Häftlinge?» fragte eine nicht unsympathische Stimme aus dem Dunkel. Murks bejahte. Dann folgte längere Zeit nichts. Die Hufe des lahmen Gauls klapperten mit denen der Ackerpferde im Duett. Nach einer Weile kam die Stimme zurück:

«Müde?»

«Und wie!» Pause.

«Und der Mann neben dir?»

«Auch KZ. Arzt!»

«Ach nee. KZ-Arzt?»

«Quatsch. Häftling natürlich.»

«Aha.» Der Mann rief etwas auf Holländisch hinter sich, und der Karren hielt an. Murks fühlte sich von ein paar starken Händen ergriffen und auf den Wagen gehoben. Der Professor, der unterdessen so weit in die Gegenwart zurückgekehrt war, um den Vorgang zur Kenntnis zu nehmen, wehrte ab, als man auch ihn hinaufheben wollte:

«Lassen Sie nur, wir gehören zu dem Wagen dort rechts. Ich möchte unsere bisherigen Weggenossen nicht so einfach im Stich lassen, verstehen Sie?» Es war eine Ausrede; er wünschte keine Tuchfühlung mit den fremden Gestalten.

«Dann bleib, wo du bist!» entschied die Stimme kurz.

«Mein Gepäck ist auch noch drüben. Und außerdem mein Kamerad», protestierte Murks, das sich nicht gern fremden Willen aufzwingen ließ.

«Unsere Mähre ist kein Rennpferd. Wir bleiben in der Nähe, keine Sorge!» sagte die Stimme mit müder Arroganz, «halt jetzt den Mund und leg dich schlafen!»

Knarrend und schaukelnd setzte sich der Karren wieder in Bewegung. Murks streckte sich auf dem Bretterboden aus und legte den Kopf auf eine zusammengerollte Decke, die nach Pferd roch. Die Stimme ließ sich zu seiner Linken nieder, ergriff einen alten Mantel und breitete ihn über beide aus. So schwankten sie durch die Nacht, und es roch nach Eisen und Rauch. Der Himmel hatte sich wieder aufgeklärt. Murks starrte mit übermüdeten Augen zu den flimmernden Pünktchen empor.

«Schön, Sterne!» sagte es andächtig.

«Schön? Mir reicht ein Planet. Das da oben sind Billiarden weiterer Erden. Das ‹hier› sozusagen in Billiardenauflage. Ich danke!» Es war kein Hohn in der Stimme, eher Überdruß, gemischt mit Resignation. Die hatte holländische Klangfärbung.

«Von hier aus sind sie schön», beharrte Murks trotzig.

«Du bist sentimental wie ein Mädchen.»

«War ja auch eins», hörte sich Murks zu seiner eigenen Überraschung sagen.

«Ach so!» Die Stimme schwieg gelangweilt.

«Und was ist daran falsch?»

«Nichts ist daran falsch. Schlaf jetzt!»

Aber Murks wollte weiterreden. Sein Interesse war geweckt. Es spürte, daß sein unbekannter Begleiter ebenso wach war und mit offenen Augen in den Himmel starrte wie es selbst.

«Bist du Holländer?» wollte es wissen.

«Mhm.» Pause.

Der Wagen ruckelte, ihre Körper stießen gegeneinander.

«Was hast du früher gemacht?»

«Am Tag gegessen, in der Nacht geschlafen.»

«Nein, ich meine: im Leben?»

«Eben!»

«Hast du nicht gearbeitet?»

«Sonst noch eine Frage? Daß alle Frauen so neugierig sein müssen!» zog die Stimme die Worte mokant in die Länge.

«Muß ja nicht immer Neugierde sein. Bist du eingebildet! Man wird doch wohl noch fragen dürfen?»

«Nein. Wird man nicht!»

«Ich wüßte nicht, worüber ich sonst mit dir sprechen könnte.»

«Dann halt den Mund!» sagte die Stimme brutal.

Das war deutlich. Aber Murks ließ sich nicht beirren. Nun schon gar nicht.

«Was hast du denn gegen Frauen? Ich hab das Gefühl, du magst sie nicht?»

«Dein Gefühl täuscht dich nicht.»

«Und ich mag Männer nicht, damit du's weißt!»

«Dann sind wir ja quitt. Schlaf jetzt endlich!»

«Ich will aber nicht schlafen. Bin wieder ganz wach. Du hast mir noch nicht gesagt, wie du heißt. Und was du früher gemacht hast. Und wie alt du bist. Wenn ich schon mit dir schlafe, könntest du dich wenigstens vorstellen!»

«Und den Hut abnehmen, damit du weißt, von wem unsere Kinder das schöne rote Haar haben – du bist lästiger als eine Küchenschabe. Also gut, nur damit ich endlich Ruhe kriege …», der bärtige Mann richtete sich halb auf, stützte sich auf den Ellenbogen:

«Gestatten Sie, daß ich mich vorstelle? Piet van Teege, Schriftsteller, Spezialität: Erbauungsromane, geboren zu Den Haag an den Iden des Märzes, acht Jahre nach dem neunzehnten Wendekreis der Jahrhunderte nach der vergeblichen Geburt des Erlösers. Uhrzeit? Leider kann sich meine alte Dame nicht mehr an meine genaue Ankunftszeit erinnern. Ihre Armbanduhr sei stehengeblieben. Da jedoch mein Erscheinen ihr Frühstück unterbrochen habe, müsse es gegen elf Uhr morgens passiert sein. Weiter: Restbestände einst üppigen Haarwuchses, graublaue Augen, Blinddarmnarbe, eingewachsener Zehennagel, Länge insgesamt eins dreiundachtzig, Breite nicht nachgemessen, politisch vorbestraft; trotz väterlicher Androhung bis heute nicht kastriert. Hobby: Neurosenzüchtung auf ererbt fruchtbarem Boden. Besondere Eigenschaften: egoistisch, hysterisch, feige, brutal gegen alle, die ihre vorwitzigen Nasen in sein Privatleben stecken. Wünscht von niemandem in seiner Lebensweise gestört zu werden. Leidet seit Erwachen des Geschlechtstriebs an unglücklicher großer Liebe – zu sich selbst. Besonderes äußeres Kennzeichen: unrasiert. Genügt das jetzt, Fräulein ...»

«Murks.»

«Das ist kein Name.»

«Doch. Ich heiße so. Na also! War doch schon sehr schön und aufschlußreich für den Anfang.»

Murks grinste vergnügt. Jetzt konnte es sich doch etwas unter seinem Nachbarn vorstellen. Also schon siebenunddreißig Jahre alt war der Mann da neben ihm, gute zehn Jahre älter als es selbst. Schien ein origineller Kauz, mit dem man anscheinend vernünftig und ohne Schnörkel reden konnte. Der klang nicht so, als würde er gleich in Mitleid mit dem ‹armen hilflosen Mädchen› zerfließen. Eher das Gegenteil. Keine überflüssigen Sentimentalitäten. Das tat gut, gab einem Sicherheit. Kräftige Gespräche von ‹Mann zu Mann›. Zum erstenmal wieder nach all den Jahren fühlte der Häftling ein überwältigendes Bedürfnis zu sprechen. Er wollte fragen, Altes wiederentdecken, Neues begreifen lernen.

«Sind das hier deine Freunde, die Männer im Wagen?»

«Nein.»

«Aber du kennst sie?»

«Ja.»

«Und weshalb sind sie nicht deine Freunde?»

«Weil ich nicht der ihre bin, vermutlich.»

«Magst du sie nicht?»

«Weiß ich nicht. Ich habe keine Freunde.»

«Das ist merkwürdig», fand Murks, «willst du keine haben?»

Lange Pause. Dann kam die Stimme, leise, müde:

«Davon hängt es nicht ab ...»

«Wovon denn?»

«Mißtrauen. Und Angst.»

«Angst? Du klingst nicht, als fürchtest du dich vor den Menschen!»

Schweigen. Endlich:

«Es gibt keinen Menschen, den ich nicht fürchte. Am meisten mich selbst.»

«Seit dem Krieg?»

«Seit meinem ersten Lebensjahr.»

«Fürchtest du mich auch?»

«Dich besonders mit deiner neugierigen Fragerei.»

«Dann bist du ein Feigling.»

«Sagte ich das nicht schon?»

«Und hast du nur vor Menschen Angst oder auch vor Dingen?»

Der Holländer antwortete nicht. Nach langer Pause dachte er laut:

«Muß nicht immer ein ‹wovor› sein. Das wäre zu einfach. Wenn man einen konkreten Grund hätte, könnte man dagegen angehen. Angst kann ein Zustand sein ...»

«Kommt mir vor, als züchtetest du ihn künstlich hoch, deinen Zustand, weil du dir damit interessant vorkommst.»

Leises spöttisches Lachen:

«Was man mal hat, soll man pflegen, kultivieren. Es gibt viel zu wenig interessante Leute!»

«Du bist ein Zyniker ...»

«Ich bin geschmeichelt.» Plötzlich war die Stimme grob:

«Und jetzt halt endlich deinen gottverdammten Schnabel!»

Murks schwieg und dachte darüber nach, daß hier schon wieder eine neue Variante zum Thema ‹Angst› aufgetaucht war. Sie schien der Hauptfaktor in dem zu sein, was man das Leben nannte. Seltsam, im Lager hatte man sie schon nach wenigen Wochen nicht mehr gespürt. Man war ganz einfach zu sehr mit Überleben beschäftigt gewesen. Da war keine Zeit geblieben, sich auf Gefühle zu konzentrieren.

Die Nacht war lang, und der Karren mit dem müden Klepper kam nur langsam vorwärts. Es war recht kühl geworden, und die beiden Gesprächspartner, die zu den Sternen hinaufredeten, wärmten sich gegenseitig mit ihren Körpern.

Als er merkte, daß ja nun an Schlaf doch nicht mehr zu denken war, wurde auch der Holländer gesprächiger, und Murks hörte aufmerksam zu. Die komplizierten Gedankengänge seines Bettnachbarn schienen ihm zwar nicht richtig, jedoch seltsam vertraut.

«Weißt du», sinnierte Murks, «vielleicht ist das Leben in Wirklichkeit gar nicht so schwierig, und wir machen es uns nur so?»

«Wenn man selber kompliziert ist, kann man ein einfaches Leben nicht ertragen. Nicht einmal einfache Menschen. Unerfüllbare Sehnsucht. Zumindest auf die Dauer ...»

«Womit du sagen willst: Wenn man selbst nicht einfach ist, muß man sich das Leben komplizieren?»

«Das kompliziert sich ganz von selbst!»

«Man könnte aber doch beispielsweise versuchen, sich selbst zu ändern?»

«Erstens wäre es Wahnsinn, denn man braucht sich so, wie man nun mal ist. Schließlich hat man sich an den täglichen Kampf mit seinen Schwierigkeiten gewöhnt ...»

«Und zweitens?»

«Zweitens? Hast du schon einmal einen Igel gesehen, der, nur weil man ihm die Stacheln abrasiert hat, zum Maulwurf wird? Denkt nicht dran. Igel bleibt Igel. Wenn man ihm die Waffen nimmt, die ihm die Natur zu seinem Schutz verliehen hat, dann wird er nicht besser, sondern nur häßlicher, wird zum hilflosen, zum lächerlichen Igel. Ein Maulwurf wird er deshalb nie.»

Das leuchtete dem Häftling ein, schien aber irgendwie traurig. Man hatte sich also so zu nehmen, wie man nun einmal war. Dumm oder feig oder ängstlich. Ändern konnte man sich demnach nicht, und nichts Besseres aus sich machen, selbst wenn man wollte. Das war es wohl, was der Professor mit ‹negativem Denken› gemeint hatte.

«Hast du noch eine Mutter?»

«Ja.»

«Wo lebt sie?»

«Zu Haus. In Holland!»

«Liebst du sie?»

Wieder überlegende Pause. Ich brauchte keinen Augenblick über die Antwort nachzudenken, wunderte sich Murks, aber vielleicht fehlt ihm da was. Wenn man so sehr sich selbst liebt, bleibt für andere nicht viel übrig …

Die Antwort, ein undeutliches Murmeln, überraschte es:

«Zu sehr!»

«Zu sehr kann man seine Mutter gar nicht lieben», erklärte Murks mit Überzeugung.

Der Holländer schwieg. Über ihnen verblaßten die Sterne im ersten Morgengrauen.

«Schau, es wird schon Morgen!» gähnte der Häftling und dehnte sich. Die Augenlider waren ihm schwer geworden. Vergeblich kämpfte er gegen den Schlaf an.

«Mhm!» machte sein Gefährte nur und glättete behutsam den abgerutschten Mantel über Murks' zusammengerollter Gestalt.

6. Mai 1945

Murks erwachte von einem heftigen Ruck. Der Karren stand. Noch bevor es die Augen öffnete, spürte es, daß sein nächtlicher Begleiter es beobachtete.

«Was ist denn los?» gähnte es und setzte sich verschlafen auf.

«Irgendein Palaver mit den Russen, die wieder mal alles aufhalten», murmelte der Holländer über seine Pfeife hinweg. Ein paar sehr helle Augen maßen mit distanzierter Neugier das Geschöpf, das sich müde dehnte und den Tabakqualm abzuwehren versuchte.

«Wie ein Mädchen siehst du ja Gott sei Dank nicht aus!»

«Du auch nicht!» spottete Murks im Hinblick auf das struppige Gewucher um das Kinn seines Gegenübers, «woher hast du denn die Pfeife und den Tabak?»

«Ja, weißt du», er machte ein geheimnisvolles Gesicht, senkte die Stimme zu vertraulichem Geflüster, «da habe ich vorgestern einen Engländer getroffen. Der ging hier spazieren. Einfach so. Mit Bowlerhut und Regenschirm. Und Pfeife natürlich. Ich versuchte ihm klarzumachen, daß dies weder die geeignete Zeit noch der geeignete Ort für solch ein Unternehmen sei. Schade, er hatte so gar keinen Sinn für meine vernünftigen Vorstellungen. Den Regenschirm habe ich weggeschmissen, wollte eigentlich nur den Hut. Entschied mich aber zu guter Letzt für die Pfeife. Mit dem Bowler hätte ich ja immerzu grüßen müssen. Man sieht hier so viele Bekannte. Ach ja, und den Engländer, den habe ich zu seinem Schirm in den Straßengraben getan. Weißt du, ohne den Bibi, Pfeife und Schirm war er als Engländer sowieso nicht mehr zu gebrauchen ...»

Murks lachte:

«Ich glaube dir kein Wort.»

«Diese Weiber! Mitrauisch und phantasielos.»

«Und woher hast du die Pfeife nun wirklich?»

Piet, der Holländer, seufzte in gespielter Resignation:

«Humor hast du auch keinen. Schon mal was vom Internationalen Roten Kreuz gehört?»

«Ah, daher. An was die alles denken! Warum hast du dir von denen nicht auch gleich einen Rasierapparat geben lassen?»

«Weil ich mir so gefalle.»

«Du mir so aber nicht.»

«Niemand zwingt dich hinzusehen.»

«Sei doch nicht gleich beleidigt. Vielleicht siehst du hinter deinem Gesichtsgestrüpp sehr gut aus. Kann ich ja so nicht beurteilen.»

«Sieh mal da rüber. Dein KZ-Arzt will dich zum Frühstück vernaschen!»

Piet deutete auf den parallel zu ihnen stehenden Italienerwagen, aus dem der Professor eifrig zu ihnen hinüber winkte. Murks sprang auf die Beine:

«Komm, wir gehen rüber, ich stell dich ihm vor. Ich glaube, er schreibt auch, allerdings nur Wissenschaftliches. Er ist wirklich sehr nett.»

«Zu früh am Morgen für gesellschaftliche Kontakte. Geh allein!»

Aber Murks war bereits runter vom Wagen und zog den protestierenden Literaten am Arm hinter sich her. Seine mittlerweile erwachten Reisegefährten lachten und riefen ihm etwas Holländisches nach. Auch der Professor auf der anderen Seite hatte seinen Hochsitz verlassen und kam ihnen entgegen.

«Ihrer Kameradin Grinny geht es heute morgen leider nicht besonders», berichtete er nach höflicher Begrüßung des Fremden und beiderseitig lässig gemurmelter Vorstellung, «sie hat die ganze Nacht gefiebert und von ‹ihrem Haus› gesprochen. Daß sie nach

Hause möchte. Was könnte sie damit meinen, Ruth? Hat sie denn ein Zuhause?»

«Ruth? Aha. Ruth, das bist du also. Fräulein Ruth. Sehr schön», spottete der Holländer.

«Halt den Mund!» sagte Murks grob, denn das Skelett machte ihm ernste Sorge. Zu dritt trotteten sie hinter dem nun wieder anruckelnden Fuhrwerk her, auf dem rege Geschäftigkeit herrschte.

«Ich fürchte, wir werden ein Haus finden müssen, wo wir ein paar Tage mit Grinny bleiben können. Sonst gibt sie auf», erklärte Murks keineswegs glücklich.

«Da habe ich genau das Richtige für Sie, gnädiges Fräulein!» imitierte Piet einen Grundstücksmakler. «Ein entzückendes Häuschen ganz im Freien. Das Dach in moderner Rauchfarbe, Geranienkästen auf dem Balkon. Und viel, viel Frischluft durch glaslose Fenster. – Tagsüber ein wenig Zwangsarbeit und die Nächte versüßt durch temperamentvolle Vergewaltigungen – Gottverdammich, warum mußte mir eine Frau über den Weg laufen?» Er spuckte Tabak in verächtlichem Bogen.

Unerwarteterweise kam ihm auch noch der Professor zu Hilfe:

«Ehrlich, Ruth, ich halte die Idee mit der mehrtägigen Rast auch nicht für opportun. Die Russen werden in Kürze das ganze Gebiet hier besetzt haben. Wir sollten uns daher bemühen, der möglichen Okkupierung zuvorzukommen, indem wir uns so schnell wie möglich in den Westen absetzen.»

Bitter sagte Murks:

«Was ihr beide zu übersehen scheint, ist, daß ich eine schwerkranke Kameradin bei mir habe, die dringend Rast braucht. Es ist ihre einzige Überlebenschance!»

«Eine mehr oder weniger – was macht das schon aus? Hast du dich noch immer nicht an den Tod gewöhnt?»

Der Häftling starrte den Niederländer hart und kalt an:

«Kameradin habe ich gesagt!»

Van Teege schwieg, und der Gelehrte sagte leise

«Ja, natürlich, ich verstehe.»

«Ich geh mal in den Wagen, nach Grinny schauen!» Murks lief vor, schwang sich über das Rückbrett hinein und berichtete, man habe sich entschlossen, eine Unterkunft zu suchen, um Skelett ein paar Tage Ausruhen zu ermöglichen. Die Franzosen, noch beim Frühstück, hatten große Bedenken gegenüber neuerlichem Zeitverlust. Mamma hielt ihm eindringlich die Schwierigkeiten einer Selbstversorgung vor Augen. Titino, ganz auf eigene Rettung bedacht, war schlichtweg von dem Gedanken entsetzt. Nur Papa erklärte sachlich, er wolle von seinem Kutschbock aus Umschau halten, ob er irgendwo ein brauchbares Objekt entdecken würde, das keinen okkupierten Eindruck mache. Während noch alle durcheinander diskutierten, glitt über das ausgezehrte Gesicht Grinnys ein fast überirdischer Ausdruck der Freude. Voll Dankbarkeit schaute es zu seinem Kameraden auf, flüsterte heiser:

«Siehste, du verstehst. Die andern sind eben keine Ravensbrücker ...»

Aber Murks hörte es nicht unter dem Hagel von gutgemeinten Ratschlägen, der auf es niederging. Skelett räusperte sich und richtete sich auf:

«Den Koffer, Murks! Wir müssen den Koffer mitnehmen. Und die Rucksäcke mit meinem Goldmann!» Es meinte den Briefbeschwerer.

«Na klar nehmen wir die mit. Was glaubst du? Bleib nur ganz ruhig. Bald wirst du wieder ein Haus haben.»

Zwanzig Minuten später brachte Papa die Pferde so plötzlich zum Stehen, daß alles durcheinanderpurzelte:

«Ecco – dort ist etwas!» Mit dem Peitschenstil deutete er auf ein intaktes Häuserdach, das, eingebettet in eine kleine Waldung, hinter frischem Laub hervorschimmerte, «werden wir nachsehen, ob es leer ist!»

Behende schwang er sich vom Kutschbock, nickte grüßend dem

Holländer zu und machte ihm ein Zeichen, sich anzuschließen. Gemeinsam mit dem Professor machten sie sich auf den Weg zum Haus hinüber. Bald waren sie hinter den Bäumen verschwunden. Mamma schimpfte schon wieder mit den Bambini, die Franzosen diskutierten hitzig über Wert oder Unwert einer Diktatur, Titino sang laut und schmelzend von Amore auf Capri, und die beiden Häftlinge warteten voller Spannung auf die Rückkehr der Männer.

Eine Ewigkeit schien zu vergehen, bis sie endlich wieder auftauchten. Papa winkte schon von weitem:

«Alles in Ordnung. Wir haben mit Hausbesitzer gesprochen. Sie warten schon.»

«Hausbesitzer?» fuhr Grinny auf.

«Sehr nette Leute», beruhigte der Professor in sanftem Zuredeton. «Ein älteres Ehepaar, das gern bereit ist, uns für ein paar Tage bei sich aufzunehmen. Die Russen hätten sie bisher noch nie belästigt.»

«Torheit, dein Name ist Weib!» qualmte Piet, «und was soll ich dabei?»

«Du bleibst bei uns!» befahl Murks streng, «und wirst uns vor den Russen schützen!»

«Und wer schützt mich?»

«Nun, ich bin ja auch noch da!» sagte der Professor mit überraschender Männlichkeit. Vielleicht konnte er sich nun doch noch beweisen, daß er kein Versager war? Der Gedanke gab ihm neuen Auftrieb.

Der Holländer half das Gepäck vom Wagen heben. Laut und herzlich verabschiedete man sich voneinander, und das gemischte Quartett machte sich auf den Weg zu dem Haus, das Papa für sie entdeckt hatte. Piet mit Grinnys Koffer und dem metallbeschwerten Rucksack voneweg – wie wenig ihm solche Gewichte auszumachen scheinen, dachte Murks, das sein verkrampftes Gesicht nicht sehen konnte, bewundernd –, dahinter Grinny mit des Professors Persilkarton, während dieser einen Vorratskoffer trug, Abschiedsgeschenk der großzügigen Italienerfamilie, und zum

Schluß Murks mit Rucksack und van Teeges Bündel unter dem Arm.

Die Waldung lichtete sich; die Bäume gaben die Sicht auf das Haus frei. Es war eine dieser altmodischen Sommervillen im Stil der Jahrhundertwende, verschnörkelt, mit Erkern und Türmchen und einem Wintergarten mit Jugendstilfenstern aus buntem Glas. Das Ganze machte einen vernachlässigten Eindruck. Die Farben waren verschmutzt und verblichen, die verwaschenen Mauern bröckelten und brauchten, ebenso wie das rissige Holz der Fensterläden, dringend neuen Anstrich. Der große Garten hinter dem Gebäude schien ebenfalls reichlich verwildert, doch wies er wenigstens Spuren jetziger Benutzung auf. Grinny jedoch glaubte, ein Märchenschloß vor sich zu haben. Überwältigt blieb sie stehen, starrte verzückt auf das Bild vor ihren Augen:

«Werden wir – da drin – wohnen?» hauchte sie atemlos vor Erregung.

«Scheint uns nicht erspart zu bleiben», seufzte van Teege, ohne sich umzuwenden.

«Gefällt es dir?» fragte Murks.

Grinny konnte nur stumm nicken. Der Holländer war unterdessen die Stufen zum Eingang hinaufgestiegen, hatte heimlich aufatmend das Gepäck abgestellt und die Hausglocke in Bewegung gesetzt. Nach einigen Minuten wurde die Tür von einer schmalen kleinen Frau mit runzlig-freundlichem Gesicht geöffnet, die die Ankömmlinge herzlich begrüßte:

«Kommen Sie nur herein, wir haben Sie schon erwartet. Bitte schön!» Der Gruppe voran schritt sie durch einen dunklen, muffig riechenden Korridor. Murks' scharfe Augen entdeckten in seinen schattigen Ecken eine vertrocknete Stechpalme mit gelben spitzen Blättern und ihr gegenüber eine laut tickende Standuhr aus Großvaters Zeiten. Wieder was für Grinny! dachte es vergnügt. Eine rotausgelegte Treppe mit kunstvollem Eisengeländer führte zum oberen Stockwerk. Durch das bunte Glas des Treppenabsatzes fielen mattfarbene Lichtbündel auf den verblichenen Sisalteppich am

Fuß der Stiege. Alles roch staubig nach Vergänglichkeit. Im Wohnzimmer faltete ein älterer Mann umständlich eine Zeitung zusammen, legte die Lesebrille darüber und erhob sich aus plüschbezogenem Ohrensessel. Man begrüßte sich, stellte einander vor. Murks ließ neugierig seine Blicke im Zimmer umherwandern. Es war ein geräumiger Salon, bis zur Grenze des Möglichen vollgestopft mit alten Möbeln, Gemälden, gerahmten Fotografien, Alben, Blumenvasen und Nippesfiguren in verschnörkelten Eckvitrinen – alles Überbleibsel einer heute kaum mehr vorstellbaren Epoche bürgerlicher Sattheit und Ruhe. Eigentlich, fand Murks, paßte das alles wunderbar zu den beiden Hütern des Hauses.

Grinny, die nur taumelig auf den Füßen stand, konnte den Blick nicht von einer Meißner Porzellangruppe hinter dem Glas eines Eckschränkchens lösen. Die Männer unterhielten sich angeregt mit dem Alten. Murks stellte fest, daß Piet außerordentlich charmant sein konnte, wenn er wollte.

«Ach Gott, wie dumm!» sagte Frau Mertens, die Hausbesitzerin, und nestelte verlegen am Kragen ihrer Bluse, «nun kann ich Ihnen noch nicht einmal etwas zu Trinken anbieten! Aber Sie wissen ja selbst: Kaffee oder Tee – darunter können wir uns schon seit langem nichts mehr vorstellen.»

«Ham wir alles mit!» krächzte Skelett heiser vor Stolz, «richt'gen Kaffee, Sie, nich irgend so 'n Muckefuck. Jede Menge, soviel Sie wollen. Pack doch mal aus, Murks!»

Die Angesprochene holte den Rucksack herbei und kam sich, während sie die Sachen auf den Küchentisch auslud, wie der Weihnachtsmann vor. In fassungslosem Staunen schlug die Frau die Hände zusammen:

«Mein Gott, ach du liebe Güte – das kann ja nicht wahr sein! Kaffee, Tee, Butter, Eier, Marmelade, Brot, Käse, eingemachtes Obst – ja um Himmels willen, wo haben Sie denn das alles her?»

In ihren Augen standen Tränen.

«Nachher. Dann erzähl ich Ihnen alles in Ruhe», sagte Murks.

«Erst müssen wir mal meine Kameradin ins Bett bringen. Sie ist sehr krank.»

«Aber ja, natürlich!» Frau Mertens war sofort voller Besorgnis, «der – das – ich meine, ihre Kameradin sieht wirklich entsetzlich elend aus. Bitte kommen Sie gleich mit, ich zeige Ihnen Ihr Zimmer. Der eine der Herren, die vorhin hier waren, deutete an, Sie seien – ich habe doch recht verstanden – eine junge Dame? Dann könnten Sie beide vielleicht das Zimmer teilen, wenn es Ihnen nichts ausmachen würde?»

«Selbstverständlich. Ist mir auch viel lieber so.»

«Dann ist ja alles gut!» erklärte Frau Mertens erleichtert, «ich gebe Ihnen beiden das Zimmer unserer Tochter Gisela. Es ist bei uns so leer geworden, seit die Kinder nicht mehr da sind. Und der Untermieter ist nun auch fort. Ein Glück übrigens», erzählte sie mit dem ganzen Eifer der Vereinsamten, während sie die Treppe hinaufstiegen, «er war ein unangenehmer Typ gewesen. So ein richtiger Parteibonze, wissen Sie, den sie uns hier in unser Haus gesetzt hatte. – Vorsicht bei den Stufen, sie sind ziemlich steil, und das Holz ist etwas morsch. – Wo war ich stehengeblieben? Ja richtig, der Untermieter. Und was das für ein Ekel war! Ein aufgeblasener Mensch. Konnte sich nicht genug tun mit seinen angeblich fabelhaften Beziehungen zu ‹höchsten amtlichen Parteistellen›. Aber wie er hörte, daß der Krieg so gut wie verloren sei und die Russen im Anmarsch auf Berlin seien, da war er plötzlich über Nacht verschwunden. Na ja, man kennt ja diese Typen. So, hier ist Ihr Zimmer. Gefällt es Ihnen? Es hat zwar nur ein Bett, aber das Sofa ist auch sehr bequem zum Schlafen, wenn es Ihnen nichts ausmacht?»

Die Häftlinge grinsten.

«Klasse!» sagte Skelett. Es war ein großes Lob.

Das freundliche helle Gemach ging zum Garten hinaus. Ein mächtiger Kastanienbaum in voller Blüte streckte seine weißen Kerzen bis ans Glas des Fensters mit den gerafften Tüllgardinen. Lichte Tapeten, eine freundlich bezogene Couch mit bunten Kissen, ein kleiner Sessel, das niedrige Bett mit Seidendecke und ein

Toilettentisch mit Klappspiegel vervollständigen die mädchenhafte Einrichtung, die sich vorteilhaft vom Stil des übrigen Hauses unterschied. Über der Couch hing das Aquarell eines hübschen jungen Mädchens mit lustigen Augen und über dem Bett eine bunte Sommerlandschaft. Grinny stand ganz still und nahm andächtig alles in sich auf.

Murks wandte sich an Frau Mertens:

«Haben Sie und Ihr Mann denn schon zu Mittag gegessen?»

Der Kopf der Frau wurde dunkel vor Verlegenheit:

«Ach, wissen Sie, das eigentliche Mittagessen, das haben wir uns schon lange abgewöhnt. Daran kann man ja heute nicht mehr denken. Wir essen eben so zwischendurch mal was – ist ja auch gesünder. Mein Mann kann sowieso nichts Schweres mehr vertragen. Er ist in letzter Zeit recht alt geworden, wenn er es auch nicht wahrhaben will!»

«Dann werden wir jetzt für uns alle Mittagessen machen!» bestimmte Murks und schaute dabei Grinny an. Skelett erwachte aus seiner Träumerei, grinste breit:

«Klar. Ich koche. Aber was?»

«Nein, ich bitte Sie! Sie müssen sich schonen, Sie sind doch krank!»

«Keine Sorge. Kochen ist für meine Kameradin die beste Therapie!»

«Was soll ich machen? Nu sag schon!»

«Haben wir nicht noch Eier?»

«Doch. Aber nur gekochte …»

«Warte, ich schau mal in dem Proviantkoffer nach, den uns Mamma mitgegeben hat.»

Murks lief in die Küche, kam mit dem bindfadenverschnürten Pappkoffer in der Hand zurück. Tatsächlich, zwischen einer geknoteten Kordel mit Zwiebeln und Knoblauch, einer geräucherten Wurst, verschiedenen Gewürzen und Gansresten sowie einem Riesenbündel handgemachter Nudeln kamen auch sechs frische Eier zum Vorschein.

Murks frohlockte:

«Von den Franzosen haben wir noch das Mehl. Mach Eierkuchen!»

«Prima Idee!» Glücklich zog Skelett mit den Vorräten in die Küche ab.

Murks begab sich mit Frau Mertens wieder nach unten zu den anderen im Salon. Bei seinem Eintritt blickten ihm Piet und der Professor entgegen, ersterer spöttisch, letzterer lächelnd und in sichtlich guter Stimmung. Der Gelehrte fühlte sich in seinem Element – endlich mal wieder geordnetere Verhältnisse, lang entbehrte kleine Annehmlichkeiten. Außerdem hatte ihm soeben sein neuer Gastgeber seinen geräumigen Schreibtisch im Nebenzimmer zu uneingeschränkter Benutzung zur Verfügung gestellt, Schreibzeug inbegriffen. Die drei Männer schienen sich gut zu unterhalten. Der Holländer hatte sich mittlerweile rasiert. Unter dem blonden Gestrüpp war ein überraschend feines Gesicht zum Vorschein gekommen mit blassen, etwas femininen Zügen, schmalem, gutgeschnittenem Mund mit eigenwilliger Unterlippe und festem Grübchenkinn.

Murks erbot sich, mit Hilfe der Hausfrau den Tisch zu decken. Frau Mertens schien glücklich, Beschäftigung gefunden zu haben:

«Kommen Sie, ich zeig Ihnen, wo alles liegt!»

Damit öffnete sie eine Tür schräg über den Flur. Zusammen betraten sie das kleine Eßzimmer, einen intimen Raum mit rechteckig ausladendem Tisch und sechs ledergepolsterten Stühlen, zwei weiteren an der Wand. Über einem dunkelschweren Büfett hingen in reich verzierten Goldrahmen zwei strenge Ahnenporträts. An der Wand ihnen gegenüber befand sich eine ganze Kollektion handgemalter Elfenbeinminiaturen. Die Miniaturgesichter wiesen untereinander starke Ähnlichkeiten auf. Frau Mertens reichte Murks ein weißes Damasttuch aus dem Büfett, und Murks bewunderte über ihre Schulter hinweg das feine Porzellan, die Gläser und das Silber im Innern des offenen Schranks:

«Sie müssen sehr reich gewesen sein!»

«Wir haben das Haus erst neunzehnhundertachtunddreißig übernommen. Bis dahin hatte es einer alten Dame aus verarmtem pommerischem Landadel gehört, die es von ihrer inzwischen verstorbenen Familie geerbt hatte. Wir kannten sie schon einige Zeit vor ihrem Tod. Als sie starb, vermachte sie uns das Haus mit seinem gesamten Inhalt. Sie hatte keine Nachkommen. Also verkaufte mein Mann unsere Berliner Stadtwohnung, und wir zogen hier hinaus. Die Luft tat uns allen gut. Von der Rente meines Mannes und dem Verdienst von Jochen, unserem Sohn, konnten wir schon existieren. Gisela stand damals kurz vor dem Staatsexamen. Sie studierte Jura und hatte schon eine gute Anstellung in Aussicht ...»

«Und wo sind Ihre Kinder jetzt?»

Frau Mertens Lippen wurden schmal:

«Beide tot!» erklärte sie kurz, um rasch hinzuzufügen:

«Das erzähle ich Ihnen ein anderes Mal.»

Ihre Hände zitterten, während sie die Bestecke auslegte. Murks ging die anderen holen. In angeregter Diskussion nahm man um den Tisch Platz. Die Erwartung einer guten Mahlzeit verstärkte den Appetit. Nur Grinnys Platz zwischen dem Hausbesitzer und dem Professor blieb noch leer, denn sie hatte jetzt ihren großen Auftritt.

Etwas wackelig, aber mit hochgerecktem Kinn, auf flacher Schüssel einen Riesenstapel knusprig gebräunter Eierkuchen vor sich her balancierend, schritt sie dampfumhüllt über die Schwelle, setzte die Schüssel mit solchem Schwung nieder, daß drei Fladen auf das frische Tischtuch glitten.

«Verflucht!» sagte Skelett, packte mit nicht allzu sauberer Knochenhand die Kuchen und klatschte sie ärgerlich auf den Stapel zurück, holte aus der Küche einen bis zum Rand gefüllten Kochtopf mit Marmelade und stellte ihn über die Fettflecken im Tuch:

«Mach ich später wieder raus. Jetzt eßt mal erst, sonst werden die Biester kalt!»

Hungrig langte man zu. Und obgleich sich das alte Ehepaar Mühe gab, es sich nicht anmerken zu lassen, war es doch nur zu offensichtlich, wie ausgehungert sie beide waren. Nach der Mahlzeit trennte man sich. Die Mertens wollten ihren gewohnten kleinen Mittagsschlaf halten, und auch die erfolgreiche Köchin zog ab in ihr zartrosa gedecktes Jungmädchenbett. Der Professor begab sich zufrieden zum Schreibtisch. Piet und Murks schlenderten zum Garten hinaus.

Direkt hinter dem Haus war eine große, von ungepflegten Spazierwegen abgegrenzte verwilderte Rasenfläche. Linkerhand umrahmten Bäume ein Stück rötlich kahler Erde, das einstmals ein Tennisplatz gewesen war. Ein regenverwaschenes schlaffes Netz hing noch an zwei verwitterten Holzpfählen. Um die Gitterbegrenzung wucherte Unkraut. Wenige Meter weiter befand sich eine Art Pavillon im Stil der Jahrhundertwende, der unter allerlei Gerümpel auch zwei altersschwache, aber noch benutzbare Liegestühle enthielt. Murks klemmte sich beide Möbel resolut unter den Arm und zog damit zum Rasen. Zögernd folgte ihm der Holländer, Pfeife im Mundwinkel, Hände in den Hosentaschen. Geistesabwesend sah er zu, wie Murks die Stühle auseinanderklappte, aufbaute, die Haltbarkeit des Segeltuchs eingehender Prüfung unterzog. Gemächlich, fast widerwillig, schlenderte er herum, ließ sich vorsichtig auf einem der gestreiften Gestelle nieder. Es hielt, knarrte nur leise. Neben ihm streckte sich der Häftling aus, holte tief Luft: «Herrlich hier. Wie im tiefsten Frieden!»

«Es ist aber kein tiefster Frieden. Auch kein untiefer. Überhaupt keiner!»

«Hör auf zu unken. Hier merkt man nichts von draußen. Ist das nicht …»

«Verdächtig? Und ob!» Piet kaute an seiner Pfeife.

«Wieso verdächtig?»

«Immer verdächtig, wenn etwas mitten im Krieg wie mitten im Frieden erscheint.»

«Du siehst in allem immer nur das Unangenehme.»

«Unangenehm ist das richtige Wort. Wenn beispielsweise eine Frau ihrem Mann gegenüber besonders liebenswürdig wird, wette ich mit dir zehn zu eins, daß sie irgendeine besondere Niederträchtigkeit plant. Friede, mein liebes Kind, ist nichts anderes als Ruhe vor dem Sturm.»

Ärgerlich setzte sich Murks auf:

«Erstens bin ich nicht dein liebes Kind …»

«Pardon, Fräulein Ruth!» Er zog den Namen mokant in die Länge.

«Und zweitens bist du ekelhaft eingebildet. Dir gefällt wohl überhaupt nichts?»

«Aber doch!»

«Außer dir selbst, meine ich!»

«Eben. Zum Beispiel dein Zorn. Sei ruhig weiter zornig, es kleidet dich.»

«Kannst du nicht einmal ernst sein?»

Der Holländer gähnte, aber es war Pose: «O Gott, fällt dir nichts Originelleres ein? Ernst bin ich immer. Die Tragik des Narren. Weshalb bittest du mich nicht, einmal wirklich heiter zu sein?»

«Ist doch zwecklos. Heiter ist für dich höchstens ein Wetterbegriff.»

«Vermutlich. Aber du könntest es versuchen …»

«Was?»

«Mich zu erheitern.»

Piet blies dicke Rauchwolken von sich. Murks bohrte nachdenklich mit dem Stiefelabsatz Löcher in den Grasboden und überlegte, warum er so rede. Was machte ihn so arrogant? Da fielen ihm Aljoschas Worte ein, die von der Angst. Vielleicht paßten die auf ihren Nachbarn:

«Du wehrst dich ja nur!» versuchte sie mit sanfter Stimme, «weshalb wehrst du dich?»

Zu seiner Verblüffung benahm sich der Holländer genauso wie es selbst seinerzeit. Er fuhr hoch, sagte eine Nuance zu heftig:

«Ich wehre mich gar nicht!»

«O doch!» stellte Murks befriedigt fest und bemühte sich, den eindringlichen Ton Aljoschas zu imitieren, der es damals so sehr aufgebracht hatte. «Du wehrst dich ja schon wieder. Wovor hast du Angst?»

Piet schwieg. Murks überlegte angestrengt, wie der Dialog weiterging. Richtig, die Sache mit dem Untergraben des Selbstgefühls. Schadete dem eingebildeten Burschen gar nichts, mal ein bißchen aufgerüttelt zu werden.

Unterdessen kam die Antwort, herausgestoßen mit dem Tabakrauch:

«Vielleicht vor mir selbst ...»

«Vor dir selbst? Du mußt viel gelitten haben, du Armer! Nicht genug Wärme, Geborgenheit, zu wenig Liebe ...»

So, das tat gut. Nun war man selbst der Starke, der Tröster. Und der andere zur Abwechslung der Hilflose, Bedauernswerte. Fraglos würde Piet jetzt tief gekränkt sein, sich heftig verteidigen. Murks freute sich schon darauf. Aber es mußte erfahren, daß Menschen doch sehr verschieden sein können. Völlig unerwartet ging es wie ein sanftes Strahlen über das Gesicht des Mannes neben ihm.

«Du bist klüger als ich dachte», nickte er friedfertig, «ich habe viel durchgemacht als Kind, du hast ganz recht!»

«Kenne ich», sagte Murks wissend und mußte an die harte väterliche Hand denken, die nur zu oft ihren Abdruck auf der kindlichen Wange hinterlassen hatte.

«Weißt du – meine Mutter ist eine wundervolle Frau. Aber gefühlsmäßig ist sie immer sehr zurückhaltend gewesen. Sie stellt ebenso große Ansprüche an andere wie an sich selbst. Besonders, was Disziplin anbelangt.»

Was der für Sorgen hat! wunderte sich seine Stuhlnachbarin.

Mutter nicht zärtlich genug für die speziellen Liebesbedürfnisse ihres Herrn Sohns. Lächerlich. Hätte er regelmäßig wie ich vom Herrn des Hauses seine Tracht Prügel zum Mittagessen bekommen, wäre er verdammt dankbar gewesen, wenn sie ihm heimlich und ohne viel Worte einen Teller Suppe aufs Zimmer gesandt hätte. War schon Glück genug, in der Mutter eine Verbündete zu wissen, jemanden, der zu einem hielt, es wirklich gut meinte. Bestimmt wäre es für Piet besser gewesen, wenn man ihm ab und zu mal die Hosen stramm gezogen hätte.

«Mädchen haben mir nie viel bedeutet», meditierte der Holländer in wohliger Selbstbemitleidung. Er war in Beichtstimmung. Sogar die Pfeife war ihm ausgegangen, ohne daß er es bemerkte. «Dabei konnten sie als Kameradinnen sehr nett sein. Im Grunde war ich viel lieber mit ihnen zusammen als mit den Jungens. Aber später änderten sie sich und begannen, ganz bestimmte Absichten zu entwickeln.»

«Na und? Ist doch nur natürlich?»

«Tja, weißt du, dann waren sie als Kameradinnen eben nicht mehr zu gebrauchen. Sie wurden allesamt zu Jägerinnen, wie alle Frauen...»

«Versteh ich nicht. Auf was sollten Frauen denn Jagd machen?» fragte Murks erstaunt und stellte sich ein Heer tobender Aufseherinnen mit angelegten Gewehren vor.

«Auf uns natürlich. Auf den Mann!»

«Weshalb?»

«Um uns festzuhalten, uns einzusperren!»

«Euch einzusperren? Versteh kein Wort...»

«Na ja, um uns zu heiraten!»

«Warum?»

«Seltsame Frage. So sind Frauen nun mal, das solltest du doch wissen.»

Nein, das wußte Murks nicht; es war jetzt ganz sicher, daß auch ohne Krieg keine richtige Frau aus ihm geworden wäre. Männerjagen erschien ihm gänzlich sinnlos.

«Wie gesagt, früher vertrug ich mich immer sehr gut mit den Mädchen. Aber dann bekamen sie Heiratsgedanken und ich Angst. Und dann waren sie plötzlich weg.»

«Die Mädchen?»

«Meine Gefühle.»

Das konnte Murks verstehen. Ähnlich war es ihm früher mit Männern ergangen. Vage Erinnerungen stiegen aus der Versenkung.

«Frauen», sagte Piet ganz ernsthaft, «machen mir Angst.»

«Versuch jetzt ein bißchen auszuruhen», sagte Murks mit geschwisterlicher Zärtlichkeit. Das Thema war ihm zu anstrengend.

Gehorsam schloß der Holländer die Augen, streckte die langen Beine von sich und sah plötzlich ganz entspannt aus. Bald darauf war er eingeschlafen. Der Häftling beobachtete angestrengt eine winzige Ameise, die zittrig ihren Weg über Piets rechten Arm suchte, dachte dabei: da läuft es, das Leben. Und wenn es oben angekommen sein wird, dann wird es nicht etwa zu Ende sein, sondern auf der anderen Seite genauso unsicher wieder hinablaufen. Und unten geht es, wieder ruhiger, eine Zeitlang geradeaus, ohne besondere Erlebnisse. Um dann von neuem zu beginnen ... Müde lehnte es sich im Stuhl zurück, schon zu faul, um die Fliege zu verscheuchen, die ihm um die Nase summte, und schlief gleich darauf ebenfalls ein.

Am Nachmittag kamen auch die beiden Mertens in den Garten hinaus, holten sich Stühle und setzten sich zu ihnen. Aus der Ferne, von der Straße her, drang ab und zu das Holpern der Lastwagen oder das Knattern eines anspringenden Motors. Es konnte aber auch eine Gewehrsalve sein. So genau ließ sich das nicht unterscheiden. Die zudringlichen Insekten um ihre Köpfe machten zu viel Lärm. Grinny war auf allgemeinen Rat hin noch liegengeblieben. Und der Professor arbeitete, wollte nicht gestört werden.

«Was müssen Sie alles hinter sich haben!» sagte Frau Mertens zu dem Häftling, und es war kein Fragezeichen dahinter, keine Neugier in ihrem Mitgefühl.

«Das haben wir wohl alle», murmelte Piet.

Murks wandte sich der Frau zu:

«Sie sagten, Ihre Kinder seien tot?»

Ihr Mann sprach für sie:

«Vielleicht ist alles meine Schuld. Sehen Sie, ich bin nun einmal überzeugter Sozialdemokrat. Fürchte, ich hab damit die Kinder auf den Weg der Rebellion gebracht, bevor sie reif genug waren, zu verstehen, was sie taten ...»

«Nein, Walter, nein!» fiel seine Frau ihm lebhaft ins Wort, «hör doch bitte auf, dir Vorwürfe zu machen, es war nicht deine Schuld! Glaub mir, die Kinder haben aus ihrer eigenen inneren Überzeugung heraus gehandelt. Du solltest stolz auf sie sein. Erinnere dich nur, wie wenig vor allem Jochen sich beeinflussen ließ!»

«Aber die Umwelt spielt bei Kindern doch eine große Rolle. Vieles ist eine Frage der Erziehung. Das Denken der Eltern ...»

«Sie sind ihrem Gewissen gefolgt», sagte seine Frau fest.

Der Mann schwieg müde. Auf die fragenden Blicke ihrer Gäste hin begann Frau Mertens zu erzählen. Zunächst von ihrem Sohn Jochen. Er sei ein aufgeweckter, ziemlich frühreifer Junge gewesen, ein richtiger ‹heller› Berliner. Nach dem Abitur habe er Rechtswissenschaft studiert und zunächst die Beamtenlaufbahn eingeschlagen. Als die Machtübernahme durch Hitler erfolgte, war er Regierungsassessor gewesen. Schon bald hatte Jochen hinter Phrasen und Parolen die wahren Absichten der Braunen erkannt und den Staatsdienst aufgegeben. Bei Ausbruch des Krieges zur Abwehr eingezogen, war er mit Canaris und den Leuten des Aufstands vom zwanzigsten Juli in Verbindung gekommen, hatte sich von da an ganz den Zielen dieser Gruppe zur Verfügung gestellt:

«Nun, wie es weiterging, werden Sie ja gehört haben. Als alles aufflog, wurde er mit verhaftet.»

Murks, die von alledem nichts wußte, denn in die KZs war diese Nachricht nicht gedrungen, ließ sich genau berichten.

«Das Schlimmste waren die Freisler-Verhöre!» sagte Herr Mertens, «der reine Hohn. Eine Parodie auf die Gerichtsbarkeit ...»

«Und was geschah?» fragte Murks gespannt.

«Was geschah? An Fleischhaken hat man sie aufgeknüpft, ehrenhafte Bürger und hohe Offiziere!» Seine Stimme überschlug sich vor Aufregung.

«Und Jochen ...», fügte seine Frau leise hinzu.

Die Gäste schwiegen. Der Häftling war keineswegs erschüttert, nur verwundert darüber, daß auch außerhalb von Mauern und Stacheldraht Deutsche gelebt hatten, die wie jene im Lager gedacht und nach ihrer Überzeugung gehandelt hatten. Diese beiden Alten hier, das waren doch typische echte Deutsche. Auch Grinny und der Professor waren Deutsche und in keiner Weise ‹jüdisch versippt›, was sie zwangsweise in die Reihe der Nazigegner getrieben hätte. Irgendwie wurde es durch diese Entdeckung sehr froh. Die wichtigsten Begriffe in seinem Leben: Zuhause, Kindheit, Mutter, Studium gehörten nun mal untrennbar zu dem Wort Deutschland, und die Vorstellung, daß all diese Dinge in Zukunft für eine Nation von Verbrechern stehen würden, von nun an mit den Wahnsinnstaten der Nazis für immer verknüpft und belastet wären, hätte ihm ein Weiterleben bis zur Unmöglichkeit erschwert.

«Hatten Sie nicht auch eine Tochter?» murmelte Piet.

«Gisela? Ja, gewiß», übernahm die Frau das Weitererzählen. «Ihr Schicksal war noch tragischer. Während ihres Studiums in Berlin hatte sie sich der links tendierenden Schulze-Boysen-Harnack-Gruppe angeschlossen und für sie gearbeitet. Dabei war sie ein so fröhliches Kind gewesen ...»

«Ein schönes Mädchen. Sie hätten sie nur sehen sollen ...»

«Ich kann mir gar nicht erklären, wie sie dazu kam. Früher hatte sie sich nie für Politik interessiert ...»

«War so tierlieb, weißt du noch? Einmal, da kam sie von der Schule heim ...»

«Du schweifst ab, Walter», verwies Frau Mertens sanft ihren Mann, «laß mich nur erzählen. Wo war ich stehengeblieben? Richtig, bei dieser Kommunistengruppe. Uns hatte sie davon nie etwas angedeutet. Kein Wort, nicht wahr, Walter? Ja, und dann eines Tages vor nunmehr drei Jahren, da machten sie bei ihr, auf ihrer Studentenbude, eine Hausdurchsuchung. Und da fanden sie gleich einen ganzen Stapel Propagandamaterial, Flugzettel und Aufrufe an die Bevölkerung und so was. Und da hat man sie verhaftet und auf die Gestapo gebracht ...»

Sie begann zu zittern.

«Laß mich zu Ende erzählen», sagte ihr Mann grimmig. «Ist wohl nicht mehr viel hinzufügen. Kommunistin – Reichskriegsgericht – das Ende war das Schafott.»

«Wollen Sie sagen – enthauptet?»

«Ja. Der amtierende Pfarrer berichtete uns, sie habe sich großartig gehalten.»

Murks lenkte ab:

«Und haben Sie hier jetzt gar keine Angst – ich meine, so allein im Haus – wegen der Russen?»

«Was sollten die uns alten Leuten schon tun?» fragte Frau Mertens verwundert zurück.

Murks, verblüfft von solcher Naivität, berichtete von den eben erst bestandenen Erlebnissen. Die Mertens waren fassungslos vor Entsetzen, wollten es kaum glauben. Piet begann zu grinsen, als er von der grausamen Vergewaltigung der beiden deutschen Mädchen vernahm. Murks wandte sich beschwörend an die zwei Alten:

«Kommen Sie mit uns zu den Engländern! Die können nicht mehr weit von hier sein. Dann wären Sie in Sicherheit. Seien Sie vernünftig!»

«Und unser Haus im Stich lassen? Nein, nein, das können wir nicht, nehmen Sie es uns nicht übel. Wir sind alte Leute, wir müssen bleiben, wo wir sind.»

Alle Versuche, das Ehepaar zum Fliehen zu überreden, blieben vergeblich. Weil ihnen bis jetzt nichts geschehen war, fühlten sie sich sicher hier. Und sie ließen sich durch nichts von ihrer Meinung abbringen.

Die Sonne war schon im Sinken, und die Schatten waren lang geworden, als Grinny mit Küchenschürze im Garten erschien und alle ins Haus zum Abendessen rief.

«Unser Schloßgespenst bittet zur spiritistischen Sitzung», witzelte Piet, was ihm einen bösen Blick von Murks eintrug, den er gelassen zur Kenntnis nahm. Man begab sich in den Wintergarten, dessen bunte Glasfenster die Abendsonne vielfarbig in den Erkerraum reflektierten, rückte die Korbstühle um den runden Gartentisch. In der Tür erschien der Professor.

«Hallo, Bertholdt!» rief ihm der Holländer entgegen, «Bericht beendet?»

«Kaum erst angefangen!» Der Professor nahm seine Brille ab, was ihn wieder attraktiv verjüngte. «Viel zu ergiebiges Thema: ‹Revision der Vorurteile›. Wissen Sie», wandte er sich an die Mertens, während er, sich dehnend, im Korbsessel versank, «wir alle behaupten gern von uns, daß wir mehr oder minder vorurteilsfrei seien. Eine fromme Lüge. Ganz bestimmte früh übernommene Ansichten bestimmen in Form von vorgefaßten Meinungen die Grundhaltung unseres Lebens, verleiten uns immer wieder zu gedankenlosem Verallgemeinern. Darüber sollten wir uns einmal klarwerden. Es würde viel Unglück in der Welt verhindern.»

Piet nickte durch eine dicke Rauchwolke:

«Überflüssige Geburten zum Beispiel. Wie mich.»

«Immer nur du und nochmals du», ärgerte sich Murks. «Nicht alle Themen handeln von dir.»

«Die meisten schon, und dies besonders. Meine Existenz auf diesem unerfreulichen Planeten habe ich ausschließlich einem Vorurteil zu verdanken. Wäre seinerzeit meine Mutter ihrer besseren Eingebung und damit der Einladung einer gewissen Dame zum Nachtmahl gefolgt, schwebte ich vermutlich noch als Seelchen jubelnd im Weltall. Da sie jedoch – und hier sind wir schon beim Thema – ganz bestimmte Vorurteile gegen besagte Dame hegte, vermutlich, weil es sich bei dieser um eine besonders hartnäckige Geliebte meines Vaters handelte, die es sich in den Kopf gesetzt hatte, meiner Mutter ihre Ehe auszureden, ging sie nicht hin. Statt dessen verwandte sie den angebrochenen Abend dazu, meinem Vater die Ehe wieder einzureden, ihm insbesondere gewisse Seiten daran wieder schmackhaft zu machen. Daß es ihr – zumindest vorübergehend – gelang, beweist mein Erscheinen auf dem Erdball pünktlich neun Monate später.»

Die Mertens lachten. Grinny bemühte sich mit angestrengt gerunzelter Stirn, das schon hart gewordene Franzosenbrot in kleine Scheiben zu zersägen, die sie mit Salzbutter und Marmelade bestrich. Seufzend lehnte sie den Rücken gegen die Wand. Murks beobachtete mit Besorgnis, wie elend sie aussah.

«Gleich nach dem Essen legst du dich aber wieder hin!» befahl es.

Skelett nickte:

«Erst hol ich noch den Tee.»

Die Kanne war zu schwer und zu voll, entglitt den dünnen Händen über dem Tisch. Murks konnte sie gerade noch auffangen. Der heiße Tee schwappte über. Grinny fluchte:

«Scheiße, jetzt hab ich mir auch noch die Pfoten verbrannt! Weiß nich – hab 'n Tatterich. Na jedenfalls, laßt's euch schmekken!»

Der Professor blickte öfter zu Murks hinüber. Als sich ihre Blicke trafen, fragte er sanft:

«Und wie geht es uns heute, Ruth?» Den ‹Murks› hatte er endgültig fallen lassen.

«Meinen Sie mich? Prima. Danke.»

Der Arzt lächelte zufrieden. Piet sah es mit Argwohn. Es schien da eine gewisse Vertraulichkeit zwischen den beiden zu bestehen.

Wenn hier aber einer auf vertraulichem Fuß mit dem Häftling stehen durfte, so war er es. Zeit, das klarzustellen:

«Vorhin im Garten hatte ich mit ihr eine sehr interessante Unterhaltung. Wir tauschten intimste Erfahrungen miteinander aus, nicht wahr, Ruthchen?» Dabei sah er den Professor herausfordernd an. Murks machte nicht mit:

«Von Austausch kann keine Rede sein. Du hast mir von deinen seelischen Schwierigkeiten gebeichtet, und ich hab dir zugehört.»

«Und zu welchem Resultat sind Sie gekommen, Herr van Teege? Daß Ihre Neurose von dort ihren Ursprung hat? Denn daß Sie alle Zeichen einer Zwangsneurose aufweisen, ist nicht zu übersehen!»

Der Holländer wollte auffahren, besann sich anders, lachte:

«Erzählen Sie mir etwas über mein Zwangsbegehren. Ist es etwas Erotisches?» Er grinste herausfordernd.

Die leise Stimme des Professors blieb immer gleichmäßig sanft, geduldig:

«Vermutlich geht es zurück auf Ihre Kindheit. Die ersten sieben Jahre spielen bekanntlich die entscheidende Rolle in bezug auf das Anpassungsvermögen respektive Unvermögen der Erwachsenen.»

Murks ärgerte sich, daß Piet in dem, was es für Selbstbemitleidung hielt, auch noch Unterstützung fand. Spöttisch warf es ein:

«Er glaubt, daß er Angstkomplexe bekommen hat, weil seine Mutter ihn früher nicht jeden Augenblick ans Herz gedrückt hat!»

Der Holländer blickte zornig. Obschon er es nicht ungern sah, Mittelpunkt interessanter Diskussionen zu sein, gefiel ihm die Art nicht, in der Murks seine Seelennöte interpretierte.

Der Professor vermittelte begütigend:

«Das liegt durchaus im Bereich der Möglichkeit. Einer der Gründe zur Entwicklung eines Ödipuskomplexes.»

Piet, immer noch aufgebracht, spottete:

«Sie würden mich wohl gern kastriert wissen, Bertholdt?»

Es war eine offene Herausforderung. Die Blicke der Männer kreuzten sich. Nach einem Moment gespannten Schweigens lehnte sich der Professor lächelnd zurück, meinte leichthin:

«Und warum nicht?»

«Wie meinen Sie das?» fragte sein Gesprächspartner drohend und nahm die Pfeife aus dem Mund. Sein übergeschlagenes rechtes Bein wippte heftig.

Der Gelehrte ließ sich nicht einschüchtern. Schließlich war er Nervenarzt:

«Nicht ganz so wörtlich, wie Sie es aufzufassen scheinen, Herr van Teege. Aber um von etwas anderem zu sprechen: Ich halte es für keineswegs gut, daß Sie unsere Ruth hier mit psychischen Problemen konfrontieren, denen sie in ihrem augenblicklichen Zustand nicht gewachsen ist.»

«Was heißt augenblicklicher Zustand? Kriegst du ein Kind?»

Murks wurde es zu bunt:

«Nein, aber Zustände im Plural, wenn ich dir weiter zuhören muß. Was der Professor meint, ist, daß es möglicherweise – entschuldige – auch noch andere Menschen geben könnte, die seelisch allerhand zu verkraften haben.»

«Aha. Dich zum Beispiel?»

«Mich zum Beispiel.»

«Interessant. Und was ist mit deinem Innenleben los? Was hat dein Seelchen verstümmelt?» heuchelte Piet Anteilnahme. Neugierig beugte er sich vor.

«Hättest du mir im Verlauf unserer Gespräche auch nur ein einziges Mal eine persönliche Frage gestellt, anstatt ausschließlich von dir zu berichten, dann wüßtest du die Antwort!»

«Wirklich? Weißt du sie denn? Dann bist du weiter als ich, gratuliere!»

In diesem Augenblick empfand Murks eine dankbare Zärtlichkeit für den Professor. Es fühlte sich von ihm, im Gegensatz zum aggressiven Holländer, verstanden. Auf einmal erschien es ihm sehr wichtig, verstanden zu werden. Es sandte einen Blick heimlichen Einverständnisses zu ihm hinüber, ließ ein Lächeln folgen.

Piets Augenbraue schoß steil in die Stirn. Sein Bein wippte heftiger. Er ärgerte sich. Das hatte er nun von seinem Vertrauen! Verdammte Weiber. Typisch: Nutzen einen Augenblick männlicher Schwäche aus, um sich anschließend lustig zu machen. Sie zwangen einen geradezu, zu verallgemeinern. Wie sollte man ein angebliches Vorurteil revidieren, wenn es sich doch immer neu bestätigte?

«Nur, um das mal klarzustellen, Bertholdt: Niemand belastet Ihre Ruth mit Problemen, nach denen sie nicht selber fragt. Einer von uns sollte sich schließlich um sie kümmern. *Sie* scheinen doch nur Augen für Ihre Schreiberei zu haben!»

Betroffen hob sein Gegenüber den Kopf, bemerkte, sichtlich verlegen:

«Da irren Sie sich aber – keineswegs nur für die Arbeit.»

«Nu hört endlich auf mit dem Gequassel, der Tee wird ja ganz kalt», murrte Skelett. «Eßt lieber. Ab morgen ham wir nur noch das Hartbrot, das so bröckelt!»

Frau Mertens lachte verwundert:

«Wie Sie das alles organisiert haben – wundervoll. Wenn Sie wüßten, was diese Herrlichkeiten hier für uns bedeuten! Die ganze letzte Zeit haben wir eigentlich nur von Steckrüben und Kartoffeln gelebt ...»

«Ham Se noch Kartoffeln im Haus?» erkundigte sich Grinny interessiert.

«Ja doch, da müßte noch ein ganzer Sack voll da sein. Den haben wir seinerzeit mit drei weiteren gegen den großen Silberpokal aus der Vitrine eingehandelt, weißt du noch, Walter?»

«Dann mach ich morgen Bratkartoffeln mit Zwiebeln!» verkündete Skelett zufrieden.

«Wer hat Ihnen denn den Pokal eingetauscht?» erkundigte sich Piet.

«Das war ein Bauer aus der Nähe.»

Der Professor wollte wissen, was denn ein Bauer mit einem solchen Silberding anfangen könnte. Er konnte es sich nicht vorstellen.

«Russen bestechen», klärte ihn Murks auf.

«Respektive ihnen damit den Schädel einschlagen», ergänzte der Holländer schmunzelnd. «Gesunder Bauernverstand!»

«Freuen wir uns über den Umtausch!» äußerte sich der Gelehrte befriedigt, «durch ihn scheint unsere morgige Ernährung wieder einmal gesichert ...»

Piet zog die Augenbrauen hoch, erkundigte sich liebenswürdig:

«Sie meinen, mit den mühselig ertauschten armseligen Vorräten unserer Gastgeber?»

«Das wollte ich selbstverständlich nicht sagen. Natürlich müssen wir morgen versuchen, von irgendwoher neue Vorräte zu beschaffen ...»

«Vor irgendwoher, gewiß. Ich schlage vor, Ihre ‹Revision der Vorurteile› an die Russen zu verkaufen. Die wird ihnen begreiflich machen, daß ihre sexuellen Gelüste nach ‹Frau› nur einem jahrtausendealten Vorurteil entspringen, Frauen seien diesbezüglich begehrenswerter als Männer. Eine neue Ära wird anbrechen, die weibliche Bevölkerung dieses Landes wird – zum Teil wenigstens – aufatmen, und unser Freund Bertholdt wird als Retter seiner Heimat dastehen ...» Piet grinste mit harten Augen.

«Sei nicht so albern!» sagte Murks. Es liebte keinen Angriff auf seinen Beschützer. Dieser jedoch schien sich keineswegs angegriffen zu fühlen.

«Aha!» sagte er gedehnt und betrachtete den Holländer mit neu erwachtem Interesse. Sein Blick, plötzlich voll beruflicher Neugier, tastete über die Hände seines Gegenübers, die nervös spielten:

«Glaube fast, ich sollte Sie demnächst einmal analysieren. Bin zwar eigentlich kein Psychiater, sondern Nervenspezialist. Es käme auf den Versuch an. Falls Sie sich mir anvertrauen wollen? Es könnte sich lohnen», er fügte nicht hinzu, für wen.

Zu Murks' Überraschung blieb die ironische Entgegnung aus.

«Wenn Sie meinen, Bertholdt? Warum nicht?»

Es war dunkel geworden. Man erhob sich, sagte gute Nacht. Murks und Grinny verzogen sich in ihr neues Schlafgemach, ihre beiden Wandergenossen in das angrenzende Jochens.

7. Mai 1945

Durch Dunstwolken schien eine schwächliche Sonne milchig in das Mädchenzimmer, als Murks die Augen aufschlug. Nebenan im Zimmer der Männer rumorte es schon heftig. Die Tür des gegenüberliegenden Badezimmers mit den schlecht funktionierenden Kränen quietschte in Ermangelung von Schmieröl. Murks sah zu Grinny hinüber, die ebenfalls aufgewacht war und stumm an die Decke starrte:

«He, Genossin, woran denkst du?»

Skelett feixte schwach:

«Morjen. Scheiße, das alles. Nu ham wir endlich wieder 'n Haus und trotzdem is mir schlecht!»

Die Kameradin erhob sich, legte ihr die Hand auf die breite Stirn.

«Du hast Fieber. Heute bleibst du aber liegen, verstanden?»

«Und wer soll kochen? Kommt gar nich in die Tüte!»

Grinny war fest von ihrer Einmalig- und Unentbehrlichkeit überzeugt und Murks war sich klar darüber, daß man ihr diesen Glauben auch nicht nehmen durfte, wollte man sie nicht auf der Stelle töten.

«Also schön! Aber gleich danach wieder rein ins Bett, verstanden? Vergiß nicht, wir müssen bald weiter. Da mußt du wieder kräftig sein!»

Skelett antwortete nicht. Sein Schweigen war stummer Protest. Während Murks die Beine in die schweren Stiefel zwängte, sagte Grinny andächtig:

«Weißte, das andere, das war 'ne Villa, und schön war se. Aber das hier, das is 'n Schloß!»

«Ja, und du bist die Schloßherrin, die uns alle versorgt.»

«Nee», sagte Skelett bedauernd, «ich bin nur die Köchin vons Ganze.»

«Fängst du jetzt etwa schon mit sozialen Komplexen an? Paßt doch gar nicht zu dir!» Aber damit verkannte Murks die Gefährtin. Grinnys Denken funktionierte noch immer eingleisig. Haben oder nichthaben, das war hier die Frage. Sie hatte gelernt, daß sich Stubenälteste und Hausbesitzer leicht, wenn auch nicht immer schmerzlos, entfernen ließen:

«Gehören tut das Schloß nun mal den zwei Ollen. Im Augenblick noch», sagte sie nachdenklich, ohne die Augen von der Decke zu nehmen.

«Was heißt:

‹Im Augenblick noch!›? Willst du sie etwa umlegen?»

«Quatsch!» knurrte Skelett unwillig und drehte sich auf die Seite. Es wünschte keine weiteren Erörterungen.

Nachdenklich verließ Murks das Zimmer und ging zum Bad hinüber. Ach, Unsinn, sagte es zu sich selber, während es aus dem Nazipyjama schlüpfte und sich das kalte Wasser über den Körper laufen ließ, das wird sie doch nicht tun. Ist ja auch viel zu schwach dazu! Erschrocken gestand es sich ein, daß dies allerdings der einzige stichhaltige Einwand sei. Alle anderen Gegenargumente standen auf schwachen Füßen. Grünwinklige hatten nun mal ihre eigene Moral. Das hatte Murks im Lager zur Genüge erfahren. Er selbst war dabeigewesen, als eine bis aufs Blut gequälte Häftlingsgruppe ihre sadistische Peinigerin Hilde, die grünwinklige Blockälteste, eine ehemalige Hamburger Hafenhure, niedergemacht hatte. Damals hatte sich Murks noch gewundert, wie einfach das vor sich ging, das Erschlagen. Eben war da noch ein lebendiger Mensch gewesen, ein gefährlicher Feind, voller Gedanken und intriganter Pläne. Dann – ein gezielter Schlag auf die richtige Stelle des Schädels, mehr mit Schwung als mit Körperkraft ausgeführt – und an Stelle der gehaßten Verbrecherin lag da ein schlaffes gestreiftes Bündel, mülltonnenreif, und es gab eine große Gefahr weniger.

Während Murks die knarrende Treppe zum Eßzimmer hinunterstieg, wo sich die anderen bereits zum Frühstück eingefunden hatten, war ihm unbehaglich zumute. Unten wurde es herzlich begrüßt. Frau Mertens erkundigte sich mit mütterlicher Fürsorge, wie es denn der armen Kranken dort oben gehe und ob sie gut geschlafen hätten? Die Nacht sei ja Gott sei Dank ruhig verlaufen. Wie üblich. Und ob die Häftlinge wohl erlauben würden, daß man ein wenig, wirklich nur ein ganz klein wenig von dem Kaffee aufbrühen dürfe? Vor allem für die Herren, die schon danach gefragt hätten.

Murks lachte:

«Dafür ist er ja gedacht!»

Glücklich eilte die Frau in die Küche.

«Sie sehen abgespannt aus, Ruth», bemerkte der Professor mit seiner leisen Stimme. «Sie sollten heute mal liegenbleiben. Sich wirklich ausruhen!»

«Nette Morgenbegrüßung so was, nicht wahr, Murks?» Piet fummelte schon wieder mit Streichhölzern im vergeblichen Bemühen, seine Pfeife in Brand zu setzen, «hebt die Stimmung für den ganzen Tag. Hab ich schon guten Morgen gesagt?»

Murks blickte in sein sauberes, frisch rasiertes Gesicht, in die Augen, deren Ausdruck nicht zu der verbindlichen Arroganz paßten, die der Holländer schon wieder zur Schau trug. Es wandte sich ab:

«Und wo ist der Hausherr?»

«Im ‹Salon gris›. Da sitzt er und verschlingt erregt die neuesten Nachrichten von vorgestern.»

Von der Küche her rief Frau Mertens mit verjüngter Stimme:

«Der Kaffee ist fertig!»

Man wechselte in den Salon hinüber, gesellte sich zu dem alten Herrn. Der Professor schlurfte seine Tasse mit Behagen:

«Herrlich, wie solch ein Kaffee stimuliert!»

«Ja? Was stimuliert er denn bei Ihnen, Bertholdt?» erkundigte sich Piet anzüglich.

Murks schaute ihn warnend an:

«Bitte nicht schon am frühen Morgen!»

«Dann gib mir was zu essen, damit ich friedlicher werde!»

«Will mal sehen, was ich auftreiben kann.» Es begab sich zur Küche, kam mit einem Paket Trockenkekse, Grinnys ‹Hundekuchen›, zurück. Zum Kaffee schmeckten sie ausgezeichnet, vor allem eingetaucht.

«Übrigens – ich habe beschlossen, mich nützlich zu machen», teilte Piet kauend der Runde mit. «Werde gleich nachher losmarschieren und versuchen, von irgendwoher unseren Proviant zu ergänzen.»

«Lieb von dir», sagte Murks sarkastisch, «aber vergiß nicht, wiederzukommen!»

«Dann werde ich Ihnen solange Gesellschaft leisten», meinte der Arzt, fügte schnell hinzu: «Wenn ich darf?»

«Natürlich dürfen Sie», wunderte sich der Häftling, «weshalb fragen Sie?»

Piet erhob sich. Sein schönes Gesicht sah mißmutig aus:

«Also, ich geh jetzt. Laß dich von Bertholdt über die Schädlichkeit von Triebverdrängungen belehren, damit du mich später aufklären kannst. Bis dann!» Er wollte zur Tür hinaus.

«Warte! Nimm den Rucksack mit, drüben auf dem Stuhl in der Küche. Falls es dir gelingen sollte, etwas aufzutreiben.»

«Ich werde das Ei sorgfältig hineinbetten. Vorausgesetzt, ich finde eins.» Die Tür schlug zu.

«Interessanter Mensch», sah ihm der Professor gedankenvoll nach, «sogenannter Problemtyp!»

«Na, ich weiß nicht. Reichlich arrogant und selbstherrlich. Finden Sie nicht?»

«Ganz im Gegenteil. Unsicher, scheu, gehemmt. Er überkompensiert, was ihm abgeht!»

«Also wenn das gehemmt ist», schnodderte Murks, «was ist dann enthemmt?»

Der Professor lächelte:

«Das erkennt man nicht äußerlich. Diese Typen erscheinen ihrer Umwelt meist unauffällig, schüchtern und gesittet!»

Murks erhob sich, stellte die leeren Tassen aufeinander:

«Aha. So wie Sie beispielsweise? Wer weiß, vielleicht sind Sie innerlich ein Wüstling mit ganz hemmungslosen Gedanken …» Es amüsierte sich. Sie waren jetzt allein. Frau Mertens war nach oben gegangen, um Grinny das Frühstück ans Bett zu bringen. Und der alte Herr hatte sich mit seiner Lektüre zurückgezogen. Professor Bertholdt war verlegen geworden. Wie die meisten Wissenschaftler kam er ungern auf sich selbst zu sprechen:

«Nun ja, das wäre schon möglich – ich meine, das wäre natürlich nicht möglich – ich will sagen: vom Typ her schon. Aber was mich selbst betrifft – garantieren kann natürlich niemand für sich – die Gedanken – wie soll ich das erklären?»

Jetzt wußte er wirklich nicht mehr weiter. Völlig aus dem Konzept gebracht, begann er mit einem Tischtuchzipfel seine Brillengläser zu reiben.

Murks lachte, legte ihm leicht die Hand auf die Schulter:

«Kommen Sie, Sie Wüstling, setzen wir uns in den Wintergarten. Draußen ist es heute ziemlich trübe.»

Sie wechselten in den hellen Erker hinüber, in dem Topfpflanzen und Efeuranken an den Wänden entlang ihr grünes Dasein fristeten. Sie wenigstens hatten keine Ernährungsschwierigkeiten. Erde, Licht und Wasser standen ausreichend zur Verfügung. Nachdem sie sich in den knarrenden Korbsesseln niedergelassen hatten, erkundigte sich der Professor, die dünnen Beine von sich streckend:

«Was werden Sie nun weiter machen, Ruth? Was haben Sie für Pläne?»

«Pläne?» Murks blickte verwundert aus frühstückssatten Augen:

«Wie kann man denn überhaupt von Plänen reden? Ich habe nicht die leiseste Ahnung, ob ich morgen überhaupt noch leben werde. Keiner von uns kann das mit Bestimmtheit von sich behaupten. Finde, wir haben doch gerade genug damit zu tun, am Leben zu bleiben. Mein Plan ist es, den Kram hier zu überleben.»

«Und sonst – nachher – gar nichts?» Etwas wie leichte Enttäuschung schwang im gleichmäßig sanften Tonfall mit. Murks zögerte:

«Nun ja – vielleicht ist da auch so etwas wie eine leise Hoffnung ...»

«Hoffnung auf was?»

«Weiß nicht, wie ich es ausdrücken soll. Auf das Heimkommen. Dabei ist doch gar kein Heim mehr da. Verrückt, nicht?»

«Nein», sagte er leise, «keineswegs. Sie meinen damit ja wohl auch nichts Äußerliches?»

«Ich spüre deutlich, daß ich – innerlich – auf einem Weg bin. Da ist ein Suchen, das keinen Augenblick nachläßt. Und dieser Weg, der muß doch irgendwohin führen, nicht wahr?»

«Er wird allmählich zur Gesundung führen, vor allem zur Versöhnung mit sich selbst und damit zur Heimkehr in Ihre frühere Welt. Das ist vermutlich, was Sie mit Hoffnung meinten?»

Erstaunt sah Murks in seine ernsten Augen:

«Woher verstehen Sie das so gut?»

Jetzt lächelte er wieder sein stilles Lächeln, das nur die untere Gesichtspartie erhellte:

«Erstens ist es mein Beruf. Und zweitens sind Sie gar nicht so schwer zu verstehen, wie Sie glauben, Ruth. Es erscheint Ihnen nur alles noch so verwirrend nach allem, was Sie erlebt haben.»

«Weshalb denn gerade nur mir? Sie waren doch auch im Lager? Vielleicht nicht gerade in einem der schlimmsten ...»

«Meine Erlebnisse lassen sich mit den Ihren nicht vergleichen!»

Er sagte das ganz ruhig.

Murks überkam das heftige Schwindelgefühl dessen, der gezwungen wird, in den Abgrund hinunterzublicken, dem er soeben mit knapper Not entronnen ist. Gleichzeitig begann etwas in ihm, das bisher wie ein Ring aus Eis festgefroren um seine Rippen gelegen hatte, tropfenweise abzuschmelzen. Es atmete tief durch.

«Und dann gibt es da noch was, auf das ich hoffe. Das ist mir erst in den letzten Tagen klargeworden …»

«Und das wäre?»

«Freiheit. Ich möchte endlich, endlich wieder frei sein. Wirklich frei. Sehen Sie, als sich vor wenig mehr als einer Woche plötzlich das Lagertor öffnete und uns auf die Straße entließ, da glaubten wir uns frei. Das war ein Irrtum. Befreit und frei sein sind zweierlei. Möglich, daß es eine absolute Freiheit für keinen Menschen gibt. Auf dieser Wanderschaft hab ich jedenfalls bald begriffen, daß wir Häftlinge auch außerhalb des Stacheldrahts alles andere als frei sind. Wir haben lediglich Unfreiheit gegen Vogelfreiheit ausgetauscht, bleiben weiterhin abhängig von der Willkür fremder Menschen. Wo ist die Freiheit? Nur eine Illusion? Wir alle, die wir hier zusammen sind, sind ebenso unfrei und ausgeliefert, als wenn wir hinter Gittern säßen …»

«Und wo und wie stellen Sie sich die Freiheit vor?»

«Drüben. Im Westen. Bei den Engländern!» sagte Murks mit neuer Überzeugung. «Da stelle ich sie mir vor. Möglicherweise ist auch das wieder eine Illusion. Ich weiß es nicht – aber ich hoffe, man wird mit denen sprechen können. Stellen Sie sich vor, Professor, was das heißt: sprechen, erklären können, sich verständlich machen!»

Der Angeredete nickte mit der passiven Miene des Arztes, der seine Diagnose bestätigt findet:

«Und angenommen, Sie erreichten Ihre Freiheit – drüben, auf der anderen Seite –, was würden Sie dann weiter tun?»

«Darüber zerbrech ich mir nicht den Kopf. Wie's kommt, so kommt's halt. Hauptsache, wir sind dabei noch am Leben.»

«Übersehen Sie aber nicht, Ruth, daß Freiheit für Sie vorläufig noch keine Selbständigkeit bedeuten wird. Um springen zu können, müssen Sie erst einmal wieder gehen lernen …»

Murks fuhr auf:

«Soll das heißen, ich werde zu krank sein, um wie andere Menschen leben zu können? Wollen Sie mir meine Hoffnung zerschlagen?»

Der Arzt blieb ruhig und sachlich:

«Im Gegenteil. Ich will Ihnen helfen, sie zu realisieren, indem ich Sie zu der Einsicht zu bringen versuche, daß selbst ein so starker Mensch wie Sie Hilfe braucht und sich, einmal drüben angelangt, sobald als möglich unter gute ärztliche Betreuung begeben sollte. Wollen Sie mir das in Ihrem eigensten Interesse versprechen?»

Eindringlich sah er über seine Gläser hinweg den Häftling an. Der fühlte sich unter dem prüfenden Blick unbehaglich. War er denn wirklich krank? Er spürte doch gar nichts? Oder möglicherweise irre? Irre wußten allerdings nie selber, daß sie es waren …

«Professor!» schrie Murks aufgebracht, «raus mit der Wahrheit. Bin ich verrückt?»

«Wenn Sie so fragen: ja. Sie sind doch sonst so intelligent. Zwischen geistigen und seelischen Erkrankungen liegt ein großer Unterschied. Letztere, die sogenannten Gemütsleiden, können, sofern sie nicht erblich bedingt sind, durchaus geheilt werden. Das hatte ich Ihnen doch schon ausführlich erklärt. Ihr Geisteszustand ist in Anbetracht Ihrer bisherigen Erlebnisse erstaunlich gut. Aber Ihr Gefühlsleben ist krank. Hier ist Hilfe nötig.»

Murks schwieg bedrückt. Nach einer Weile fragte es zaghaft:

«Meinen Sie – könnte es wohl sein –, daß die Suppen daran schuld sind?»

«Wie bitte? Was für Suppen?»

«Die im Lager. Da mußten die Lagerköche täglich ein weißes Pulver druntermischen, das unsere ‹Geilheit› vertreiben sollte, wie die SS es ausdrückte. Die meisten von uns wußten nicht einmal, was die damit meinten. Und viele Spritzen haben sie uns zu diesem Zweck auch unter die Haut gejagt. Genau wie den Männerhäftlingen.»

Der Professor entdeckte an seinem Pulloverärmel einen losen

Faden, den er mit übertriebener Gründlichkeit untersuchte. Endlich sagte er, noch um eine Nuance leiser als sonst:

«Nun, ich möchte annehmen, daß sich das allmählich wieder in Ordnung bringen läßt, sofern keine wichtigen Organe außer Funktion gesetzt worden sind. Erst durch einen Eingriff wie beispielsweise eine Sterilisation wird die Aussicht auf Heilung hypothetisch.»

«Ich bin aber sterilisiert worden!»

«Meinen Sie das im Ernst?»

«Ein Spaß war's höchstens für die SS, als die den Eingriff bei uns vornahm», sagte Murks bitter, «aber deren Humor war ja sowieso etwas eigenartig und nicht nach jedermanns Geschmack!»

Der Professor schwieg lange. Offensichtlich suchte er nach Worten.

«Und wer waren die Verantwortlichen? Ich meine, wer unternahm solche Eingriffe?» wollte er wissen.

«Häftlinge, unter dem Befehl und Oberkommando des Lagerarztes. Kann mich an zwei von ihnen besonders gut erinnern, Dr. Schiedlausky und Dr. Sonntag. Letzterer lief immer mit einem Stöckchen umher, mit dem er in den eiternden Wunden herumstocherte, um sie am Heilen zu verhindern. Waren richtige promovierte Mediziner.»

Die Reaktion seiner Worte verblüfften es. Der Professor sprang erregt vom Stuhl auf, begann mit langen Schritten den Raum zu messen: «Wie können sich deutsche Ärzte – wie kann sich überhaupt ein Arzt zu so etwas hergeben? Wie ist das möglich? Ärztliches Gewissen – Eid des Hippokrates ...» Mit ungewohnter Heftigkeit stieß er die Worte hervor. Das schmale Gesicht unter der kugeligen Schädelwölbung war noch blasser geworden.

«Aber das hat es doch in den meisten Lagern gegeben. Häftlinge aus Auschwitz, die bei uns eingeliefert wurden, berichteten uns von ihren Ärzten, die die merkwürdigsten Experimente an den Gefangenen vornahmen. Angeblich im Namen der Wissenschaft ...»

«Nein!» sagte der Professor fassungslos, hob beschwörend die Hände, spreizte die Finger, «das kann nicht sein! Das darf nicht sein!»

Nur langsam beruhigte er sich wieder soweit, daß er zu Murks an den Tisch zurückkam. Noch immer erregt atmend, ließ er sich im Korbstuhl nieder.

«Verzeihen Sie, Ruth, ich habe mich gehenlassen. Das war unhöflich von mir. Aber – es scheint ungeheuerlich – nun, lassen wir das und kommen auf das Hauptthema zurück: wie ich Ihnen helfen kann. Bitte, erzählen Sie mir genau, wie dieser – dieser Eingriff – vor sich ging!»

Murks berichtete. Auch von der französischen Ärztin, die den Häftling soweit wie möglich geschont hatte. Der Gelehrte hörte genau zu:

«Haben Sie seinerzeit starke Schmerzen oder sonstige Störungen gehabt?» erkundigte er sich.

Murks dachte nach, aber es fiel ihm nicht mehr ein. Schmerzen wurden im Lager prinzipiell aus reinem Selbsterhaltungstrieb ignoriert. Man hatte es einfach nicht gewagt, Schmerzen zu haben. Sich in Schmerzlosigkeit hineinsuggeriert, was nach mehrfacher Übung immer besser und rascher gelungen war. Denn krank sein, das hieß Arbeitsunfähigkeit, Arbeitsunfähigkeit bedeutete Unbrauchbarkeit. Letzteres aber, das war die Gaskammer.

«Ich glaube, keine besonderen …», meinte es zögernd.

«Dann gibt es auch noch Hoffnung», tröstete der Professor, «läßt sich bestimmt später alles wieder in Ordnung bringen!»

Murks war da nicht so sicher:

«Wie denn?»

«Wir werden zunächst mal eine gute Klinik für Sie finden, wo Sie zur Ruhe kommen werden. Ich werde mich um Sie kümmern. Dann werden wir alles Weitere sehen.»

«Wir?» fragte der Häftling, «wieso denn ‹wir›?»

«Nun ja, selbstverständlich vorausgesetzt, daß man später – sozusagen – den gleichen Weg hätte. So, wie die Dinge jetzt aussehen, wäre das doch wohl immerhin möglich ...», er räusperte sich, bekam sich wieder in die Gewalt. «Würden Sie sich unter diesen Umständen meiner ärztlichen Obhut anvertrauen, Ruth?» Gespannt sah er sie an.

«Würde ich sogar gern, Professor», sagte Murks dankbar, «aber übersehen Sie dabei nicht etwas Wichtiges?»

«Was meinen Sie?»

«Daß unser Weg bis zur Grenze, und erst recht der nach ihr, von Menschen und Geschehnissen bestimmt wird, auf die wir so gut wie keinen Einfluß haben. Wir wissen doch nichts. Weder, ob wir überhaupt jemals hinüber gelangen werden noch, ob wir es getrennt oder zusammen tun. Das hängt ja nicht von uns und unserem Willen ab.»

«Dann müssen wir eben unter allen Umständen darauf achten, daß wir zusammen bleiben!»

Auf einmal schien ihm das Leben wieder sinnvoll; er sah eine Aufgabe für sich.

In diesem Augenblick flog die Tür auf, und Piet schob sich mit prallem Rucksack ins Zimmer. «Für die nächsten Wochen werden wir nicht verhungern!» erklärte er und öffnete sein Schultergepäck, das bis zum Rand mit Lebensmitteln gefüllt war.

Der Gelehrte griff sich eine Büchse, drehte sie neugierig nach allen Seiten um. Er lächelte.

«Einen Mord traue ich dir nicht zu. Hast du etwa Leichen gefleddert? Bei dir ist alles möglich», spottete Murks.

«Weiberlogik. Wenn bei mir alles möglich ist, mußt du auch Mord mit einbeziehen.»

Er zog sich einen Stuhl heran, brachte umständlich seine Pfeife in Gang, wedelte das qualmende Streichholz aus:

«Also: komme gerade von der Straße. Geht dort ziemlich merkwürdig her. Liegt eine Spannung über allem und allen. Man spürt sie, aber man kann sie nicht fassen, nicht erklären. Das Tempo ist wesentlich schneller geworden, die Lastwagen fahren zügig durch. Was früher stockend in Fluß kam, strömt jetzt. Bewegung. Betrieb. Mindestens zwanzig Mal wurde ich von den verschiedensten Nationen angerufen und aufgefordert, mich anzuschließen. In solchen Fällen schüttelte ich traurig den Kopf, hob mitleidheischend meine tränennassen Augen zu ihnen empor und erklärte, man ganzes Sehnen zöge mich zu ihnen. Doch – alas – ich müsse noch bleiben, da wir eine Kranke bei uns hätten, die nicht weiterkönne. Ich bäte um eine kleine Wegzehrung. Das nächste Mal werde ich unser Schloßgespenst gleich mitnehmen. Aber so hat's sich gelohnt, wie ihr euch überzeugen könnt!»

Er lachte.

Murks betrachtete ihn aufmerksam: «Tut es dir sehr leid, daß du nicht mit ihnen weitergezogen bist?»

Piets Kopf fuhr herum. Ihre Blicke trafen sich, hielten sich sekundenlang.

«Nein!» knurrte er und nebelte sich in Tabakrauch ein.

Murks fühlte sich auf einmal viel besser. Es lachte:

«Na, Grinny wird sich ja mächtig freuen über so viel Nachschub für die Küche! Und was mich anbelangt, ich bin froh, daß wir unseren netten Gastgebern etwas hinterlassen können, wenn wir uns wieder auf den Weg machen.»

«Und wann befehlen Gnädigste den Weitermarsch? Melde untertänigst, es wird allerhöchste Zeit!»

«Wenn du schon losgehn willst, Piet – du bist nicht an uns gebunden, weißt du. Versteh aber bitte auch, daß ich für meine Kameradin die Verantwortung noch nicht übernehmen kann. Grinny fiebert und ist weder heute noch morgen transportfähig. Übermorgen wird es für uns weitergehen müssen, so oder so. Was euch anbelangt: tut, was ihr für am besten haltet. Das gilt auch für Sie, Professor!»

«Meine Antwort darauf habe ich Ihnen bereits vorhin gegeben!»

«Gut. Aber Piet? Für dich wäre es vermutlich besser, du machtest dich wieder auf den Weg. Oder?»

Murks fühlte sich sicher.

«Ich bleibe», brummelte der Holländer aus dem freien Mundwinkel. Er ärgerte sich, daß er es noch einmal bestätigen mußte.

Frau Mertens, begleitet von einer Duftwolke gebratener Zwiebeln, erschien in der Tür:

«Das arme kranke Fräulein hat es sich nicht nehmen lassen, aus dem Bett zu steigen und das Mittagessen zu bereiten, obwohl ich ihr immer wieder klarzumachen versucht habe, daß ich das wirklich genausogut tun könne.»

«Gerade darum!» nickte Murks.

Piet erhob sich aus seinem Sessel, schulterte den vollbeladenen Rucksack, murmelte:

«Dann wollen wir ihm mal gleich die weitere Verpflegung an den fehlenden Busen legen», und verschwand in Richtung Küche.

«Sehen Sie, Ruth, was ich vorhin meinte? Im Grunde ist er ein guter und hilfsbereiter Mensch», sagte Professor.

Murks half Frau Mertens beim Tischdecken, rief die Männer zum Essen. Skelett, sehr rotköpfig und hohläugiger denn je, servierte Bratkartoffeln mit Zwiebeln und Setzei; ein Spiegelei pro Mann. Es schmeckte ausgezeichnet. Anschließend brachte Murks Grinny ins Bett zurück.

«Is ja schade, daß ich nich bei euch unten bleiben kann wegen meinem blöden Hitzekopp. Wie kommste denn mit den Heinis zurecht, wenn ich nich dabei bin?»

«Mit denen? Prima!» bestätigte Murks, «aber du machst mir Sorgen mit deinem Fieber. Natürlich werden wir noch hier bleiben, bis du einigermaßen transportfähig bist – so zwei bis drei Tage –, aber wir müssen ja auch mal weiter, nach Hause.»

Grinnys Züge hatten sich bei dieser Wendung verfinstert:

«Was heißt nach Hause? Ich bin hier zu Hause!»

«Nein, bist du nicht. Hier bist du zu Gast bei sehr anständigen älteren Leuten, denen wir aber unmöglich ewig mit unserer Anwesenheit auf den Wecker fallen können. Die haben selbst genug durchgemacht. Siehst du das ein?»

«Denen is es schon lange nicht mehr so gut gegangen, wie seitdem wir da sind mit die Fressalien», regte sich Skelett auf, «und außerdem – außerdem bin ich auch nicht wegtragfähig oder wie das heißt. Sonst krieg ich Schüttelfrost.»

«Bitte, Grinny, mach es uns doch jetzt nicht noch schwerer als notwendig!»

«Mensch, dann hau doch ab, wenn du unbedingt willst. Ich halt dich nich ...»

Mit ihr war heute nicht zu sprechen. Murks spürte die Eifersucht, denn Skelett hielt seinen Kameraden ihm und niemandem sonst zugehörig. Nachdenklich begab es sich wieder nach unten.

«Was macht das kranke Schloßgespenst? Möchte es endlich im Grabe seine ewige Ruhe finden? Dann werd ich jetzt mal zu ihm gehen und ihm den Weg weisen.»

Damit machte sich Piet, ohne Murks' verwunderten Blick zu bemerken, auf den Weg zu Grinny.

«Was hast du vor?» rief ihm der Häftling nach.

«Sie übers Knie legen, wenn sie noch eine Hinterseite hätte!» klang es grimmig von der Treppe her.

Der Professor saß am Schreibtisch, wieder in seine Arbeit vertieft. Das Ehepaar hielt Mittagsschlaf. Murks genoß das Alleinsein. Über Haus und Garten lag friedliche Stille. Aber die Straße jenseits der Waldung sandte eine geheime Spannung aus, die wie eine feine unruhig knisternde Dunstwolke auch Grinnys schlafendes Dornröschenschloß unter den Bäumen erreichte, seine alten Mauern warnend durchdrang. Murks spürte eine innere Unrast, der es nicht Herr zu werden vermochte und beschloß, sich etwas hinzulegen. Vielleicht würde es sich nach einer Stunde Schlaf besser fühlen. Nervös erhob es sich aus seinem Stuhl, begann die Stiegen hinaufzuklimmen. Die Tür zum Schlafzimmer stand angelehnt. Wie angewurzelt blieb es stehen. Wer sprach denn da? Eine ruhige Stimme, weich modulierend, murmelte pausenlos. Vorsichtig schlich sich Murks näher, spähte durch die Tür. Da saß ein ganz fremder, sanft und lieb aussehender Piet an Grinnys Bett und erzählte ihr, seinem geheimnisvollen Gesichtsausdruck nach, ein Märchen. Das Skelett schien entzückt. Von Zeit zu Zeit stieß es eine Art meckernden Gelächters aus. Leise, ohne daß die beiden es merkten, trat Murks näher zu ihnen heran.

«Aber nein, abkratzen ist keine gute Idee, jetzt, wo wir heiraten wollen», sagte der Holländer gerade ernsthaft.

«Wozu willste mich denn heiraten?»

«Um Kinder mit dir zu haben, eine ganze Menge, große und kleine, blonde oder schwarze. Oder auch mit gar keinen Haaren, so wie du. Vorausgesetzt natürlich, du magst Kinder. Magst du Kinder?»

Grinny nickte fasziniert und ließ den Blick nicht von ihrem neuen Gesellschafter.

«Gut. Dann gehen wir also als erstes ein Haus kaufen!»

Er hat Grinny erkannt, dachte Murks, hat alles genau beobachtet. Seine Gleichgültigkeit ist Maske …

«Ja, prima. Ein Schloß?»

«Natürlich ein Schloß. Schon wegen der vielen Kinder. Für die brauchen wir Platz!»

«Eins mit Balkon?»

«Mit einem? Unser Schloß wird wenigstens acht Balkons haben und einen hoch oben, ganz um den Turm herum. Der ist aber nur für Schwindelfreie. Bist du schnwindelfrei?»

«Na klar!» Skelett amüsierte sich großartig. «Und unten muß es 'ne große Küche haben mit viel Platz drin!»

«Unbedingt. Mit Hunderten von Töpfen und Pfannen und Tiegeln aus glänzendem Kupfer. Du mußt mich ja schließlich bekochen. Und ich bin sehr anspruchsvoll.»

«Was ißte denn am liebsten?»

«Tja – laß mich mal nachdenken – hm, ich glaube, ich hab eine ganze Menge Lieblingsgerichte. Die meisten sind holländisch, die muß ich dir erst beibringen. Aber bei deinem großen Talent lernst du das spielend.»

«Werden wir auch so 'nen schönen Salon haben wie die da unten, so mit Sofas und Tänzerinnen aus Porzellan?»

Grinny hatte vor Glück über solche Vorstellung die Augen geschlossen.

«Natürlich. Alles beplüscht, das Bett für meinen Mittagsschlaf, die Sessel, das Treppengeländer, die Bilderrahmen ...»

«Und alle Tische mit Deckchen!»

«Lauter Häkeldeckchen überall. Die machst du selber. Und Schränke voller Porzellantänzer und große gerahmte Fotografien von Männern mit gewaltigen Schnurrbärten und Frauen mit hochmütigen Puddingsgesichtern. Das sind meine Ahnen, weißt du, denn Ahnen gehören zu jedem feinen Schloß ...»

Seine weiche Stimme war immer leiser geworden. Grinny schien eingeschlafen zu sein. Sie atmete gleichmäßig und über ihren verhärmten Zügen lag ein gelöster, verklärter Ausdruck. Behutsam beugte der Holländer sich über sie und zog lächelnd die Decke zurecht, bevor er sich umwandte und Murks erkannte, das nicht glauben wollte, was es eben mit eigenen Augen gesehen hatte. War dieses feine, rücksichtsvoll zärtliche Wesen wirklich identisch mit dem arroganten Piet?

Dessen eben noch so entspanntes Gesicht hatte sich bei Murks' Anblick im Bruchteil von Sekunden in blasierte Langeweile zurückverwandelt. Während sie auf den Flur hinaustraten, spottete er: «Falls du Bedenken gehabt haben solltest, ich wollte dein geliebtes Gerippe ins Jenseits befördern, um endlich hier wegzukommen – es atmet noch, wie du dich überzeugen kannst.»

Murks ging nicht auf den Ton ein. Es war sehr unsicher geworden. Flach sagte es:

«Gut, wenn sie schläft. Das ruht sie aus, läßt sie schneller zu Kräften kommen.» Sie gingen in den Garten hinunter, holten sich ihre Liegestühle aus der Laube. «Heut ist es unter den Bäumen am besten», meinte Murks mit Blick zum milchigen Himmel, «da ist die Luft frischer, und das Laub wird uns schützen, falls es Regen geben sollte.»

«Gott und das Laub mögen uns schützen. Amen!»

Piet baute die gestreiften Sitze unter der dicken Kastanie auf. Murks ließ sich auf dem seinen nieder, streckte die gestiefelten Beine von sich, dehnte die Arme über dem Kopf:

«Ah, tut das gut!»

Amüsiert blickte Piet zu dem Igelkopf hinüber, während er sich die Pfeife stopfte, ohne die er anscheinend nicht sein konnte:

«Komisches Wesen! Eigentlich bist du gar nicht unhübsch. Aparte Züge, eine intelligente Stirn ... Wenn ich Komplimente machen könnte, wäre dies wohl einer meiner schwachen Momente. Beruhigend zu wissen, daß du mich nicht ernst nimmst ...»

Das Segeltuch krachte bedenklich, während er sich in den Sitz zurückfallen ließ. Murks wandte den Kopf zu ihm um:

«Sag mal, Piet – mußt du eigentlich immer so zynisch sein?»

«Ja!» bestätigte er lakonisch mit liebenswürdigem Lächeln.

«Und weshalb?»

«Weshalb? Hm – laß mich mal überlegen. Tja, ich glaube, es ist angeboren. Anererbt gewissermaßen. Mein Vater war ein sehr bekannter Psychopath.»

«Du meinst, er war verrückt?»

«Nicht doch! Nenn es eigenartig, originell, besonders. Nur die Psychoanalytiker bezeichnen es als Krankheit. Die Psychopathen fühlen sich durchaus wohl dabei ...»

«War er sehr krank?»

«Er war bezaubernd degeneriert.»

«Bist du auch degeneriert?»

«Mein Verleger bestätigte es mir bereits im Anfangsstadium unserer fruchtlosen Beziehungen. Es war als Kompliment gemeint.»

«Aber wenn es nicht Krankheit ist, als was würdest du es dann bezeichnen?»

Piet grinste breit:

«Edelfäule!»

«Also, mit dir kann man einfach nicht ernsthaft reden!»

«Nur mit mir kann man ernsthaft reden. Alle anderen machen sich selbst und der übrigen Welt etwas vor. Ich bin wenigstens ehrlich. Dafür solltest du mir dankbar sein!» Er lehnte den Kopf zurück, schaute, nachdenklich qualmend, in das Geäst über ihm. Eine Weile schwiegen sie. Es war sehr still.

«Piet – woran denkst du?»

«Zähle die Kastanienblätter: dreiundsiebzig, vierundsiebzig, fünfundsiebzig – und das alles mal fünf ...»

«Hör auf, du Ekel. Sonst geh ich weg und laß dich allein mit deinen Blättern ...»

«Was hält dich? Wenn du dich unbedingt meiner charmanten Gesellschaft entziehen willst?»

«Sei nicht albern. Vielleicht werden wir schon in wenigen Tagen wieder getrennte Wege gehen ...»

Der Holländer antwortete nicht. Murks sah ihn von der Seite an. Ganz ruhig saß er da und betrachtete seine Pfeife. Aber das mokante Lächeln war aus seinem Gesicht verschwunden.

«Würdest du es bedauern, Piet?»

«Was?» Er rührte sich nicht.

«Wenn wir morgen auseinandergehen würden.»

Er ließ sich in den Sitz zurückfallen, klemmte die Pfeife wieder zwischen die Zähne. Langsam sagte er:

«Glaube schon. Merkwürdig. Hab mich doch irgendwie gewöhnt ...»

«An was?»

«An was denn wohl? An unseren seltsamen Wanderklub. An dich ...»

«Meinst du damit, ich würde dir fehlen?» Murks setzte sich auf.

«Was du alles wissen willst! Das sind diese typischen Frauenfragen, die einen Mann zur Verzweiflung bringen können ...»

«Ich will es aber wissen!»

«Du fängst schon an zu denken und zu sprechen, als wären wir hier auf einer netten kleinen Cocktailparty mit obligatem Flirt und nicht mitten im gnadenlosesten Krieg aller Zeiten. Du solltest dich nicht so viel mit dem Professor befassen. An dem geht der Krieg vorüber, ohne daß er es merkt. Laß dich nicht von seinen unrealistischen Ideen anstecken. Die passen jetzt nicht hierher.»

Sein Gesicht war hart geworden. Scharf zeichneten sich die bitteren Falten von der Nasenwurzel zu den Mundwinkeln hinunter in der gebräunten Haut ab. Sie schwiegen. Jeder hing seinen eigenen Gedanken nach. Murks hatte die Augen geschlossen. Er verkennt den Professor, dachte es traurig, verkennt ihn, weil er ihn nicht mag. Mich verkennt er auch. Hoffentlich nicht aus dem gleichen Grund. Unmöglich, sich in ihm auszukennen! Es sah nicht den seltsamen Blick, mit dem Piet jetzt sein Gesicht betrachtete und der gar nicht zu seinen abweisenden Worten passen wollte.

Der Häftling konnte zu keinem Resultat kommen. Wieso konnten sich Menschen so nah und dabei gleichzeitig so fern sein? Unwillig klappte er die Augen wieder auf:

«Sag mal, was hast du eigentlich im Krieg gemacht? Warst du auch im KZ?»

«Nein. – Frontbewährung.»

«Frontbewährung als Holländer? Das versteh ich nicht.»

«Verlangt auch niemand von dir.»

«Hast du für die Deutschen gekämpft?»

«Du hast Ideen! Vielleicht war ich auch SS, wer weiß?» Er lachte zynisch.

«Kannst es mir ruhig sagen, wenn es so ist», erklärte Murks großzügig, «vielleicht kann ich es verstehen, wenn du mir deine Gründe erklärst. SS warst du bestimmt nicht. Das spür ich, da hab ich Erfahrung. Und wenn du wirklich auf deutscher Seite mitgemacht haben solltest – na ja, irren kann sich jeder mal. Ich finde, in diesem Krieg geht es mehr um menschliche Instinkte als um Nationalitäten. Der eine mordet, der andere versucht zu retten. Man muß sich entscheiden, gleich, welcher Nation man angehört. Findest du nicht auch? Im KZ hat es von allen Gute und Schlechte gegeben. Sogar sympathische Aufseherinnen, so paradox das klingt.»

«Ausnahmen. Einzelne ...»

«Auch eine Menge besteht aus einzelnen ...»

«Die Menge richtet sich nach Leitbildern. Das macht sie zur Masse.»

«Der Professor hat gesagt, verallgemeinern sei falsch.»

«Läßt sich wohl kaum immer vermeiden. Und was deine sympathischen KZ-Aufseherinnen anbelangt: die erschienen euch vermutlich schon wie Engel, wenn sie überhaupt noch ein paar menschliche Züge erkennen ließen!» Er sog an seiner Pfeife.

Murks überlegte:

«Mag schon sein. Waren merkwürdige Weiber. Zuerst, da waren es noch Freiwillige. Später zog man sie dann jahrgangsweise ein. Unter den ersteren waren mehrere Ausländerinnen. Erinnere mich besonders an eine. Jeden Abend kurz vor sechs Uhr hatte es bei uns Stubenappell gegeben. Da kam eine Aufseherin in die Baracken und kontrollierte, ob die schmutzstarrenden modrigen Strohsäcke auch stramm ausgerichtet da lagen, genauso stramm wie die Habacht-Haltung der Häftlinge vor ihr. Wehe derjenigen, deren Lager nicht einwandfrei hergerichtet war. Die war fällig, was einem Todesurteil gleichkam. Eines Abends nun hatte eine große gutaussehende Holländerin Kontrolldienst bei uns. Alles stand reglos, Hand an die Kittelnaht. Nur im Hintergrund schien jemand liegengeblieben zu sein. Sofort hatte die Aufseherin losgebrüllt:

‹Welches Schwein steht da nicht stramm? Augenblicklich vortreten!›

‹Kann niet!› hatte ein dünnes Kinderstimmchen geantwortet.

Schweigend war die SS-Frau zum Lager gegangen, wo ein etwa fünfjähriges weißblondes Mädchen hockte, bei dem man die jüdische Abstammung nicht einmal ahnte. Eifrig hatte es seiner Landsmännin in Holländisch erklärt: ‹Ich hab mir den Fuß verstaucht, Tante!›

Die Aufseherin hatte plötzlich gelächelt und ganz ruhig gesagt:

‹Dann bleib nur sitzen, bis er wieder heil ist. Wo ist denn deine Mutter?»

Das Stimmchen ahnungslos:

‹Mammi ist vorige Woche vergast worden. Und ich werde nächste Woche vergast. Dann geh ich zu Mammi!›

Als das Kind die Veränderung im Gesicht der Wächterin gesehen hatte, war es unruhig geworden:

‹Tante, was ist das? Ist das schlimm›?

Da hatte die SS-Frau sich brüsk umgewandt und war ohne ‹Weitermachen› aus der Baracke gestürzt. Dabei waren ihr die Tränen über die Wangen gelaufen. Am nächsten Morgen haben wir sie wiedergesehen. Da hing sie, schwarzverbrannt, tot im elektrischen Stacheldraht. Selbstmord …»

Am Himmel zogen sich dunkle Wolken zusammen.

Piet schwieg lange. Seine Pfeife war ausgegangen. Endlich sagte er mit veränderter Stimme, leise und traurig:

«Wir müssen viele Irrtümer begehen, ehe wir begreifen. Und dann ist es oft schon zu spät. Erstaunlich, daß du nach allem immer noch nicht den Mut verloren hast, nach den Beweggründen zu forschen!»

«Schon als Kind machte es mir riesigen Spaß, Igel zu fangen, sie auf den Rücken zu drehen und mich über ihre zartrosa hilflosen Bäuche zu freuen, die auch noch kitzelig sind. Wußtest du das?»

«Bloßgelegte Gefühle sind immer kitzlig. Im übrigen fängt es an zu regnen. Komm ins Haus!»

Damit sprang er auf, zog Murks an der Hand empor. Sie falteten ihre Liegestühle zusammen, lehnten sich gegen den Baum. Die Luft begann zu rauschen.

«Nun aber los!»

Im Galopp jagten sie quer über den Rasen, erreichten das rettende Dach gerade, als ein heftiger Platzregen einsetzte. Lachend und prustend traten sie in den Flur. Die große Standuhr in der Ecke tat fünf verstimmte Metallschläge. Im alten Holz vibrierte das Echo nach. Man wartete schon mit der Abendmahlzeit auf sie. Es gab Käsebrote und Marmelade zu Trockenkeksen. Und Tee. Der Professor berichtete angeregt, wie weit er heute mit seiner Abhandlung gekommen sei. Selten noch, erklärte er zufrieden, habe er so gut und ungestört durcharbeiten können wir hier.

«Ihre Ruhe möcht ich haben, Bertholdt», spottete Piet, «der Krieg bedeutet Ihnen bestimmt nicht mehr oder weniger als eine lästige Unterbrechung Ihrer hochinteressanten Untersuchungen. Die paar Millionen Tote, die er gekostet hat, sagen Ihnen nichts. Bedauerlich, nicht wahr, dieser ganze Irrsinn. Aber nun mal nicht zu ändern ...»

«Piet, du gehst zu weit!» wies ihn Murks zurecht.

«Da verkennen Sie aber gewiß den Herrn Professor», mischte sich auch Frau Mertens ein, «so ein ruhiger, verständnisvoller Mann!»

Der, um den es ging, lächelte nur, strich sich mit stoischer Gelassenheit Konfitüre auf den ‹Hundekuchen›:

«Gestaute Aggressionen. Er scheint sie im Garten nicht losgeworden zu sein. Ist mir auch lieber so!» Über seine Tasse hinweg sah er Murks an. Murks blickte zurück, Einverständnis ohne Worte. Piet kam sich ausgeschlossen vor und setzte zu pointierter Entgegnung an, da ergriff der Hausherr das Wort:

«Hier haben wir eigentlich von den Bomben nicht viel abbekommen», sagte er unmotiviert. «Aber in Berlin, da war es schlimm. Jede Nacht in den Luftschutzkeller, oft bis zu dreimal hintereinander. Wir waren alle chronisch übermüdet!»

«Da hat mir Gisela mal ein merkwürdiges Erlebnis erzählt», berichtete seine Frau, während Murks Tee nachschenkte und alles aufmerksam auf die Erzählerin blickte. «Also das war so», fing sie an. «Es war wieder eine dieser Berliner Bombennächte gewesen. Gisela war erst spät von der Arbeit nach Hause gekommen und sehr müde. Zu der Zeit wohnte sie in der Dachmansarde einer Pension in der Uhlandstraße, ganz in der Nähe des Kurfürstendamms. Und gerade, als sie einschlafen wollte, da ging's wieder los mit den

Sirenen, und sie mußte mit den anderen Hausbewohnern in den Keller. Als endlich der Alarm zu Ende war, fiel sie übermüdet in ihr Bett zurück. Vielleicht eine Stunde später heulten die Sirenen zum zweitenmal. Gisela hat mir das damals ganz ausführlich erzählt. Ja, und da hatte sie sich in ihrer Müdigkeit gedacht: komme, was mag, ich bleibe liegen. Verständlich, nicht wahr? Aber später, da wurde es ihr dann doch langsam unheimlich, als die Suchscheinwerfer immer wieder über ihr schräges Glasfenster streiften und das ferne Summen der anfliegenden Feindverbände immer mehr anschwoll. An Schlaf war nicht mehr zu denken, zumal schon die ersten Bomben fielen und die Flakabwehr zu böllern anfing. Während unsere Tochter noch überlegte, ob sie nicht doch lieber zu den anderen in den Keller solle, krachte ein Eisensplitter durch das Dachfenster und durchschlug einen Stuhl. Da war Gisela aufgesprungen und hatte nach unten gewollt. Aber das war jetzt gar nicht mehr so einfach bei der totalen Finsternis in allen Räumen und dem Tumult da draußen.»

Frau Mertens machte eine Pause und trank von ihrem Tee, bevor sie fortfuhr:

«Ja, und als Gisela sich durch die stockdunklen Zimmer tastete, um den Weg zum Keller zu finden, da vermeinte sie plötzlich eine Stimme zu hören, die sie anrief. Sie blieb stehen, und da sagte die gleiche Stimme ganz ruhig:

‹Setzen Sie sich hierher zu mir. Es wird Ihnen nichts geschehen. Dieses Haus wird nicht getroffen werden.›

Und als die großen Scheinwerfer draußen wieder über die Fenster streiften, erkannte sie in einer Ecke an einem kleinen Tischchen einen Pensionsgast, einen alten Orientalen, den sie schon öfter gesehen, aber nie sonderlich beachtet hatte. Sie setzte sich also zu ihm, berichtete mir später, es sei eine eigenartige Ruhe von ihm ausgegangen, und seine Stimme sei ihr ganz vertraut vorgekommen, obschon sie noch nie ein Wort mit ihm gewechselt hatte. Er habe ihr von vorbestimmten Schicksalen erzählt und ihr erklärt, daß man lernen müsse, Gegebenheiten gleichmütig zu akzeptieren. Aber dann habe er etwas ganz Merkwürdiges gesagt, nämlich daß sie und ihre ganze Familie unter besonderen Umständen dieses Leben verlassen und damit eine höhere Daseinsstufe erreichen würden, die manchen späteren Wege ebne und erleichtere ...»

Sie trank ihren Tee aus, fuhr fort:

«Gisela erzählte mir von diesem Ausspruch mit einem lachenden und einem weinenden Auge und meinte, wenn man erst einmal tot sei, erübrige sich ja wohl alle Sorge um ‹spätere Wege›. Das Seltsamste aber an dem Ganzen sei gewesen, sie sei nicht einmal erschrocken, als ihr der alte Mann das geweissagt habe. Seine Stimme habe so ruhig und weise geklungen, daß es ihr geschienen habe, alles habe seine Richtigkeit und müsse so sein, was immer noch kommen möge. Ja, und dann war auch der Alarm zu Ende, und Gisela war in ihr Dachzimmer zurückgegangen.

Sehen Sie!» beendete Frau Mertens die seltsame Erzählung, «daran muß ich immer wieder denken, nachdem die beiden Kinder solch ein tragisches Ende gefunden haben.»

Die Runde schwieg.

«Nun ...», sagte Murks, sich räuspernd, in die eingetretene Stille hinein, «aber Sie beide leben ja schließlich. Ihnen ist nichts passiert. Na also. Hatte der alte Mann nicht von der ganzen Familie gesprochen?»

«Ja, das hatte er. Und vielleicht sollte ich es nicht sagen – man soll nicht abergläubisch sein –, trotzdem: seit einiger Zeit leide ich an Ahnungen.»

«Was meinen Sie damit?»

«Nun, daß es auch mit uns möglicherweise – bald am Ende sein könnte. Ich weiß nicht, wie ich es erklären soll ...»

«Unsinn, Erika!» unterbrach ihr Mann sie ärgerlich, «deine Nerven sind überreizt. Kein Wunder nach den vorangegangenen Entbehrungen. Nach dem Krieg wirst du dich jetzt erst einmal richtig ausruhen!»

Seine Frau nickte ohne Überzeugung.

Die hellen Augen Piets wanderten aufmerksam von einem zum andern:

«Natürlich ist es reiner Zufall, daß das bedauerliche Ende Ihrer Kinder mit dem zweifelhaften Orakel dieses Kümmeltürken zusammentrifft. Die Einsamkeit hier verführt zum Aberglauben.»

«Man darf solche Dinge nicht so ohne weiteres von der Hand weisen», mischte sich der Professor ein. «Die Wissenschaft ist heute auf dem besten Wege, diese Grenzgebiete wie Vorahnungen, Telepathie oder ausgeprägte Fälle von sechstem Sinn anzuerkennen und sich ernsthaft mit ihnen zu befassen. Man hat entdeckt, daß so manche zunächst unwahrscheinlich anmutenden Argumente beispielsweise der Parapsychologen stichhaltiger sind, als man von vornherein anzunehmen geneigt war!»

Zufrieden trank er seinen Tee, ohne zu bedenken, daß er seine Gastgeberin, anstatt sie zu beruhigen, in neue Unruhe gestürzt hatte.

Murks versuchte die Scharte auszuwetzen:

«Ich glaube nicht an Vorbestimmung. Wäre alles in unserem Leben von Anfang an so fest umrissen, so genau in allen Einzelheiten vorbestimmt, dann wäre es ja sinnlos zu leben. Dann hätte uns die Natur statt mit einem Gehirn gleich mit Fäden zum Aufhängen ausrüsten können, an denen sie uns wie Marionetten zappeln läßt. Wozu sind wir dann überhaupt Menschen? Eine niedere Tierart hätte es auch getan. Wenn wir doch nur von Instinkten geleitet werden, die zu vorbestimmten Resultaten führen?»

«Siehe deine Freunde, die Mongolen», freute sich Piet über Murks' Eifer.

«Das ist ja das Elend unserer Zeit, daß die Menschen gar keine Menschen mehr sein wollen, sich überall zusammenhorden und auf eine frühere primitive Kollektiventwicklung zurückfallen.»

«Unsere Idealistin glaubt also noch an den freien menschlichen Willen, an die unbeschränkte menschliche Handlungsfreiheit. Gott erhalte dir dein kindliches Gemüt!»

«Nicht an die uneingeschränkte. Hab ich nie behauptet. Aber

ich glaube daran, daß jeder Mensch seine ganz persönlichen Entscheidungsmöglichkeiten hat.»

«Herr Professor, Ihr Werk!» Piet machte eine ironische Verbeugung gegen den Wissenschaftler. «Sie haben eine gelehrige Schülerin gefunden.»

Er heuchelte unterdrücktes Gähnen:

«Liebe Genossen, mein freier menschlicher Wille zieht mich ins Bett. Mir reicht's für heute, ich geh schlafen!» Er erhob sich.

Auch die andern standen auf, um sich auf ihre Zimmer zu begeben. Der Professor schloß sich Piet an. Murks fand Grinny noch wach.

«War's schön?» fragte das Skelett mit unverhohlener Eifersucht.

«Wir haben uns nur ein bißchen unterhalten.»

«Bißchen unterhalten! Wenn ich das schon höre.»

«Hast du was dagegen?»

«Ach, ihr quasselt euch noch die Zungen kaputt! Und um die Wohnung, da kümmert ihr euch überhaupt nich, was?»

«Was meinst du damit?»

«Haste noch nie gehört, daß 'ne Wohnung auch gepflegt werden muß? Wer macht denn eure Teppiche wieder sauber, wenn ihr mit eure dreckigen Latschen aus 'm Garten drübertrampelt? Und haste schon gesehen, wie hoch der Staub liegt? Überall riecht es muffig, weil nich richtig durchgelüftet wird. Aber da sitzt ihr ungerührt in dem Mief und quatscht euch krumm und duss'lig, und ich kann nachher mit mei'm Fieber runterkommen und hinter euch Dösköppen saubermachen – denkt ihr. Mach ich aber nich, und wenn ihr verreckt!»

«Nun sei mal nicht so grantig. Kein Mensch verlangt von dir, daß du saubermachen sollst …»

«Nee. Ihr wollt lieber im Dreck verkommen, was?»

«Frau Mertens kümmert sich schon um den Haushalt. Hat sie bisher doch auch getan.»

«Halt mich fest – die olle Zimtziege? Alles, was die machen kann, is unseren Kaffee. Hätten se auch ruhig mit vergasen können. Alt is se sowieso, und wir hätten dann das Haus.»

«Grinny, bist du verrückt geworden? Wenn du willst, daß ich dir die Geschichte mit dem roten anstatt grünen Winkel glauben soll, dann halt gefälligst den Mund!»

«Ach nee … Dich päppeln se da unten wohl auf die moralische? Mensch, ihr kotzt mich an!»

Murks zuckte resigniert die Achseln:

«Denk, was du willst. Morgen nacht schlafen wir sowieso zum letztenmal hier. Du weißt ja, daß wir weiter müssen.»

«Bin noch nicht transportfähig», sagte Skelett. Etwas Triumphierendes glitzerte in seinen Augenhöhlen. Ein schadenfroher Zug lag um die dünnen Lippen.

Müde ließ sich Murks auf dem Bettrand nieder:

«Schön, du bist drauf aus, Schwierigkeiten zu machen. Was willst du also?»

Mit einem Ruck setzte sich Grinny im Bett hoch:

«Soll ich dir sagen, was ich will, ja?»

Keine Antwort.

«Hör zu, Murks, paß auf. Laß die anderen weggehen und die Alten, die sollen se mitnehmen. Sind hier sowieso nich mehr sicher …»

Aufgeregt verkrallte sie sich in Murks' Ärmel:

«Und wir, wir bleiben hier. Nur du und ich. Dann ist es unser Haus, verstehste? Mit den Rußkis werd ich schon fertig, da mach dir keine Sorge. Und kochen werd ich für dich und auf dich aufpassen – und – 'n Klavier werd ich dir auch besorgen, bestimmt! Nich wahr, Murks, du machst doch mit? Dann wird alles wieder so wie früher, ohne die vielen Blödmänner, die nich zu uns gehören … Bleib hier!!» Skelett machte einen hysterischen Eindruck. Murks spürte seine knochigen Krallen wie Widerhaken im Fleisch seines Oberarms und versuchte, sich loszumachen. Ihm war heiß geworden; es wußte nicht, wie es sich aus der Affäre ziehen konnte, ohne sich Grinnys tödlichen Haß zuzuziehen, kam sich sehr hilflos vor. Schließlich fiel ihm etwas ein:

«Aber der Holländer? Warum willst du denn, daß Piet ohne dich fortgeht? Den magst du doch gern? Er hat mir erzählt, er habe dir einen Heiratsantrag gemacht ...»

«War doch bloß so, aus Jux», winkte Skelett ab, fügte dann aber doch nachdenklich hinzu:

«Na ja, nett war der schon. Das ist richtig. Nur, das ist doch was ganz anderes wie mit dir. Du, du bist mein Freund, mein Kamerad. Ham die ganze Scheiße miteinander durchgestanden, Lager und so. Und deshalb müssen wir zusammenbleiben, verstehste?»

«Bis daß der Tod uns scheidet. Amen!» sagte Murks resigniert, Piets Tonfall imitierend.

«Genau. Das mein ich!» Grinny freute sich.

«Werd drüber nachdenken, morgen», log Murks und riß sich die schweren Stiefel von den Beinen. «Wir haben ja noch einen ganzen Tag. Nun schlaf erst mal. Nacht!»

«Nacht!» krächzte Skelett zufrieden und legte sich in sein lachsrosa Kissen zurück. Murks schlief unruhig. Zu viele problematische Dinge kamen auf es zu. Heftig warf es sich von einer Seite auf die andere. Die ausgeleierten Federn der Couch quakten bei jeder Bewegung. Unten auf dem Flur schlug die Großvateruhr laut die Stunden. Ein- oder zweimal glaubte Murks, Stiefeltritte und Stimmgeräusche vernommen zu haben. Es setzte sich auf, hielt lauschend den Atem an. Aber alles blieb ruhig.

8. Mai 1945

Der Wintergarten war voller Sonne, als Murks am nächsten Morgen zum Frühstück erschien. Die anderen waren schon um den Tisch versammelt; es duftete nach frischgeseifter Haut und Kaffee.

«Da ist sie ja», sagte der Professor zufrieden.

Piet musterte es mit hochgezogener Braue:

«Es erübrigt sich, dich zu fragen, wie du geschlafen hast. Deine Bettfedern quietschen fürchterlich. Das Gewicht unseres Gespenstes dürfte nicht ausreichen, sie derart zum Tönen zu bringen. Die Schatten unter deinen treugläubigen Augen stehen dir nicht besonders gut. Sicher hast du von mir geträumt?»

Man lachte. Frau Mertens brachte noch eine Tasse herbei. Ihr Mann schob Murks ein Marmeladenbrot zu.

«Wie ist denn das Programm heute?» erkundigte er sich in der Runde.

«Was mich anbelangt», kaute der Professor, «also, ich hätte da noch ein paar Korrekturen zu machen ...»

Piet nickte. «Und ich geh wieder auf Erkundungspirsch zur Straße. Wir sind hier von allem abgeschnitten. Wenn wir schon noch bis morgen bleiben wollen, müssen wir uns wenigstens auf dem laufenden halten!» Er schaute prüfend um sich, während er seine Pfeife anzündete.

«Was glaubt ihr – wie weit mag es noch bis zu den Engländern sein?» fragte Murks gespannt. Der Holländer runzelte die Stirn:

«Schwer zu sagen. Ich weiß nur, daß sie jenseits der Elbe stehen, und das kann nicht allzuweit von hier sein. Habe mir gestern bei einem Polen die Karte angesehen. Die Frage ist aber weniger, wie weit sie von uns entfernt sind, als die, wieviel Zeit wir benötigen werden, um bei der allgemeinen Hysterie da draußen durchzukommen. Jetzt haben wir auch keinen Wagen mehr, und zu Fuß – na, ihr wißt ja, was das heißt!»

Murks nickte bedrückt:

«Vielleicht finden wir wieder jemanden mit einem fahrbaren Untersatz, der uns ein Stück mitnimmt?»

«Mach dir keine Illusionen. Die Lage hat sich geändert. Das Tempo da draußen ist viel schneller geworden und jeder heut sich selbst der Nächste.»

Damit erhob er sich:

«Ich geh jetzt los. Bis nachher!»

Auch der Professor stand auf:

«Muß mich beeilen, wenn ich meine Aufzeichnungen noch fertig kriegen will. Sie entschuldigen mich?»

Murks kam sich überflüssig vor. Alle außer ihm selbst schienen Pläne zu haben. Auch der Hausherr hatte sich wie gewöhnlich in sein persönliches Reich zurückgezogen, um zu lesen.

Seine Frau, die sich in die Küche begeben wollte, bemerkte die ratlose Mine des Häftlings. Begriff. Freundlich lächelte sie ihn an:

«Wie wär's, wenn wir hier noch ein wenig sitzen bleiben würden? Die Sonne wärmt so angenehm durch das Fenster.»

Sie machen es sich unter den Efeuranken bequem. Murks studierte gedankenvoll den schrägkarierten Schatten der Korbgeflechte auf den Steinfliesen.

«Ich würde Ihnen gern zum gestrigen Thema noch etwas sagen», begann es unsicher.

«Meinen Sie die Prophezeiung? Ach, da dürfen Sie mich nicht so ernst nehmen, wissen Sie. Ich sehe eben einfach die Dinge manchmal zu schwarz. Mein Mann hat schon recht, ich bin wirklich mit den Nerven runter. Man sollte nicht so abergläubisch sein, nicht wahr? Aber in einer Zeit wie dieser sieht man eben schon Gespenster!»

«Schauen Sie, ich bin auch abergläubisch.» Murks wies Aljoschas Münze vor. «Beispielsweise glaub ich fest daran, daß dieses

Ding hier mir aus einer großen Gefahr herausgeholfen hat und mich auch weiterhin beschützen wird.»

Frau Mertens beugte sich vor, betrachtete den Talisman eingehend:

«Der ist aber hübsch. So fein gearbeitet. Wo haben Sie den denn her?»

«Ein Russe hat ihn mir gegeben, und der hatte ihn von seiner Mutter.» Murks ließ die Münze wieder im Kragenausschnitt verschwinden.

«Ein Russe? Jetzt? In diesem Krieg? Also gibt es auch unter ihnen gute Menschen?»

«Bestimmt. Es gibt großartige Leute unter ihnen, wie in allen Nationen. Aber, um auf die Prophezeiung zurückzukommen: Haben Sie sich eigentlich schon mal Gedanken darüber gemacht, was der Alte in der Berliner Pension gemeint haben könnte, als er sagte: ‹Sie werden damit eine höhere Stufe erreichen, die Ihnen später manchen Weg ebnen wird?›»

«Ziemlich unsinnig, nicht wahr? Das habe ich mir auch gleich gesagt.»

«Weiß nicht …», nachdenklich spielte Murks mit den Fransen der Häkeldecke, «ich hab heut nacht immer wieder daran denken müssen. Glaube, der hat damit nur sagen wollen, daß es immer weitergeht, auch nach dem Tod …»

«Das verstehe ich nicht.»

«Ist auch schwer zu erklären. Muß man wohl selbst erlebt haben, um es zu begreifen. Sehen Sie, in Ravensbrück, da haben die meisten von uns eine verblüffende Entdeckung gemacht: Es gibt gar keinen Tod. Es geht weiter. Das kann man nicht so mit Worten erklären, aber wenn man nah genug dran ist, an der anderen Seite, meine ich, dann fängt man an, es zu merken. Erst ahnt man es nur, traut seinen eigenen Wahrnehmungen nicht. Danach spürt man es immer deutlicher, und am Ende weiß man es.»

«Glauben Sie wirklich?»

«Nein. Ich glaube nicht, ich weiß.»

Murks sah das zweifelnde Gesicht der Frau und fuhr fort:

«Die meisten Häftlinge wissen es. Es ist ein Erlebnis, das man mit Worten niemandem vermitteln kann, der es nicht selbst am eigenen Leib erfahren hat. Wie oft hab ich Kameraden sagen hören: ‹Heut nacht mach ich Schluß mit meinem verdammten Kadaver!› Das war keine Redensart. Am Morgen waren sie dann tatsächlich tot. Aber wir anderen wußten – wußten, nicht glaubten –, daß sie nicht gestorben waren.»

«Ich wünschte, ich könnte das verstehen», seufzte die Frau, «es wäre gewiß ein großer Trost für mich. Aber Sie sagen ja selbst, man könne es nicht mit Worten erklären ...»

«Vermutlich lassen sich die ganz großen, die wichtigen Dinge, überhaupt nicht mit dem Verstand begreifen. Man erkennt sie erst, wenn man ihnen unmittelbar gegenübersteht ...»

Draußen klappte eine Tür. Gleich darauf stand Piet im Zimmer.

«Das war aber ein kurzer Ausflug», wunderte sich Murks. Der Holländer ging nicht auf den Ton ein.

«Ruf die andern, Bertholdt, Mertens!» befahl er barsch. Verblüfft kam es seinem Wunsch nach. Alle scharrten sich um Piet in gespannter Erwartung seines Berichts.

Er schaute sie der Reihe nach an.

«Habe soeben erfahren, daß gestern Waffenstillstand geschlossen worden ist», sagte er mit harter Stimme.

«Gott sei Dank!» riefen Murks und der Professor gleichzeitig, und die Mertens blickten sich stumm und glücklich an.

«Endlich wieder Frieden!» seufzten sie erleichtert, während die beiden ersteren übermütig eine Art Indianertanz aufführten. Piet verzog keine Miene. Unter halbgesenkten Lidern musterten seine hellen Augen hochmütig die Anwesenden.

«Laßt es mich wissen, wenn ihr euch ausgefreut habt», sagte er gelangweilt.

«Aber Piet, freust du dich denn nicht auch? Waffenstillstand, das heißt Frieden ...»

«Noch nicht ganz!» belehrte der Professor den Häftling, «aber zumindest die Einstellung feindlicher Kampfhandlungen. Wenn erst einmal die Kapitulation unterzeichnet sein wird ...»

«Eine bedingungslose!»

«Vielleicht ist sie jetzt schon unterzeichnet?»

«Mensch, nicht auszudenken! Piet, haben die Deutschen unterzeichnet?»

«Die bedingungslose Unterwerfung? Allerdings!»

«Und da stehst du da und machst ein solches Gesicht? Bitte sehr, falls du alleine weiterkämpfen willst – also, wir sind heilfroh, daß der Irrsinn endlich aufhört, nicht wahr, Professor?»

Der kicherte:

«Sehen Sie nur, Ruth: Van Teege steht da wie vom Donner gerührt. Wo soll er nun hin mit seinen unausgelebten Aggressionen? Nicht mal mehr Krieg ...»

Sie alberten herum. Piets Gesicht blieb eine Maske:

«Wenn du dich entschließen könntest, mal einen Augenblick deinen Grips zu gebrauchen, anstatt Hurra zu schreien, würde dich gerade das Wort ‹bedingungslos› schnell zum Schweigen bringen.»

«Aber weshalb denn?»

«Weil das bedeutet, daß sich die Deutschen ohne Einschränkung unterwerfen, sich bedingungslos in die Hände der Sieger geben. Sich selbst sowie ihr Land.»

«Na und?»

«Na und, na und ...», echote Piet wütend, «Chottverdammich, wie kann man nur so vernagelt sein? Stehst du hier auf deutschem Boden? Ja oder nein? Na also. Der gehört nun doch wohl den Russen, nicht wahr? Mit allem, was darauf ist. Hast du das endlich begriffen?» Murks hatte ihn noch nie so aufgebracht erlebt.

«Mit allem – du meinst, mit uns auch?»

«Bedingungslos!»

«O nein!»

«O doch!»

«Aber – sind wir denn nicht Partner der Sieger?» fragte Murks beklommen.

«Du bist staatenlos, Herr und Frau Mertens, Bertholdt sowie das Skelett da oben sind Deutsche. Mach das mal deinen versoffenen Mongolenfreunden klar, daß ihr trotzdem mitgesiegt habt!»

Der Professor räusperte sich:

«Zugegeben, eine unerfreuliche Lage. Es wäre daher wohl am vernünftigsten, wenn wir uns unverzüglich auf den Weg zu den Westmächten begäben, bei denen wir immerhin die Chance einer Erklärung hätten!»

«Sieh da, goldene Worte aus gelehrtem Munde! Unser Professor ist der Ansicht, man solle einen hübschen gemeinsamen Ausflug zur Elbe hinunter machen – nehmt die Rucksäcke mit, liebe Kinder –, den Engländern drüben mal guten Tag sagen und ihnen bei einer Tasse Tee ein bißchen auf den Zahn fühlen, was sie als Sieger mit obdachlosen KZlern deutscher Abstammung zu tun gedächten? Fällt die Antwort unbefriedigend aus, fährt man noch ein bißchen weiter bis zum Rhein. Dort sitzen die Franzosen. So einfach stellt er sich das vor. Ihr naives Gemüt möcht ich haben, Bertholdt!»

Der Holländer war aufs äußerste gereizt. Murks sagte schnell:

«Reg dich nicht künstlich auf. Überstürzen läßt sich jetzt nichts. Die Aufteilung der Gebiete in besetzte Zonen kann doch frühestens nächste Woche erfolgen, damit fangen die doch jetzt erst an. Das geht nicht so ohne weiteres über die Bühne. Na also. Und bis das alles endgültig geklärt ist, können wir schon längst drüben sein. Deshalb, finde ich, ist jede Beunruhigung verfrüht. Auf jeden Fall aber müssen wir von jetzt an alles sorgfältig planen und überlegen. Ich schlage vor, wir bleiben heut noch hier, sprechen alles noch einmal durch und machen uns morgen so früh wie möglich auf den Weg!»

Von der Tür her kam ein Schrei. Wild um sich blickend, stand Grinny mit dem Mittagessen im Rahmen:

«Aufbruch? Morgen? Ohne mich!» Piet klärte sie in knappen

Worten über den neuesten Stand der Dinge auf, aber es machte keinerlei Eindruck auf sie:

«Mir wurscht, was stillsteht. Ich bin nich wanderfähig!»

Alle vernünftigen Gegenargumente prallten an ihrem dicken Kahlschädel ab. Durchdringend blickte sie auf Murks. Aber das wich ihren Augen aus.

Das Mittagessen verlief unter allgemeinem nachdenklichen Schweigen. Der Professor versuchte, die Stimmung wieder ein wenig aufzulockern:

«Stammen die Nudeln noch von unseren italienischen Freunden? Auf einer Italienreise – ich glaub, es war in Bologna –, hab ich sie mal mit einer Art Gulaschsoße gegessen...»

«Haben keinen Gulasch!» knurrte Skelett.

«Natürlich nicht. Schmecken ja auch so ausgezeichnet, nicht wahr?»

Keiner antwortete ihm. Murks legte die Gabel hin.

«Wollen Sie unter diesen Umständen nicht doch lieber mit uns kommen?» wandte es sich an das Ehepaar.

«Ja, ich weiß nicht...», meinte die Frau unentschieden. Doch ihr Mann schüttelte energisch den Kopf:

«Das hätte wenig Sinn. Trotzdem vielen Dank für Ihr Angebot. Aber als Deutsche können wir der Situation ja doch nicht ausweichen, wohin wir auch immer gingen. Sehen Sie, dies hier ist unsere Heimat, dieses Stückchen Erde. Wir beiden haben unser Leben gelebt. Nun sind unsere Kinder tot, und wir haben keine Enkelkinder mehr zu erwarten, die unserem Dasein noch einen Sinn geben könnten. Ich bin schon alt, und meine Frau ist auch nicht mehr die Jüngste. Für ihr Herz wäre jeder Umzug ins Ungewisse eine gefährliche Strapaze, und für meinen nervösen Magen wäre es eine zusätzliche Belastung, verstehen Sie? Nein, lassen Sie uns nur, wo wir sind! Und nochmals vielen Dank für Ihre gute Absicht.»

Seine Frau nickte ergeben zu seinen Worten:

«Ja, er hat wohl recht. Es wäre vermutlich zuviel für uns!»

Murks schaute gedankenvoll und Grinny giftig.

Auch der Nachmittag verlief unter Spannung. Es wollte keine Unterhaltung aufkommen. Endlich fiel dem Professor etwas Rettendes ein:

«Sagen Sie, van Teege, wollten wir uns nicht einmal unterhalten?»

Piet starrte ihn an. Dann erinnerte er sich. Schwach lächelnd murmelte er:

«Ja, richtig. Wenn Sie meinen, daß das Zweck hat? Gehen wir in Ihre Praxis, Professor!» Beide zogen sich zurück. Auch Grinny verschwand nach einem langen anklagenden Blick über die ihrer Meinung nach unkameradschaftliche Gefährtin nach oben. Murks erhob sich, ging ans Fenster, öffnete es, sog tief die Luft in die Lungen ein. Es spürte in sich einen Tumult, ein merkwürdiges Empfindungsgemisch: Gefühle, die ihm lange, zu lange schon fremd gewesen waren, Lebenwollen und Hoffnung und Sehnsucht nach Frieden. Und brennenden, quälenden Durst nach Freisein. Alles wurde zu eng. Wie ein gefangenes Tier begann es im Kreis zu laufen, immer rund und rund ...

«Jetzt biste wohl total übergeschnappt?» fragte das eintretende Skelett gehässig, «wo ist der Corned beef?»

«Wie soll ich das wissen?» gab Murks gereizt zurück.

«Irgendwo muß er doch sein!» brummte Skelett, «brauch ihn fürs Abendmahl.»

Langsam bekam sich Murks wieder in die Gewalt, blieb stehen: «Vermutlich noch im Rucksack. Hast du da schon nachgesehen?»

«Wär noch 'ne Möglichkeit. Lauter Verrückte im Haus. In fünf Minuten gibt's was zum Essen.»

Damit verschwand Skelett wieder in die Küche, Murks setzte sich an den Tisch, legte den Kopf auf die verschränkten Arme und schloß erschöpft die Augen.

Grinny hatte die anderen herbeigetrommelt. Nacheinander kamen sie ins Zimmer. Zum letztenmal setzte man sich zu gemeinsamem Abendessen zusammen. Denn für morgen in der Frühe war –

endgültig diesmal – der Aufbruch festgelegt. Skelett brachte aufgewärmte Nudeln vom Mittag mit überstreutem Corned beef, quasi Ersatzgulasch. Die Bemerkung des Professors am Mittagstisch über die Bologneser Zubereitungsart hatte ihrem Hausfrauenstolz keine Ruhe gelassen.

«Da hast du ja das Fleisch», stellte Murks fest, sich den Teller voll häufend.

«Is sogar noch mehr von da. Die Dinger waren zuunterst gerutscht, von wegen dem Gewicht. Vier Büchsen ham wir noch.»

Schweigend begann man zu essen.

«Na, Piet, hast du deine Seelenbeichte abgelegt?» fragte Murks, nur um etwas zu sagen.

An seiner Stelle antwortete der Professor:

«Glaube, wir sind ein schönes Stück vorangekommen. Morgen werden wir die Unterhaltung fortsetzen.»

«Wenn man euch läßt.»

«Warum? Was meinen Sie?»

«Auf der Landstraße?»

«Ach so, ja richtig …» Daran hatte er nicht gedacht.

Die Teller waren leer.

«Setzen wir uns noch ein paar Minuten in den Wintergarten, meine Freunde», schlug der alte Herr vor.

Alle nahmen ihre Teetassen und folgten ihm in den Erker, der durch das offenstehende Fenster in warmes Rotlicht getaucht war. Die untergehende Sonne war ein brennend roter Feuerball.

«Wie hundert explodierte Munitionslager!» bewunderte Murks.

«Du hast zu viel Phantasie!»

«Und du bist schon wieder gereizt!»

«Keineswegs. Nur müde von eurem anstrengenden ‹Himmelhochjauchzend-Zutodebetrübt› …»

«Starke Aktivität des vasomotorischen Nervensystems», sagte der Professor, «daher sein schneller Stimmungswechsel. Labilsanguinischer Typ!»

«Also jetzt reicht's mir!» schrie Murks brutal und sprang auf, «mein Vasometer oder -motor oder wie Sie es nennen, braucht Erholung. Ich geh schlafen. Nacht!»

Hinter ihr fiel die Tür mit Knall ins Schloß.

Die übrigen sehen sich verblüfft an.

«Überreizt. Kein Wunder!» nickte der Professor traurig.

«Kein Wunder. Allerdings. Sehen Sie nicht, daß Sie das Mädchen fertigmachen mit Ihrer Seelenbohrerei? Sie ist empfindsamer, als sie denken», brauste Piet auf.

«Das wollen Sie bitte mir überlassen. Ich kenne Ruth länger und wesentlich besser als Sie!» Zum erstenmal drohte auch der Arzt seine Fassung zu verlieren.

Frau Mertens machte der gereizten Stimmung ein Ende, indem sie sich resolut erhob:

«Ich glaube, wir sollten uns heute alle früh hinlegen. Sie haben morgen einen anstrengenden Tag vor sich. Und für uns beide ist es die letzten Abende doch recht spät geworden. Das sind wir nicht gewöhnt!»

Erleichtert nahmen die Männer ihren Vorschlag an, und die Paare begaben sich zum Schlafen in ihre jeweiligen Gemächer.

Im Mädchenzimmer hatte Murks schweigend seine Sachen in eine Ecke gefeuert und sich im Pyjama auf der Couch ausgestreckt. Grinny schien zu schlafen und rührte sich nicht. Mit weit offenen Augen starrte Murks zur Zimmerdecke hinauf. Es war hundemüde, aber kein Schlaf kam. In der Ferne kratzte ein Flugzeug durch den Nachthimmel. Dann war wieder alles still.

Wie lange es so gelegen hatte, konnte es nicht sagen, als es ein Geräusch hörte. Schritte kamen von außen auf das Haus zu. Regungslos blieb es liegen und lauschte. Nun wieder! Zweifellos waren es mehrere. Jetzt konnte es bereits einzelne Laute unterscheiden. Russen! Murks war auf den Beinen, noch ehe unten das bekannte Hämmern gegen die Haustür einsetzte. Die Schläge dröhnten durch das stille Haus. Kurz darauf erschien einer der beiden im Parterre schlafenden Alten, die Tür zu öffnen. Es folgte ein knapper Wortwechsel, begleitet vom Gepolter eintretender Stiefel. Auch nebenan wurde es lebendig. Nach flüchtigem Anklopfen traten Piet und der verschlafen blinzelnde Professor zu den Häftlingen ins Zimmer, ersterer mit einer Taschenlampe bewaffnet. Grinny fuhr im Bett hoch, öffnete weit die Augen:

«Was ist los?»

«Russen. Unten bei den Alten», flüsterte Piet, «wir bleiben jetzt hier bei euch. Verhaltet euch ganz ruhig und laßt mich nur machen. Daß sich keiner von euch rührt!»

Schon stolperten viele schwere Schritte die Treppe hinauf. Im nächsten Augenblick wurde die Tür aufgestoßen. Aber Piets Taschenlampe war schneller als die der Russen. Blendend schoß das weiße Licht den Soldaten ins Gesicht. Einen Moment lang schloß der Anführer überrascht die Augen. Murks stellte fest, daß es sich diesmal nicht um Asiaten handelte. Es waren Soldaten der regulären Besatzungsarmee. Der starke, auf ihre Augen gerichtete Lichtstrahl hinderte sie, sich weiter im Raum umzusehen. Halbblind starrten sie auf den Holländer, der zornig vor ihnen stand und ihnen keine Gelegenheit gab, den Mund aufzutun:

«Was wollt ihr hier mitten in der Nacht? Weshalb stört ihr eure Verbündeten im Schlaf? Laßt uns gefälligst in Ruhe, wir sind Holländer!»

Damit hielt er dem russischen Offizier ein Papier entgegen, ließ endlich die Lampe sinken. Dieser nahm es, entfaltete es umständlich und begann unbewegten Gesichts zu lesen, während ihm einer der Soldaten leuchtete. Sie kamen gar nicht auf die Idee, die Lichtschalter auf ihre Funktionsfähigkeit hin zu untersuchen. Den Häftlingen erschien es eine Ewigkeit, bis der Russe seine Prüfung beendet hatte. Ohne sich um die anderen im Raum zu kümmern, nickte er Piet zu, sagte nicht unfreundlich:

«Karaschò, entschuldigen Sie», legte zwei Finger an die Mütze und verließ mit seinem Gefolge das Zimmer. Danach hörte man sie im unteren Teil des Hauses rumoren. Murks, auf das Schlimmste gefaßt, hatte neben der Couch gestanden und konnte noch nicht glauben, daß alles so glatt und einfach verlaufen war dank Piets Ausweis. Was war denn das für ein geheimnisvolles Dokument, das die Russen so schnell beruhigt und sie fast respektvoll hatte werden lassen? Zweifelnd sah es zu dem Holländer auf, der mit blasierter Miene seine Fingernägel betrachtete:

«Wird Zeit, sie mal wieder zu schneiden ...»

Da war plötzlich Grinny in ihrem weiß wallenden Nachtgewand mit einem einzigen Satz aus dem Bett:

«Mensch, unsere Fressalien! Wenn uns die Rußkis die wegholen! Ich muß runter – in die Küche – alles einpacken – laßt mich raus!» Vergeblich suchte sie sich Piets Zugriff zu entwinden, der ihren dürren Oberarm umklammert hielt.

«Du bist wohl nicht gescheit?» fuhr er sie grob an, «hast du vergessen, daß du Deutsche bist?»

«Quatsch, Deutsche! Laß mich los, ich will runter!»

Grinny kämpfte verbissen und mit erstaunlicher Kraft. Es gelang ihr, sich loszumachen. Sie stürzte zur Tür.

«Laß sie nur gehen, wenn sie unbedingt will», sagte Murks müde, «ihr tun die Russen nichts. Schon gar nicht in dem Aufzug.» Aber Grinny war sowieso schon weg.

«Na ja!» gähnte Piet, die Arme dehnend, und setzte sich auf Grinnys rosa Bett, «das wäre ja nochmal gut abgelaufen. Beweist aber nur, wie sehr wir hier schon in der Falle sitzen. Morgen früh – nichts wie raus aus dieser Bude!»

«Ganz ist mir nicht klar, was sie eigentlich hier wollten!» sagte der Professor, noch immer verschlafen. Piet verzog die Mundwinkel.

«Sie haben sich nur erkundigt, ob sie hier auf dem richtigen Weg nach Moskau seien und welche Straßenbahnlinie hinführe – Chottverdammich, Bertholdt, Sie töten mir noch meinen letzten Nerv!»

«Ich verstehe aber wirklich nicht», insistierte der Gelehrte, «schließlich ist seit gestern Waffenstillstand. Das müßte sich ja wohl doch mittlerweile herumgesprochen haben, nicht wahr?»

Piet wandte sich mit gelangweilter Miene zu Murks:

«Für Bertholdt sieht das Kriegsende so aus: Da kommt irgendein Neutraler, ein Schwede oder ein Schweizer, mit einer Trillerpfeife und pfeift: Krieg ist aus! Vielen Dank für allseitige gütige Mitwirkung, die lebhafte Beteiligung. Alle Überlebenden können jetzt nach Hause schlafen gehen! – Nicht wahr, Bertholdt, so stellen Sie sich das vor?» Sein Spott hatte einen hysterischen Unterton.

Leise und ruhig kam die Stimme vom Fenster her:

«Und ist es denn nicht so?»

«Ja, sehen Sie, mein Lieber, das ist so eine merkwürdige Sache mit den Siegern und Besiegten. Die mögen sich nachher nämlich auch noch nicht recht, ich meine, nach dem Stillstand der Waffen. Sozusagen Kulminierung angestauter, nicht entladener Aggressionen, über lange Zeiträume unterdrückte Ressentiments, welchselbe in Verbindung mit den ihr zugehörigen labilen Nervensystemen zwangsläufig zu neurotischen Reaktionen führen müssen, deren unberechenbare Heftigkeit zu Angriffshandlungen dem ehemaligen Feind gegenüber führen können, sozusagen ohne Berücksichtigung der solchen Fehlhandlungen zuwiderstehenden Zeitläufte. Also noch einfacher kann ich es Ihnen beim besten Willen nicht erklären!»

Piets Parodie war so gelungen, daß Murks hell auflachte.

«Die laienwissenschaftliche Ausdrucksweise hätten Sie sich sparen können!» sagte der Professor, mehr durch Murks' Beifall als durch Piets Ironie getroffen, «ich habe auch so verstanden. Ich für meinen Teil gehe jetzt wieder schlafen. Kommen Sie auch?»

«Ob die Russen noch im Haus sind?» überlegte Murks. Alle drei horchten gespannt, aber nichts schien sich zu rühren. Dann kamen leise huschende Schritte die Treppe herauf. Atemlos trat Skelett ins Zimmer, war mit einem Satz im Bett und zog sich die Decke bis an den Hals.

«Sie sind weg», keuchte es, «und alle Lebensmittel hab ich gerettet. So, und nu macht, daß ihr hier rauskommt. Ich will schlafen!»

Die Männer gingen in ihren Schlafraum zurück, und Murks kroch wieder auf seine Couch.

«Wie war's unten?» erkundigte es sich schläfrig.

«Nix hamse wegnehmen können, hab alles zusammengepackt und in die Rucksäcke verstaut. Die haben die Iwans nicht gefunden.»

«Vielleicht wollten die auch gar nichts davon. Sahen nicht so aus. Nacht!»

Grinny drehte sich auf die Seite, gab keine Antwort mehr.

9. Mai 1945

Es war ein trüber Morgen. Graue Wolken zogen unruhig über den Himmel. Ein Wind hatte sich erhoben. Die Luft war wesentlich kühler als an den vorangegangenen Tagen. Mit dem Gefühl, daß es eigentlich noch viel zu früh zum Aufstehen sei, ging Murks müde zum Salon hinunter. Es hatte schon wieder eine unerfreuliche Diskussion mit Grinny hinter sich. Diese, obgleich schon längere Zeit wach, hatte sich dennoch hartnäckig geweigert, aufzustehen und sich anzuziehen, mit der Behauptung, durch die nächtliche Ruhestörung wieder Fieber bekommen zu haben.

Zu seiner Überraschung fand Murks die beiden Männer schon unten versammelt. Der Professor betrachtete bedauernd eine alte Wedgewood-Vase, die der nächtliche Besuch offensichtlich zertrümmert hatte. Vermutlich aus Versehen, denn sonst hatte die Hausdurchsuchung keinen Schaden angerichtet. Piet stand am Fenster und blickte in den Garten hinaus. Sein Oberhaupt war in Tabaksqualm gehüllt.

«Guten Morgen, allerseits», sagte Murks laut.

«Haben Sie wenigstens den Rest der Nacht schlafen können?» erkundigte sich der Professor besorgt.

«Sind nicht viele Stunden übriggeblieben. Werde versuchen, sie bald nachzuholen!»

«Morgen, Ruth», sagte Piet vom Fenster her, ohne sich umzuwenden. «Soll ich schon Kaffee machen, oder ist es noch zu früh?»

«Vielleicht sollten wir damit noch warten, bis unsere Gastgeber aufgestanden sind», fand der Arzt.

Langsam wandte sich der Holländer um, ließ sich seufzend in einen Sessel fallen, streckte die langen Beine von sich:

«Die werden vermutlich länger schlafen nach dem Radau heute nacht», meinte er, «was mich anbelangt, ich bin für Kaffee!»

Murks ging zur Küche und setzte Wasser auf. Grinny hatte alles Essen sorgfältig in Rucksäcke verstaut und diese, fertig gebündelt und verschnürt, unter den Küchentisch geschoben. Abmarschbereit – dachte Murks. Aber das war wohl kaum in ihrer Absicht gelegen, als sie ihre Schätze in Sicherheit gebracht hatte. Ihr Kamerad mußte erst eine Weile nach dem restlichen Kaffee graben, bis er ihn eingeklemmt zwischen Zwiebeln und Sardinen entdeckte. Mit der dampfenden Mokkakanne ging der Häftling ins Zimmer zurück, holte die dazugehörigen Tassen aus dem Schrank.

Piet schien nervöser denn je.

«Aber das eine sag ich dir», fuhr er Murks gereizt an, «ob dein Gerippe nun will oder nicht – nach dem Frühstück wird aufgebrochen, verstanden?»

Dieses blieb friedlich:

«Gewiß. War so ausgemacht. Wir gehen, das hatte ich dir ja versprochen. Hoffe nur, daß Grinny inzwischen vernünftig geworden ist und uns keine weiteren Schwierigkeiten macht!»

«Wir haben bisher weiß Gott Rücksicht genug auf sie genommen», sagte der Holländer bitter, während Murks den Kaffee einschenkte.

«Ist schon eine Wohltat, so eine Tasse heißen Kaffee am frühen Morgen!» sagte der Professor ablenkend, «finden Sie nicht, Ruth?»

«Sie findet!» sagte Piet statt ihrer aggressiv, «besonders nach einer ausgiebigen nächtlichen Vergewaltigung!»

«Weiß nicht, wovon Sie sprechen. Es ist doch nicht das Geringste geschehen?»

«Nein. Es hätte aber geschehen können. Diese ziemlich naheliegende Möglichkeit ist wohl Ihrer Aufmerksamkeit entgangen?»

«Bitte», fiel Murks ein, «hört endlich mit der albernen Streiterei auf. Seien wir froh, daß alles gutgegangen ist. Wir brauchen unsere Kräfte für den Weitermarsch. Wer weiß, was uns noch erwartet!»

«Ab und zu hast du mal einen brauchbaren Gedanken», nickte der Holländer einlenkend, «nichts für ungut, Professor!»

Der lächelte freundlich. Er hatte längst verziehen, wenn er überhaupt je etwas übelgenommen hatte. Nun hatte auch er einen praktischen Einfall:

«Würde vorschlagen, wir gehen jetzt unsere Wirtsleute wecken, damit wir uns in spätestens einer halben Stunde auf den Weg machen können!»

«Gute Idee», lobte Piet. «Ich werd mal rübergehen und anklopfen!»

Damit erhob er sich lässig und schlakste hinüber. Der Professor schenkte sich und Murks eine weitere Tasse Kaffee ein.

«Wir sind alle übermüdet», sagte er zur nachträglichen Entschuldigung. «Etwas bedauerlich ist es schon, daß wir dieses Haus mit seinen bequemen Betten nun wieder verlassen müssen …»

Einige Minuten später kam der Holländer mit verblüffter Miene ins Zimmer zurück:

«In ihrem Zimmer sind sie nicht. Unverständlich. Sie werden doch so früh noch nicht ausgegangen sein?»

«Laß uns das Haus durchsuchen!» schlug Murks vor, das plötzlich heftige Unruhe befiel. «Vielleicht haben sie sich heut nacht irgendwo versteckt!»

«Wollen wir erst einmal rufen?» fragte der Arzt.

«Drei Möglichkeiten: Entweder sie tauchen im nächsten Augenblick auf. Dann können wir uns den Stimmaufwand sparen. Oder sie sind tatsächlich ausgegangen. Dann ist es erst recht sinnlos. Oder aber …, dann können sie uns sowieso nicht mehr antworten, und wenn sie noch so nah sind. Kommt, Haus durchkämmen!»

Murks und Piet stiegen zum ersten Stock hinauf, während sie dem Professor das Parterre zum Absuchen überließen. Aber nirgendwo war eine Spur zu finden. Weder oben noch unten. Grinny, die verbissen vor sich hin starrte, da sie eine heftige Abreibung Piets über sich hatte ergehen lassen müssen, weshalb sie noch nicht angezogen und reisefertig sei, behauptete grimmig, von nichts zu wissen.

«Ich war bloß in der Küche gewesen. Hab weggeräumt!»

«Und wo waren die Russen?»

«Die war'n draußen. Im Garten …»

«Und die Mertens?»

«Bei ihnen.»

«Im Garten?»

«Weiß nich. Glaub schon …»

«Schauen wir draußen nach!» Piet stürmte die Stufen hinunter, Murks hinter ihm her. Der Professor erwartete sie am Fuß der Treppe. Gemeinsam betraten sie den Garten, wo ihnen der Wind, der an Stärke zugenommen hatte, unsanft um die Ohren blies. Sie brauchten nicht weit zu gehen. Gleich rechts in den Büschen neben dem alten Kiesweg lagen sie zwischen Gänseblümchen und Krokus nebeneinander auf dem Rücken und starrten mit verwundert aufgerissenen Augen blicklos in den bezogenen Himmel. Schweigend umstanden die drei die Toten und sahen auf sie hinunter. Keiner brachte ein Wort heraus. Murks fühlte ein Würgen in der Kehle, als wenn ihm eine Faust an den Hals griffe. Es hatte Hunderte von Toten gesehen, aber das hier, das war etwas anderes, etwas Persönliches, etwas, das einen anging.

Piet sprach als erster.

«Ermordet!» sagte er tonlos.

Das brachte Murks in die Wirklichkeit zurück:

«Aber es ist doch keine Verwundung zu sehen?»

«Jedenfalls nicht auf den ersten Blick», sagte der Professor.

Stumm deutete Piet auf den Kopf der Frau. Die anderen sahen, daß ihr Haar an einer Stelle dunkel verkrustet war.

Der Arzt kniete nieder, und nachdem er den beiden behutsam die Augen zugedrückt hatte, drehte er vorsichtig ihre Köpfe zur Seite, wobei die Todesursache ersichtlich wurde. Sie waren erschlagen worden, und zwar von rückwärts mit einem kantigen Gegenstand, der ihnen die Schädel zertrümmert hatte. Dem Gesichtsausdruck der beiden nach zu urteilen, mußte es sehr schnell und überraschend geschehen sein. Danach hatten der oder die Mörder die Opfer nebeneinander auf den Rücken gelegt.

Der Holländer schaute auf:

«Bevor wir gehen, müssen wir sie begraben.»

Murks nickte:

«Ich geh einen Spaten suchen.»

«Ich werde Ihnen beim Graben helfen, van Teege. Wie konnte das nur geschehen? Die alten Leute haben doch niemandem etwas getan?»

Piet zuckte nur die Achseln und nahm Murks, das Spaten und Schaufeln herbeischleppte, die Geräte ab.

«Falls ihr sonst noch was braucht – drüben im Gärtnerhaus ist alles!»

Nach kurzer Prüfung des Bodens fing Piet neben der mächtigen Eiche an zu graben. Der Professor half ihm mit erstaunlicher Energie. Flüchtig wurde Murks an die nächtliche Szene im Garten der ‹Villa› erinnert, als sie Tanja begraben hatten. Wie unendlich lang schien das schon her! Und dabei waren erst Tage seither vergangen. Dann erinnerte sie sich an etwas anderes:

«Der Orientale!» stieß es hervor.

«Wovon sprichst du?»

«Von der Weissagung in der Berliner Pension – ihr wißt doch. Wovon sie uns erzählt hat. Nun hat sie sich doch erfüllt!»

Nicht weit von ihnen lag etwas Glänzendes. Murks ging darauf zu, bückte sich, hob das Ding auf. Gleich darauf wurde es ihm klar, daß er die Mordwaffe in der Hand hielt, eine leicht gedellte blutbefleckte Kilobüchse Corned beef ... Stumm kehrte es zu den Männern zurück und hielt ihnen den Fund entgegen.

Piet steckte den Spaten in die aufgegrabene Erde und betrachtete die Büchse von allen Seiten:

«Kein Zweifel. Damit wurden sie erschlagen. So ein Ding mit seinen scharfen Kanten hat schon Durchschlagkraft!»

«Trotzdem – das Motiv will mir nicht einleuchten», schüttelte der Professor, der in hochgekrempelten Hemdsärmeln arbeitete, den Kopf.

Murks sagte ohne Überzeugung:

«Vielleicht wollten die Russen irgend etwas haben oder mitnehmen, und die beiden haben sich zur Wehr gesetzt?»

«Unwahrscheinlich!» sagte der Holländer kurz und begann wieder zu graben.

Der Häftling betrachtete lange die friedlichen Gesichter der beiden Alten und bedauerte, gestern abend so unhöflich gewesen zu sein. Warum hatten die Russen das getan? Sie hatten doch gar nicht mordgierig ausgesehen?

Die Männer hatten die Grube ausgehoben. Behutsam senkte man die starren Körper hinein, ihn zuerst, dann sie daneben. Noch einmal schaute Murks hinunter, bevor die Erde sie deckte. Sie sahen aus, als schliefen sie.

«Ich werde Grinny Bescheid sagen», wandte es sich dem Haus zu. Sein Hemd knatterte im Wind.

«Und pack alles zusammen, wir müssen gleich los!» rief Piet.

Oben lag Skelett nach wie vor im Bett und sah gar nicht sehr krank aus. Murks berichtete, was vorgefallen war.

«Pech für sie!» äußerte sich Grinny dazu mit schlecht verhohlener Freude.

«Was willst du damit sagen?»

«Daß ich jetzt hierbleiben werde, weil das doch nu mein Haus ist. Verstehste?»

Murks durchfuhr es ahnungsvoll. Es wandte den Kopf, sah Grinny fest in die unruhig flackernden, eingesunkenen Augen. Lange. Schweigend.

Skelett versuchte dem prüfenden Blick auszuweichen:

«Nu hör schon auf zu starren. Was is denn?»

Ihr Gefährte gab keine Antwort. Grinny richtete sich auf:

«Murks, du bleist doch jetzt bei mir. Wo wir wieder 'n Haus haben, ganz für uns, nich?» Es war weniger eine Frage als eine Forderung.

«Nein!» sagte Murks kurz und begann zu packen.

Mit dem kleineren Koffer in der Hand, der nur seine persönlichen Sachen enthielt, wandte es sich von der Tür her nochmals zu Grinny um, die ihm böse und tief gekränkt nachstarrte, und sagte:

«Leb wohl, Kamerad. Hier trennen sich unsere Wege. Gib auf dich acht!»

Damit schlug es die Tür – wieder mal eine Tür – hinter sich zu und empfand neben Niedergeschlagenheit eine neue Art des Verlassenseins, die ihm fremd und lästig war. Bedrückt schnallte es sich in der Küche den einen der Rucksäcke um und ließ den anderen der neuen Hausbesitzerin zurück.

«Grinny kommt nicht mit», erklärte es kurz den schon wartenden Männern. Zu dritt machte man sich auf den Weg.

Die Straße, so unsanft in den letzten Wochen aus ihrem ländlichen Schlaf gerissen, war hysterisch geworden. Die früheren, geordnet marschierenden Grüppchen gleichsprachiger Flüchtlinge hatten sich aufgelöst, alles schwere Gepäck von sich geworfen und trieben nun vereinzelt in der Menge dem Westen zu. Wo waren denn nur unterdessen all die Menschen hergekommen? Das Ganze wirkte fast wie eine Szene aus einem alten Stummfilm, Prozession im Zeitraffertempo.

«Wir werden wohl oder übel alles wegwerfen müssen, was wir nicht unbedingt brauchen», sagte Piet, «falls wir vorwärts kommen wollen.»

«Was ich hier drin habe, ist mir aber notwendig», verteidigte der Professor seinen Persilkarton.

«Und was haben Sie drin?» fragte Murks neugierig.

«Das übliche: Pyjama, Rasierzeug, Zahnbürste, Seife …»

«Und was noch?»

«Nun ja – ich habe natürlich meine Notizen mitgenommen. Und ein paar Schreibblocks, falls sich wieder einmal die Gelegen-

heit ergeben sollte … Die sind mir aber wirklich unentbehrlich!»
verteidigte er ängstlich sein Material.

«Wenn sie nur nicht zu schwer sind …»

«Keineswegs. Ich spüre sie kaum trotz ihres …»

«… schwerwiegenden Inhalts?» grinste Piet. «Na schön, Bertholdt, behalten Sie Ihre Papiere, so lange sie kein Hindernis beim
Vorwärtskommen bilden.»

Murks betrachtete den Koffer in seiner Hand:

«Ich würde das Ding hier ja ganz gern loswerden, aber ich hab
zwei Wolldecken mit, die wir vielleicht noch nötig brauchen werden. Falls wir im Freien übernachten müssen …»

«Was hast du sonst noch drin?»

«Nur Waschzeug und Pyjama.»

«Das kannst du zur Not noch in den Rucksack stecken, der
sowieso bald leichter werden wird. Aber die Decken brauchen wir
auf alle Fälle, da hast du recht. Vielleicht finden wir auf dem Weg
noch ein leichteres Gepäckstück. Dann vertauschen wir es. Bis dahin muß es so gehen.»

Entschlossen warfen sie sich in den Menschenstrom nach Westen. Die Luft schwirrte von Stimmen; Rufe, Geschrei, Wortfetzen in allen Sprachen. Überall an den Straßenrändern sah Murks
die Spuren vorangegangener heftiger Kämpfe. Hier schienen sich
noch ganze deutsche Einheiten verteidigt zu haben. Die Gräben
waren voller Soldatenleichen. Manche der Uniformen hatten Offi-
ziersabzeichen und Eiserne-Kreuz-Bänder. Die drei hielten sich
möglichst auf der Seite, um nicht einfach mit weggeschwemmt zu
werden.

«Mami! Mami!» schrie ein von der Mutter losgerissenes Klein-
kind durchdringend. Niemand konnte ihm helfen. Keiner hatte
Zeit, sich jetzt um andere zu kümmern. Nur fort aus russisch besetztem Gebiet, hieß die Parole. Einige mochten wissen warum;
das Gros ließ sich ohne Überlegung mitreißen.

Allmählich wurde es sehr warm. Der Wind hatte sich gelegt, die
Sonne war durchgebrochen, brannte heiß auf dem Asphalt und

vermischte die schweißigen Ausdünstungen der Menge zu stickig-schwülem Brodem, der das freie Atem schwer machte. Murks riß sich den Pullover über den Kopf. Piet öffnete sich den Hemdkragen bis hinunter zur Brust, und den Professor ärgerte seine Brille, die ihm immer wieder über den schwitzigen Nasenrücken glitt. Der Häftling war sehr schweigsam geworden, gab auf Fragen der Männer nur einsilbige Antworten. Während sie kräftig ausschritten, wandte Piet seinen zerzausten Kopf der Gefährtin zu, sah sie prüfend von der Seite an:

«Denkst du noch immer drüber nach?»

«Über was?»

«Die beiden. Ihr Ende ...»

Murks begegnete seinem Blick:

«Was weißt du?»

«Ahnen ist nicht wissen.»

«Hältst du es für möglich?»

«Hast du in dieser Wahnsinnsexistenz schon mal etwas gesehen, was nicht möglich ist?»

Schweigen.

«Es werden die Russen gewesen sein», sagte Murks fast bittend.

«Wahrscheinlich.»

Der Zug war ins Stocken geraten. Entweder gab es da vorne einen Stillstand, oder die Menschen wurden müder.

«Mittagessenszeit!» überlegte der Professor, «man fängt an zu rasten!»

Seine Theorie bestätigte sich. Beim Weitergehen sahen sie die verschiedensten Gruppen kauend am Wegrand hocken. Die meisten von ihnen waren zerlumpt und unrasiert, abgemagert und verwahrlost. Es waren nur wenige Frauen unter ihnen, und Murks fragte sich, wo wohl all die Kameradinnen geblieben waren, die vor weniger als zwei Wochen mit ihm das Lager verlassen hatten. Dem Professor strömte jetzt der Schweiß vom Gesicht, denn die Sonne stand hoch. Von Zeit zu Zeit zog er ein Taschentuch hervor und trocknete sich, den Schritt verhaltend, die Stirn.

«Ziemlich warm!» entschuldigte er sich dabei verlegen.

«Da drüben können wir rasten.» Piet deutete auf einen Platz am Waldrand, in dessen Schatten bereits mehrere Gruppen ausruhten. «Sieht aus, als wär's da schon ziemlich bevölkert. Aber versuchen wir's!»

Sie marschierten auf die Bäume zu. Der Professor deutete auf eine Stelle, die unbesetzt zu sein schien, obwohl sie vorteilhaft im Schatten lag.

«Prima!» schrie Murks, lief voraus und stellte den Koffer ab. Dann blickte es nach oben und entdeckte, daß der tiefere Schatten auf dem Waldboden nicht nur von den dichten Zweigen herrührte. Einen Augenblick lang stand der Häftling ganz still und starrte hinauf. Stiefel. In ihnen das, was bis vor kurzem deutsche Soldaten gewesen waren. In gleichmäßigen Abständen hingen sie säuberlich ausgerichtet an den Ästen mit seitlich geneigtem Kopf und flachem Gesichtsausdruck. Sechs Mann. Alle sechs hatten große Plakate um den geknickten Hals, auf denen in Blockschrift zu lesen stand: ‹So sterben Vaterlandsverräter!›

Murks war solch ein Anblick nicht ganz fremd. Jeden Morgen nach dem Lagerappell war man mit seinem Arbeitskommando auf dem Weg zum Arbeitseinsatz an ähnlicher Szene vorbeimarschiert, an den ‹Höhergestellten›, wie sie wegen des Podests, das man nach dem Aufknüpfen unter ihren Füßen wegzog, in der Lagersprache hießen. Baumelnd, mit seitlich geneigten Köpfen, klagten sie sich laut Beschriftung an:

‹Ich hab das Maul nicht halten können› – oder ‹Ich hab der Frau Oberaufseherin widersprochen›.

Nur hatten jene in graublauen Streifenkitteln gesteckt. Das Glück schwergewichtiger Militärstiefel war ihnen bei der Prozedur nicht zuteil geworden, wie die verzerrten Gesichter bezeugten ... Nicht der kleinste Umstand hatte ihnen das Sterben erleichtert. Murks wandte sich den beiden herantretenden Gefährten zu:

«Schaut!» rief es, in die Zweige hinauf deutend, «daher kommt der schöne Schatten!»

Der Professor folgte dem deutenden Finger mit blinzelnden Augen, blickte nach oben. Blickte ein zweites Mal, um sich zu vergewissern, daß er richtig gesehen hatte:

«Schon wieder Leichen!» sagte er müde.

Piet betrachtete einen Augenblick stumm die Baumkronen, dann sagte er kurz:

«Also los – anderen Platz suchen!»

Das sah Murks nicht ein. Die Straße hatte es wieder in seine altgewohnte Lagermentalität versetzt:

«Weshalb denn?» protestierte es, «die sind doch erst von gestern oder höchstens vorgestern und halten uns die anderen vom Leibe. Ihr braucht euch ja nicht direkt drunter zu setzen. Aber so einen schönen Rastplatz finden wir so schnell nicht wieder.»

Dabei ließ es sich etwas abseits auf dem Waldboden nieder und begann, gemütsruhig das Essen herauszukramen. Nur zögernd und widerstrebend folgten ihm die Männer.

Der Professor warf einen angeekelten Blick nach schräg oben:

«Diese Russen sind wirklich Barbaren!»

«Aber Professor, die haben doch nicht die Russen gehenkt!»

«Vermutlich haben sie sich selbst beschriftet», sagte Piet zynisch.

«Natürlich waren es die Deutschen. Irgendwelche SS-Einheiten!» sagte Murks.

«Deusche henken Deutsche – ‹Vaterlandsverräter› nach Waffenstillstand …» Der Professor hatte alle Farbe verloren. Seine Backenmuskeln spielten erregt.

«Wer sagt, daß sie umgebracht worden sind?» Der Holländer betrachtete gelangweilt den Rest seines Tabakvorrats. «Als sie nach Einstellung der Kampfhandlungen keinen mehr fanden, der sie erschießen wollte, begannen sie, sich untereinander aufzuhängen, Bertholdt. Wenn man sich den Heldentod nun mal in den Kopf gesetzt hat, so daß er das einzige Mittel zur Kampfbeendigung und die einzig denkbare Konsequenz eines erfüllten Soldatenlebens darstellt, erscheint das doch ganz logisch, finden Sie

nicht? Die Schilder wurden ihnen dann später von weniger helden-
haften, dafür aber um so lebendigeren Elitetruppen verliehen ...»

Murks hatte unterdessen Hartbrot und Käse hervorgeholt und
machte Stullen zurecht. Gedankenlos fragte es:

«Wer will Corned beef?»

«Du hast Nerven!»

Schnell verbesserte es sich:

«Oder hartes Ei?»

Es reichte den Männern die Brote hin, die sie schweigend ver-
zehrten. Dazu tranken sie Wasser aus verbeulter Thermosflasche.
Während Murks den Rucksack wieder verschnürte, wies der Professor auf einen im Gras liegenden viereckigen Gegenstand:

«Können wir den Soldatentornister gebrauchen?»

«Und ob!» schrie Murks erfreut, «den nehmen wir anstelle des
blöden Koffers. Da paßt bestimmt alles rein, Ihre Sachen, unsere
Decken und Piets Bündel!»

Schon hatte es ihn herangeholt und aufgeklappt. Er war so gut
wie leer. Plünderer waren hier wohl schon am Werk gewesen.
Nachdenklich betrachtete Murks die abgegriffenen Fotografien
im Plastikumschlag, die im Seitenfach steckten. Da war zunächst
einmal ein Postkartenbild von einer jungen Frau mit frischer Dau-
erwelle, süßlich im gestellten Ausdruck mit schmachtendem
Augenaufschlag unter einem Strahlenkranz hineinretuschierter
Wimpern und spitzen schmalen Lippen. Wahrscheinlich die Sol-
datenbraut. Dazu kam ein leichter verwackelter Schnappschuß
von ihr mit ihm vor einem Gartenzaun. Er hatte den Arm um sie
gelegt und lächelte voll dümmlichen Stolzes in die Kamera. Murks
stellte sachlich fest, daß die vollbusige Dame mit dem gleichen falschen Krampfgesicht wie auf dem großen Foto ein zu kurzes Un-
tergestell und krumme Beine hatte. Schließlich gab es ein Bild von
beiden auf einer Wiese mit zwei Kleinkindern und einem Dackel.
Die Süßliche, offenbar inzwischen zur Frau und Mutter avanciert,
hatte sich sichtlich verbreitet, saß mit einer durch falsche Belich-
tung unförmig dicken Nase, verkrampft blinzelnd zwischen Mar-

geriten. Ganz unten lagen noch einige Fotos von den Kindern in verschiedenen Posen. Murks reichte Piet die Bilder hinüber:

«Willst du sie dir ansehen?»

«Wozu sollte ich? Gib den ganzen Umschlag rüber. Will versuchen, sie dem Roten Kreuz zu übergeben, falls dazu die Möglichkeit sein sollte.»

«Ja, den Schweden», rief Murks eifrig, «weißt du, daß das Schwedische Rote Kreuz unter dem Grafen Bernadotte vom Schwedischen Königshaus direkt in unser Lager hineingekommen ist, Lebensmittel verteilt und viele Gefangene befreit hat, schon im Winter vergangenen Jahres?»

«Das sollte ich allerdings wissen», murmelte Piet rätselhaft und hüllte sich in Qualm. Murks entging seine Zwischenbemerkung.

«Du hättest unsere Aufseherinnen sehen sollen, wie die weißen Wagen mit dem Kreuz darauf auf dem Lagerplatz erschienen!» berichtete es lachend. «Ganz still und sanft sind sie gewesen, als sie die Eßvorräte an uns verteilen mußten. Dabei achteten sie allerdings sorgfältig darauf, daß die Pakete mit besonders fetthaltigen Fressalien in die Hände der Ausgezehrtesten gelangten, die prompt nach dem ersten Bissen dahin waren. Damit erhöhten sie die Lagersterblichkeit gewaltig, sparten Gas und standen auch noch als barmherzige Samariterinnen da. Sie hatten alles ganz vorschriftsmäßig an die verteilt, ‹die es am nötigsten hatten›, und waren mit dem Resultat sehr zufrieden. Es starben an einem einzigen Tag mehr Häftlinge an Butter als in einer Woche an Gas. Und das, während die Krematorien mit Hochbetrieb arbeiteten. Als die schwedischen Wagen wieder abfuhren, war das Lager fast leer. Die meisten Überlebenden waren nach Schweden mitgenommen worden.»

«Und weshalb Sie nicht, Ruth?» wollte der Professor wissen.

«Man stellte die Listen nach Nationen auf. Zuerst die Franzosen, dann die Belgier, die Holländer, Luxemburger und so fort. Es war mein Pech, staatenlos zu sein.»

Piet studierte seinen Daumennagel:

«Staatenlos ist schlecht. Hoffentlich wird dir das nicht später noch Schwierigkeiten machen.»

«Warum sollte es? Solange ich nicht Deutsche bin ...»

«Gehörst du offiziell nirgendwo hin. Stehst unter keinem Schutz. Ich wüßte kein Land, das gern Staatenlose aufnimmt. Weil es sie später nicht mehr los wird.»

«Meinst du – England auch nicht?»

«Warum sollte es dort anders sein? Auch die Engländer haben ihre Vorschriften, an die sie sich halten müssen ...»

«Aber mich werden sie aufnehmen, bestimmt werden sie mich aufnehmen!» schrie Murks heftig.

«Zunächst müssen dich die Russen mal zu ihnen hinüberlassen», sagte Piet gleichmütig. «Und ob sie das tun werden, ist mehr als fraglich. Weshalb sollten sie staatenlose Arbeitskräfte irgendwohin ziehen lassen, wo sie gar nicht hingehören?»

«Ist alles Glückssache, Ruth», tröstete der Professor, dem der unglückliche Häftling leid tat, «wir werden jedenfalls alles daransetzen, hinüber zu kommen. Es wird schon irgendwie einen Ausweg geben. Bestimmt!» Dankbar sah ihn Murks an:

«Es muß einen Ausweg geben, Professor! Werden Sir mir helfen, ihn zu finden?»

Er lächelte scheu. Mit seiner sanften Stimme sagte er leise:

«Daß Sie daran zweifeln ...?»

«Wenn ich für einen Augenblick euer Liebesgeflüster unterbrechen dürfte?» fuhr Piet verärgert dazwischen, «wir sollten aufbrechen. Seid ihr fertig?»

Und wieder machten sie sich auf den Weg. Auf der Chaussee hatte sich das allgemeine Tempo auffallend verlangsamt. Eine Art gespannter Stille lag über allem. Man sprach wenig und mit verhaltener Stimme. Immer zäher floß der Menschenstrom. Zwangsläufig wurden die Schritte kürzer, bis es endlich weiter vorn zu endgültigem Stillstand gekommen zu sein schien.

«Was ist?» fragte Murks irritiert, «wo sind wir hier?»

«Weit genug von der Grenze, um keine Hoffnung aufkommen zu lassen», sagte Piet mit Maskengesicht und schulterte den Tornister neu.

«Aber weshalb bleiben wir denn stehen?»

Niemand wußte es. Plötzlich kam Bewegung in die Menge, ein Drängen, Schubsen, entferntes Geschrei, das sich fortpflanzte bis in die hintersten Reihen. Allgemeines Zurückweichen zum rechten Straßenrand hin – und dann kam der Gegenzug, kamen die gleichen Menschen zurück. Mit Pferd und Wagen, Kindern, Koffern und Kästen eilten sie in die Gegenrichtung, aus der sie gerade gekommen waren.

«Zurück!» heulten sie und machten verzweifelte Zeichen, «zurück – zurück – zurück!»

«Zurück – warum?» fragte Murks die Umstehenden, die in Aufregung geraten waren und begonnen hatten, sich ihrerseits den Umkehrern anzuschließen. Eine Frau mit Kopftuch ließ sich von ihrem Mann hochheben und rief ein paar leidenschaftliche Sätze über die wirbelnden Köpfe der Menge hinweg. Aber es war ungarisch, und keiner der drei hatte es verstanden. Endlich erhielten sie Aufklärung von einem zornigen Polen:

«Wir müssen alle zurück. Russischer Befehl. Die Russen haben an der Elbe unten eine Kommandantur errichtet, wo sie jeden abfangen, der nach drüben will, und ins Landesinnere zurückschikken. Keiner kommt durch. Sie sagen, daß alle, die sich jetzt auf von ihnen besetztem Boden befinden, unter ihrem Kommando stehen. Ohne Rücksicht auf Nationalität und politische Einstellung!»

«Da haben wir die Schweinerei!» kaute Piet wütend an seiner Pfeife. Der Professor blickte ratlos um sich, während Murks, praktischer als die Männer, diese von der Straße weg zu einer Böschung zog:

«Erst mal raus aus dem Gedränge, damit wir überlegen können, was wir jetzt weiter tun.»

«Tun? Was uns von jetzt an getan wird, meinst du wohl?»

«Unsinn. Wir müssen einen Weg finden ...» Wie, das war Murks selbst nicht klar. Aber es wollte sich nicht mehr zwingen lassen. Nie wieder.

Eine Weile beobachteten sie die in Aufruhr geratenen Menschenmassen, ohne zu reden. Die Menge hatte sich nach dem ersten Zusammenprall uniformiert und begann nun in östliche Richtung zu strömen. Allmählich kam sie in Fluß. Nur noch vereinzelte resignierte ‹Zurück›-Rufe wurden laut, ein paar Flüche, dann beruhigte sich die Straße. Neue Gruppen bildeten sich, und solche, die sich getrennt hatten, fanden nun unter veränderten Umständen wieder zusammen, hißten in letzter nutzloser Auflehnung ihre zerschlissenen Nationalfähnchen. Als Flüchtlinge aus Gefangenschaft waren sie nach Westen marschiert; als gefangene Flüchtlinge gingen sie dem Osten entgegen.

«Da mach ich nicht mit!» erklärte Murks bestimmt, «ich geh weiter geradeaus. Weshalb jetzt schon die Richtung wechseln? Russen sind doch hier wie dort!»

«Wir können es versuchen», meinte Piet nachdenklich, «genaugenommen liegt darin noch eine winzige letzte Chance. Während eine Umkehr jetzt ...»

«Das Ende bedeuten würde», ergänzte der Professor. «Was kann uns schon passieren?»

«Eben!» sagte Murks rebellisch, «was haben wir zu befürchten? So oder so werden wir uns mit den Sowjets auseinandersetzen müssen. In der Masse sind wir verloren. Außerdem ist es ein Unterschied, ob man weiß, da drüben, nur einen Steinwurf weit, stehen die Engländer, oder ob man meilenweit auf allen Seiten von Russen eingekreist ist. Kommt, gehen wir weiter!»

Die Männer nickten, und sie traten auf die Straße zurück.

Nun war das Vorwärtskommen kein Problem mehr. Alles marschierte auf der anderen Straßenseite in entgegengesetzter Richtung. Niemand versuchte sie zu hindern. Man hielt sie offensichtlich für unaufgeklärt, verrückt oder selbstmörderisch. Ab und zu begegneten sie spöttischen oder mitleidigen Blicken. Sie kümmerten sich nicht darum, um so weniger, als sie erfahren hatten, daß die berüchtigte Zonengrenzkommandantur noch fast einen Tagesmarsch weit entfernt war. Ganz selten einmal trafen sie auf vereinzelte Gestalten, die wie sie um jeden Preis entschlossen waren, sich zum Westen durchzuschlagen. Es waren meist russische Juden, KZler, die ihre Erfahrungen und die ihrer Vorväter nicht vergessen hatten, Angehörige der Kirche wie Priester und Pfarrer, oder Landadel aus der Umgebung. Man verständigte sich beim Überholen meist mit wenigen Worten, da man grundsätzlich einer Meinung war und dem gleichen Ziel zustrebte.

Die Gegend begann, etwas gepflegter auszusehen. Es wuchs mehr Grün zu beiden Seiten des Weges, und Dörfer wechselten mit kleinen, moderneren Siedlungen ab. Allerdings sah alles recht verlassen aus. Kein Rauch kam aus den Schornsteinen. Die Türen der Bauernschänken waren mit Brettern vernagelt, darüber stand mit weißer Kreide geschrieben: ‹Geschlossen›.

«Geschlossen und beschossen», deutete Piet auf die vielen Einschläge in den Mauern, aus denen der Kalk rieselte. Über einem ausgebrannten Hauseingang, durch den man den Himmel sah, hing schräg ein rostiges Schild ‹Lebensmittel›. Was nach einer kaum leserlichen Aufschrift einst das Postamt gewesen war, erwies sich als hohles Mauergeviert ohne Dach. Also hatten auch hier Kämpfe stattgefunden. Aber es waren keine Leichen zu sehen. Nur tote Rinder lagen gebläht auf den weiten Feldern.

«Hier ließe sich eventuell Nachtquartier finden», schlug der Professor vor.

«Jetzt nicht. Wir müssen weiter», antwortete der Holländer, ohne das Tempo zu verlangsamen. Noch war die Sonne nicht untergegangen, und man mußte das Tageslicht ausnutzen, solange man konnte. Murks wunderte sich, wohin wohl alle Einwohner der Ortschaften verschwunden sein mochten. Waren sie geflüchtet? Hätte es einen Blick in die Fenster der Häuser geworfen, hätte es die traurige Antwort gehabt. Aber Piet strebte verbissen vorwärts, als sei er entschlossen, die Russen an der Zonengrenze zu überrennen. Sein schönes Gesicht war gespannt. Da war nichts Weibliches mehr in seinen konzentrierten Zügen. Wirr fiel ihm das dichte schweißfeuchte Haar in die Stirn. Um sein Kinn begann es schon wieder zu sprießen.

Die Sonne war im Sinken. Sie gingen an einem Waldrand entlang, der harzige Kühle verströmte. Murks, den Blick gedankenlos zur Erde gerichtet, sah auf einmal im Dämmer zwischen den Kiefern streifige Schatten, die nicht zum Boden zu gehören schienen. Mit einem Ruck blieb es stehen, während seine Begleiter nichts bemerkten und weitermarschierten. Vieles, sehr vieles an Schlimmem und Abstoßendem hatte es in seinem bisherigen Leben gesehen. Aber hier war Murks fassungslos. Stumm, mit zugeschnürter Kehle, stand es vor den Leichen seiner ehemaligen Lagergenossinnen, alle noch in Ravensbrücker Streifenkitteln. Es mußten mindestens dreißig sein. Anscheinend waren sie bis hierher zusammengeblieben. Da lagen sie nun auf dem Waldboden in ‹Freiheit›, mit gebrochenen und ausgestochenen Augen – Endstation …

Irrsinn! dachte Murks wie betäubt vor Entsetzen. Dafür seid ihr aus dem Lager entkommen? Dafür habt ihr in Ravensbrück Tag für Tag die Zähne zusammengebissen, habt alle viehischen Quälereien und Demütigungen über euch ergehen lassen, immer auf die Stunde der Freiheit hoffend? Habt mit angehaltenem Atem das Näherkommen der russischen Geschütze verfolgt, gelauscht, gebetet für die sowjetischen Befreier? Sie wollten doch nur leben, diese armen geschändeten Frauen, weiter nichts. Atmen ohne ständig neue Bedrohung. Was für Monstren hatten sich, wie die Lage einiger Leichen anzeigte, an diesen hungerzerfressenen Knochengestalten auch noch vergehen können? Oder waren die Häftlinge einer letzten Vergeltungsmaßnahme der SS zum Opfer gefallen? Murks war unfähig, sich zu rühren. Sein flackernder Blick erkannte zwischen den Menschenresten die roten Winkel der Politischen und eine kleine Jüdin von Block vierzehn, die immerzu von ihrem Söhnchen Sammy gesprochen hatte, das, bei belgischen Bauern versteckt, auf sie wartete. Nun würde es weiter warten müssen, ein ganzes Leben lang, im Glauben, seine Mutter sei im KZ umgekommen. Es würde nie erfahren, daß sie bereits in Freiheit und auf dem Weg zu ihm gewesen war, als ...

Langsam sank Murks an der Seite einer toten Kameradin nieder, deren leerer Blick wie fragend in den Himmel starrte. Es fühlte, wie etwas Gewaltsames in ihm aufbrach, wie sein Körper zu zittern begann, von einem trockenen Schluchzen erfaßt und geschüttelt wurde. Da lag sie, die Illusion der Freiheit, brutal erschlagen von der Realität.

«Umsonst!» flüsterte Murks heiser, «alles umsonst. Lieber Gott, warum?» Es begann zu schreien. Der Anfall war kurz und von großer Heftigkeit. Dann ließ die erste Schockwirkung nach. Das Schreien ging in hilfloses Wimmern über.

Als es endlich zu sich kommend aufblickte, standen seine beiden Gefährten vor ihm, schauten stumm auf das trostlose Bild zu ihren Füßen, das anbrechende Dunkelheit zu verhüllen begann. Ganz sanft beugte sich Piet zu dem fassungslosen Häftling herab, half ihm auf die Füße, sagte mit ungewohnter Zartheit:

«Komm weiter, Ruth – bitte! Das ist kein Anblick für dich. Ich versteh, wie dir zumute sein muß. Der Krieg ist erbarmungslos!»

Sein Gesicht war starr. Schweigend, taumelig, ging Murks zwischen den Männern auf die Straße zurück.

«Sinnlos!» murmelte es immer wieder vor sich hin, schüttelte nicht begreifend den Kopf, «so absolut – vollständig – sinnlos ...»

Mit verständnislosem Kinderblick schaute es zum Professor auf. Der nickte nur stumm. Suchte nach Worten. Fand keine. Psychologisch hätte er es vielleicht zu erklären vermocht. Aber Dozieren war hier wohl kaum angebracht. Also schwieg er sich aus.

Ein Lastwagen mit sowjetischen Soldaten überholte sie. Die Russen musterten sie im Vorbeifahren erstaunt und machten mit dem Daumen über ihre Schulter hinweg Zeichen nach rückwärts. Die Flüchtlinge lachten, schüttelten die Köpfe und deuteten ihrerseits in die Richtung vor sich. Da grinsten auch die Russen, hoben die Schultern und winkten fröhlich, während sie unter Hinterlassung von Wolken narkotisierender Auspuffgase in der Ferne verschwanden.

«Allmählich scheinen sie gesitteter zu werden», bemerkte der Holländer mit verzogenem Gesicht.

«Sehen Sie, wieder die Vorurteile!» dozierte der Professor. «Es wäre doch wohl reichlich primitiv, wollte man annehmen, daß der östliche Teil Europas nur aus Wilden bestünde, die plündernd und messerschwingend über den Rest der Welt herfielen ...»

Es wurde dunkel, und Murks war müde. Die Straße verschmolz zu monotonem Einerlei von gleichförmigen Chausseebäumen und weiten dunklen Felderflächen an ihren Rändern. Eine fadbleiche Mondscheibe tauchte kurz hinter unsichtbaren Wolken hervor, löste sich in streifige Fetzen auf, verschwand wieder. Ihre Schritte wurden lauter, je mehr der Abend die übrigen Geräusche dämpfte. Manchmal überholten sie die eine oder andere müde Gestalt, die einsam dahinschlich und keinerlei Notiz von ihnen nahm. Sie waren schweigsam geworden. Es gab keine Pläne mehr zu besprechen. Was nun kam, würde die Zukunft entscheiden.

Plötzlich hob Piet den Kopf, schnüffelte:

«Es riecht nach Rauch, spürt ihr's? Nicht nach Brand. Eher wie ein Kartoffelfeuer im Herbst ...»

Beim nächsten Luftzug merkten es auch seine Gefährten. Aber noch war nichts zu sehen. Sie passierten einige alte Häuser. Dann erkannten sie ein Lagerfeuer drüben am Waldrand, um das einige gelbrot flackernde Gestalten hockten. Sie traten fester auf. Auch die Kampierenden hatten sie bemerkt. Eine helle Stimme rief sie an:

«Heja, ihr! Wo wollt ihr hin?»

Es war keine russische Stimme.

«Weiter geradeaus!» riefen sie.

Unfrohes Gelächter antwortete ihnen:

«Da werdet ihr die gleichen Russen finden wie in eurem Rük-ken. Kommt her, setzt euch zu uns!»

Murks und die Männer nickten sich zu und gingen zu dem Feuer hinüber, das knackend Funken sprühte.

Acht grell beleuchtete Gesichter blickten stumm auf die An-kömmlinge, machten schweigend Platz. Das Feuer tat gut, erwärmte angenehm die wandermüden Glieder. Murks sah sich neugierig im Kreis um. Es waren große Männer von hellem Typ. Vermutlich aus den nordwestlichen Teilen Europas. Deutsche schienen es nicht zu sein.

«Auch flüchtig?» fragte der Mann, der ihm direkt gegenübersaß und hier so etwas wie der Wortführer war. Eine seltsame Frage. Die Betonung? Gewiß wollte man von den Russen fort und zum Westen. Aber Flucht konnte man das eigentlich nicht nennen. We-nigstens nicht mit der Betonung, in der die Frage gestellt war. Er-staunt bestätigte der Professor:

«Ja, gewiß. Vor den Russen!»

Der Wortführer, ein flächiges, noch junges Gesicht mit niedri-ger Stirn und kantigem Unterkiefer, hob die Augenbrauen:

«Vor sonst nichts?»

Der Mann neben ihm seufzte resigniert:

«Vor den Russen, den Deutschen, den Alliierten – ist doch alles eins …»

Das verstand das Trio erst recht nicht. Murks zum Beispiel fand es keineswegs gleich, ob man vor den Engländern ‹drüben› auch fliehen mußte oder nicht. Es spürte ein beunruhigtes Flattern in der Magengrube.

«Ich bin Lars. Aus Norwegen», sagte das Flachgesicht und reichte eine Flasche herüber, «hier, nehmt einen Schluck!»

«Piet van Teege. Holland!»

Beifälliges Nicken in der Runde. Zwei Männer riefen gleichzeitig etwas auf holländisch und gaben sich ihm als Landsleute zu erkennen, während Murks die übrigen fünf Männer betrachtete. Einer davon, sein Nachbar, eine Jammergestalt mit spitzer Nase und ängstlichen Kaninchenaugen, wandte sich ihm zu:

«Scheußlich unangenehme Lage, das! Aber wer hätte vorausahnen können, wie das alles kommen würde? Es schien so sicher. Und was nun?»

Er sah so verzweifelt aus, daß Murks nur mit Mühe ein Lachen unterdrücken konnte.

«Nun, wir werden schon irgendwie in den Westen kommen», vermeinte es zu trösten.

«In den Westen?» Der Jämmerliche blickte voller Entsetzen hoch, «aber ich bin Däne!»

«Um so besser. Dann werden die Engländer Sie bestimmt nach Dänemark zurückschicken!»

«Aber dort lynchen sie mich!»

«Wo?»

«Zu Hause. In Dänemark!»

Langsam ging Murks ein Licht auf. Dies hier waren Ausländer, die freiwillig an der Seite der Deutschen gekämpft hatten und jetzt natürlich auf noch verlorenerem Boden standen als die Deutschen selber, die sie nun auch nicht mehr haben wollten.

«Sind Ihre Kameraden hier auch Dänen?» wollte es wissen.

«Nur der ältere Mann dort drüben, der mit dem blonden Bart. Die drei dort sind Holländer, der im schwarzen Pullover Belgier, und unser Führer und sein junger Nachbar sind aus Norwegen!»

Er hatte tatsächlich ‹unser Führer› gesagt.

Murks wunderte sich vor allem über die Dänen. Seine Lagergenossen hatten Wunderdinge berichtet über die großartige Haltung der dänischen Bevölkerung den deutschen Besatzungsmächten gegenüber und von dem einmaligen Mut des Dänenkönigs, der sich selbst aus Protest gegen die Judenaktionen in seinem Land den gelben Stern angeheftet hatte, während alle Juden über Nacht auf geheimnisvolle Weise aus Dänemark verschwunden waren, als die Gestapo sie zum Abtransport einsammeln wollte.

«Nehmen Sie einen Schluck, Ruth, das stärkt!»

Der Professor an seiner Seite hielt ihm die Flasche hin, die es dankbar entgegennahm. Es hatte jetzt einen guten Schluck nötig. An Piets undurchdringlichem Gesicht erkannte es, daß auch er die Situation und das spezielle Dilemma dieser Männer hier erfaßt hatte. Die drei Neuankömmlinge befanden sich in einer mißlichen Lage, denn offensichtlich hielten diese Leute sie für ihresgleichen. In stillschweigender Übereinstimmung beließ man sie vorläufig in ihrem Glauben, um die Spannung nicht noch zu erhöhen. Gehetzte Menschen konnten in der Verzweiflung, wenn sie keinen Ausweg mehr sahen, recht gefährlich werden.

«Wie anders wäre heute alles, wenn Hitler den Krieg gewonnen hätte!» sinnierte der andere Norweger seufzend.

Einer der Holländer nickte:

«Dann herrschten jetzt Ruhe und Ordnung in den Ländern und wir brauchten nicht heimatlos herumzuirren ...»

«Stimmt. Die Ordnung der Gewalt. Die Ruhe des Todes!» konnte sich Piet nicht enthalten zu bemerken. Alle wandten sich ihm zu.

«Wie können Sie so etwas sagen?» knurrte der Wortführer drohend und richtete sich gerade auf, während Murks seinem Kameraden einen warnenden Blick zuwarf, «Hitler, das war Zucht und Ordnung und Sauberkeit. Ein einiges Land, ein einiges Volk. Keine Zersplitterungen, keine Korruption, keine Arbeitslosigkeit. Die Deutschen, das sind Menschen, die an ihren Führer glauben!»

«Glaubten!» warf der andere Norweger ein. Sein Haar war noch heller als sein blasses Gesicht. Er war fast noch ein Kind.

Der ‹Führer› überhörte es. Seine Augen leuchteten fanatisch:

«Und sie werden durchhalten, sage ich euch! Was hat Doktor Goebbels gesagt? ‹Unsere Mauern wird man brechen, unsere Herzen nicht!›»

«Heil!» sagte Murks. Niemand störte sich daran.

«Ich weiß nicht so recht …», sagte Kaninchenauge, das seiner Sache gar nicht mehr so sicher war, «ich weiß nicht. Wenn man erst ihre Mauern gebrochen hat …»

«Wird man auch ihre Genicke brechen. Jawohl!» sagte der Belgier zynisch. «Und unsere dazu. Ich mach mir keine Illusionen mehr!»

«Versteh doch endlich, Lars!» wandte sich der junge Norweger an seinen sturen Landsmann, «Hitler ist tot, die Alliierten haben gesiegt, das Land hier ist von ihnen besetzt. Und die Deutschen wollen jetzt nichts mehr von uns wissen. Genausowenig wie von ihrem ‹Führer›. Wir sind verloren!»

Seine Stimme klang wie verhaltenes Weinen:

«Es war alles ein Irrtum! Es ist aus – aus – aus …»

Nun schluchzte er wirklich.

«Völlige Nervenüberreizung!» stellte der Professor fest, «solchen durch Konfliktsituationen hervorgerufenen Spannungen ist das labile junge Nervensystem auf die Dauer nicht gewachsen.»

«Schon gut!» sagte Murks schnell, denn es hatte den ausgesprochen mißtrauischen Blick des ‹Führers› aufgefangen, der wohl vermutete, der Gelehrte wolle sich über sie lustig machen.

Herausfordernd blickte der in die Runde, holte tief Atem.

«Es war kein Irrtum!» brüllte er so plötzlich los, daß alles zusammenzuckte, «es wird sich erweisen, daß es kein Irrtum war. Unsere Idee wird weiterleben und ‹wenn wir uns in den letzten Krümel Erde verkrallen müßten›!»

«Heil!» sagte Murks zum zweitenmal und zog das Wort in die Länge. Piet erhob sich mit spontaner Entschlossenheit. Erleichtert taten es ihm seine beiden Weggenossen nach.

«Wo geht ihr hin?» wollte der Norweger wissen.

Piet grinste:

«Den letzten Krümel Erde suchen, um uns in ihn zu verkrallen …»

«Kurz gesagt, uns zu verkrümeln!» assistierte ihm der Professor mit unvermutetem Witz.

«Und alles Gute weiterhin!» wünschte Murks, ohne es ironisch zu meinen.

«Gleichfalls …», klang ein mißmutiger Chor hinter ihnen her.

«Diese Narren – diese gottverfluchten Narren!» Piet war außer sich. In seinem Innern schämte er sich zutiefst dieser seiner Landsleute. Wären es doch nur keine Holländer gewesen! Denn trotz aller intellektuellen Pose hing Piet an seinem Land, das in seiner nationalbewußten Haltung im Krieg den Dänen nicht nachgestanden hatte.

Als sie die Straße erreicht hatten, sagte Murks überlegend:

«Ich versteh's einfach nicht. Gut, im Anfang kann man sich irren und an eine Idee glauben, die einem verlockend und richtig erscheint. Die meisten Menschen irren sich erst öfter, bevor sie das Richtige herausfinden. Aber nachher, da war's doch einfach organisierter Massenmord. Und die haben doch alles aus der Nähe gesehen und trotzdem weiter mitgemacht. Wie kann man denn da jetzt noch immer dran glauben? Sind das Verbrechertypen, die am Morden Spaß haben? Oder Irre, Wahnsinnige? Das geht mir einfach nicht in den Schädel …»

«Dummheit ist geistige Impotenz und verroht das Gemüt», bemerkte Piet, noch immer aufgebracht, «von verrohten Gemütern kannst du weder gesunden Menschenverstand noch normale Reaktionen erwarten. Dazu fehlt diesen Menschen einfach die Voraussetzung.»

«Voraussetzung!» sagte der Professor nachdenklich, «das ist es. Wenn die psychologischen Voraussetzungen gegeben sind …»

«Zum Teufel, hören Sie schon damit auf!» fuhr der Holländer gereizt auf ihn los, «wir brauchen Ihre psychologischen Erklärungen nicht. Dieses ganze verdammte Gerede von tieferen Ursachen und Zusammenhängen ist die Pest unseres Jahrhunderts. Möcht wissen, wozu das gut sein soll!»

«Ich bin müde!» gähnte Murks laut. Es hatte angestrengt nach allen Seiten Ausschau gehalten, ob sich nicht irgendwo eine geeignete Nachtunterkunft böte. Nun deutete es auf eine einfache, einsam gelegene Dorfkirche, die das weiche Mondlicht vom dunklen Hintergrund der Felder abhob. Die drei gingen auf sie zu, um sie aus der Nähe zu inspizieren. Das nebenstehende Pfarrhaus war eingestürzt, doch die kleine Kirche selbst schien außer den üblichen Einschlaglöchern im Verputz der Mauern keine besonderen Beschädigungen aufzuweisen.

«Ein Stück Dach fehlt», entdeckte der Professor.

«Unwichtig. So kalt ist es ja nicht. Außerdem haben wir die Decken. Solange es nicht regnet. Jedenfalls hab ich Hunger. Von einem Schluck lausigen Kognaks kann man nicht satt werden. Und verdammt müd bin ich auch. Also wie ist es – kommt ihr mit?»

Entschlossen steuerte Murks auf das weißleuchtende Gotteshaus zu. Die Männer folgten ihm mit der Taschenlampe. Ehe sie hineingingen, warfen sie ein paar prüfende Blicke in Richtung des Trümmerhaufens, der einst die Wohnung des Pfarrers gewesen war. Nichts rührte sich.

Sie traten durch das unverschlossene Holzportal. Die Kirche war leer. Oberhalb des Altars war das Gebälk von einem Geschoß durchschlagen worden. Schutt und Mörtel bedeckten Altartisch und die zu ihm führenden Stufen. Die Bänke und Heiligenfiguren waren, ebenso wie Kanzel und Betgestühl, eingestaubt, und dem Gekreuzigten fehlte der linke Fuß. Der Raum jedoch zwischen Portal und Altar war, soweit sie sehen konnten, intakt und eignete sich gut als Lagerplatz.

Murks ließ sich aufatmend auf eine Bank fallen. Die Männer hockten sich auf die Pulte und streiften ihre Schuhe ab. So saßen sie einige Minuten in stummer Erschöpfung und ließen das Blut in ihre Adern zurückkehren. Der Professor dehnte seinen Rücken:

«Bandscheibe – hab sie schon im Lager gespürt», sagte er mit verzogenem Gesicht und begann, sich den Nacken zu massieren.

Murks durchkramte den Rucksack:

«Ist verdammt wenig übriggeblieben von unseren Rationen. Kann jedem von euch nur noch 'ne Scheibe Hartbrot und ein Ei anbieten. Und Corned beef …», fügte sie leise hinzu.

Piet rührte sich nicht:

«Keinen Hunger.»

«Ich schon», sagte der Arzt und rutschte von seinem Pult, um das Innere der Kirche einer eingehenderen Inspektion zu unterziehen:

«Nichts von künstlerischem Wert. Alles neuzeitlich …», kam seine reflektierende Stimme durch den Staub, «und hier – aha …»

«Was, aha?» fragte Murks in den Raum hinein.

«Habe gerade meinen Schlafplatz entdeckt!»

Der Häftling erhob sich, um Brot und Ei zum Professor hinüber zu bringen.

«Wo sind Sie denn? Ihr Abendbrot …»

«Hier drin!» kam es sanft aus dem Beichtgestühl.

Murks lachte und hockte sich neben ihn:

«Gar nicht so schlecht. Wenn Sie im Sitzen schlafen können.»

«Ich könnte mir Schlimmeres denken.»

Sie saßen eng beieinander. Aus Platzmangel hatte er den Arm um die Schulter seiner Gefährtin gelegt, und Murks lehnte sich behaglich hinein. Ihre Unterhaltung bestand hauptsächlich aus besorgten Erkundigungen des Arztes nach dem Wohlergehen seiner problematischen Patientin und aus deren beruhigenden Antworten. Sie verstanden sich ohne viel Worte, Murks in der Rolle des Nehmenden, der Professor als Gebender, was beide völlig natürlich fanden.

Ganz plötzlich setzte die Orgel ein. Lang schwingende Akkorde von großer Eindringlichkeit. Sie fuhren dem unvorbereiteten Häftling mitten zwischen das Gewirr empfindsamer Nervenfäden, die sein inneres Gleichgewicht zusammenhielten. Die Orgel hatte wie viele dieser neuzeitlichen Fabrikationen einen etwas dünnen, flachen Klang, aber der riß Murks aus seiner künstlichen Ruhe, bohrte sich mit seinen getragenen Tönen in sein wundes Innere. Wild sprang es hoch und lief zum Betpult zurück. Aber Piet war verschwunden. Leise war er zur Empore hinaufgestiegen, hatte die Orgel entdeckt und in ihr ein willkommenes Instrument zum Abreagieren seiner schlechten Stimmung begrüßt. Er saß selbstvergessen da und spielte.

«Nein!» schrie Murks mit aller Kraft. «Schluß! Aufhören!!»

Das Spiel brach ab. Der verwundert zurückkehrende Piet fand seine Gefährtin in Krämpfen, als habe sie Schüttelfrost. Beruhigend sprach der Professor auf sie ein. Doch Murks stieß nur unzusammenhängende Worte hervor und zitterte am ganzen Körper.

«Das hätten Sie sich doch denken können, van Teege!» schüttelte der Arzt vorwurfsvoll den Kopf, «gerade nach dem Erlebnis vor wenigen Stunden …»

Piet machte ein betretenes Gesicht. Dann warf er den Kopf zurück, wurde wieder der alte:

«War als eine Art Requiem gedacht. Besondere Aufmerksamkeit von mir. Ihr langweilt mich!» Achselzuckend wandte er sich ab.

Langsam wurde Murks stiller. Der Aufruhr in seinem Innern legte sich:

«Entschuldigen Sie. Weiß nicht, was mit mir los war …» Es klang kläglich.

«Sie brauchen sich nicht zu entschuldigen, Ruth. Ihre Reaktion war nur natürlich. Jetzt sollten wir uns aber endlich schlafen legen. Es muß doch schon spät sein, und wer weiß, was uns morgen noch alles bevorsteht. Nacht allerseits!»

Damit ergriff der Gelehrte eine der Wolldecken und zog sich mit ihr in den Beichtstuhl zurück.

«Wir können in der Ecke hinter den Bänken übernachten», sagte Piet, «da ist es windgeschützt. Komm!»

Murks nickte nur, folgte ihm zu dem bezeichneten Winkel und breitete die andere Decke, ein großkariertes Wollplaid, auf dem Fliesenboden aus. Dann legten sie sich nebeneinander darauf, schoben Tornister und Rucksack als Stütze unter die Köpfe und schlugen die Enden ihres Wollteppichs über sich. Stramm über die ausgestreckten Füße gezogen, reichte die Decke noch bis zu den Schultern.

«Ein Glück, daß wir das Ding mithaben», murmelte Piet, «der Steinboden wär ein unerfreuliches Nachtlager geworden, Mai oder nicht.»

«Ist es Mai?» fragte der Häftling gleichgültig.

«Du bist doch oft genug an blühenden Kastanien vorbeigekommen.»

«Wußte nicht genau, wann die blühen.»

«Bei euch in Deutschland studiert man wohl nur Stammbäume?»

«Die aber dafür in allen Einzelheiten», gähnte Murks. «Kann dir genau sagen, welcher Zweig deines Familienbaumes entartet ist, wenn du mir eine jüdische Großmutter oder wenigstens Urahnin beichtest!»

«Ich muß dich enttäuschen. Meine Entartung ist rein arischer Herkunft. Darum wohl auch so perfekt ...»

«Dann darfst du es nicht Entartung nennen, sondern germanisches Erbgut.»

«Wie wär's, wenn du jetzt schlafen würdest, du ungermanisches Entartungsprodukt?»

«Werd's versuchen. Nacht!»

«Nacht!»

Wie mittelalterliche Grabsteinfiguren lagen sie nebeneinander auf dem Rücken. Da sie nicht wußten, wohin mit den Händen, hatten sie sie stilecht über der Brust gefaltet. Durch das Loch im Dach gab der Himmel ab und zu ein paar winzige glitzernde Sternchen frei. Murks versuchte, sie mit den Augen zu fixieren. Aber da begannen sie hin und her zu tanzen und verschwammen zu undeutlichem Lichtgewirr.

«Schläfst du?» fragte Murks leise in den Himmel.

«Nein», kam es nach kurzer Pause.

«Weshalb nicht?»

«Ich denke.»

«Ich auch.»

«Vermutlich dasselbe?»

«Vermutlich.»

Lange Pause. Dann:

«Piet?»

«Mhm?»

«Tut es dir leid, daß es zu Ende geht?»

«Tut's wohl ...»

«Mir auch.»

Der Holländer richtete sich halb auf, stützte sich auf den Ellenbogen:

«Aber es ist besser so.»

«Glaubst du?»

«Ich bin kein Umgang für dich. Bleib du bei deinem Professor. Im Ernst: Es ist gut, daß du mich nicht näher kennst, nicht mehr von mir weißt ...»

«Aber warum?»

«Ich würde dich nur unglücklich machen. Kann mich nicht mehr ändern. Dazu ist es zu spät.»

«Du willst es wohl in Wirklichkeit auch gar nicht?»

Langes Schweigen.

«Ich hab's versucht ...»

«Vermutlich nicht ernsthaft genug?»

«Der Weg zur Hölle und so weiter, du weißt. Vor lauter Pflastersteinen als Weg kaum mehr zu gebrauchen. Nein, bei allen guten Vorsätzen: Die Verlockung, sie bei nächster Gelegenheit über den Haufen zu werfen, ist größer ...»

«Du hast schon wieder Angst.»

«Ich fliehe.»

«Vor dir selbst?»

«In mich selbst. Während da draußen alles wie ein Film vorübergleitet: Leben, Chancen und Möglichkeiten, Menschen, die einem was bedeuten könnten ... Aber man kann sie nicht fassen. Und dann sind sie fort.»

Impulsiv streckte Murks die Hand aus, berührte die seine. Piet zuckte zurück, als habe ihn eine Natter gebissen.

«Was ist; hältst du mich für ein Gespenst, das nach dir greift?»

«Ach, laß mich!» Plötzlich war er wieder ganz Abwehr.

«Aus dir werd ein anderer schlau!»

«Eben. Ich sagte dir doch: zwecklos, es auch nur zu versuchen.»

Im Dachgebälk über ihren Köpfen knackte und raschelte es. Wahrscheinlich Ratten. Die Wände rochen dumpfig. Eine Zeitlang schwiegen sie.

«Piet?»

«Mhm?»

«Kannst du auch nicht schlafen?»

«Die verdammten Biester da über uns könnten uns bei ihrer Akrobatik im Dunkeln möglicherweise auf den Kopf fallen – ziemlich unerfreulicher Gedanke ...»

«Diese Stunde – jetzt –, wirst du manchmal an sie zurückdenken?»

«Wegen der Ratten?»

«Du weißt, wie ich es meine. Bitte sag: wirst du?»

«Vielleicht ...»

«Weshalb nur vielleicht?»

«Weil alles ganz anders aussehen wird, wenn wir uns erst einmal wieder in den Gleisen liebgewordener Gewohnheiten bewegen. Wir vergessen schnell. Besonders das, was wir vergessen wollen.»

«Willst du denn – vergessen?»

Pause.

Leises zögerndes «Nein. – Aber wenn erst jeder von uns in seine Welt zurückgekehrt sein wird – die Routine des Alltags wird uns wieder in Anspruch nehmen, uns so verändern, daß uns das jetzige Erleben noch unwahrscheinlicher vorkommen wird, als es schon ist, verstehst du?»

«Vielleicht würden wir uns wiederbegegnen?»

«Hoffentlich nicht!»

Murks drehte heftig den Kopf:

«Warum sagst du das?»

«Wiedersehen sind zerstörerisch. Wir würden uns fremd und befangen gegenüberstehen, uns kaum zu duzen wagen und nichts miteinander anzufangen wissen. Das Echte, Unmittelbare, wie wir es jetzt erleben, wird unter dem Zwang gesellschaftlicher Konvention zum Teufel gehen.»

«Du meinst, wegen der anderen Menschen? Aber das ist doch nur Maske!»

«Nur, sagst du?»

Murks fand das alles zu kompliziert und stellte fest:

«Ich weiß nur, daß ich mich niemals anders geben würde als ich bin. Wozu auch?»

«Du bist stark. Stärker als ich.»

«Ach, Unsinn. Du könntest es auch sein, aber du willst einfach nicht. Denn dann müßtest du zuerst einmal ehrlich gegen dich selbst sein. Und das ist, wovor du Angst hast. Weil du nämlich feige bist, erbärmlich feige. Du willst dir dein Versagen nicht eingestehen. Jawohl, du bist ein Versager, auch wenn du es noch so ungern hörst!»

Die Worte verhallten im Dunkel des Kirchenschiffs. Murks, von Zorn übermannt, hatte die Hände zu Fäusten geballt. Jetzt hab ich's ihm aber gegeben! dachte es zunächst befreit. Danach, als alles still blieb, schon ein wenig unsicherer: Mußte ihm schließlich mal jemand sagen ... Schweigen. Schließlich betroffen: Weh tun wollte ich ihm nicht ...

Im Gebälk nagten die Ratten.

«Piet – bist du böse?»

Endlich kam die Stimme wieder. Sie klang verwandelt:

«Ich hab noch nie einen Menschen getroffen, der mir so viel bedeutet hat wie du, Ruth!»

Murks rührte sich nicht. Die Sterne schienen sich zu verbreitern, näher zu kommen. In seinen Ohren echote es: Wie du, Ruth, wie du ...

Etwas, das verkrampft zwischen den Rippen gesessen hatte, rutschte zur Kehle hinauf, löste sich. Seine Lippen wurden salzig. Es waren die ersten wirklichen Tränen nach einer Unendlichkeit von Jahren. Murks fühlte sie heiß über das Gesicht strömen und tat nichts, um sie zurückzuhalten, gab sich dem erleichternden Empfinden hin und spürte eine glückliche Schwäche, die unendlich beruhigend wirkte.

«Weinst du?» Piet wandte sich zu dem Häftling um, richtete sich halb auf.

Murks lächelte unter Tränen:

«Nur ein bißchen.»

«Aber weshalb denn? Hab ich etwas Dummes gesagt? Das tut mir leid.»

«Nein. Im Gegenteil. Es war so schön.»

«Was war schön?»

«Was du eben gesagt hast!»

Piet stellte sich ahnungslos:

«Was hab ich denn eben gesagt?»

«Das mit dem Bedeuten. Daß ich dir mehr bedeute als andere.»

Pause.

«Ich meinte es wirklich.»

Murks fuhr sich mit dem Handrücken über das nasse Gesicht:

«Ich auch. Ich meine – für mich ist es dasselbe – mit dir ...»

«Ernsthaft?» kam es leise. Und dann noch einmal lauter:

«Ist das dein Ernst?»

«Ist was?» klang die verschlafene Stimme des Professors von drüben aus dem Beichtstuhl, «raus mit den Russen aus der Kirche – wir sind Holländer!» Sein Gemurmel zeigte an, daß er schon wieder eingeschlafen war.

Die beiden in ihrem Plaid rührten sich nicht. Ganz still lagen sie auf dem Rücken und sahen in den nächtlichen, schon wieder wolkenbezogenen Himmel hinauf. Diesmal hatte Piet seine Hand nach der von Murks ausgestreckt, hielt sie fest mit seinen langen kühlen Fingern umschlossen.

«Mein Gott!» sagte er leise wie zu sich selbst.

Nach einer langen Zeit wandte Murks sein Gesicht dem Gefährten zu:

«Es wird bald Tag», sagte es, und es klang wie ein Abschied, «versuch noch etwas zu schlafen, Piet!»

Der Druck seiner Finger bestätigte ihm, daß er verstanden hatte.

10. Mai 1945

Die Sonne stand schon hoch und warf einen grellen Strahl durch die Glaslücke im Kirchenfenster auf den einfüßigen Christus, als Murks von kurzem Schlummer erwachte. Piet schlief noch fest. Der Professor kramte mit hilflos verengten Augen suchend im Staub zwischen den Betstühlen herum, da ihm seine Brille beim Schuhanziehen von der Nase geglitten war.

«Warten Sie, ich helfe Ihnen suchen.» Trotz der wenigen Stunden Schlaf fühlte sich der Häftling bester Laune. Vorsichtig, um den Holländer nicht zu wecken, kroch es aus dem Plaid. Sie fanden die Augengläser des Professors unzerbrochen auf seiner bereits ordentlich gefalteten Schlafdecke, die er neben sich auf die Bank gelegt hatte. Erleichtert setzte er sie auf, konstatierte augenblicklich:

«Sie sehen unausgeschlafen aus. Es kam mir vor, als hätte ich heute nacht Stimmen gehört. War etwas los? Weshalb haben Sie mich nicht geweckt?»

«Ihre ärztliche Besorgnis ist lieb. Gar nichts war los heut nacht. Alles ist ruhig geblieben bis auf ein paar Ratten im Gebälk ...»

Der Professor streckte die Arme seitlich aus, begann ein paar vorsichtige Kniebeugen zu machen:

«Mein Kreuz. Muß es erst mal auflockern. Geschieht mir recht. Da wollte ich besonders schlau sein, den kalten Stein vermeiden ... Das nächste Mal suche ich mir auf jeden Fall etwas, wo ich mich lang ausstrecken kann.»

«Wollen Sie Frühstück? Zu essen haben wir noch was. Aber mit dem Trinken sieht's schlecht aus. Nur noch ein Schluck Wasser in der Thermosflasche.»

«Wenn Sie noch ein Brot hätten? Ich bin nämlich schon seit dem frühen Morgen auf und quäle mich mit Kaffeehalluzinationen herum.»

Murks öffnete die Corned-beef-Dose und belegte zwei Scheiben Hartbrot mit Fleisch.

Nun waren nur noch etwas Marmelade, fünf Scheiben Brot und ein paar Gurken da. Bald müßte wieder etwas geschehen, wollte man nicht verhungern.

«Also keine Iwans heute nacht – jetzt scheint sich der Waffenstillstand doch herumgesprochen zu haben», sinnierte der Arzt kauend.

«Wir kommen näher an die russische Zonenkommandantur heran. Da geht es vermutlich disziplinierter zu», meinte Murks. «Außerdem sind auf diesem Weg ja kaum mehr Flüchtlinge, die sie noch überfallen könnten. Schon gestern fiel mir auf, daß es immer weniger werden, die mit uns in der gleichen Richtung marschieren. Bald werden wir die einzigen sein ...»

«Und wo, meinen Sie, sind die anderen geblieben? Die Gutsleute mit den schönen Pferden beispielsweise oder die beiden Pfarrer, die wir überholten?»

«Keine Ahnung. Umgekehrt vermutlich ...»

«Oder umgekehrt worden. Guten Morgen!» Sich streckend, reckte Piet die Arme über seinen Kopf, blickte, aufrecht sitzend, verschlafen um sich. Murks reichte ihm zwei Brote mit einer Gurke:

«Frühstück im Bett. Was willst du mehr?»

«Wie sich das gehört!» Er gähnte anhaltend mit offenem Mund. Es war Pose.

«Benimm dich. Du bist in einer Kirche!»

«Ach ja, richtig!» Piet war schon wieder in aggressiver Stimmung, «habt ihr zwei euch gut miteinander amüsiert?»

«Was soll das?»

«Pure Rücksichtnahme meinerseits, daß ich bis jetzt geschlafen habe. Wollte euch nicht stören und deinen Busenfreund Bertholdt nicht der Möglichkeit berauben, dir im kosigen Beichtgestühl sein Herz zu entdecken. Haben Sie, Bertholdt?» Seine Augen über den mahlenden Kiefern funkelten boshaft.

Der Professor nahm es nicht zur Kenntnis, ließ sich nicht beim Essen stören.

«Tja!» sagte Piet so laut, daß der Stein widerhallte, «einen geeigneteren Ort, euch eure Liebe zu gestehen, hättet ihr wirklich kaum finden können. Schade, daß der nächste Priester unter den Resten seines Hauses liegen wird. Sonst hätte ich ihn hergebeten, jetzt gleich die Vermählung vorzunehmen. Ich mach so gern den Trauzeugen. Zusehen, wie sich andere kopfüber in ihr Unglück stürzen und dafür ausgiebig bewirtet werden ... Unter diesen Umständen hättet ihr mir das letzte Marmeladenbrot anbieten müssen. Ich hätte es mit Genuß auf euer Wohl verzehrt!» Er lachte gequält.

«Hör auf mit dem Unsinn. Steh lieber auf und falt die Decke zusammen. Es ist schon fast Mittag!» Murks war tief gekränkt. Er hatte mit seiner Rederei zerstört, was gerade erst schüchtern zu keimen begonnen hatte. Das tat weh. So ungefähr mußte es für die Häftlinge im Revierblock gewesen sein, wenn der Lagerarzt die Narben wieder aufriß, die sich eben erst, nach langem Bluten, über der Wunde zu schließen begonnen hatten. Piet studierte interessiert den Gesichtsausdruck seiner Gefährtin.

«Du scheinst heute nacht nicht gut geschlafen zu haben», konstatierte er heimtückisch, erhob sich und ging zum Professor hinüber, der einen Klappspiegel an einer holzgeschnitzten Jungfrau Maria aufgehängt hatte und sich davor mit primitiven Mitteln rasierte.

«Weiß nicht», murmelte er dabei aus schiefem Mundwinkel, «bin nicht gerade fromm. Aber rasieren in einer Kirche, das ist doch Blasphemie ...»

«Nein, Krieg!» Piet wartete auf das Rasierzeug.

«Ist ja keine Kirche mehr», tröstete Murks, «nur eine Ruine.»

«Ja, gewiß. Aber unter normalen Umständen ...»

«Es sollte Ihnen doch mittlerweile aufgefallen sein, Bertholdt, daß es so etwas wie normale Umstände seit Jahren nicht mehr gibt.

Und auch für lange Zeit nicht mehr geben wird … Ihre alte Welt werden Sie nicht mehr vorfinden. Machen Sie sich nur schon mit dem Gedanken vertraut, sonst werden Sie einige unangenehme Überraschungen erleben!»

«Du scheinst schon wieder einen ‹Moralischen› zu haben.»

«Ich habe immer einen ‹Moralischen›. Bin eben ein durch und durch moralischer Mensch. Meine Grundstimmung.»

Mit unfrohem Grinsen nahm er das Rasierzeug in Empfang, streckte sein verwildertes Grübchenkinn dem Spiegel entgegen.

Die Sonne hatte mittlerweile das Mittelschiff der Kirche in einen Lichthof verwandelt. Murks wärmte seinen übermüdeten Körper in ihren mittäglichen Strahlen. Dabei entdeckte es, seitlich des Altars, eine Eisentür. Neugierig ging es auf sie zu, öffnete sie mit einiger Anstrengung und stand vor einer Wendeltreppe, die sich in endlosen Windungen nach oben verlor.

«Vermutlich geht es hier zum Glockenturm», meinte der hinzutretende Professor.

«Wollen wir nachsehen?»

«Weshalb nicht?»

«Piet, kommst du mit? Wir wollen zum Glockenturm!»

«… und sie läuteten die Glocken, und das Volk fiel auf die Knie und grub in schamvoller Reue das Gesicht in die Erde, an der es sich versündigt hatte …»

«Dann laß es bleiben!»

«Komm ja schon.»

Die eiserne Treppe schwankte und klirrte bedenklich. Es war ein gewagtes Unternehmen, auf ihren unsicheren Stufen nach oben zu klimmen, zumal gerade der obere Teil der Kirche am meisten beschädigt war. Aber es klappte; ohne Unfall gelangten sie, heftig atmend, auf die Plattform des Turms.

«Keine Glocken mehr da!» rief Murks verwundert.

«Die haben als deutsche Kanonen weitergedröhnt», erklärte Piet und fuhr sich durch sein wehendes Haar.

«Du meinst, eingeschmolzen?»

«Was sonst? Als kleines Souvenir wird sie wohl keiner nach Hause getragen haben.»

Sie schauten sich um. Ein großzügiges Panorama bot sich ihnen. Die Sonne auf den weiten Ebenen ließ die Felder in allen Schattierungen aufleuchten. Gelblich schlängelte sich rechts unten die Landstraße mit winzigen Spielzeugautos, die wie kleine Insekten mühsam vorwärtskrabbelten. Außer dem satten Gurren einiger Wildtauben im Gemäuer war kein Laut zu vernehmen. Die friedliche Stille über allem machte den Krieg gegenstandslos. Schweigend stand das Trio und blickte hinab. Murks sah etwas aufblitzen:

«Schaut, Wasser!» deutete es auf einen silbrigen Streifen zwischen Land und Luft.

«Die Elbe!» sagte Piet.

«Die Elbe!» wiederholte der Häftling andächtig und fühlte sein Herz klopfen. Da war sie also, die Grenze, das Schicksal, die Entscheidung. Bis dorthin war das Diesseits, russisch besetztes deutsches Land. Jenseits der Elbe standen die Engländer, war der Westen, die Hoffnung, die Freiheit! Mit den Augen konnte man sie bereits erreichen. Sie schien nicht mehr allzu fern zu sein, höchstens noch einen Tagesmarsch. Und dann? Murks wagte nicht, weiterzudenken. Eine Erregung hatte von ihm Besitz ergriffen, die ihm den Mund trocken werden ließ.

Der Professor sah es nüchterner:

«Aha. Bis dahin müßten wir also gehen, wenn wir zur russischen Kommandantur wollen. Nun ja, in Anbetracht der Tatsache, daß die Straße fast frei von Flüchtlingen ist, und vorausgesetzt, wir werden nicht unvorhergesehen aufgehalten, könnte man das vermutlich bis zur Nacht schaffen, wenn wir flott drauflos marschieren und uns unverzüglich auf den Weg machen. Was meinen Sie, van Teege?»

«Das wäre phantastisch!» strahlte Murks.

«Phantastisch allerdings!» Piet ließ die Worte giftig aus spöttisch verzogenen Mundwinkeln tropfen, «rührend, deine kindliche Freude. Bald hast du es geschafft. Das russische Gefängnis wartet schon. Aber, wer weiß, vielleicht hast du Glück und bekommst ein Zellenguckloch mit Aussicht auf deine geliebte Elbe? Und wenn es dir gelingen sollte, deine Hand durch das Gitter zu zwängen, kannst du sogar deinen Freunden auf der anderen Seite zuwinken!»

Murks schob die Unterlippe vor:

«Ich werde schon irgendwie rüberkommen, keine Sorge!»

«Und wer sagt dir, daß die Gefängnisse drüben bequemer sind? Denn du machst dir doch wohl keine Illusionen, daß man dich als deutschgebürtige Staatenlose auf jeden Fall einsperren wird? Aber möglicherweise legst du Wert darauf, von deinen Wächtern auf englisch statt auf russisch angebrüllt zu werden? Du übersiehst, daß Gebrüll international unverständlich wird, wenn es einen gewissen Grad der Intensität erreicht hat. Oder solltest du es vorziehen, täglich Corned beef statt Zwiebelbrot serviert zu bekommen?»

«Spotte ruhig. Ich ziehe es tatsächlich vor. Nicht das Fleisch. Das englische Gebrüll, wie du es nennst. Mir gefällt die Sprache nämlich …»

«Sie hat die ‹Englische Krankheit›, Bertholdt», seufzte der Holländer theatralisch, «können Sie sie nicht heilen? Gläubig wie der sieche Pilger nach Lourdes zieht sie der Sowjetkommandantur entgegen und hofft auf ein Wunder …»

«Das wird sich geben», murmelte der Professor in ärztlichem Beruhigungston geistesabwesend. Seine Gedanken waren mit eigenen Problemen beschäftigt. Piet lachte auf, und Murks war wütend. Keiner von ihnen schien es zu verstehen. Piet mit seinem ewigen Zynismus war ihm unerträglicher denn je. Sinnlos, auch nur ein Wort weiter zu verlieren. Zwischen die Männer stützte es sich auf die Brüstung, blickte hinab auf die dunklen Pünktchen, die vereinzelt auf dem gelben Straßenrand zitterten wie Fliegen an klebrigen Leimstreifen. Merkwürdig, dachte es, wir haben doch unsere Körpermaße gar nicht verändert, sind nur die Treppe hier heraufgestiegen. Und schon sind alle Menschen da unten zum Nichts zusammengeschrumpft, zu weniger als Ameisen. Unvorstellbar, daß man von diesen Winzigkeiten dort jahrelang in Angst und Schrecken gehalten wurde, daß eine von ihnen, kleiner jetzt als Fliegendreck, die ganze Welt durcheinanderbringen konnte. Kam wohl hauptsächlich auf die Perspektive an. Vogel müßte man sein, dachte es sehnsüchtig.

Sie kletterten vorsichtig die schwankenden Stufen zum Kirchenschiff wieder hinab, packten ihre Sachen zusammen und machten sich auf den Weg. Hier unten war die Luft dichter, roch nach Erde und Blüten. Durch die Mittagszeit war die Straße fast leer. Es ließ sich gut wandern, und man kam schnell vorwärts.

Sie hatten schon fast zwei Stunden Marsch hinter sich, als sich die Chaussee wieder belebte. Immer mehr bewaffnete Sowjetsoldaten tauchten auf; Lastwagen fuhren ihnen entgegen oder überholten sie, vollgepackt mit Militär. Fetzen russischer Lieder und Handharmonikaklänge wehten zu ihnen hinüber. Die Soldaten sangen begeistert mit kräftigen Stimmen. Es waren nicht die vertrauten russischen Melodien, sondern neue aufputschende Rhythmen, Revolutionslieder, die Murks schon von den Russinnen im Lager her kannte. Dazu lachten sie und klatschten den Takt mit den Händen. Nun sah man auch zum erstenmal wieder die altbekannten Gestalten der Straße, die vielsprachigen Wandergefährten, zum Teil noch in Häftlingskleidung mit Lagerpantoffeln. Aber sie zogen nicht mehr unter ihren Nationalemblemen den Weg entlang, sie standen mit gebeugten Rücken in den Feldern und schaufelten Gräber für die Toten, die man wie Holzscheite aufeinandergestapelt hatte, alles durcheinander, Soldaten und Zivilisten. Sie gruben verbissen. Die Frauen hatten Kopftücher um die abgezehrten Gesichter gebunden. Manchmal richtete sich ein ausgehungerter Mann mühsam auf und wischte sich mit dem mageren Handrücken über die blasse Stirn. Hinter ihnen stand breitbeinig ein bewaffneter Russe, schaute zu, trieb sie mit kurzen harten Zurufen an, sich zu beeilen. Murks sah es mit ahnungsvollem Schrecken. Hier deutete sich bereits an, was ihnen in der Kommandantur bevorstand.

«Sind das Kriegsgefangene?» wunderte sich der Professor.

«Nachkriegsgefangene!» sagte Piet kalt.

«Sie meinen, Kriegsverbrecher?»

«So was Ähnliches. Sie waren bisher nicht totzukriegen, trotz heftigster Bemühungen von seiten der Nazibehörden ...»

«Wollen Sie damit sagen, daß das Leute wie wir sind?» fragte der Arzt ungläubig.

«Was sonst? Schauen Sie doch hin!» Piet deutete auf den Arm eines Schaufelnden, der eine blautätowierte Nummer trug. Der Professor starrte ungläubig.

«Aber – wie ist das möglich? Glauben Sie, daß man das auch mit uns machen könnte?»

«Könnte? Man wird, Bertholdt, man wird! Daß ihr daran auch nur einen Augenblick zweifeln konntet? Wir sind jetzt schon Gefangene der Russen. Und für Sie als Deutschem sehe ich besonders schwarz», sagte der Holländer mit sadistischer Genugtuung.

«Weshalb bist du so gemein zu ihm?» fuhr Murks ihn an.

«Damit ihr beide endlich mal aus euren rosaroten Tagträumen erwacht und kapiert, wie die Dinge in Wirklichkeit stehen.»

Seine Stimme klang hart. Murks lachte höhnisch:

«Wenn du etwa denkst, ich hätte Angst vor dem bißchen Schipperei, dann irrst du dich gewaltig. Ich hab schon ganz andere Sachen hinter mir.»

«Glaubst du!»

«Weiß ich. Arbeit, von der du dir gar keinen Begriff machen kannst. Blutnasse Kleider den frisch Ermordeten ausziehen und für die Kleiderkammer sortieren zum Beispiel ...»

«Unerfreulich vielleicht, aber wohl kaum sehr strapaziös.»

«So? Meinst du? Dann will ich dir jetzt mal was von unserer

Lagerarbeit erzählen. Die Nächte über mußten wir in den Fabrikbaracken für die deutsche Rüstungsindustrie arbeiten und tagsüber, je nach der Jahreszeit, in Schnee und Sand ...»

«Schon kleine Kinder arbeiten im Sand», spottete Piet. Mit Absicht provozierte er die Gefährtin, um die Angst zu überspielen, die er um ihr Schicksal hatte. Und diese Angst nahm zu, je näher sie der Sowjetkommandantur kamen.

«Als Kinderspiel konnte man das wohl kaum bezeichnen», fuhr Murks ergrimmt fort. «Im Lager gab es einen steilen Hügel, an dessen Fußende ein trüber Tümpel war. Das Sandschippen ging folgendermaßen vor sich: Ungefähr auf halber Höhe des Abhangs baute sich der SS-Kommandant Kögel auf, begleitet von seinem Hund, in der Faust die Peitsche. Bei sengender Hitze mußten sich die völlig entkräfteten Häftlinge zu Paaren aufstellen. Jedes Paar bekam eine große Holzkiste mit Griffen in den Seitenwänden. Auf Kommando hatten sie den Hügel hinabzulaufen, wo weitere Häftlinge oder auch SS-Aufseherinnen auf sie warteten, die die Behälter mit feuchtem Sand aus dem Tümpel auffüllten. Danach mußten die Paare mit den für die ausgehungerten Körper viel zu schweren Kästen im Laufschritt wieder bergauf rennen. Und jedesmal, wenn sie an dem Kommandanten vorbeikamen, schlug er ihnen mit der Peitsche über die Nieren und kreischte mit ekelhaft hoher Stimme: ‹Na wird's wohl, ihr Schmuckstücke? Los, schneller!›

Oben mußten sie den Schlamm auskippen und wieder zur neuen Ladung hinunter. Jedes Paar vierzig Kisten pro Nachmittag, bis ihre Finger völlig durchgescheuert und nicht mehr imstande waren, zuzugreifen. Im Revier erhielten sie auf besondere Anweisung der Lagerärztin keinen Verband, sondern einen Pinselstrich Jod auf ihre Wunden. Am nächsten Tag begann die Qual von neuem, und dann waren die Kuppen der Finger nur noch eine einzige blutende rohe Masse Fleisch, auf die es am Abend wiederum Jod gab. Jedesmal beim Heimkehren vom Sandschippen schleppten wir Tote und Sterbende mit uns. Nur die Stärksten unter uns überlebten einen ganzen Sommer. Hier ...», es hielt Piet seine Hand mit den verkrüppelten Fingerkuppen unter die Nase, «da hast du dein Kinderspiel!»

«Das ist ja grauenhaft», murmelte der Professor erschüttert, «wie haben Sie das nur durchgehalten, Ruth?»

«Wundere mich manchmal selbst. Wahrscheinlich, weil ich jung und gut genährt war, als ich ins Lager eingeliefert wurde. Dabei war die körperliche Strapaze noch nicht einmal das Schlimmste …»

«Sondern?» fragte Piet wesentlich sanfter.

«Die Sinnlosigkeit, mit der sie unsere letzten Kräfte verschleuderten. Raffiniert, wie sie waren, holten sie sich zum Sandschleppen immer nur die Intelligenten. Den einen Tag ließen sie uns unter Aufbietung unserer letzten Energien den feuchten Sand hügelan schleppen, angetrieben von brennenden Peitschenhieben, und ihn, oben angekommen, zu systematischen Haufen schichten, um uns am darauffolgenden Tag alles wieder abtragen und in den Tümpel zurückwerfen zu lassen. Danach begann das Heraufschleppen von neuem.»

«Mir ist Ähnliches bisher nur von den Chinesen bekannt», sagte der Professor tonlos, «allein der Gedanke an die Sinnlosigkeit eines solchen Einsatzes …»

Piet sog an seiner Pfeife:

«Ja, im Erfinden raffinierter Foltermethoden galt der Ferne Osten bisher als führend. Scheint überholt zu sein. Wir werden uns umstellen müssen …»

«Die SS nannte es Arbeitstherapie.»

«Macht mir den Gedanken an Arbeit nicht gerade sympathischer …»

Schweigend marschierten sie weiter. Jeder überlegte für sich, was wohl die Russen unter diesem Begriff verstünden. Man würde es zwangsläufig bald erfahren. Die Wegration war so gut wie aufgebraucht. Das bedeutete, daß man sich an die Sowjets um Verpflegung wenden müßte und sich ihnen damit auslieferte. Einen anderen Weg schien es nicht zu geben, wenn man nicht verhungern wollte.

Sie näherten sich einem Gebäude, das einst ein Gemeindehaus gewesen zu sein schien. Vor der Tür standen in langer Schlange wartende Menschen. An die Mauer gelehnt, lungerten ein paar russische Soldaten faul herum, Hände in den Hosentaschen, Zigarette im Mundwinkel. Als die drei nahe genug herangekommen waren, machte ihnen eine zerlumpte Frau mit feinen, leidgeprägten Gesichtszügen ein Zeichen:

«Stellen Sie sich hier mit an», sagte sie, «die Russen teilen Essen aus!» Sie sprach mit belgischem Akzent.

«An alle?» erkundigte sich Piet mißtrauisch.

«Ja, ja, sie machen keine Unterschiede», sagte die Frau müde.

«Leider nischt!» drehte sich ein Franzose mit Baskenmütze böse um, «schöne Verbündete! Das 'at man nun davon, daß man mit ihnen gegen die Nazis gekämpft 'at, voilà!»

«Es hat doch keinen Zweck, Gaston. Du machst dich damit nur krank», antwortete die Frau resigniert.

Das Trio stellte sich mit an. Murks und der Professor hatten Hunger. Piets Kehle dürstete vor allen nach Trinkbarem.

«Sie können uns doch nicht einfach wie Gefangene behandeln!» regte sich ein Pole auf. «Erst kämpfen wir freiwillig an der Seite der Engländer, dann nehmen uns die Deutschen gefangen. Und nun setzen uns auch noch unsere eigenen Verbündeten fest. Oder gehören die Russen vielleicht nicht zu den Alliierten? Das ist ein klarer Verstoß gegen das Völkerrecht!» Bestätigung heischend irrten seine Augen in die Runde.

«Recht! Wenn ich das Wort Recht schon höre ...», fuhr ein älterer Tscheche mit einem Kopfverband dazwischen. «Politik, Justiz, die ganze Rechtsprechung – alles nur da, um uns kleine Leute zu verdummen. Nichts als Lügen und Intrigen. Ich hab's satt bis hier!» Seine Hand schnitt durch seinen Hals unterhalb des Kinns.

«Aber sie machen Unterschiede in der Behandlung, die Russen», wollte eine Frau wissen, «die Polen, Ungarn und Tschechen behandeln sie ...»

«Miserabel», seufzte ein kleiner Jude mit österreichischem Akzent.

«Jedenfalls zu denen aus Westeuropa und Skandinavien sind sie ausgesprochen freundlich. Ich hab es selbst erlebt ...»

«Zu uns sind sie auck nickt sleckt», meinte ein schmächtiger Italiener mit zerknautschtem Bersaglierihut achselzuckend.

Piet sagte liebenswürdig:

«Vor Helden haben die Russen eben Respekt!»

Der Italiener faßte es nicht ironisch auf, nickte zustimmend.

Langsam schob sich die Schlange vorwärts. Schübe von etwa zehn Leuten wurden eingelassen. Dann war die Reihe an ihnen. Sie fühlten sich durch eine Tür gedrängt, standen gleich darauf vor einem primitiven Holztisch im Eingang, an dem ein mißmutiger Soldat mit ein paar farbigen Karten saß und sie gelangweilt zu bunten Mosaiken zusammenlegte. Flüchtig und uninteressiert schaute er auf:

«Wieviel?»

«Drei!» sagte Murks und erhielt für jeden von ihnen ein blaues, ein rosa und ein weißes Kärtchen. Schon wollte sie weitergehen, da fiel dem Soldaten noch etwas auf:

«Stoi – fier Tee!»

Damit zupfte er an gelben Abschnitten, die sich nicht von ihren mangelhaft perforierten Rändern lösen wollten und drohten, sein zusammengesetztes Muster zu zerstören. Reichte ihnen schließlich mit mürrischem Gesicht drei schief abgerissene Kärtchen:

«Dort rechts – ärste Türe!»

Schon drängten die andern nach. Die drei folgten der Anweisung, betraten einen lärmenden Saal. An langen Tischen saß ein buntes Völkergemisch und löffelte schlürfend Suppe, die von zwei vollbusigen Frauen, ihrem Typ nach keine Russinnen, aus dampfendem Kessel verteilt wurde. Die stickige Luft roch intensiv nach

Schweiß und Zwiebeln. Direkt vor ihnen stand ein schmächtiger alter Mann mit ausgetrocknetem Gesicht und hielt den Frauen erwartungsvoll mit zittrigen Händen seinen Teller entgegen. Die eine der Dicken schüttelte lachend den Kopf:

«Na wat denn, Männeken – nun kommste schon zum drittenmal. So viel Flüssigkeit kannste ja jar nich vakraften, Opa. Denk an deine Blase! Die andern wolln ja schließlich ooch mal ran. Nu setz dir mal jemütlich wieda hin. Aus det jierije Alter biste ja nu wohl raus.»

Auch ihre Kollegin war Berlinerin. Beide meisterten ihre schwierige Verteilerrolle mit viel Ruhe und Urwüchsigkeit.

Die drei ließen sich Zwiebelsuppe geben, tauschten die weißen Kärtchen gegen Brotkanten, die blauen gegen einen Hering und die rosa gegen drei Kartoffeln ein und begaben sich mit ihren Schätzen an den hintersten Tisch, an dem mittlerweile Platz geworden war.

Die heiße Suppe tat den Magennerven gut. Murks wurde durch den Geschmack des Russenbrots an die Offiziere in der ‹Villa› erinnert, dachte an Grinny und Aljoscha zurück. An seiner Seite überlegte der Professor, ob er seinen Brotkanten lieber zur Suppe oder zum Hering essen solle. Entschloß sich endlich, ihn aufzuteilen. Piet hingegen aß fahrig und mit Hast. Er wollte weg von hier, weiter.

«Wenn Sie die Suppe so nervös hinunterschlingen», warnte ein gegenübersitzender Mann freundlich, «wird sie Ihnen nicht bekommen. Die Zwiebeln haben es in sich!» Murks musterte ihn interessiert. Es war ein Deutscher mit offenem Gesicht und weißem Haar. Viele rote Äderchen auf der Nase und den Wangen täuschten gesunde Farbe vor. Einfältige gütige Augen. Er gefiel dem Häftling:

«Wo waren Sie eingesperrt?» erkundigte er sich.

«In Auschwitz», erklärte sein Gegenüber liebenswürdig. Murks wunderte sich. Er sah nicht wie ein Jude aus.

«Waren Sie ‹politisch›?»

«So könnte man es nennen. Vorher, ich meine, vor meiner Verhaftung, war ich evangelischer Pfarrer einer kleinen Ortsgemeinde. Lebte in einer Mischehe, meine Frau war Jüdin, evangelisch getauft. So haben sie mich dann eines Tages geholt. Meiner Frau ist Gott sei Dank nichts geschehen.» Es klang befreit.

«Aber wieso hat man denn Sie und nicht Ihre Frau ...? Auschwitz, das war doch ein Judenlager?»

Der Pfarrer lächelte:

«Glück gehabt. Der Gestapo war Mitteilung gemacht worden, daß wir in sogenannter ‹Mischehe› lebten, denn, wie Sie sicher wissen, spielte die gegenwärtige Konfession beim jüdischen Rassegesetz keine Rolle. Also kamen sie eines Abends, für uns ganz überraschend, um zu verhaften. Ich erinnere mich noch genau, im Radio spielten sie gerade den ‹Walkürenritt› von Wagner. Zum Glück waren sie mangelhaft informiert: ‹Wer von euch ist hier Jude?› fragten sie. Das gab mir Gelegenheit, die Situation und damit meine Frau zu retten, indem ich behauptete, der Jude sei ich. Sie ließen sich nicht einmal Zeit, darüber nachzudenken, daß ein getaufter Jude als amtierender Pastor höchst unwahrscheinlich sei, brachten mich auf kürzestem Weg ins Lager. Wie gesagt, es war einfach Glück!»

Piet betrachtete ihn neugierig:

«Das nennen Sie Glück? Sind Sie Masochist?»

«Sie verstehen nicht. Meiner Frau Esther ist nichts, gar nichts passiert, obwohl sie Jüdin war. Da man mich verhaftet hatte, hat man sich nicht weiter um sie gekümmert. Sie konnte bei meiner Schwester untertauchen. Nie hätte ihre zarte Konstitution die Lager überstanden. Ich habe schon einen ersten Brief von ihr bekommen – über das Rote Kreuz –, sie erwartet mich. Verstehen Sie jetzt? Sie lebt – sie ist gerettet!»

Er lachte und weinte in einem.

Murks betrachtete ihn bewundernd. Wenn man so viel Kraft in sich entwickelt hat, so viel Überzeugung, das Richtige tun zu müssen, dann gibt es wohl kaum mehr Bedrohung von außen her. Der

Mann hier war frei, freier als sie alle zusammen. Hatte nicht Herr Mertens berichtet, seine Tochter sei lächelnd zum Schafott gegangen? Bis zur Gleichgültigkeit dem Tod gegenüber hatte Murks es zwar gebracht. Aber es wollte auch lächeln lernen wie die, die ihm darin einen Schritt voraus waren ... Uns selbst gegenüber sind wir allesamt Versager, dachte Murks beschämt, entweder sind wir zu feige oder zu schwach, uns konsequent zu verhalten. Wir können nur Worte machen. Aber wenn es drauf ankommt ...

Während der Professor eine interessierte Unterhaltung mit dem Pastor begann, wandte es sich an Piet:

«Wärst du für jemanden, den du liebtest, freiwillig in ein KZ gegangen?»

«Für mich selbst hätte ich alles getan, um mich vor solchem Schicksal zu bewahren!»

«Und für jemand anderen, der dir nahe steht?»

«Ich werd mich hüten!»

«Auch nicht für deine Mutter?»

«Das hätte sie Gott sei Dank nie zugelassen. Schließlich ist Aufopferung für das Kind ein wichtiger Bestandteil der Mutterrolle ...»

«Du hättest also kein Opfer gebracht, wenn es nötig gewesen wäre?»

«Nein!» bestätigte Piet mit freundlicher Bestimmtheit.

«Auch kein kleines?»

«Ein kleines vielleicht. Eines, das mir nicht zu schwer gefallen wäre ...»

Murks schöpfte Hoffnung:

«Was hättest du geopfert?»

«Den anderen.»

«Widerlicher Egoist!»

«Wieso? Du sprachst doch von jemandem, der mir nahestünde? Ist das vielleicht kein Opfer, ihn freiwillig aufzugeben?»

«Um dich selbst zu retten!»

«Natürlich. Ein sehr verständliches Motiv, findest du nicht?»

«Du denkst immer nur an dich.»

«Andere finde ich weniger interessant. Offen gestanden: Ich habe zwar auch manchen Kummer mit mir erlebt, bin mir aber noch nie langweilig geworden.»

«Hast du eigentlich je etwas anderes geliebt als nur dich selbst?»

«Meine Liebesfähigkeit ist begrenzt. Eine große Liebe im Leben genügt mir. Man hat ja so viel mit sich selbst zu tun. Ich bin sehr anspruchsvoll, mein Häschen!»

«Ich bin nicht dein Häschen. Und du bist ein ekelhafter Zyniker. Hast du denn gar kein Herz für andere?»

«Doch …», Piet zerdehnte das Wort amüsiert, «für kleine Mädchen und junge Hunde.»

«Ist das alles?»

«Ja, weißt du, die anderen Begeisterungen äußern sich mehr unterhalb des Gürtels. Quasi auf halbem Weg zu den Knien …»

«Du bist kalt durch und durch!»

«Es gibt eine Reihe böser Zungen, die mir das Gegenteil zu beweisen versuchen. Erfolglos im übrigen …»

«Was meinst du?»

«Daß du reizend bist, wenn du aus der Fassung gerätst. Und daß du mir vermutlich mindestens zwei Tage lang fehlen wirst, wenn unsere Wege sich von jetzt an trennen sollten.»

«Zwei Tage? Ich bin gerührt. Und danach?»

«… werde ich mich an meine Trauer gewöhnt haben. Auch das ehrlichste Selbstmitleid kann nicht anhalten, wenn die Ursache immer die gleiche bleibt. Gefühle, sofern sie nicht von selbst erlöschen, pflege ich zu verdrängen, bevor sie stagnieren.»

Piet lachte fröhlich, und Murks wußte nicht, was nun Scherz und was Ernst war. Vielleicht wußte er es selbst nicht. Es hätte so gern ein paar tröstende Worte gehört, ein wenig Zärtlichkeit. Doch Piet blieb liebenswürdig unverbindlich, verkroch sich ganz in seinen Abwehrpanzer.

Die zweite füllige Berlinerin ging die Tische entlang und

schenkte Tee aus gegen gelbe Marken. Gierig ergriff der Holländer seine Tasse.

«Na endlich. Wird bald deine Hauptnahrung sein, falls es dir gegen alle Voraussicht gelingen sollte, nach drüben zu kommen. Engländer ernähren sich hauptsächlich von Tee. Wußtest du das?»

«Habe es mir bei den Russen schlimmer vorgestellt», meinte der Professor, sich zurücklehnend, «das Essen ist gut.»

«Ach, Sie meinen, Bertholdt, daß die Sowjets, um der Ehre willen, einen Gelehrten in ihrer kargen Stube begrüßen zu dürfen, auf jede Gegenleistung verzichten? Ich fürchte, da werden Sie noch Ihr blaues Wunder erleben!»

Aber der, dem die warnenden Worte galten, hörte schon gar nicht mehr hin. Er hatte einen von Mertens Notizblöcken hervorgezogen und eifrig zu schreiben begonnen.

«Psst, nicht stören!» flüsterte Piet mit wichtigen Augen, «eine Inspiration!»

Murks lachte und ließ sich Tee nachschenken.

«Wenn er damit fertig ist, müssen wir aber wieder los», flüsterte es zurück. «Wenn wir bis heute abend noch die Grenzkommandantur erreichen wollen...»

«Sagen Sie bitte», sprach es den Pfarrer an, der schon wieder einmal den Brief seiner Frau las, «wie weit wird es von hier bis zur letzten Station an der Elbe sein?»

«Sie meinen bis zur Grenzkommandantur zwischen den Besatzungszonen? Nun, ich schätze, zirka vier Stunden, falls Sie gut vorwärtskommen. Genau kann ich es nicht sagen. Aber wollen Sie denn wirklich dorthin? Der Arbeitseinsatz soll ein viel härterer sein als hier. Und die Bewachung verständlicherweise wesentlich schärfer...»

«Spielt keine Rolle!» erklärte Murks entschlossen, «damit rechnen wir. Aber wir werden näher an drüben sein. Das allein ist ausschlaggebend!»

«Ach so!» Der Alte nickte verstehend. «Dann darf ich Sie nicht von Ihrem Vorhaben abhalten. Viel Glück. Und gutes Gelingen!»

Er drückte jedem kräftig die Hand. – Und wieder brach man zur Wanderschaft auf.

Der Nachmittag war schwül, als läge ein Gewitter in der Luft, das sich nicht entschließen konnte, sich zu entladen. Fernes Grollen konnte ebensogut von Kanonen wie von Wolken stammen. Die Luft lastete bewegungslos über dem Asphalt, trieb ihnen den Tee aus allen Poren wieder heraus. Der Straße war anzusehen, daß ihr Ende bald erreicht sein würde. Sie begann bereits, sich aufzulösen, verzichtete endgültig auf schmückendes Beiwerk. Alles war flach und kahl, kein Baum, kein Strauch, nur brache Felder zu beiden Seiten, auf denen Zwangsarbeiter Trümmer aufsammelten. Die drei Gefährten passierten lange Reihen russischer Tanks mit rot aufgemalten Fünfzacksternen, die, fremd und bedrohlich, lauernd am Wegrand standen. Immer mehr Lastwagen tauchten auf, meist beladen mit schwerbewaffneten Soldaten, die jetzt nicht mehr fröhlich sangen, sondern starr vor sich hin blickten. Die wenigen Häuser und Scheunen zwischen den Feldern waren zerschossen und zertrümmert, der Boden um sie schwärzlich angesengt. Mit der Gewitterschwüle kamen Wolken von Verwesungsgerüchen, stickig-süßlich, ekelerregend. Immer mehr Totes lag auf dem Weg, Menschen, Vieh und Pferde mit aufgerissenen Bäuchen und gebleckten Zähnen. Hier war offenbar erbittert gekämpft worden, und Murks erkannte beunruhigt, daß eine Anzahl von zivilen Ausländern unter den Leichen waren, manch einer von ihnen noch in Lagerkleidung. Stand ihnen dieses Ende bevor? Würden die Russen sie einfach erschießen, umlegen? Warum? Da fiel ihm die Wiener Salzmandelverkäuferin in Ravensbrück ein. Die Alte war überzeugte Kommunistin gewesen und hatte sich vor Freude kaum zu fassen gewußt, als es hieß, die Russen seien im Anrücken. Triumphierend hatte sie sich im Kreis umgeschaut und mit tückischer Befriedigung Murks und seinen Kameraden verkündet:

«Auf den Moment hob i scho lang g'spannt. Wenn die Russen herkommen tun, nacha seid's ollesamt g'liefert, so wahr ich Martha heiß!»

Damit hatte sie die Clique um Murks gemeint, im Lager spöttisch ‹die Plutokraten› genannt, weil sie sich noch einen Rest von Menschenwürde zu bewahren versucht hatten, sich nicht mit allen wegen eines Brotkrumens herumprügelten und eine gebildetere Ausdrucksweise hatten. Salzmandelmartha hatte bereits eine lange Liste von ‹Feinden des Arbeiter- und Proletentums› angefertigt und brannte darauf, sie den sowjetischen Befreiern zu übergeben, unterstützt von einigen männersehnenden Prostituierten, die ihren schwarzwinkligen Lageraufenthalt ihrer ‹ansteckenden Tätigkeit› zu verdanken hatten und unter «Wehrmachtszersetzung› gebucht waren. Genaugenommen hieß das, sie hatten zum geheimen Entzücken der ‹Politischen› ganze militärische Einheiten der Wehrmacht infiziert und sie damit, vorübergehend wenigstens, auf ihre Weise außer Gefecht gesetzt. Allerdings weniger aus politischer Überzeugung als aus mangelnder Hygiene. Da den meisten von ihnen eine verbrecherische Absicht nicht nachzuweisen war, reihte man sie paradoxerweise als ‹Asoziale› ein. Viele Asoziale hatten sich im Verlauf der Lagerzeit eng an die Kommunisten angeschlossen, mit denen sie viel Gemeinsames verband. Murks hatte nach Marthas Drohung mit der Liste erschrocken erkannt, daß mit dem möglichen Einzug der Russen in Ravensbrück das Elend noch keineswegs zu Ende war und sie in dem Fall den Kommunisten hilflos preisgegeben waren. Erst in allerletzter Minute hatte sich das anscheinend unabwendbare Schicksal zu ihren Gunsten gewendet. In wilder Flucht vor dem anrückenden Feind hatte die SS in aller Eile das Lager verlassen und die Häftlinge auf die Straße gestoßen, noch bevor dieser die Zufahrtsstraße erreicht hatte. Sollte nun doch noch geschehen, was ihm bisher erspart geblieben war?

Das Gewitter ballte sich zusammen, kam näher. Die schwachen Flächenblitze am Horizont wurden zu grellen Rissen in schwarzer

Wolkendecke. Immer lauter, in immer kürzerem Abstand rumpelte der Donner. Die drückende Kadaverluft war kaum mehr zu ertragen. Myriaden von rasenden Mücken umwirbelten ihre Köpfe. Ganz plötzlich krachte es gewaltig direkt über ihnen. Gleichzeitig klatschten die ersten Regentropfen breit vor ihre Füße.

«Schnell, da hinein!» Piet deutete auf einen Steinbunker mit herausragendem Geschützrohr. Die drei rannten auf das rettende Dach zu, während dicktropfiger Regen mit voller Gewalt auf sie niederging.

«Hoffentlich ist er leer», schrie Murks noch im Laufen.

Angekommen, zwängten sie sich durch den niederen Eingang, in dem lediglich ein paar alte Papierfetzen herumlagen, ins geräumigere Innere des Unterstands. Durch die kleine Schießscharte blickten sie abwechselnd nach draußen, ob das Unwetter nachgelassen habe. Aber überall platschte und gluckerte es; um den Bunker herum bildeten sich große Wasserlachen.

«Nicht sehr ermutigend», sagte Piet mißgestimmt und untersuchte, ob sein Tabak trocken geblieben war, «wie ein böses Omen …»

«Ich denke, du bist nicht abergläubisch?»

Der Holländer schwieg.

«Was hat denn das Wetter mit den Russen zu tun? Mal doch den Teufel nicht an die Wand!»

Aber mit Piet war vorläufig nicht zu reden.

Langsam wurde es draußen heller. Die dunkle Wolkendecke zog in östlicher Richtung ab und gab einen gelben Himmel frei. Der Regen wurde spärlicher und hörte bald ganz auf.

«Weiter!» befahl Piet kurz, und sie traten wieder auf die Straße hinaus. Das Gewitter hatte die Luft angenehm gereinigt. Tief atmeten sie die saubere Frische ein. Auf dem nassen Pflaster vor ihnen spiegelten sich schüchterne Stückchen Himmelsblau. Die Pfützen am Weg schillerten in allen Farben des Regenbogens. Übermütig stapfte Murks von einer in die andere und lachte, wenn das Wasser hochspritzte. Die Männer lachten nicht mit. Da verging ihm auch die Lust zum Spaßen. Schweigend schloß es sich ihnen wieder an. Nebeneinander hergehend, waren sie doch weiter voneinander entfernt, als wenn sich jeder von ihnen an einem anderen Ort der Welt befunden hätte.

Allmählich wurde ihnen das Vorwärtskommen durch Ansammlungen von Wagen, Tanks und allem möglichen sonstigen Kriegsmaterial mehr und mehr erschwert. Panzerketten lagen in Haufen am Wegrand, leere Benzinkanister blockierten in wildem Durcheinander die Straße, erobertes Kriegsgut lag ringsumher verstreut. Dazwischen immer wieder Tote, deutsche und russische. Und Pferde. Die rötlich kalte Abendsonne hatte die Feuchtigkeit vom Boden aufgesogen und bestrahlte in wolkenbedrohtem Aufleuchten ein Dorf, von dem nur noch wenige Häuser übriggeblieben waren. Vor diesen standen in langer Reihe besonders gekennzeichnete Personenwagen. Russische Soldaten patrouillierten in gleichmäßigem Schritt an ihnen entlang. Vor dem Hauptgebäude, der alten Beschriftung nach eine ehemalige Schule, zu dessen Eingang ein paar Stufen emporführten, blieben die drei stehen, starrten auf die rote Fahne mit dem Hammer-und-Sichel-Zeichen über der Tür. Besonders Murks konnte die Augen nicht von dem flatternden Firmenschild der roten Eroberer lösen. Es war die erste große Fahne der siegreichen Armee, die es zu Gesicht bekam.

«Da sind wir: die Kommandantur», sagte Piet. Es klang wie das Amen nach langem Gebet.

«Tja, da wären wir also!» bestätigte der Professor nicht sehr einfallsreich. Er sah alles andere als glücklich aus.

Eine der Wachpatrouillen wurde auf das Trio aufmerksam. Mißtrauisch trat ein Soldat auf sie zu:

«Dawai – dawai!»

Mit angelegter Maschinenpistole machte er ruckartige Bewegungen zu der Richtung hin, aus der sie gekommen waren.

«Zum Kommandanten!» sagte Piet, plötzlich sehr blaß.

«Schto? Kakoi?»

Der Mann verstand nicht.

«Nix Kakao. Kommandant!» assistierte Murks ungeduldig und deutete gegen das Haus.

Der Soldat maß sie einige Male von oben bis unten, indem er einige Schritte zurücktrat. Dann zuckte er mit den Schultern, winkte ihnen kurz mit dem Kopf, ihm zu folgen und ging ihnen voran zum Eingang des Gebäudes. Schneller harter Wortwechsel mit einem weiteren Soldaten. Dann begab er sich auf seinen Platz zurück. Ein hinzutretender Offizier mit geschorenem Schädel übernahm die weitere Führung. Hochmütig musterte er die abgerissenen Gestalten vor sich, forderte sie unbeweglichen Gesichts auf, ihm zu folgen.

Sie durchquerten die engen Schulkorridore, in denen Feldbetten aufgestellt waren. Auf ihnen hockten verwundete sowjetische Soldaten mit provisorischen Verbänden. Um sie herum saßen und standen ihre gesunden Kameraden, rauchend, diskutierend. Manche spielten Karten. Einer hatte ein Schifferklavier umgeschnallt und sang russische Lieder. Die Verwundeten hörten zu oder starrten stumm zur abgeblätterten Decke hinauf. Alles war voller Menschen. Auch hinter den geschlossenen Türen der Klassenräume waren Stimmen vernehmbar. Ab und zu zwängte sich eine deutsche Frau mit Eßgeschirr, Verbandzeug oder Putzlappen durch das Gedränge, schon mit Kopftuch und Stiefeln ausgestattet wie eine echte Russin.

Murks, Piet und der Professor folgten dem Offizier ein paar Treppen hinauf in einen etwas geräumigeren Gang, in dem es mehr Luft gab. Der Russe klopfte kurz an eine Tür am Ende des Korridors, trat dann zur Seite, ließ die drei eintreten und erstattete über ihre Köpfe hinweg kurz Meldung.

Es war ein großfenstriger Raum. Das Deckenlicht brannte, die Jalousien waren herabgelassen. An den Wänden hingen mehrere Landkarten und ein gerahmtes Stalinporträt. All das nahm Murks oberflächlich wahr, bevor es seine ganze Aufmerksamkeit dem Kommandanten zuwandte. Der saß hinter einem langen Konferenztisch und schrieb. Schließlich legte er den Stift aus der Hand, blickte hoch, musterte ohne sonderliches Interesse die vor ihm Stehenden. Er hatte ein breites grob gezeichnetes Gesicht, ausweichende kleine Knopfaugen über klumpiger Nase und goldene Vorderzähne.

«Sie wünschen?» fragte er auf deutsch und sah Murks an.

Der Häftling gab sich einen Ruck:

«Wir kommen aus deutscher Gefangenschaft», begann er, «aus Konzentrationslagern. KZs, verstehen Sie? Man hat uns dorthin verschleppt. Und nun möchten wir wieder dahin zurück, wo wir hergekommen sind!»

«Und wo sind Sie hergekommen?»

«Man hat mich in Italien verhaftet. In Rom.»

«Und ich komme aus Holland!» drängte Piet, der alle außer sich selbst vergessen hatte.

Der Professor schwieg; was hätte er auch sagen können?

Die Äuglein des Russen musterten Murks mißtrauisch:

«Sind Sie Italiener?»

«Nein …»

«Also Deutscher? Die Deutschen waren mit Italien verbündet …»

«Nein. So ist das nicht. Verstehen Sie bitte. Ich war in der römischen Widerstandsbewegung. Die Deutschen haben mich von dort verhaftet …»

«Wo sind Sie geboren?»

«In – in Deutschland, aber …»

«Dann sind Sie Deutscher!»

«Nein, nein!» wehrte sich Murks verzweifelt, «ich bin staatenlos!»

«Staatenlos? Was heißt das? Wenn Ihre Eltern …»

«Nicht meine Eltern. Aber ich. Da ich in Rom mit den Feinden des nationalsozialistischen Regimes gegen die Nazis tätig war, verzichtete ich freiwillig auf meine deutsche Staatszugehörigkeit, verstehen Sie?» Etwas lahm setzte es hinzu:

«Um militärisch von ihnen nicht erfaßt werden zu können …»

Schließlich hielt einen dieser Offizier mit der Gurkennase ja für einen jungen Mann. Gut, daß ihm das noch eingefallen war. Murks fühlte kalten Schweiß im Nacken.

«Mhm …», grunzte er überlegend und schaute nicht mehr ganz so abweisend wie am Anfang, «und jetzt wollen Sie nach Italien zurück?»

Das wollte Murks zwar keineswegs. Es wußte überhaupt noch nicht, wohin es später wollte. Nur erst einmal raus hier! Vorsichtshalber nickte es:

«Ja, gewiß. Der Krieg ist doch aus?»

«Dann werden Sie vorläufig im Italienerlager bleiben müssen …», der Kommandant spielte mit dem Bleistift, «bis die Kriegsschuld Italiens geklärt ist und alle Mitschuldigen ausgesiebt sind. Mindestens noch ein Jahr!»

«Noch ein ganzes Jahr?»

Der Russe wurde ungeduldig:

«Oder Sie bleiben bei den Deutschen – uns egal. Entscheiden Sie sich!»

Murks Blick fiel auf den Professor, der schmalgesichtig und in sein Schicksal ergeben neben ihm stand.

«Lieber bei den Deutschen», entschied es sich in Sekundenschnelle.

«Gut. Der nächste!» wandte er sich Piet zu.

Der hatte wieder sein arrogantes Gesicht aufgesetzt. Immer, wenn er Angst hat, wird er blasiert! dachte Murks, ihn aus den Augenwinkeln beobachtend. Schade, daß er solch ein Feigling ist…

«Ich bin Holländer. Bitte, überzeugen Sie sich!»

Er reichte dem Russen den Ausweis hinüber, der schon im Hause Mertens solch verblüffende Wirkung gehabt hatte.

Lange und sorgfältig studierte der Kommandant den gefalteten Bogen. Dann reichte er ihn zurück und sagte höflich:

«Sie kommen selbstverständlich zu den Ausländertransporten

des Roten Kreuzes. Der nächste Austausch für Holland, Belgien und Frankreich findet in fünf Tagen statt. Solange werden Sie in der Transitabteilung bleiben, wo Sie Ihre Landsleute vorfinden werden!»

Irgend etwas stimmt doch da nicht, dachte Murks mit Unbehagen, es muß ein gefälschtes Papier sein. Weshalb sollte er sonst solche Angst haben?

Nun kam der Professor an die Reihe.

«Ich bin Deutscher. Aus Heidelberg», sagte er mit sanfter Arztstimme.

«Was tun Sie dort?»

«Bin Professor an der Universität. Das heißt …»

In den Russen kam Leben. Lebhaft stieß er hervor:

«Professor? Ausgezeichnet. Für was? Chemie? Physik? Atomenergie? Forscher? Laboratoriumsarbeit?»

Der Gelehrte nickte nur ergeben zu allem. Ihm war schon alles gleich.

«Sehr schön. Sie kommen in die deutsche Abteilung III A!»

Murks streckte die Hand nach seinem erschöpften Gefährten aus:

«Bitte, wir möchten zusammenbleiben!»

Der Professor hob den Kopf, lächelte ihm dankbar zu. Piet preßte ärgerlich die Lippen aufeinander.

«Dimitri!» brüllte der Kommandant laut nach seinem Adjutanten und, als der herbeigestürzt kam, zu ihm auf deutsch:

«Diese beiden hier bis zur weiteren Untersuchung vorläufig auf III A. Den Mann hier auf Transit II A!»

Dimitri hatte nicht viel verstanden und vergewisserte sich auf russisch. Da lachte der Offizier, entblößte seine Goldzähne und sagte kopfschüttelnd:

«Zu viel Deutsch den ganzen Tag. Ich vergesse schon Russisch!»

Der Adjutant ging den dreien voran durch den Gang.

«Erst nach II A!» erklärte er.

«Nun heißt es Abschied nehmen, meine Lieben!» sagte Piet mit weitausholender Geste theatralisch, «es bricht mir das Herz. Weinet nicht zu sehr um mich. Murks, Gefährtin meiner schlaflosen Nächte, leb wohl! Auch Sie, Professor! – ein Jammer, daß wir in unserer Analyse aus Zeitmangel steckengeblieben sind. Nun muß ich mich selbst entknoten. Und benehmt euch anständig im Massengefängnis, es können Kinder dabei sein. Schreibt mal ein Kärtchen, falls ihr es überleben solltet.» Er wandte sich zum Gehen, zögerte, winkte den Professor nah zu sich heran: «Passen Sie gut auf Ruth auf, Bertholdt!» sagte er leise und hastig und drückte ihm die Hand. Noch einmal hob er zu Murks hin bedauernd die Achseln, winkte kurz mit der Pfeife und war verschwunden.

«Weg!» sagte der Professor verblüfft, aber nicht unzufrieden. Der Holländer war ihm mehr auf die Nerven gegangen, als er sich eingestehen wollte.

Weg! dachte auch Murks und fühlte einen Augenblick lang das sinnlose Bedürfnis, ihm nachzulaufen, ihn einzuholen, ihm zu sagen ... ja, aber was? Hilflos wie ein Kind neben seinem ebenso ratlosen Vater stand der Häftling an der Seite des Professors und starrte auf den Fleck im Korridor, auf dem eben noch Piet gewesen war.

Dimitri kam zurück und bedeutete ihnen, ihm zu folgen. Sie stiegen die Treppe wieder hinab, durchquerten die vollen Gänge, traten auf die Straße hinaus und in das Nebengebäude ein. Wieder ein Gewirr von Stimmen. Aber es waren ausschließlich deutsche. Durch eine offene Tür sahen sie in einen engen Raum, der mit Menschen vollgestopft war.

«Hier?» fragte Murks entsetzt in Erinnerung an seine KZ-Baracke. Auch der Geruch war ähnlich.

«Nein, weiter. Hier!»

Der Russe öffnete die Tür zu einem der Zimmer gegenüber, dessen einziges Fenster auf die Straße hinausging. Es war völlig leergeräumt. Auf dem Holzfußboden saßen und lagen ein paar zerlumpte Menschen, die sich kaum die Mühe machten, aufzuschauen. Einige waren in Decken gewickelt.

«Toilette zweite Tür rechts», sagte Dimitri und machte kehrt.

«Da wären wir also!» sagte Murks resigniert.

Der Professor wünschte höflich guten Abend und begann, das karierte Wollplaid auf dem Fußboden auszubreiten. Murks half ihm und war froh, daß sie die Decke im Rucksack behalten hatten, ebenso wie das Waschzeug und die Papiere des Gelehrten, die dieser unter keinen Umständen dem Soldatentornister Piets hatte anvertrauen wollen. Sie ließen sich auf dem Boden nieder. Nun nahmen auch die anderen Anwesenden Notiz von ihnen.

«Auch Sonderfälle?» wurden sie gefragt.

«Da habt ihr Schwein gehabt!» erklärte eine schnupfig sprechende Frau, die mit einem etwa achtjährigen Gör in einer Ecke hockte. «Wir brauchen nämlich keine Nachtschicht zu machen. Nur Tagesarbeit!»

«Und kriegen doppelte Verpflegungsration», ergänzte ein Mann mit lebhaften Augen unter hoher Stirn. «Gestatten: Blumenberg!»

«Bertholdt!» nickte der Professor müde.

«Aber wieso müssen wir denn arbeiten?» wollte Murks wissen.

«Na, hören Sie mal!» Die Frau in der Ecke lachte unfroh, «kommen Sie vom Mond, junger Mann? Das ist in Gefangenschaft nun mal so üblich.»

«Sind wir denn hier gefangen?»

«Sie scheinen wirklich vom Mond zu kommen. Was für eine Frage!»

«Und wann werden wir hier herauskommen?»

«Du meine Güte, Sie kommen ja gerade erst rein! Machen Sie sich mal für die nächsten Jahre keine Hoffnung, junger Mann. Bei den Iwans heißt Freiheit Arbeitseinsatz. Je mehr Sie schuften, um so freier sind Sie. Behaupten die!»

«Kommt mir verdammt bekannt vor», sagte Murks seufzend, «hab da mal ein Schild gelesen: Arbeit macht frei! War aber nicht russisch ... Und was müssen wir tun?»

Eine ältere, krank aussehende Frau mit gelben Augen richtete sich aus ihren Decken hoch. Ihre Stimme quäkte wie eine Kindertrompete:

«Totengräber spielen – immer Totengräber spielen. Den ganzen Tag, von morgens früh bis in die dunkle Nacht. Menschen begraben – Pferde begraben – Hoffnungen – alles, alles, alles begraben. Fort mit der Welt und Erde drauf ...» Sie kicherte.

«Nicht ganz richtig im Kopf», erklärte leise Murks' Nachbar, ein kräftiger Typ mit Wuschelhaar und mächtigen Pranken. Er wandte sich zu der Alten um:

«Schon gut, Oma. Jetzt leg dich wieder hin!»

«Sie zwingen uns zum Schippen!» sagte er zornig zum Häftling, «aber nicht mehr lange, dann ...»

«... werden sie uns gewiß passendere Arbeit zuteilen», meinte Herr Blumenberg ergeben. Im nächsten Moment wurde die Tür aufgerissen, und ein Sowjetsoldat schmetterte etwas Russisches wie eine Gewehrsalve in den Raum, während er weitereilte zum nächsten. Man erhob sich müdknochig vom Boden, schüttelte die Decken aus.

«Kommen Sie», sagte der Jude zu Murks und dem Professor, «es gibt Essen.»

Nur zu willig folgten ihm die beiden. Die anderen schlossen sich an.

Ganz am Ende des langen Ganges befand sich die Kantine. Das Klappern von Tellern und Bestecken wies den Weg. Auch hier saß ein Soldat am Eingang und teilte Marken aus. Die Tische waren einfach, aber sauber. Deutsche Gründlichkeit hatte sie gescheuert. Den beiden Neuen wurden ihre Plätze zugewiesen. Im Handumdrehen war alles besetzt. Geflochtene Brotkörbe mit kräftigem russischen Schwarzbrot wurden herumgereicht und dünner Tee eingeschenkt. Mehrere Frauen in Kopftüchern und Küchenschürzen teilten das Essen aus, Speck, Gurken, Sardinen und Knoblauchwurst im Tausch gegen bunte Marken.

«Erstaunlich reichhaltig!» murmelte der Professor, immer noch befangen von der ungewohnten Umgebung, und belegte sich Brote mit Sardinen.

Murks lächelte schwach:

«Fehlt nur der Wodka.»

Überall an den Tischen aß man mit bestem Appetit. Gesprochen wurde so gut wie gar nicht, denn alle Anwesenden außer den beiden Neuankömmlingen hatten schwere körperliche Arbeit hinter sich. Ab und zu trat ein blusenuniformierter Russe ein, ließ gleichgültige Schnapsaugen prüfend über die gebeugten Köpfe schweifen, knurrte zufrieden und verschwand wieder. Murks kaute gedankenvoll Gurke. In seinem schweren Kopf wiederholte eine Schallplatte mit Sprung stereotyp:

«Für die nächsten Jahre keine Hoffnung – keine Hoffnung, keine Hoffnung ...»

Die Gurke schmeckte nach Pappe. Keine Hoffnung für die nächsten Jahre? Hatte die Frau wirklich ‹Jahre› gesagt? Verzweiflungsvoller Gedanke. Gewiß, dies hier war, verglichen mit dem KZ, ein Paradies. Ein russisches Arbeitsparadies. Aber ohne das Wichtigste, ohne die Freiheit. Grinny, dachte Murks. Grinny hatte die Freiheit nicht gewollt. Sie hatte damit nichts mehr anzufangen gewußt, sich an Mauern geklammert, weil ihr Menschen nicht ausreichend Schutz zu bieten schienen. Aber mit ihm war es anders. Es wollte wieder Verantwortung tragen lernen, die selbständige Kraft eigener, durch nichts von außen auferzwungener Entschlüsse an sich erleben. Vorläufig allerdings sah die Lage trostlos aus. Schon bei dem kurzen Verhör in der Kommandantur war ihm mit Schrecken bewußt geworden, daß seine persönliche Situation aussichtsloser war, als es je geglaubt hatte. Es war naiv gewesen, sich mit zu den Verbündeten zu rechnen. Ein Irrtum. Murks wandte sich an seinen Nachbarn zur Rechten, einen von Hungerödemen aufgeschwemmten, übelriechenden Sachsen:

«Sagen Sie, wird man hier öfter zu Verhören geholt?»

«Freil'ch!» kaute der und blies ihm seinen Knoblauchatem ins Gesicht, «fast jeden Tach werden mer ausgefracht!»

Die blasse junge Frau gegenüber nickte:

«Meistens nach dem Mittagessen.»

Der Häftling dachte an die Gestapoverhöre seiner Innsbrucker Zellengenossen:

«Nun ja, Verprügeln sind wir ja gewohnt – ermorden werden sie uns wohl nicht dabei, oder?»

«Aber nein. Sie schlagen auch nicht. Fragen nur und fragen, bis man am Ende selbst nicht mehr weiß, was man am Anfang gesagt hat. Da muß man sehr aufpassen, denn bei jedem Widerspruch haken sie sofort ein. Und alles wird übersetzt und mitgeschrieben. Angenehm ist die Prozedur gewiß nicht. Vor allem, weil man so gar nicht weiß, was die eigentlich hören wollen. Betonte Sympathien für den einfachen Mann von der Straße verfangen bei denen nicht. Aber danach entlassen sie uns dann immer wieder und schicken uns hierher zurück!»

«Bis uff die, die se nich mehr zurückschiggen», bemerkte der Sachse mit vollem Mund.

Murks erschrak:

«Und was geschieht mit denen?»

«Die erschießen se. Die müssen mer dann am nächsten Tach bekraben!»

«Was sind das für welche, die sie – die sie töten? Antikommunisten?»

«I wo. Das sind nur die, die abhaun wollden. Das nähmen die grumm!»

«Ist ja auch ein Wahnsinn, von hier fliehen zu wollen!» mischte sich ein pickeliger Jüngling stimmbrüchig ins Gespräch, «alles wimmelt nur so von russischem Militär bis zur Elbe hinunter. Die schießen doch sofort auf jeden, der keine sowjetische Bluse trägt. Allein unser Gebäude hier ist von einem ganzen Regiment schwerbewaffneter Russen umzingelt und bewacht, die scharf aufpassen, daß keiner von uns auch nur eine einzige verdächtige Bewegung macht!»

Die Blasse nickte und biß mit schwachen Zähnen perforierende Ränder ins Brot, bevor sie es mit den Lippen ablöste. Er sagte:

«Wir müssen uns damit abfinden, daß wir den Krieg verloren haben und Gefangene der Sieger sind. Ist doch nicht zu ändern. Seien wir froh, daß wir mit dem Leben davongekommen sind!»

Bis jetzt, dachte Murks bitter, bis heute! Und wie soll es weitergehen? Für euch hat die Gefangenschaft noch den zweifelhaften Reiz der Neuheit, ihr kommt euch vermutlich sogar noch interessant vor, plötzlich dem Schicksal ausgeliefert zu sein. Aber ich? Verdammt, ich kenne es ja kaum anders. Und deshalb hab ich es satt, endgültig satt! Ich will nicht mehr. Lieber auf versuchter Flucht erschossen werden als immer so weitermachen – Kommandos, Befehle, Herdenleben. Entweder ich schaffe es, oder ich werd erschossen. In beiden Fällen bin ich ihn los, den unerträglichen Zwang. Ich will hier raus – raus – raus ...

Das Abendessen war beendet. Die Schürzenfrauen begannen klappernd abzuräumen.

«Raum III A hierher!» kommandierte eine befehlsgewohnte schrille Frauenstimme, «die übrigen zur Nachtschicht anstellen!»

Wenn das eine Aufseherin ist ...? fuhr es Murks durch den Schädel. Wie mag die durch die Verhöre gekommen sein? Aufmerksam betrachtete es das harte Gesicht. Es war ihm unbekannt. Drüben, an der gegenüberliegenden Kantinenwand, bildeten sich vielköpfige Menschenschlangen, ordneten sich zu Fünferreihen, warteten auf den Abmarsch, während die neun Bewohner von Zimmer III A von einem Soldaten in ihren Raum zurückgebracht wurden. Dort gruppierte man sich wieder zwanglos auf den Boden. Die Tür wurde von außen geräuschvoll verschlossen. Das achtjährige Mädchen war im Zimmer geblieben. Seine Mutter hatte ihm Wurst und Brot mitgebracht. Ohne Dank packte das wohlgenährt aussehende Gör die Wurstscheiben und stopfte sie sich in den Mund, weigerte sich, das Brot dazu zu essen.

«Weshalb willst du denn das Brot nicht, Hildchen?»

«Mag nicht ohne Butter ...»

Murks' strapazierte Nerven gaben nach, als hätten sie nur auf solchen Anlaß gewartet:

«Ihr habt es alle noch viel zu gut!» rief es wütend mit sich überschlagender Stimme, «was, zum Teufel, habt ihr denn bisher aus dem Krieg gelernt, he? Aber ihr werdet es noch lernen, keine Angst. Der Tag wird kommen, an dem euch eine einzige jammervolle, verschimmelte Brotkruste das Leben bedeuten wird!»

Das Kind verzog spöttisch die Mundwinkel:

«Der spinnt. So was gibt's ja gar nicht!»

Seine Mutter schüttelte beruhigend und wegwerfend den Kopf, tippte mit dem Finger gegen die Stirn. Murks, aufs äußerste erbost, wollte auf die Frau losfahren, da rief der Professor leise und drängend aus seiner Ecke:

«Bitte, Murks, kommen Sie her!»

Es fiel ihm nicht leicht, das ‹Ruth› wegzulassen. Aber er hielt es für angebracht, die Leute vorläufig im Glauben zu belassen, es mit einem männlichen Wesen zu tun zu haben. Der Häftling hatte sich umgewandt, kam zögernd zu seinem Gefährten hinüber, der ihm auf der Wolldecke neben sich Platz machte. Mit angezogenen Knien hockte er sich neben den Gelehrten und wartete, bis sich der Aufruhr in seinem Innern gelegt hatte. Nachdenklich sagte er mit seiner rauhen Stimme, die durch den plötzlichen Stimmaufwand einen heiseren Klang bekommen hatte:

«War natürlich unnötig, die Aufregung. Aber mir war da gerade etwas eingefallen bezüglich des Brotes. Eigentlich eine ganz einfache Geschichte. Erst durch dies Kind da wurde mir klar, wie bedeutsam sie ist ...»

«Erzählen Sie!» sagte der Professor und nahm Murks' Hand in die seine. Es wirkte wie ein Beruhigungsmittel. Die inneren Verkrampfungen lösten sich.

«Sie ist schnell erzählt», begann Murks und ließ sich auf das Rucksackkissen zurückfallen. «Im Lager, da hatte unsere Verpflegung jahrelang nur aus einem Viertelliter Schmutzwasser, Suppe genannt, und aus einer papierdünnen Scheibe Brot, gebacken aus dem Mehl wilder Kastanien, bestanden. Wie lebenswichtig sie trotzdem war, können Sie sich denken. Es kam vor, daß sich Häftlinge um eines Kantens willen gegenseitig die Schädel einschlugen. Denn das Anfangs- und Endstück eines Brotlaibs enthielt ein paar Krümel mehr als die flache Scheibe, bot durch seine krustige Beschaffenheit den Zähnen besseren Widerstand. Wir ‹Plutokraten› hatten es uns zur Gewohnheit gemacht, vor dem abendlichen Vierstundenschlaf auf unseren feuchtkalten Strohsäcken noch einige Minuten flüsternde Unterhaltung zu führen. Nichts von Bedeutung natürlich. Dazu waren wir alle viel zu abgekämpft. Nur ein paar einander zugeworfene Worte in unserem Spezialjargon, um uns unseren Kontakt zu bestätigen. Eine von uns hatte da eines Abends aus der Schreibstube einen ‹Völkischen Beobachter› mitgebracht, verlas uns den Wehrmachtsbericht und nannte das Datum, das mir etwas in die Erinnerung zurückbrachte. ‹Morgen hab ich Geburtstag›, hatte ich gesagt. So ganz nebenher. Es hatte ja keine praktische Bedeutung mehr. Der darauffolgende Tag war wegen stundenlangen Strafestehens für uns alle besonders anstrengend gewesen. Wir hatten daher für diesmal auf unser kleines Abendgespräch verzichtet und uns gleich schlafen gelegt. Als uns nach vier Stunden die Lagersirene zur Fabrikarbeit rief, da lagen, eingewickelt in ein Stück Kittelstoff, drei anonyme Brotscheiben neben meinem Kopf unter dem umgekippten Eßgeschirr. ‹Für gestern!› hatte eine ungelenke Hand auf einen winzigen Fetzen Papier dazu geschrieben, so klein, daß es kaum noch lesbar war. An diesem Tag kamen wir mit sieben Toten zur Baracke zurück, die während der Arbeit gestorben waren. Und zwar nach dem üblichen System: brachen einfach zusammen und waren tot. Darin sah niemand etwas Besonderes. Der Tod war selbstverständliche Alltäglichkeit; unter Leben konnte sich keiner mehr was Genaueres vorstellen. Sicher war jedoch, daß die drei Brotspender unter ihnen waren. Denn fünf der Toten hatten unserer Clique angehört und durch ihr Dahinscheiden die ‹Plutos› zu einem kläglichen Häufchen dezimiert. Sie waren gestorben, um einem der Ihren eine Freude zu machen. Und um diese Freude durch keine Gewissensbisse zu beeinträchtigen, hatten sie es anonym getan. Hätte ich damals meinen Geburtstag nicht erwähnt, vielleicht wären sie heute noch am Leben. Sehen Sie, Professor, das verstand man bei uns unter Kameradschaft!»

«Erstaunlich», warf Herr Blumenberg, seines Zeichens Chemiker, ein, «wozu solch ein Hundeleben führen kann! Wär im normalen Leben undenkbar, nicht wahr?»

Nachdenklich blickte Murks den neugierigen Bodennachbarn an:

«Wär es wirklich? Glauben Sie?»

«Lehren Sie mich unsere Volksgenossen kennen!» Schweigen.

Der Häftling kramte in seinem Gedächtnis. Feldmann in Innsbruck fiel ihm ein und der Pastor, der freiwillig für seine Frau ins KZ gegangen war. Zögernd sagte er:

«Doch, solche Leute gibt's draußen auch, ich kenne welche ...» Fügte bedrückt hinzu:

«Vermutlich Ausnahmen ...»

«Nicht so viel grübeln! Das macht den Kopf nur noch schwerer. Gönnen Sie ihm endlich etwas Ruhe!» mahnte der Professor sanft, «es führt doch zu nichts ...»

Er ließ Murks' Hand los, öffnete das Gepäck und suchte Zettel und Bleistift heraus:

«Jetzt muß ich Ihnen unbedingt meine Heidelberger Adresse aufschreiben, falls wir uns durch unvorhergesehene Umstände aus den Augen verlieren sollten. Man kann nie wissen. Und dann kommen Sie gleich zu mir in die Praxis. Ich meine, wenn Sie – falls Sie ...»

Er bemühte sich, Murks eine Hoffnung zu erhalten, die er selbst schon aufgegeben hatte.

«Dazu müßten aber auch Sie erst mal wieder drüben sein», meinte Herr Blumenberg, der sich gern ins Gespräch mischte, und wiegte den Kopf. «In der Zwischenzeit, möcht ich befürchten, werden wir wohl alle drei zehn Jahre älter geworden sein ...»

Der Professor schaute zerstreut auf. Unterbrechungen durch Leute, die nicht dazugehörten, irritierten ihn:

«Zehn Jahre, Sie meinen, so lange?» Besorgt fuhr er fort, alle seine Gedanken auf Ruth konzentriert:

«Dann wird die Behandlung allerdings schon wesentlich schwieriger werden ...»

Sich selbst hatte er dabei wieder einmal völlig vergessen. Konsterniert hielt er Murks den Zettel mit seiner Anschrift hin.

«Wer grübelt jetzt mehr, Sie oder ich?» lächelte der Häftling und steckte die Adresse in die Hosentasche. «Versuchen wir beide, zu schlafen. Kommt ja doch nichts bei raus, bei der Überlegerei. Nacht, Professor.»

«Ruhe dahinten!» zischte die Frau.

Schweigend streckte sich der Professor aus, und Murks rollte sich auf der Decke zu seinen Füßen zusammen. Kaltes Mondlicht auf kahlen Wänden milderte das durch das Fenster einfallende, unregelmäßige Aufblitzen vorübergleitender Autoscheinwerfer.

11. Mai 1945

Heftiges Bremsengekreisch riß Murks aus dem frühen Morgenschlaf. Augenblicklich wach, erhob es sich neugierig und blinzelte aus dem Fenster.

«Geh da weg. Wenn sie dich sehen, gibt's mächtigen Krach», sagte leise eine Frau zu seinen Füßen, streckte sich, gähnte:

«Ist sowieso nichts los. Du siehst ja, die anderen schlafen alle weiter. Wir sind das Gequietsche schon gewöhnt. Sind bloß die Austauschwagen. Leg dich wieder hin!»

«Was denn für Austauschwagen?»

«Na ja, die vom Roten Kreuz!» Müde erhob sich die Frau, trat zu Murks an die Wand neben dem Fenster, um nicht gesehen zu werden. «Die kommen jeden Morgen um diese Zeit und holen die englischen und amerikanischen Offiziere aus der I A. Um Punkt fünf Uhr fahren sie wieder los.»

«Und was machen sie mit ihnen?»

«Du fragst aber dumm! Wie alt bist denn du eigentlich? Die bringen sie rüber, natürlich. Da werden sie dann ausgetauscht gegen die besseren Iwans, die die Deutschen drüben gefangengehalten hatten.»

Genau vor ihrem Fenster standen die Wagen. Nur das Straßenpflaster war zwischen Murks und den Transportern. Angestrengt horchte es in das fahle Grau des eben anbrechenden Tages. Es schien ihm, als habe es bei den Bussen Stimmen gehört. Aber nun war wieder alles ruhig. Ganz einsam standen sie da. Lediglich die russische Wache, die Maschinenpistole im Anschlag, patrouillierte um sie herum, bereit, bei der kleinsten verdächtigen Bewegung loszufeuern. Deutlich erkannte der Häftling große dunkle Blockkreuze auf dem hellen Hintergrund der Karosserien. Was machen denn die Schweden hier? wunderte es sich. Denn Rotes Kreuz, das hieß für Murks Schweden. Und Bernadotte. Eine Märchenfigur, der moderne Ritter, der als einziger auf der Welt dem furchtbaren Drachen in Gestalt Himmlers mutig entgegengetreten war, ihm einen Teil seiner sicheren Beute entrissen hatte.

Da draußen vor dem Fenster war es bis auf den gleichmäßigen Schritt des Soldaten ganz still. Deutsche Posten haben einen anderen Tritt, dachte Murks, einen viel festeren. Dieser hier hatte etwas Schleichendes, Lauerndes.

«Bis die Amis kommen, dauert es noch eine Weile», erklärte die Frau und streckte sich wieder auf ihrem Lager aus. «Da werden erst noch mal Papiere geprüft und Namen verlesen, ob auch keiner fehlt – das ist 'ne ganze Prozedur. Leg dich hin und schlaf noch was. Wirst es brauchen können für nachher!»

Aber Murks brannte darauf, einen Amerikaner oder Engländer zu Gesicht zu bekommen. Wie mochten die aussehen? Kriegerisch oder friedlich? Gefährlich oder vertrauenerweckend? Es wich nicht von seinem Beobachtungsstand. Endlich, nach scheinbaren Ewigkeiten, kam Stimmgewirr von der Tür her, Rufe, Lachen, und dann ging eine Gruppe Offiziere zu den Bussen hinüber. Murks konnte gar nichts erkennen, außer Russen, die ihren Alliierten auf die Schulter klopften, sie umringten und auf sie einsprachen. Gleich darauf sprangen geräuschvoll die Motoren an, und die Wagen setzten sich in Bewegung. Die Russen gingen ins Haus zurück. Enttäuscht schlich sich der Häftling zu seinem Lager. Aber schlafen konnte er nicht mehr. Die Gedanken spannen und spannen auf der Suche nach einem Ausweg, ohne ihn zu finden.

Um sechs Uhr riß jemand die Tür auf und brüllte:

«Aufstehen – los!»

Nach eiskalter Dusche im Waschraum ging es zum ‹Frühstück

fassen› hinunter in die Kantine. Tee, Brot und Weißkäse. Außerdem wieder Marmelade. Schweigend aßen sie. Alle waren verschlafen, am meisten Murks, dessen Gedanken noch immer um die Austauschwagen kreisten. Kaum hatten sie den letzten Bissen hinuntergeschlungen, wurden sie zum Arbeitseinsatz eingeteilt. Murks hielt sich eng an den Professor und wurde mit ihm und fünf weiteren Männern quer über die Straße nach rechts abgeführt. Die Frauen verschwanden nach links. Noch war die diesige Luft angenehm frisch.

Die sieben bekamen schwere Spaten. Man brachte sie auf ein Feld, auf dem es bestialisch stank, und befahl ihnen, nach genau vorgeschriebenen Maßstäben tiefe Gräben auszuheben, um die am Feldrand aufgeschichteten, fliegenübersäten Tier- und Menschenreste zu bestatten.

«Dawai, dawai!» brummte ein kleiner Russe mit umgehängtem Maschinengewehr anfeuernd, hockte sich auf einen morschen Baumstumpf und sah ihnen gelangweilt zu.

«Nur immer schön langsam!» rief der Professor und setzte ungeschickt den Spaten an, «das hilft Kräfte sparen. Dann wird's schon gehn!»

Jetzt machte er sich doch Vorwürfe, daß er Murks geholfen hatte, seine Geschlechtszugehörigkeit zu verheimlichen. So gruben sie vereint und schweigend, Murks mit den Männern. Merkwürdig, wo mochte Piet wohl jetzt sein? Gewiß noch ganz in der Nähe und dennoch unerreichbar geworden, als sei er am anderen Ende der Welt. Der Häftling schaufelte, als wolle er ein Blumenbeet umgraben und dabei ja keine Wurzeln zerstören. Das amüsierte die anderen; gutmütig verspotteten sie das zarte Bürschchen, das anscheinend keine kräftige Arbeit gewohnt war, und seinen seltsamen Begleiter mit dem mächtigen Schädeldach, der mit Zartgefühl jeden Regenwurm sorgfältig entfernte, um ihn nicht mit dem Spaten zu verletzen. Auch das russische Ein-Mann-Publikum konnte sich nicht beruhigen vor Lachen und schlug sich vor Vergnügen auf die prallen Schenkel.

«Eigenartiger Humor!» murmelte der Professor irritiert vor sich hin.

Allmählich kam ein Wind auf, der rasch an Stärke zunahm, und mit ihm auch der süßliche Gestank. Die Arbeitenden gruben schneller. Als das neue Massengrab fertig war, stand die Sonne im Zenit. Allen lief trotz des Windes der Schweiß aus den Poren. Da tauchte ein weiteres Arbeitskommando auf: die aus IV A rückten an, um in Gruppen die kreatürlichen Überreste zu der Grube zu transportieren. Murks, das sich schweratmend aufgerichtet hatte, dankte dem Himmel, daß ihm diese Arbeit erspart blieb. Eine Trillerpfeife ertönte schrill, ein deutscher Zivilist schrie: «III A antreten zum Mittagessen! Hierher, im Laufschritt, marsch marsch!»

Erschöpft stampften die sieben hinter ihm her ins Haus zurück und gleich wieder zum Duschraum, um sich die Erde von Gesicht und Körper zu spülen. Murks wusch sich vor den anderen wohlweislich nur die Hände. Sein Rücken schmerzte, und sein Gesicht brannte wie von heftigen Schlägen.

Das Mittagessen im Kantinenraum brachte nichts Neues. Schweigende Deutsche mit stumpfen Mienen an langen Tischen, die sich vor allem gierig auf das frische Wasser in ihren Gläsern stürzten. Es gab Rüben mit Brot und Kartoffeln. Erstaunt beobachtete Murks, daß sein Gefährte einen lebhaften Eindruck machte, mit Appetit aß, und ab und zu heimlich seine Armmuskulatur fühlte.

«Scheint Ihnen gut zu bekommen, die Buddelei, Professor. Hat Sie um Jahre verjüngt.»

Geschmeichelt nahm er die Brille ab.

«Wirklich? Ja, hat mir wohl recht gut getan, die körperliche Arbeit. Fühl mich heute direkt – also, ich will mal sagen – zumindest weniger alt als sonst!» Er sah plötzlich sehr vergnügt aus. Seine mächtige Stirn war windgerötet.

«Hören Sie auf mit alt! Manchmal, so wie jetzt, wenn Sie nicht das Gefunkel vor den Augen haben, sehen Sie aus wie ein verspielter großer Junge.»

«Jetzt übertreiben Sie aber», versuchte er abzuwehren. Deutlich war ihm anzusehen, wie sehr ihm die Schmeichelei einging. Verlegen spielte er mit den Bügeln der Brille, lächelte eitel vor sich hin, biß mit einem Elan in die Rüben, als seien sie feinster Spargel. Er fühlte sich kräftig wie nie. Die Arbeit hatte ihn wieder jung gemacht. Im Gegensatz zu ihm war Murks von Unruhe erfüllt. Hatte die Frau gestern abend nicht gesagt, zu den Verhören holten sie einen immer nach dem Mittagessen? Es wartete gespannt. Doch das Mahl ging vorüber, und nichts Beunruhigendes geschah. Wahrscheinlich war ihre Ankunft noch nicht ordnungsgemäß registriert. Eine kurze Gnadenfrist. Anschließend führte man sie zu ihrem Arbeitsplatz zurück. Der Soldat erschien und setzte sich wieder auf seinen Baumstumpf, wozu er diesmal eine Mundharmonika mitgebracht hatte, und die Männer mit Murks fingen wieder an zu graben.

Während sie die Grube vom Morgen, jetzt bis zum Rand gefüllt, zuschaufelten, und sich daran machten, eine neue auszuheben, blies der Russe Heimatweisen und Kriegslieder, alles bunt durcheinander, Lustiges und Trauriges, Wildes und Getragenes. Es klang zwar eher quäkend als schön, aber es ließ sich dabei besser arbeiten. Murks hob automatisch Erde aus und hatte eine Vision von wirbelnden Russenblusen um ein orangefarbenes Skelett. Grinny – ob sie nun wohl glücklich war in ihrem Haus, in dem sie niemanden zum Betreuen hatte?

Der Wind hatte sich gelegt und die Sonne sich gänzlich verkrochen. Himmel und Erde bildeten gemeinsam ein trübes Nachmittagsgrau. So verging der Tag, und Murks zuckte zusammen, als plötzlich, mitten in eine russische Elegie hinein, die Trillerpfeife schrillte, das Zeichen zum Sammeln und Abmarsch. Sein Rücken schmerzte so heftig, daß es kaum imstande war, sich aufzurichten, und Mühe hatte, mit den Männern Schritt zu halten. Seltsam, wunderte es sich, im Lager haben wir doch noch ganz andere Sachen machen müssen, und ich habe mein Kreuz nie gespürt. Weshalb jetzt auf einmal? Lag es möglicherweise daran, daß man schon wieder weit genug ins Leben zurückgekehrt war, um auf Schmerzen zu achten? Das war nicht gut, erschwerte unnötig den weiteren Weg.

Zum Abendessen gab es fast das gleiche wie am Vorabend: eine bunte Sakuskaplatte, Brot und Tee. Murks war so müde, daß es fast nichts herunterbekam.

«Seelische Erschöpfung, Ruth», sagte der Professor besorgt. «Irgendwann einmal kommt der Punkt, da ist es mit der Widerstandskraft vorbei. So, wie Sie die Hoffnung auf Freiheit nach dem Lager getrieben hat, so gegenteilig wirkt sich nun die Enttäuschung aus. Auch auf Ihre Körperkräfte, leider. Und das Schlimmste ist, daß ich Ihnen hier nicht einmal helfen kann!»

«Ich weiß», sagte Murks resigniert. «Keiner kann dem anderen helfen. Sie nicht Piet, und Piet nicht mir, und ich nicht Grinny, und Grinny sich selbst nicht – wir sind mit lauter Isolierband umwickelt. Sind uns wer weiß wie nah und können uns trotzdem nicht erreichen.»

«Sie sind übermüdet. Denken Sie nicht mehr, sondern versuchen Sie gleich zu schlafen!»

Der Rat war gut gemeint. Aber er gab keine Auskunft darüber, wie man das machte, das Nichtdenken.

Im Zimmer zurück, streckte sich Murks mit schmerzenden Gliedern auf dem Plaid aus. Dank der körperlichen Erschöpfung gelang es ihm in relativ kurzer Zeit, hinüberzudämmern. Neben ihm saß der Professor, deckte es behutsam zu und blickte noch lange nachdenklich mit ungewöhnlich ernsten Augen auf die schlafende Gestalt im Dämmerlicht, bevor er sich ebenfalls niederlegte.

12. Mai 1945

Kurz nach Tagesanbruch war Murks trotz aller Müdigkeit wieder auf den Füßen, schlich sich über Schnarchende und Traumstöhnende hinweg zum Fenster und spähte hinaus. Da standen, einsam und leer, die beiden Wagen des Roten Kreuzes im weißen Bodendunst. Nur der Sowjetsoldat mit dem Maschinengewehr umkreiste sie mit verhaltenen Schritten, vorsichtig, als ginge er auf Stiefelspitzen. Vielleicht war ihm selbst nicht ganz geheuer, da draußen im dichten Morgennebel eines fremden Landes. In diesem Augenblick faßte Murks den Mut zu einer Verzweiflungstat.

Keine Vernunft, keine Überlegung war dabei, nur vorwärtsdrängende Impulse, nach Entscheidung verlangend. Es ergriff den neben dem schlafenden Professor liegenden Bleistift, riß einen Zettel vom Block, warf in hastiger Schrift darauf: ‹Nicht böse sein – Dank für alles – Ruth›, legte ihn dem ahnungslosen Gefährten auf die Brust und zog leise die Decke darüber. Im nächsten Augenblick schwang es sich, Stiefel in der Faust, lautlos aus dem ebenerdigen Fenster, blieb, den Atem verhaltend, horchend stehen, fest an die dunkle Häusermauer gedrückt, bis es den Russen hinter den Fahrzeugen wußte. Jetzt los! übernahm eine Stimme in Murks das Kommando. Todesverachtend schoß es in geduckter Haltung auf den nächststehenden Wagen zu, erreichte die offene Tür mit einem gewaltigen Satz, sprang hinein, warf sich flach auf den staubigen Boden, streifte im Liegen die Stiefel an die Beine. Zu beiden Seiten der Fenster Einzelsitze, die sich im Hintergrund zu einer durchgehenden Bank vereinigten. Murks rollte sich darunter, preßte sich fest gegen die rückwärtige Wand. Es gab mehr Platz unter ihr, als es zunächst den Anschein hatte. Erst jetzt kam ihm alles zum Bewußtsein: Was war es im Begriff zu tun? Konnte das gutgehn? Und wenn man es hier fände? Dann wäre ihm die Kugel sicher. Vielleicht auch Schlimmeres … Na ja, dann hatte man eben verspielt, und es war aus, ein für allemal. Immer noch besser als ewige Versklavung. Der arme Professor, so ganz allein da drüben! Möglicherweise war jemand aus der III A aufgewacht und bemerkte jetzt das Verschwinden des Stubengenossen? Vielleicht schlugen sie dann Krach und riefen die Wache? Wann fuhren die Busse ab? Und wenn sie heute überhaupt nicht fuhren? Wer sagte denn, daß drüben oder hier noch genug Auszutauschende waren, damit die Fahrt sich lohnte? Murks' Herz schlug im Hals. Es glaubte, vor Erregung zu ersticken.

Wieso kam es überhaupt hier herein? Was hatte es gegen jedes bessere Wissen hergetrieben? Wahnsinn. Wie, wenn nun keine Bank dagewesen wäre, unter der man sich notdürftig verstecken konnte? – Dann wäre ich genauso leise wieder raus! belog der Häftling sich selbst, wollte ja nur mal sehen, wie es in so einem Wagen aussieht … Und wenn, bevor die Offiziere der Alliierten kamen – vorausgesetzt, sie kamen überhaupt –, die Wache mit der Taschenlampe das Businnere ableuchtete, um melden zu können, daß alles in Ordnung sei? Sie haben nicht nur Pistolen. Nach versteckten Objekten suchen sie auch mit Bajonetten …

Immer noch rührte sich nichts. Morgenstille. Die einsamen, müde knarrenden Russenstiefel kamen näher, näher, noch näher – verhielten den Schritt – entfernten sich wieder. Ich halte es nicht aus! durchfuhr es Murks, ich kann nicht – meine Nerven geben nach – gleich fang ich an zu schreien! Da klangen doch Schüsse? Zwei? Drei? Nein, nur ein verstopftes Auspuffrohr an vorbeifahrendem Wagen. Schnell an was Beruhigendes denken: Mamma, die Gänsefedern rupft – weiße Flocken, die schweben wie Ballons – nackte Gans und Luft voller Federn – Beruhigt nicht. Vielleicht würde in diesem Augenblick die Hysterikerin in der Ecke erwachen und schreien: «Der Junge ist weggelaufen! Sucht ihn, damit wir nicht alle bestraft werden!»

Und die Frau von gestern nacht würde sagen: «Der kann nur drüben bei den Austauschwagen sein. Hab mir ja gleich gedacht, daß der so was vorhat – wie der da immer hinübergestarrt hat ...»

Und das Kommandoweib würde mit seiner widerlichen Trillerpfeife herbeikommen, sie alle zusammentrommeln und – was war das? War es schon soweit? War die Flucht entdeckt worden? Draußen entstand Bewegung, viele Stimmen und Schritte näherten sich. Das war ein Lachen. Was für ein Lachen? Spaß oder Hohn? Murks merkte nicht einmal, daß sein Gesicht tränennaß war. Dann sah es die ersten Schuhe mit hellen engen Hosenbeinen darüber polternd auf sich zukommen, als wollten sie es zertreten. Aber kurz vor ihm machten sie halt und drehten ihm die Absätze zu. Plötzlich war da ein ungeheurer Lärm um ihn herum. Der gerippte Boden vibrierte. Mit verkrampften Händen und angehaltenem Atem wartete es. Fünf Paar schwere Absätze bauten sich seinen Körper entlang auf, versperrten ihm die Aussicht und bildeten eine geschlossene Wand zwischen ihm und dem übrigen Wagen. Es wurde dunkel. Unter ihm schütterte es von den schweren Tritten der Einsteigenden. Erste englische Wortfetzen erreichten sein aufs äußerste gespanntes Ohr:

– letters – didn't think so – damned nuisance –. Fahrt doch, mein Gott, fahrt doch endlich los! Worauf wartet ihr noch! betete es wieder und wieder in Verzweiflung. Jede Minute Verzögerung konnte die Entdeckung seiner Flucht bedeuten. Oder vielleicht fiel es einem der über ihm Sitzenden ein, seinen Fuß so weit zurück zu setzen, daß er Murks berührte? Dann würde er sich herabbeugen, um nachzusehen, und ... sollte er! Nur nicht hier, auf russisch besetztem Gebiet! Was die Alliierten später mit ihm machten, ging ihn jetzt nichts an, war ihm ganz egal. Nur fort hier, fort – weg! –

Da heulte der Motor auf. Es gab einen Ruck, der Murks erst gegen die Rückwand, dann vorwärts schleuderte. Es brauchte alle seine Kraft, um eine Berührung mit den Absätzen zu verhindern. Langsam, schwerfällig setzte sich der Bus in Bewegung. Der blinde Passagier schloß die Augen. Sein ganzer Körper war völlig verkrampft und steif wie ein Brett, sein Kopf keines klaren Gedankens mehr fähig.

Ich fahre – fahre – fahre –, drehte sich das Hirn im Rhythmus der Räder. Nur sehr allmählich wich die Erstarrung und machte ungeheurer Erschöpfung Platz. Stück für Stück setzte die Wahrnehmung wieder ein und beschränkte sich zunächst ganz auf Nebensächliches.

Die Absatzwand hatte sich verschoben, es gab wieder Licht. Aufmerksam studierte Murks die Schuhe des über seinem Kopf Sitzenden: der eine Fuß stand unmittelbar vor seiner Nase, der andere hing schräg oben auf halber Höhe. Sein Besitzer mußte wohl die Beine übereinandergeschlagen haben. Der obere Schuh war beschädigt, das Leder seitlich abgelaufen und der Absatz rundgetreten. Fasziniert betrachtete Murks die grünliche Färbung der Sohle und überlegte, wovon sie wohl herrühre. Wahrscheinlich von Gras. Von moosigem Waldboden. Oder sie war schimmelig geworden. Käse war auch grün, wenn er schimmelte. Vielleicht war sie aber auch einfach von Natur so. Grünes Leder, warum nicht? Drüben war eine andere Welt. Weshalb sollten die nicht auch andere Lederarten haben? Es schien sehr wichtig. Doch bevor es seine Sohlenstudie beenden konnte, kam der Fuß herunter und setzte flach vor Murks' Augen auf. Danach begann er Charleston zu tanzen, machte ein paar merkwürdige Seitenbewegungen. Als er zu seinem Gegenstück aufrückte, sah Murks das zertretene Ende einer Zigarette.

Seines Beobachtungspostens beraubt, begann der Flüchtling, den Stoff der hellen Hosenbeine genauer in Augenschein zu nehmen und den Lauf der einzelnen Webfäden zu verfolgen. War gar nicht so einfach, weil der Bus schüttelte und das Bein mehrfach seine Position veränderte. Leichter war es schon mit den dunklen Socken. Wahrscheinlich waren sie farbig. Aber gegen das Licht sahen sie schwarz aus. Schwarze Stücke Bein. Gerippte Beine. Die Rippen konnte man abzählen, von Knöchel zu Knöchel, dreiundzwanzig, vierundzwanzig, fünf – nochmal von vorn. – Hoppla, ganz plötzlich setzte der Fuß zurück und wäre ihm beinahe auf die Nase getreten. Murks versuchte, sich noch schmaler zu machen. Die anderen Füße benahmen sich besser. Sie waren weit nach vorn in den Wagen hinein gestreckt und schienen zu sehr langen Beinen zu gehören. Russen hatten keine solch langen Beine. Auch Aljoscha nicht, obwohl er groß gewesen war. Nur zwei Paar Schuhe zu Häupten und Füßen des Häftlings blieben durch die Sitze vor ihnen in ihrer Bewegungsfreiheit eingeschränkt. Aber das machte nichts; Murks hatte Kopf und Beine eingezogen, ihnen nach rückwärts hin Platz eingeräumt. Auf einmal gab es wieder einen heftigen Ruck, und der Wagen stand. Die Offiziere wurden ruhig, aber niemand stieg aus. Die Luft füllte sich mit Spannung, die gedämpften Stimmen über ihm hatten einen fragenden Unterton bekommen. Was war los? Die da oben schienen es auch nicht zu wissen. Es war noch nicht allzu viel Zeit seit der Abfahrt vergangen. Sicher war man noch im russischen Sektor. Auch der Motor wartete, ratterte leise vor sich hin. Die schnelle Bodenvibration teilte sich allem mit. Die Hosenbeine zitterten, als stünden ihre Träger vor einem Erschießungskommando. Murks fühlte sich bis in die Zähne hinauf durchschüttelt. Ganz vorsichtig spähte es zwischen den Füßen hindurch. Aber nichts schien sich verändert zu haben. Alles saß auf seinen Plätzen und wartete auf irgend etwas anscheinend Unvorhergesehenes.

Jetzt wurde die vordere Bustür heftig aufgerissen. Ein paar kurze barsche Worte, aus denen Murks entsetzt das Wort ‹Kontroll› heraushörte. Russen! Steif vor Angst sah es durch die breitbeinig aufgesetzten Schuhe vor sich Russenstiefel auftauchen. Sie standen im Gang des Wagens zwischen den Sitzen, und ihre Besitzer wollten, dem harten Ton nach zu urteilen, irgend etwas von den englischen und amerikanischen Offizieren, was diese zu ratlosen Gegenfragen bewog. War die Flucht nun doch noch entdeckt worden? Dann würden sie gleich anfangen, den Bus zu durchsuchen, und alles war vergeblich gewesen. Weshalb gingen sie nicht wieder weg, sondern fragten und fragten?

Ganz plötzlich und überraschend bückte sich einer der Russen, und Murks sah nicht weit von sich ein paar wache Augen in dunkler werdendem Kopf, die den Boden absuchten. Aus ... Die Schuhe vor ihm deckten nicht genügend, so sehr es den Körper auch zur Wand preßte. Höflich wichen sie vor den tastenden Augen zur Seite. Aber gerade, bevor diese den schreckerstarrten Häftling ins Blickfeld bekamen, hatten sie entdeckt, wonach sie suchten: eine heruntergefallene Zigarette. Das gerötete Gesicht verschwand wieder nach oben. Dort schien jetzt allgemein geraucht zu werden. Im Wageninnern wurde es qualmig, die Sicht dunstig, und Murks' Nase spürte den nahen schwitzigen Ledergeruch sich mit Tabakduft vermischen. Um Haaresbreite hätte es geniest. Mit angstvoll angehaltenem Atem drückte es die Nasenflügel aneinander, während ihm vor Anstrengung das Blut in den Kopf stieg.

Die Russenstimmen wurden lauter. Es klang, als hielte einer von ihnen einen längeren Vortrag in einer bisher noch nie vernommenen Sprache. Kartoffelig weiche Vokale, abgehackt hervorgestoßen, wie Schüsse mit Schalldämpfer. Daß es russisches Englisch war, erkannte der Häftling nicht. Dann abklingendes Gepolter. Die Stiefel entfernten sich zur Wagentür hin. Sie wurde geöffnet; die Russen verließen den Bus. Die Erleichterung im Zusammenwirken mit momentaner Frischluft machte Murks schwindelig. Wie ein Fisch schnappte es mit weit offenem Mund nach belebendem Sauerstoff, denn die Tränen hatten die Nasengänge ausgetrocknet. Während die Tür zuflog, der Motor ansprang und die Räder wieder zu rollen begannen, verschwammen ihm Licht und Schuhe zu einer undeutlichen Masse.

Es kam wieder zu sich, als sich auf einmal über ihm wildes Jubelgeschrei erhob. Lauter Rufe, kindliches Gelächter, Händeklatschen:

«We've made it! – Bye bye Iwan! – Thank goodness, 't was high time!»

Gleichzeitig bekam das Rollen unter Murks einen hohlen Klang wie Schläge gegen Heizungsrohre, und der Wagen fuhr glatter.

Eine Brücke, dachte es aufgeregt, das kann nur die Brücke über die Elbe sein! Großer Gott, es hatte geklappt, man war draußen, die russische Zone schien endgültig hinter ihnen zu liegen! Seine Hände waren feucht, sein Kopf schwamm von all der Aufregung. Verzückt lauschte es dem Metallecho in den Eisenverstrebungen. Geschafft! Was nun noch kommen konnte, war gleichgültig. Als illegal eingeschmuggeltes Wesen ohne Staatsangehörigkeit und Ausweispapiere würde es sowieso gefangen bleiben. Aber es war ein großer Unterschied, ob man vernünftige Beurteilung erwarten durfte oder fremder Willkür hilflos preisgegeben war. Bei aller negativen Erfahrung hatte es sich bis hierher noch immer ein wenig Vertrauen in die Menschen bewahrt, was Piet, nicht ganz zu Unrecht, als ein Wunder bezeichnet hatte. Erschöpft schloß es die Augen ...

Und weiter ging die Fahrt, nun wieder, dem stumpfen Aufschlag nach, über festen Boden. Die Offiziere waren sehr lebhaft geworden. Murks biß der scharfe Tabakrauch in die übermüdeten Augen und machte sie tränen. Wenn es jedoch versuchte, sie zu schließen, brannten sie noch mehr.

Die Reise näherte sich ihrem Ende. Der Wagen verlangsamte sein Tempo, bog um mehrere Ecken und blieb schließlich ausrollend stehen. Heftiges Poltern und Scharren; alle hatten sich von den Sitzen erhoben, ihr jeweiliges Gepäck ergriffen und drängten nun zum Ausgang. In wenigen Minuten war der Bus leer.

Murks blieb stocksteif liegen und überlegte: Ich muß raus. Hier drin kann ich nicht bleiben. Der fährt möglicherweise wieder zu den Russen zurück. Und wenn sie gleich auf mich schießen, ohne mich erst erklären zu lassen? Hilft alles nichts. Besser sich selber zu stellen, als sich finden zu lassen! Langsam, mit wundem Kreuz, kroch Murks unter der Bank hervor und zog sich staubbedeckt an einem der Sitze hoch. Unsicher, mit rundem Rücken, stand es auf den Beinen, richtete sich vorsichtig auf. Tastete sich zur Tür. Also los! Den Einsteigegriff umklammernd, stolperte es die Stufen hinab. Augenblicklich war es von gelbgrün uniformierten Soldaten umgeben, die es verblüfft und nicht ohne Humor betrachteten: «Hi, beauty! – Was ist denn das? Kleiner Iwan als Souvenir? – That's Hitler's ghost! –», schwirrten die Rufe um seinen Kopf. Murks preßte die Lippen zusammen.

«Zum Kommandanten – ich will zum Kommandanten!» stieß es heiser hervor. Sein Englisch hatte bei diesem Schreckenswort russische Färbung bekommen.

«He wants to see the major!»

«O. K. Wer bringt ihn rüber?»

Ein junger Offizier mit rötlichem Schnurrbart trat auf Murks zu: «All right. Warten Sie hier!»

Er entfernte sich in Richtung auf ein Gebäude zu. Erst jetzt wagte Murks, um sich zu schauen. Es befand sich auf einem weiten Platz, der wie ein Truppenübungsgelände aussah. Im Hintergrund begrenzten ihn einige freundlich aussehende Backsteinhäuser, wo ein lebhaftes Gehen und Kommen herrschte. Murks erblickte Offiziere mit Baskenmützen und kleinen Stöcken unter dem Arm. Also prügelten sie hier offenbar. Nun gut, auch das würde man überstehen. Ob Piet auch hierher gebracht wurde? Vielleicht sähe man sich dann wieder, wenigstens für ein paar Augenblicke? Man könnte ihm sagen: Siehst du, hab ich dir nicht gesagt, ich käme schon irgendwie rüber, auch ohne Papiere? Im Ton, als sei das Ganze eine lächerliche Bagatelle gewesen …

Zur Rechten wurde der Platz von einem flachen langgestreckten Bau begrenzt. Von dort kam Tellerklappern. Anscheinend die Kantinenräume. Zur Linken standen, in der Morgensonne blitzend, alle möglichen kleineren und schweren Kriegsfahrzeuge schön ordentlich in Zehnerreihen ausgerichtet. Die Soldaten hatten sich nach der ersten Neugier wieder ihren verschiedenen Aufgaben zugewandt. Murks stand sehr verloren und allein in Männerkleidung mit Igelfrisur auf der Mitte des Geländes.

Scheu, mit vor Erregung fast versagender Stimme, sprach es einen vorübergehenden Soldaten auf Englisch an:

«Bitte, wo bin ich hier?»

«Ljunebörg!» sagte der mit gleichgültiger Freundlichkeit und ging weiter.

Lüneburg? Das war doch was mit einer Heide? Aber wo? Mehr wußte Murks nicht davon. Kam in irgendeinem Soldatenlied vor. Heide, auf der nur ein einziges kleines Blümelein wuchs. Ob der hiesige Kommandant auch so ruppige Fragen stellen würde wie sein russischer Kollege von jenseits der Elbe? Sie nannten ihn hier nur den Major. Seltsam, wo es bei so vielen Offizieren doch bestimmt von Majoren wimmelte? Und jeden Tag neue Fuhren hoher Militärs eintrafen? Ein Major war nichts besonders Hohes. Kommandanten, fand Murks, sollten mindestens Generäle sein. Was mußte man nun hier sagen? Was war richtig, was falsch? Was mochten Engländer nicht? Es fiel ihm momentan nicht ein. Waren sie judenfeindlich? Keine Ahnung. Aber von Proletariern waren sie nicht gerade begeistert. Und von den Vatikanbehörden durfte man ihnen, im Gegensatz zu den Sowjets, wohl erzählen? Ebenso von der kapitalistischen Abstammung. Nur die deutsche Geburt war heikel. Und die Staatenlosigkeit noch heikler. Und das illegale Herüberschmuggeln! Papiere hatte man auch keine – ob die Stöcke sehr weh taten? Sie sahen nicht gerade vertrauenerweckend aus. Und was, wenn die hier mit den Russen drüben einen Auslieferungsvertrag hatten? Schließlich waren die beiden Mächte ja Verbündete. Das wäre das Ende. Also doch Ende …?

Ein langer Militär schlakste auf Murks zu, das sich fruchtlos das müde Gehirn zerquälte, sagte unpersönlich:

«Der Major erwartet Sie. Kommen Sie bitte!»

Mit Murks im Gefolge schritt er auf eines der roten Backsteingebäude zu, erklomm einige Treppen. Hier war alles ordentlich. Keine herumlungernden Soldaten. Kasernierte Strenge. Lysolgeruch, Helle und Sauberkeit. Im Rücken des Schlaksigen sammelte Murks alle noch verfügbaren Kräfte für die kommende Konfrontierung, den Endspurt sozusagen. Der Soldat klopfte kurz an eine Tür, nahm Haltung an und blieb zum Unterschied von seinem Kollegen Dimitri abwartend vor ihr stehen, bis ein knappes:

«Come in!» ertönte. Dann öffnete er, ließ Murks vortreten, folgte ihm in den verhältnismäßig kleinen Raum, Hand an der Mütze. Statt eines buschigen Stalin blickte ein wesentlich angenehmerer Churchill aus schlichtem Rahmen über dem Schreibtisch, von dem sich ein schmalgesichtiger, noch junger Offizier erhob. Er hatte sehr dunkle Augen unter prüfend hochgezogenen Brauen und narbig braune Gesichtshaut. Mit einer Handbewegung forderte er seinen Besuch auf, ihm gegenüber Platz zu nehmen. Der Soldat erstattete viel zu laut Meldung, wie und wo man das Wesen da gefunden habe, grüßte militärisch und marschierte nach zackiger Kehrtwendung ab. Der Major hatte sich wieder gesetzt, betrachtete abwartend den Häftling, der vor lauter verhaltener Abwehr zu Eis erstarrt war und gebannt das Stöckchen fixierte, das zwischen ihnen auf der Tischplatte lag. Schweigend hielt er ihm ein geöffnetes Zigarettenetui entgegen. Auf das Kopfschütteln seines Gegenübers hin steckte er sich eine Zigarette zwischen die Lippen, zündete sie gelassen an.

«Sie kommen von drüben?»

«Ja ...»

«Wollen Sie mir die Gründe erklären?»

Und ob es wollte:

«Also das war so ...», begann es stockend.

Der Major hatte sich in seinen Stuhl zurückgelehnt, rauchte und hörte aufmerksam zu, ohne zu unterbrechen. Allmählich sprach Murks sich frei. Immer drängender, atemloser kamen die Worte, begannen sich zu überschlagen. Alles berichtete es, ohne auf die Reihenfolge zu achten: Vom Konzentrationslager Ravensbrück, den Aufseherinnen und dem Lagerkommandanten; den pseudomedizinischen Experimenten an den Häftlingen durch SS-Ärzte; von der Flucht vor der Wachmannschaft nach Verlassen des Lagers, der Wiedergefangennahme, erneuter Flucht. Von Grinny, der ‹Villa› mit den russischen Offizieren und den abgeschlachteten Nazis, den Mongolen und ihren wahllosen Mord- und Sexualgelüsten; von der langen Wanderschaft mit gleichgesinnten Weggefährten, dem Tod des deutschen Ehepaars und schließlich der sowjetischen Grenzkommandantur mit ihrer Zwangsarbeit, ihrer scheinbaren Endgültigkeit. Sogar, daß es eigentlich ein Mädchen war und einmal Ruth geheißen hatte, gab es zu. Die ganze wirre Geschichte bekam immer mehr den Anstrich einer Beichte.

Es redete und redete, merkte darüber nicht, daß im Gesicht des Offiziers eine Veränderung vor sich gegangen war. Längst war die Zigarette zu grauem Aschenwurm verglimmt. Völlig erschöpft, dem Zusammenbruch nahe, beendete es seinen Bericht, fuhr sich mit trockener Zunge über die rissigen Lippen, blickte auf, erwartete ergeben sein Urteil. Der Kommandant stützte die Hände auf die Tischplatte, erhob sich umständlich. Nach einer Pause, in der er nach passenden Worten suchte, brachte er schließlich hervor:

«Good Lord, what a story! Well – nun sind Sie ja in Sicherheit, endlich!»

«Sicherheit …», echote Murks, noch ohne zu begreifen.

«Und frei, Gott sei Dank. Sie haben es geschafft.»

Er streckte die Hand aus, räusperte sich:

«My dear girl – welcome home again!»

Es war eine schöne Geste. Doch seine Hand traf ins Leere. Murks war sanft vom Stuhl geglitten und lag bewußtlos unter dem Schreibtisch. ‹Home› hatte ihm den Rest gegeben. «Needsare!» murmelte der Major verlegen beim Eintritt der beiden eilig herbeigerufenen Sanitäter, sah gedankenverloren zu, wie man das Überbleibsel Mensch auf die Trage hob und abtransportierte. Verspätet gab er sich einen Ruck, riß die Tür wieder auf:

«Bloody good care, mind you!» brüllte er so laut hinterher, daß der Wachsoldat am Gebäudeeingang zwei Stockwerke tiefer erschreckt zusammenfuhr und Haltung annahm.

Carola Stern
In den Netzen der Erinnerung
Lebensgeschichten zweier Menschen
(rororo 12227)
«Wie konnte man, als Deutscher, Nazi oder Kommunist – also mit (vielleicht) treuestem Herzen einem verbrecherischen System dienen? – Wie schwer sich zwei höchstgebildete, gewissenhafte Menschen mit der Bewältigung der Vergangenheit tun, das hat Carola Stern nun jedermann klargemacht. Nicht nur deshalb: ein liebenswertes Buch.»
Gerd Bucerius, Die Zeit

CAROLA STERN
IN DEN NETZEN
DER ERINNERUNG
LEBENSGESCHICHTEN
ZWEIER MENSCHEN

Ernst Toller
Eine Jugend in Deutschland
(rororo 4178)
Als begeisterter Freiwilliger zog er in den Ersten Weltkrieg und als humanitärer Pazifist kehrte er heim. Er schlug sich auf die Seite der Aufständischen und erkannte früh die tragische Grenze der Revolution. Das wahrscheinlich bedeutendste Werk des expressionistischen Autors Ernst Toller, der in Dichtung und Politik keinen unversöhnlichen Gegensatz sah.

Edith Piaf
Mein Leben
(rororo 859)
Die Autobiographie der Piaf, deren Stimme für die Welt zum Inbegriff des französischen Chansons wurde. Die Beichte eines Lebens, gezeichnet von Alkohol, Rauschgift und Liebe. Der Abschied eines großen Herzens – mit dem Fazit: ‹Je ne regrette rien.›

Anja Lundholm
Das Höllentor *Bericht einer Überlebenden. Mit einem Nachwort von Eva Demski*
(rororo 12873 und als gebundene Ausgabe)
Anja Lundholm kam 1944 ins Frauen–KZ Ravensbrück. Als eine von wenigen überlebte sie das Lager, in dem die Nazis Zehntausende weiblicher Gefangener zusammengepfercht hatten.
«Anja Lundholm erklärt nicht; sie kommentiert nicht. Sie entschuldigt nicht. Sie schreibt, was geschah.»
Die Zeit

«Wer Lyrik schreibt, ist verrückt!»
Peter Rühmkorf

Mascha Kaléko
Das lyrische Stenogrammheft
(rororo 1784)
«Nun, da du fort bist, scheint
mir alles trübe.
Hätt' ich's geahnt, ich ließe
dich nicht gehn.
Was wir vermissen, scheint
uns immer schön.
Woran das liegen mag –. Ist
das nun Liebe?»

Mascha Kaléko
Verse für Zeitgenossen
(rororo 4659)
«Ich bin, vor jenen ‹tausend
Jahren›,
Viel in der Welt herum-
gefahren.
Schön war die Fremde; doch
Ersatz.
Mein Heimweh hieß
Savignyplatz.»

Peter Rühmkorf
Haltbar bis Ende 1999 *Gedichte*
(rororo 12115)
«Ein plebejischer Poet ist er,
ein handfester Spaßmacher,
ein Repräsentant und
Verwalter des literarischen
Untergrunds, ein Dichter der
Gasse und der Masse, einer,
der die Lyrik auf den Markt
gebracht hat. Nur: er ist
zugleich ein feinsinniger
Ästhet, ein raffinierter Schön-
geist, ein exquisiter Ironiker.»
Marcel Reich-Ranicki

Peter Rühmkorf
Außer der Liebe nichts
Liebesgedichte
(rororo 5680)
«Dichter! schmeißt Eure
Lyrik weg, der Rühmkorf
kann's besser!» Jürgen
Lodemann im Südwestfunk

Von Peter Rühmkorf sind
außerdem lieferbar:

Der Hüter des Misthaufens
Aufgeklärte Märchen
(rororo 5841)

Die Jahre die Ihr kennt *Anfälle
und Erinnerungen*
(rororo 5804)

Über das Volksvermögen
*Exkurse in den literarischen
Untergrund*
(rororo 1180)

Strömungslehre I Poesie
(das neue buch 107)

Dreizehn deutsche Dichter
208 Seiten. Broschiert.

Einmalig wie wir alle *Gedichte*
168 Seiten. Broschiert.

Wer Lyrik schreibt, ist verrückt!
Gesammelte Gedichte
140 Seiten. Kartoniert.

Peter Rühmkorf / Michael
Naura / Wolfgang Schlüter
Phönix voran! Mit Ton-
Cassette
128 Seiten. Kartoniert.

Bernard Gavoty
Chopin
(rororo 12706)
«Ich selbst bin immer noch
Pole genug, um gegen
Chopin den Rest der Musik
hinzugeben.» *Friedrich
Nietzsche*

Virginia Harrard
Sieben Jahre Fülle *Leben mit
Chagall*
(rororo 12364)

Albert Goldman
John Lennon *Ein Leben*
(rororo 13158)

Linde Salber
Tausendundeine Frau *Die
Geschichte der Anaïs Nin*
(rororo 13921)
«Mit leiser Ironie, einem
lebhaften Temperament und
großem analytischen Fein-
gefühl.» *FAZ*

Donald A. Prater
**Ein klingendes Glas. Das Leben
Rainer Maria Rilkes**
(rororo 12497)
In diesem Buch wird «ein
Mosaik zusammengetragen,
das als die genaueste Biographie gelten kann, die
heute über Rilke zu schreiben möglich ist». *Neue
Zürcher Zeitung*

Michael Jürgs
Der Fall Romy Schneider *Eine
Biographie*
(rororo 13132)
»*Der Fall Romy Schneider*
ist ein freundschaftliches
Buch, aufrichtiger und
interessanter als die meisten
Biographien, die bei uns über
Schauspieler geschrieben
werden.» *Süddeutsche
Zeitung*

Charlotte Chandler
Ich, Fellini *Mit einem Vor-
wort von Billy Wilder*
(rororo 13774)
«Ich habe nur ein Leben, und
das habe ich dir erzählt. Dies
ist mein Testament, denn
mehr habe ich nicht zu
sagen.» *F. Fellini zu
C. Chandler*

Andrea Thain /
Michael O. Huebner
Elisabeth Taylor *Hollywoods
letzte Diva. Eine
Biographie*
(rororo 13512)
«Vor mehr als vierzig Jahren
lehrte mich MGM, wie man
ein Star ist. Und ich weiß bis
heute nicht, wie ich etwas
andere hätte sein können.»
Elisabeth Taylor

Andrea Thain
Katharine Hepburn *Eine
Biographie*
(rororo 13322)

**«Das Leben eines jeden
Menschen ist ein von Gottes-
hand geschriebenes Märchen.»
Hans Christian Andersen**